知音动漫图书·时代坊
ZHIYIN COMIC BOOK 打造优秀作品·引领流行风尚

沉筱之 著

在你眉梢点花灯 卷二

目录

第十七章	一命双轨	001
第十八章	古庙还魂	013
第十九章	但为君故	021
第二十章	沉吟至今	033
第二十一章	深宫之澜	045
第二十二章	锋芒初现	057
第二十三章	疑云渐深	071
第二十四章	失者难觅	083
第二十五章	再见故人	096
第二十六章	云上华灯	109
第二十七章	水落石出	121
第二十八章	沉冤昭雪	129
第二十九章	有匪君子	138

第三十章	魂兮归来	153
第三十一章	将军扬缰	167
第三十二章	杀机再现	179
第三十三章	火海冥蝶	187
第三十四章	阴阳交割	197
第三十五章	颠倒人间	204
第三十六章	祸途难料	215
第三十七章	菩萨降世	225
第三十八章	监守自盗	238
第三十九章	隔水相逢	250
第四十章	先发制人	261
第四十一章	当年月明	270
第四十二章	无风飞絮	282
第四十三章	提刀斩恨	295

第十七章 一命双轨

"心率，61次/分；血压，120、70……这是一还是二？"

张医生伸手在程昶面前比出一个数字。

程昶："……四。"

"身份证号报一遍。"

"330100……"

"行了。"张医生摘下听诊器，"一切正常。记忆力和理解力都没问题。"

程昶说："多谢您了，张大夫。"

"谢我干什么？是你命大，要不是你心脏病突发当晚，外卖小哥刚好上门，帮你叫了救护车，这次救不救得回来还另说。"他又叮嘱道，"年轻人身体要紧，不要为了工作拼命，过几天出院了，跟公司商量商量，看看有没有什么别的岗位，这么高强度的工作，最好别做了。"

程昶点头道："好。"

特护病房里充斥着消毒水的气味，床头摆着一篮水果，不知道是谁送的。张医生是中山医院胸外科第一把刀，是他的主治大夫，此刻病房里除了她，还有两个护士，他都在梦里见过。

张医生写完医嘱，继而道："三腔起搏器装上后适应性良好，看数据可以出院，但是你刚从深度昏迷中苏醒，再观察两天，确定没问题了再走。"

程昶又说："好。"

"出院后一个月过来复查，这款起搏器的寿命大概在四年到五年间，没电了会预警，到时候来医院做个微创，换电池。"

"行。"

此时正值喧嚣的晨间，阳光透窗洒入，把程昶苍白的皮肤照得几乎透明，他穿着一身病服，却难掩气质，扣在被子上的双手修长似玉，大概是因为刚醒来，好看的眉眼里带了丝疲惫，眼睛清凌凌的，有些蒙眬，又很清醒。难怪医院里那些小护士争着抢着要照顾他。

张医生把病历本翻过来合上，笑了笑："你哥临时有个会，来不了，换了你大学同学，说是已经在路上了。这些基本情况我只能先跟你说一下。听说你一个人住，不太好，出院后请个人吧。"

程昶点点头："嗯。"

张医生离开后，两个护士检查了一下药品和点滴，也走了，其中一人怕程昶无聊，帮他开了电视，把遥控器放在床头。

这是医院，电视的音量很小，程昶无心看，等护士掩上门，他合上眼，往病床上一靠。

脑海里又浮现出白云山的断崖，他手臂受了伤，身后杀手步步逼近，保护他的四个武卫都死了，他心脏骤疼，跌跪在悬崖边的一株老榆树旁，远天的残阳如血，崖底是苍茫雾气，他撑不住，往下跌去，等到再醒来……就在这里了。

就像大梦方醒。

程昶沉默地坐着，有些分不清他这大半年来，在大绥所经历的一切是不是只是一场梦。

可是，人的梦是有断层的，会随着苏醒渐渐褪色，最后忘却。

但他此刻回想起金陵、回想起琼亲王府，一点一滴清晰如昨，所遇到的每一个人，容貌、声音乃至于习惯，他都记得分明。

他原本不信鬼神，是单纯的唯物主义者。去了大绥后，他尚可以用相对论平行世界观来说服自己。可他此刻回到二十一世纪，时间距离他心脏病突发不过两个多礼拜，这又该怎么解释？

程昶不知道。

所受的唯物主义教育告诉他，一切理论要建立在实践的基础上，不能凭空猜测，要找佐证。

而他没有佐证。

电视的音量忽大忽小，一个接着一个的广告播完，放起了一个电视剧。程昶从前几乎不看剧，他觉得有点吵，拿过放在床头的遥控器，想把电视关掉。

指尖已触到开关按钮，他不由得一顿。

第十七章 一命双轨

电视剧是个古装片，里头有个穿着红衣、拿着剑的姑娘。乍一看，和云浠有点像，却不是云浠。

新生代小花的演技有待提高，拼了命去演绎一个倔强、隐忍、有仁义之心的江湖侠女，可举手投足之间总有点别扭，台词功底也不行。

其实倔强是一种气质。就像云浠，她的倔强是从骨子里散发出来的，平日里其实非常好相处，而这个小花演得横冲直撞的。

程昶一边在心里吐槽，一边又忍不住往下看。

剧情如何他没怎么往心里去，目光一直跟随着那个红衣侠女，一直到没她的戏了，才拿起手中的遥控器想要跳过，无奈发现这不是数码电视，是个老古董，给病人们打发时间用的，电视台有什么节目它放什么节目，连个快进键都没有。

程昶只好又坐在床上发呆，等着那个红衣侠女再出现。

不多时，病房外有人敲门。来人把门一推，是程昶那个常来陪护的大学室友段明成。

"哟，真醒了？"段明成一见程昶坐着，叹道，"不容易啊。"

他手里提着一大包东西，径自入了病房，往一旁的沙发上一坐，盯着程昶说："你记得我是谁不？"

"段明成。"

"老几？"

"老二。"大学室友里的二哥。

段明成点点头："行，张大夫没骗我，你小子没傻。"他又问，"你知不知道你昏睡了多久？"

"听说了，两个多礼拜。"程昶又对段明成说，"麻烦你了。"

"哎，你怎么突然跟我客气起来了？咱们常来常往的，至于吗？"他拍拍身旁的大包，"昨天晚上你突然痉挛，一身接一身地出汗，还说胡话，把你哥和廖卓都吓到了。后来情况稍微稳定点，我以为你要长期留院，跑出去给你买换洗的衣服，早知道过来前我给张大夫打个电话问清楚了。刚在走廊上碰到她，她说你过两天就可以出院，这不，一大包东西，白买了。"

这事程昶听张医生提起过。他昨天半夜突发性痉挛，但是查不出原因，心率和血压都不稳定了一阵，本来医院都打算开胸做检查了，他整个人又忽然平静下来，恢复正常了。

段明成问："你接下来打算怎么着？出院后，继续回公司上班？"

程昶工作的公司很好，是全世界排名前几的财团，可说到底都是给资本家打工，总不能把命搭进去。

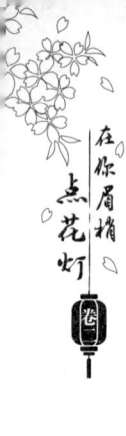

"还没想好。"程昶道,"再说吧。"

他是真没想好,大绥的一段经历在他的脑海里织就了另一番人生风光,此刻回到故土,还有不真实之感。

"要我说,你就该把那工作辞了,凭你的本事,做什么做不好,找什么样的工作不是找,何必呢?"段明成说,"还有,我跟你哥商量过,觉得你接下来不能再这么独处了,家里说什么也要请个二十四小时特护。这次真是运气好,你发病的时候,门没关严实,外卖小哥过来刚好看见,但你总不能一直指着运气好吧。"说着,他看向程昶,小心翼翼地问,"你昏迷这十来天,廖卓过来了好几趟,你知道吗?"

廖卓是程昶前女友的名字。就是从前去日本旅游,给他带御守的那个。

"她这回很尽心,说实话,我和你哥工作都忙,社畜嘛。你昏迷这阵子,大半时间都是她过来陪你,她担心请的陪护不尽心,还熬了几宿帮你盯点滴。你公司的假,也是她过去帮你请的。"

程昶点点头:"回头我找个机会谢她。"

"怎么谢?请她吃饭还是买个礼物送过去?"

"吃饭吧。"大不了选个高级餐厅,送个礼物,万一她再回礼,一来一回就没完没了了,程昶这么想着,说,"到时候你也过来。"

段明成笑了:"廖卓是缺你这一顿饭吗?她这么鞍前马后地照顾你,什么意思你看不出来?"

程昶没说话。他看得出来,但他觉得没必要。

电视剧一集播完了,在放片尾曲,红衣侠女是女主角,在片尾曲里又出现了,这是剪辑过的镜头,倒是比剧中更像云浠一点。

程昶又去看电视。

"廖卓这个人吧,是物质了点,但是,三哥,"段明成顿了顿,"我说句实话,这个年头,一点也不物质的女孩儿几乎没有,结个婚还要买车买房给彩礼呢。你这么单身下去,我们这些朋友始终不放心,凭你的条件,找是随便找,但谁知道那是神仙还是鬼怪呢。廖卓嘛,咱们好歹知根知底。她知道你有这病,眼下想通了,还愿意回来求复合,照顾你,很不容易不是?虽说好马不吃回头草,那也是特殊情况特殊考量不是?

"退一步说,物质社会讲究等价交换嘛,你是学金融的,适当用法律手段保护自己,吃不了亏,人家姑娘的青春也珍贵。"

所谓适当用法律手段保护自己,程昶明白,无非是请律师,立遗嘱,做财产公证。

但他不是因为这个才不接受廖卓,他也不在乎这个,他只是对她没感情。

他在不知是梦还是真的古代过了大半年,回到二十一世纪,不知怎的,在情感

004

第十七章 一命双轨

上格外挑剔了起来。

电视剧的片尾曲放完了，又开始播广告。

程昶愣了下，心中有点茫然，过了会儿，他转头问段明成："刚刚那个电视剧你看过吗？叫什么名字？"

段明成也愣了下，说："你这话题转得也太快了。"

他又说："你别不承认，我知道你心中其实也一直惦记着廖卓，不然我也不会这么劝你。昨儿半夜，你突发性痉挛，还含含糊糊地喊'平安符'，让人帮你找平安符。你这两年，跟咱们这些糙老爷们儿待在一起，谁送过你平安符？后来我仔细琢磨，才想起也就两三年前吧，你跟廖卓分手前，她去日本给你带了枚平安符回来，她当时称那个平安符叫什么来着……哦，御守。"

平安符？程昶一时愣住。

他很清楚，他要找的平安符，不是段明成说的御守。

"然后——"段明成说着，似是想起什么，往裤袋里一摸，取出一物，"今早护工给你擦手，在你手心里找到了这个。"

待程昶看清段明成递来的东西，整个人就愣住了。

段明成是个糙老爷们儿，分不清平安符和御守，可是他分得清。

这不是御守，而是一枚十分古朴的平安符。平安符折成三角状，一端开口，里面……应该放了一张纸。

云浠送给他的那一枚，被他遗落在了悬崖边，而这一枚应该是他在白云寺的观音庙里为云浠求的。

庙里的和尚曾递给他纸，让他写上所佑之人的姓名。

和尚还说："施主心诚，所佑之人必能平安。"

程昶怔怔地接过平安符，取出折放在里面的纸。

纸上写着的正是"云浠"二字。

他想要的佐证。

程昶拿着平安符，一时之间失了神。

他从大绥回来，身体是二十一世纪的身体，衣物是二十一世纪的衣物，连心脏也是一直以来残破的那一颗，唯独这枚平安符竟然跟着他回来了。

那么是不是可以说明，他这大半年来在大绥的经历，并不单单只是一场梦？

段明成看程昶沉默着不说话，以为他在想廖卓，于是说："廖卓老家那边有点急事，昨天半夜接了个电话赶回去了。回头我把你醒了的消息跟她说一声，叫她早点回来。

"还有你那个陪护，我觉得挺不靠谱的，之前三天两头的请假就算了，昨晚临

到紧要关头，居然又溜号了，我看你还是另请一个吧。"

程昶点点头，说："行。"

段明成只请了半天假，留下陪程昶说了一会儿话就赶着回公司了。

他走后，程昶的目光又落回到手里的平安符。

外间吵闹，病房寂静无声，两个世界仿佛在他手里的古符上交错。

放在床头的手机震了一下，是廖卓发来的微信：醒了？感觉怎么样，还好吗？

程昶回了句：嗯。

想了一下，又回：谢谢。

过了会儿，廖卓发来一大段语音："不好意思啊，家里临时出了点急事，没留在医院陪你，我这边尽快处理好，早点回来。公司那边我帮你请假了，你这几天多静养，我刚和段明成还有你哥商量了一下，那个护工咱们就不用了，你哥另请了个人早晚给你做营养餐，至于特护，等我回来帮你一起物色物色。"

程昶听完，又回了句谢谢。

他刚醒来，精神其实并不好，刚才和段明成说了小半天的话，身体也很疲乏了。等护士进来帮他换了点滴，量了体温，他就睡了过去。

程昶在医院又住了两天，随后做了一次全面检查。

出院那天，何笕过来帮忙办出院手续，程昶留在病房里收拾行李。

不期然，病房门被轻轻一推，一名小护士站在门口，轻声道："程先生，听说您要出院了是吗？"

"对。"

"是这样，我是一直负责照顾您的护士，这两天调休没在，所以……您可能不认得我。"

程昶没说话。他其实认得，他在那些光怪陆离的梦境里见过她。

"您，我……"小护士见程昶不言，有点紧张，半晌，掏出手机，"我听说您出院以后，身边暂时没人照顾，您看您……是不是加我个微信？到时候有什么注意事项，我也好直接跟您说。"

理由找得很好，可她闪烁不定的目光却出卖了她。

程昶看着小护士，他其实很清楚她的意思。

但是……

"谢谢你，不用麻烦了。"程昶说，"我有张医生的电话。"

小护士眼中有明显的失望，她的脸倏地红了，站在那里有点不知所措，好半晌才道："这……这样啊，那……"

就在这时，何笕办完出院手续回来了，小护士见来了人，把没说完的话咽了回

去，埋着头，快步走了。

何笕大步迈入病房，帮程昶提了行李，笑着说："可以啊，这才多久的工夫，又招了一个小妹妹。"

程昶说："她是来叮嘱我术后注意事项的。"

何笕又笑了两声，从裤袋里摸出车钥匙，递给程昶："我把你的大G开过来了，你看等会儿是你自己开车，还是我来开。"

"自己开吧。"程昶道。

起搏器的匹配程度很好，不影响开车，虽说最好是休息三个月以后再上路，但在市区里转转还是可以的。

"行，那你顺路把我送回公司。"

何笕的公司在CBD，离程昶的公司很近，程昶靠边让他下了车，想了想，觉得自己反正已经过来了，掉了个头，把车开进地下车库，去了公司一趟。

他这几天已经想得很清楚了，自己这状态，暂时不能工作，不全是因为病情，更是因为这一段匪夷所思的经历。

直到现在，他都觉得不真实。整个人就像徘徊游离在两个世界之间，尘嚣纷扰，行色匆匆。

程昶没带工作卡，但他是公司中层，在接待那里刷脸入了大楼，直接去了顶层见大老板。

他的原意是直接辞职，但大老板说："这样吧，我给你放个大长假，等你休息好了，想什么时候回来就什么时候回来，到时候直接给我个电话，要调岗提前一个礼拜打招呼。"

有本事的人在市场上永远吃香，猎头公司不时地打电话挖人，对家开价动辄就是双倍年薪，大老板心中自有算盘，握住程昶这么一个勤奋兼有头脑的稀缺资源太难得，不肯放手情有可原。

程昶点头道："行，那谢谢您了。"

从公司里出来，天灰蒙蒙的，四月的下午，原本已经回暖的天气被一场寒流打回原形，春寒料峭。程昶打开广播，一个女声说这几天有强台风登陆苏浙沪一带，提醒人们出行注意。

上海的路况永远都是一个熊样，无论什么时段都拥堵不堪，幸而程昶的公寓离CBD不远，半个小时之内，他终于回了家。

天比方才更暗了，透过落地窗望去，外头阴云密布，风声阵阵，果然是强台风来袭的征兆。

程昶大半个月没在家，家具上落了灰，他做了简单的打扫，打电话跟钟点工约了明天做清洁的时间，然后坐在长桌前，想了想，还是打开了笔记本。

大老板好心留他自然是出于挽留人才的考虑，但他还拿着工资呢，总不能当甩手掌柜。

程昶把这半个多月的邮件都看了一遍，挑要紧的回了，然后给部门里的下属发了邮件，分配了工作，又给全公司包括海外总部发了函，说明了自己的情况，顺便抄送给相关事务的紧急联络人。

做完这一切，天也彻底黑了。

程昶手机里存了几家私房菜馆的电话，翻出一家来点了营养餐，在等餐的当口，他坐在沙发上发起呆来。

无事可做，无所适从，连心里也是空空荡荡的。他以前几乎从未有过这样的感觉。

程昶不禁想，自己在去大绥前，过的是什么样的日子呢？

那时候工作忙，成日加班，偶尔看点新闻，跟朋友聚会，日子一天一天也就过去了。

他这个人，没什么兴趣爱好，上学的时候勤奋上进，几乎没拿过第一以外别的名次，因为天生的心脏病，他总比别人格外珍惜生活与机会，闲暇的光阴都用来努力了，很少荒废，所以也算充实。

后来去了大绥……

去了大绥，到了金陵，他成日里想着如何在贵人手下保命，无暇分心其他，几回脱险，都得云浠相助。

程昶想起云浠，一时间出了神。

他不自觉地从口袋里取出平安符，放在茶几上，静静地看着。

如果他在大绥的经历都是真的，那么他落崖后，一切又怎么样了呢？

算日子，云浠很快就该平乱回来了，她若知道他不见了，甚至是……死了，又会如何？

思绪仿佛无处着落，在他脑海里杂乱无章地徘徊着。

过了会儿，餐馆送餐的到了。

他揉了揉眉心，让自己冷静下来，去门口取了餐，把热腾腾的饭菜拿出来摆在茶几上，却没什么胃口。

他又坐了一会儿，似想起什么，翻出手机，搜了一下前几天电视台播的古装剧，找到剧名和女主演的名字，然后充了个腾讯视频的会员，想要看剧。

说实话，流量小花的演技真的一般，只是因为服装造型，乍一看和云浠相像罢了，皮肤也没云浠好，尤其是那双眼，可能戴了美瞳，有点失真，不如云浠的清澈。

程昶看了一会儿，恨不得她就拿着剑站在那儿不要动。

第十七章 一命双轨

他又去注册了一个微博账号，搜了搜小花的微博，翻了下她的生活照，都是摆拍，这就更不像了。他很失望，只好去电视剧的官微，勉强翻出几张还不错的剧照，存在了手机里。

外头忽然划了道闪电，俄顷，一声响雷在天际炸开，大雨倾盆而下。

一阵风沿着窗隙飘进来，吹动茶几上的平安符。平安符的一角掀了掀，险些飘落在地上。

程昶一手把它接住，拿了个瓷杯压着，走到窗前，把两侧的小飘窗关严实，拉上窗帘。

外间风雨大作，几乎要隔绝一切声音，程昶把电视剧的音量调大了些，见桌上的饭菜已经温凉了，于是齐了齐筷子头，准备开吃。

正在这时，屋外传来了敲门声。

知道程昶住址的人不多，除了何笕和段明成，只有公司几个同事。他们要是过来，通常会先打个电话，不会贸贸然打扰。

来人是谁，程昶心里已经有数了。

他在沙发上坐了一会儿，直到敲门声又响了两次，他才过去开门。

门口站着的果然是廖卓。

她大概是刚从老家回来，手里还拎着行李袋，虽然补过妆，整个人依旧略显疲惫。

廖卓看到程昶，张了张口，没说出话来。

程昶穿了身宽松的浅灰色毛衣，下面是深色休闲裤，额发疏于打理，细碎地遮在眉上，有些懒散，目光里那一丝微凉像料峭的春寒，被好看的眼尾一收，敛入一身清冽里。

这个男人，无论隔了多久再见，都惊为天人。

"我……那个，听说你出院了，不放心，过来看看。"

程昶点了点头，他本来不想让她进屋，但台风天气，外头风雨大作，电闪雷鸣，人都站在门口了，总不好撵出去。

"进来吧。"

廖卓在门口换了拖鞋，进了屋，一看茶几上摆着菜，问："你还没吃晚饭？"拿手一试温度，又说，"我帮你去热一下。"

程昶说不用，但廖卓已然端着菜进厨房了。

程昶皱了下眉，没跟进去。

十多分钟以后，廖卓就从厨房里出来了，菜用微波炉热了，顺带熬了一小锅粥。她坐在沙发上，对程昶一笑："我也没吃晚饭，能不能在你这里蹭点？"

程昶没说什么，去厨房里拿了一副碗筷给她。

吃饭的当口，两人都很安静，电视上还放着之前的那个古装武侠剧，廖卓几回想要说话，却见程昶的目光都在电视上，仿佛看得很专注。

一直到一集播完，程昶拿着遥控器切换下一集的当口，廖卓才找着时机问："你以后……怎么打算？"

新的一集开始，红衣侠女暂时没出现。

程昶分出神来听到廖卓的话，想了想说："再说吧。"

他看起来有些迷茫，廖卓很少在程昶脸上看到这样的情绪——纵然疾病缠身，他一直是勤奋向上的。

她不知他是不是被这一次突如其来的心脏骤停打击到了，忽然心疼起他来，于是不再遮掩，单刀直入道："那什么，我今天到你这里来，什么意思，你是明白的吧？"

程昶沉默了一会儿，"嗯"了声。

"其实我和你分开后，心里一直……放不下你。这几年陆续接触了几个，都没什么感觉，所以一直单着。"廖卓说，"你这病，那会儿其实是我挺大一个心理障碍的，这两年经历了点事，想通了，人这一辈子，生死祸福，谁说得清呢？我听段明成和你哥说，我们分开后，你也一直单着，我就想……要是你心里还有我，不如我们……"

"不用了。"不等廖卓把话说完，程昶打断道，"你不用勉强，我一个人挺好的。"

廖卓愣了下，像是没听明白他的意思："但你身边总得有一个人吧？"

程昶说："我会请个人。"

"请来的特护哪有自己人尽心？"廖卓说。

她像是难以启齿，垂下眸，过了好一会儿才艰难地问："程昶，你是不是觉得，我想跟你和好，是……图你的钱？"

程昶说："不是，你别误会。"

她家里的情况，从前他们在一起那会儿，他大概清楚。

廖卓从小父母离异，她跟着母亲长大，家境很一般。这其实没什么，无奈就无奈在她有个好赌的舅舅。廖卓的外公外婆去世早，这个舅舅基本上算是廖卓的母亲拉扯大的，把他当半个儿子看，赚来的钱都用去填舅舅赌债的窟窿了。

十年前舅舅因为赌博斗殴进了监狱，一家人过了几年松快日子，去年舅舅出狱以后，死性不改，没钱赌就借，沾上了高利贷，利滚利又欠下不少钱。

廖卓这回急赶着回老家，就是因为高利贷找上门，舅舅跑路了，把她母亲堵在家里。

"你是不是听说我舅舅的事了？"廖卓垂着眼，不敢看程昶，"是，我家里是

遇着点事，但我不是不能解决，我也有工作，挣得虽然没你多，省着点用，总能还上，必要时还可以报警。我想跟你和好，是因为这么久的感情了，我放不下。我真的……很喜欢你，想要照顾你。"

程昶没说话。其实廖卓的事，这两天何笕和段明成都跟他提过。

段明成说："她这阵子照顾你，看着是真用了心。至于她家那点破事，我和你哥都查了，不算大，好摆平。我跟她私下谈过，她说如果有必要，她愿意不领结婚证，立字据不接受你的一切财产，你到时候找个律师做公证就行了。这我可没逼她啊，都是她自己说的。"

何笕言简意赅："外头请来的人就放心了？廖卓好歹知道根底。"

段明成和何笕都是在社会大染缸里浸久了的人，见过形形色色的脸孔，他们既然劝他放心，那么他就该放心。

程昶问："你还差多少？"

廖卓愣了愣，有些急了："程昶，我真不是那个意思。"

"我知道你不是那个意思。"程昶说，"我也没想着一定要帮你还。我就是问问。"

"这回回去，我已经还了一些。"廖卓咬着唇，良久后开口，"请了个地方上有声望的老叔去调解，高利贷那边答应不再追加利息，现在……还剩三十万。"

三十万，数目不大，是好摆平。

程昶点头："行，我知道了。"

他拿过沙发上的外套，说："走吧，我送你下楼。"

廖卓抬头去看程昶："那我们……我们……"

"这是两回事。"程昶道，"我已经说了，你不用勉强。"

他这回入院，欠了她的人情债，想要还回去，适逢她遇上困难，多少还是该帮一帮。她家欠下的是高利贷，这年头借高利贷的，最是反复无常，程昶没想着要直接帮她把窟窿填上。若真给她三十万，既能还了人情，又能了断感情，反倒简单。到底怎么做，他还要想想。

廖卓此刻终于听明白程昶话里的意思了。感情是感情，人情是人情。他嘴上说着让她不用勉强，其实是他自己不想勉强。他是真的对她一点感情也没有了。

廖卓心里很难过，眼里泛起泪花，这么好的人，她怎么就错过了呢？

她抬手揩了揩眼角，看见茶几上还摆着没收拾的碗筷，哑着声说："我帮你把这收了再走吧。"

程昶又说不用，拿过手机帮她约了车："我送你下楼，这里我回来会收。"

廖卓把碗筷堆放在一起，点了点头，正要走，目光在茶几上掠过，忽然瞧见那枚被程昶用茶杯压着的平安符。

她"咦"了声,挪开杯子,拿起平安符仔细看了看,问:"你怎么有这个?"

这一整晚,程昶都是一副心不在焉的样子,直到廖卓拿起平安符,他心中才无来由地一沉,大脑的反应甚至跟不上动作,已然一抄手把那平安符从她手里拿了回来。

廖卓愣了下,看着程昶眉心微蹙,十分珍视这枚平安符的样子,不由得解释道:"你别误会,我就是有点奇怪,你怎么有这个符,是托人帮你从老家那边带的吗?"

他们俩的老家都在杭州,程昶是市区的,廖卓在市郊。

程昶原没在意廖卓的话,只顾着将平安符收好,直到听到她后半句,他脸色变了:"你见过这种平安符?"

第十八章 古庙还魂

"嗯。"廖卓点头,"就在我老家那边的一个山里。山上有个观音庙,给的就是这种平安符。

"听说这平安符挺灵的,但庙里的那个老和尚有点古怪,加上他要的功德太高,交通又闭塞,所以香火不是很旺。"

程昶问:"你知道怎么过去吗?"

"只知道大概位置。"廖卓道,"具体地址我问问。"

她打了个电话,说的是家乡话,程昶给她找来纸笔,廖卓一边听一边记,但记下的并不是确切地址,只是路线。

外面的风雨比之前更大了,雷声一声接着一声,震耳欲聋,廖卓的话几回被这雷声打断。

这期间,网约车到了,程昶让司机稍等一会儿,钱照算,司机却说台风来了,外头的天气太恐怖,想收工了,取消了他的订单,程昶无奈,只好另叫了一辆。

廖卓花了近二十分钟时间,才把路线确认下来。

她把纸笔递回给程昶,说:"你要去求平安符?你从前不是不大信这个吗?"

程昶没答,取了外套,送廖卓下楼。

新叫的网约车已经到了,廖卓临上车前,有些不放心地又跟程昶说:"最近天气不太好,那边都是山路,不好走,你如果要过去,稍微等几天,等台风过了,我陪你一起。"

程昶没答话。

送走廖卓，他上了楼，把桌上的碗碟堆去碗槽里，拿出平安符，出神地看着。

电视上的古装剧循环放着，侠女一身朱衣执剑，像是受了什么委屈，落寞地立在人群当中。

程昶想起云浠退婚那天，一个人站在裴府的厅堂里，手心受伤出了血。

侠女被人逼迫，当着众人的面跪了下来。

程昶又想起那日雨水绵延，云浠跪在宫门前，举着父亲和兄长的牌位，要为云洛鸣冤。

雷声一声接着一声炸响，早已把电视的声音盖住了，程昶甚至不知道这一段情节究竟在演什么，但这都不重要。

他摩挲着手里的平安符。

整个世界与他疏离，将他遗弃于红尘之外，唯这一枚与他一起横跨千百年光阴的平安符，是他与这个人世间仅存的纽带。是他所能握住的唯一的真实。

程昶走到落地窗前，拉开窗帘，望着外头风雨交加的天，一道直射而下的闪电几乎要将夜空撕成两半。

廖卓说，这几天天气不好，让他等台风过了再去那座老庙。

可是他等不及了。

游离着的感觉很可怕，他不知道自己从何处来，又该向何处去。

在大绥的时候，他想着回二十一世纪，而今回来了，才发现自己竟站在了两个世界的交叉口，无人至，无人往，无人明白。

程昶取出行李箱，把一身换洗衣服、术后的利尿剂，还有一些常规药物塞了进去，冲了个澡，睡了一晚。

第二天天不亮，他就开车往杭州而去。

廖卓说的老庙在杭州城郊百八十里的山区里，离得最近的村子叫知贤村。

程昶出发得早，到知贤村的时候还不到九点。

天气尚好，风小了一些，雨也不似昨晚那么急，但乌云仍悬在头顶。

程昶把车停在山路边，找了个村里的老阿姨打听去老庙的路。

老阿姨一听程昶要上山，眼睛瞪得老大："不要去啦，昨天台风一来，树都倒啦，晚上没电，到处黑黢黢的，吓死人了。"

程昶说："没事，我就上山求个符，很快下来。"

老阿姨见劝不住，只好给他指了路。

当地人把老庙称作观音庙，听说年代很久了，祖上那一辈就在，如今已十分残破。

眼下守庙的是个老和尚跟他的小徒弟，老和尚人很古怪，还有点势利，逢着上山求平安的人，便可劲儿地讹钱，但还真别说，这庙里求来的平安符是挺灵，老和尚偶尔帮人算命，也能说得八九不离十，因此就没断了香火。

　　江浙一带少有真正的高山，所谓的山，大都一两百米高，其实就是丘陵，但上山的路蜿蜒陡峭，五米一个小弯，十米一个大弯，很不好走。

　　程昶又花了两个多小时才看到观音庙的飞檐，在一个平缓的土坡上停了车，撑着伞徒步过去。

　　雨比刚才大了，伴着隐隐的雷声，午时的天反而没有早上亮。庙前有个戴着斗笠的小和尚正在清扫台阶，见来了人，将扫帚往庙门前一支，双手合十："施主。"

　　程昶一瞬失神。这样古韵未尽的地方、古韵未尽的人，让他想起了大绥。

　　他问："庙里的住持在吗？我过来打听个事。"

　　小和尚点点头，让开一步："施主里面请。"

　　这座观音庙确实残破，百年的风侵雨蚀，墙体斑驳不堪。

　　小和尚把程昶引到观音殿，对着大殿左侧长案上打瞌睡的人喊了声"师父"就走了。

　　师父是个干瘦的老和尚，听到来了人，掀开眼皮，问："求平安还是算命啊？"

　　程昶说："想跟您打听桩事。"

　　"哦，算命啊。"老和尚抽了抽鼻子，他刚从酣睡里醒来，人似乎还不大清醒，说，"我这庙里算命看机缘，老衲观你今日无缘。"又合上眼，打了个呵欠，"有事多看新闻，科学信佛，才能幸福人生。"

　　程昶："……"

　　"那我先求个平安符吧。"

　　"哦。"老和尚缓了会儿神，说，"我这里的平安符分上、中、下三等，你要求哪一种啊？先跟你说明啊，下等的八十八，中等的一百八十八，上等的六百八十八。"

　　程昶："……"

　　还真有点讹钱的意思。

　　"我能先看看您这里的平安符吗？"

　　"不能。"老和尚撩起眼皮看了他一眼，"你当是挑货买货呢？这符被凡人的眼瞧过，就不灵验了。"

　　程昶："……那就上、中、下等平安符，各来一枚吧。"

　　"嘿！"老和尚眼睛亮了，爽快！

　　程昶掏出钱包："一共九百六十四，我付现金给您。"

　　老和尚将他一拦，从长案前取出两张用塑胶封着的二维码，说："扫码吧，微信、支付宝都行。现金懒得数，麻烦。"

"……"

程昶取出手机扫了码，跪在蒲团上，朝着观音大士像认真地磕了三个头。

他不知该为谁求平安，想了想，挑了三个人：何笕、段明成和……云浠。

"好了？"就这么一会儿工夫，老和尚又昏昏欲睡，见程昶回到长案前，从兜里取出三个平安符摆在桌上。

三枚平安符长得都一样，若真要论有什么不同，上等的纸色古朴一点，朱砂符印老旧一点，下等的纸色最鲜艳，符印就像是用红墨水刚写成的。

老和尚看程昶立在长案前一动不动，以为他觉得自己被讹钱了，理直气壮地解释："你别看这三枚平安符样子差不多，其中玄机大有不同。上等的这个，是我师父写的，放有十多年了，受尽香火；下等的这个，是我那小徒弟写的，虽然承的是我师门古法，但他底蕴不足，写出来的东西菩萨不很受用，不是那么灵的。"

他被香客质疑惯了，脸皮已练得很厚，说完这一番话，将平安符往程昶身前推了推："钱你付了，货我给了，概不退换啊。"

程昶注视着平安符，仍旧沉默。

不为什么，只因这平安符的的确确与他在白云寺观音庙里求来的一模一样。

唯一的区别……

他拿起其中一枚仔细看了看："您这里的平安符，没有一端开口的那种吗？就是……里面可以放一张纸，上头写所佑之人的姓名。"

老和尚听了他这话，愕然道："你怎么知道还有这种？"

程昶没答。

他从衣兜里取出曾经在白云寺为云浠求来的符，递给老和尚："大师您看看，这种平安符，您见过吗？"

老和尚手里握着程昶给的平安符，翻来覆去瞧了两眼，又取出老花镜戴上，仔细研究上头的符文。

远天闷雷阵阵，不期然间，雨水已成滂沱之势，山中风声呜咽，吹得观音殿的木门咣咣作响。

没过一会儿，老和尚的脸色变了："你……你是从哪里求来的这种符？"

程昶没说话，在案前的长凳上坐下，盯着他。

那意思很明显，大师您还没回答我的问题呢。

老和尚说："你这种符，我只在师门传下来的古书上见过，包括符文的写法，已经失传很久了。我师父从前说过，持有这种符的，都不是一般人，是……"

他咽了口唾沫，没把后半截话说出来。

第十八章 古庙还魂

过了一会儿，他忽然对程昶道："我帮你算个命吧？"

刚才说今日无缘，这会儿又有了？

程昶没多说什么，只点头："好。"

老和尚递给他一张纸，一支圆珠笔："把你的姓名、籍贯、出生年月日还有具体时辰写在上面。"

程昶依言写了，老和尚拿过来，取出一本线装书，对照着翻看，喃喃道："你……是不是从小无父无母，或者父母早亡，亲缘寡薄，克亲克友？"

程昶没吭声。

老和尚又说："你是不是……命里多灾多难，从小疾病缠身？"

程昶仍旧没吭声。

老和尚下结论道："你这是天煞孤星的命啊！而且还——"

"而且什么？"程昶看老和尚说到一半打住，追问道。

他的确父母早亡，说他克亲克友也不是空穴来风，老院长收养他，待他好，却在他上初中时意外出车祸离世。

他亲缘寡薄，有好友，无至交，一生至今，从没有人走进过他的生命里。

至于疾病，他患有先天的、严重的心脏病。

外头的雷接连炸响，风声比方才更大了。

老和尚似有点骇然，一咬牙，把手中书推给他："你自己看。"

书是竖行排的，上头的字是繁体字，程昶扫了一眼，老和尚指着的那一处写着一行字："天煞孤星，三世善人，一命双轨。"

一命双轨。

老和尚支吾道："我学艺不精，不太懂这句话的意思，但我师父曾说，最后四个字是前面的解。他还说……"他顿了顿，"这样的人，阳寿看似短，实则长，等闲死不了，有时候看着凶险，之后也会柳暗花明，如果……真在阳寿未尽时死了，也会死而复生。"

程昶沉默许久，问："死而复生的定义是什么？"

是在濒临绝境时，在另一个时空的另一具身体里醒来吗？

老和尚摇头说不知，他这会儿已全然没有程昶初来时的那股招摇撞骗劲儿了。

他把书收了，神色十分复杂："不过我瞧着书上那行字的字面意思，大概是说，你三世行善，无奈撞上了个多灾多难的天煞孤星命，老天看不过去，所以用'一命双轨'的方式补偿你吧。至于什么是一命双轨，什么是死而复生，我……"

话未说完，整个观音殿忽然被一道闪电照亮，紧接着一声惊雷炸响，疾风撞开高窗灌进来，几乎要吹熄佛堂两侧燃着的长明灯。

老和尚在这恍若天谴般的异象中愣住，须臾，他似明白了什么，看着程昶，惶恐地说："不对，你……你今天为什么来？"

"你……你还没回答我，这枚失传了这么久的平安符，你是从哪里得来的？"

程昶看着他，过了会儿道："我可以说，怕您不会信。"

强台风的天，风声盖过人声，盖过惊雷与急雨，在天地间呼啸。

老和尚没听清程昶究竟说了什么，到了此刻，他才仔细打量起眼前这个年轻人。

他长得极好，好到单用英俊两个字已不足以形容，他端坐在这四方佛堂里，身后有未灭的长明灯，乍一眼看去，就像从古画里走出的公子。

可是，画里的公子该是不染纤尘的，此刻呼啸的风雨，暗沉的天际，却在他眉目间蒙上了一层晦暗不堪的阴影。

他一看就是教养良好的体面人，是社会上的精英。

这种强台风的天，他为什么会来这里呢？为什么会独自一人驱车到这个深山老林的破庙里来呢？

老和尚的思绪回到原点：他是为平安符来的。

寻常人若得了一枚平安符，管它再古韵十足，也不会追本溯源，不会去追究这枚符究竟是在哪个庙里开的光。除非……他因为这符，遇到了什么事。

这么想着，忽然有八个字浮现在老和尚的脑海——一命双轨，死而复生。

他刚才和这个年轻人说那些匪夷所思的话时，他脸上一点惊讶的表情都没有，这是正常人该有的反应吗？

老和尚蓦地起身，往后退了两步，看着程昶像是看到了什么怪物，指着他道："你……你……"

程昶看出老和尚的惊慌失措，也随之起身，解释道："大师，我身上的确发生了点事，今天过来就是想问个究竟。"

他不知要何去何从，他只想问明白此生缘法。

而所谓的一命双轨，是不是说，他无论在二十一世纪还是大绥，都注定是一个格格不入的过客？

闪电照亮整个佛堂，将程昶苍白的皮肤照得几近透明，这一刻，他惊若天人的眉眼像神祇，也像鬼魅。

老和尚已不想去听程昶在说什么了，他心中反复盘桓着的只有四个字：死而复生。

"走，走，赶紧走！"下一刻，老和尚也不知从哪里来的一股勇气，气势汹汹地绕过长案，去推程昶。

直到把他推出佛堂，推进漫天的风雨里："你是命硬，死不了，是善人转世鬼

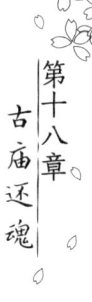

神托生，但你克天克地，我这庙里容不下你。你看这天象，就是你带来的灾厄，你再在这里待下去，我迟早跟着你完蛋！"

言罢，他将程昶的雨伞一并扔出来，"啪"的一声合上了庙门。

雨水顺着脖颈流入衣服里，刹那间浑身湿透。

程昶被这雨浇了个透心凉，他从未遭人如此对待，愣怔了好一会儿，才捡起地上的雨伞，在头上撑开，慢慢走回停车的地方。

好在带了换洗衣服，程昶坐回车里，把身上的湿衣服换下，浑身擦干，换了身干的。

他在车里默坐了一会儿，回过头，看了眼老庙的方向。

雨水连天接地，来时还依稀可见的飞檐现在已经瞧不清了。

他是来找答案的。现在，可以说是找到了，也可以说没有。

他仍然不知道接下来该往哪里去，又该以什么样的方式度此一生。

算了，想不通的事，暂且就不要去想，先好好活着吧。

程昶的余光掠过行李箱里的药盒子，想起今天的药还没按时吃，他从后座拿了瓶矿泉水，打算就水服药，取出药盒才发现他竟然没带利尿剂，而是带了一盒维生素片。

他明明记得自己把利尿剂放进行李箱了，什么时候变成维C了？

仔细一看，两种药的包装还挺像。

利尿剂是心脏病患者最重要的药物之一，能防止心衰，像程昶这种刚因为心脏骤停做了手术的，起码在术后的一个月，这种药一天都不能停，动辄病情反复，甚至因此丧命。

程昶不明白自己为什么会犯这种低级错误，可是这会儿自责已来不及了。他低头一看腕表，刚好四点。

如果路上顺畅，在黄昏前赶到知贤村是来得及的，到了知贤村，走高速大概四十分钟到杭州，然后去浙大医院。

程昶这么计划着，打开广播，启动车辆。

路况广播的信号不大好，一个女声断断续续地说强台风今日加剧，台风信号从橙色预警转为红色预警，接下来沪杭、杭浦等高速封路，建议人们待在室内，不要外出。

山间的风雨大得无以复加，雨水急而沉。

雨点子从各个方向撞在车窗上，溅起豆大的水花，程昶开了雨刷，前方的能见度依然很低。

可他不能退回山里：一来因为他急需赶去杭州取利尿剂，二来他已走到半路，

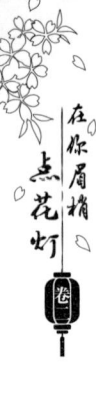

这会儿上山和下山已没什么区别。

雷雨台风天要远避山木，程昶知道，但他没办法，他只能适当加大油门，迅速并且平稳地赶在天黑前回到大路上。

好在之前的一段急弯他已经平安通过，只要穿过前面的密林，就能安全。

惊雷一声声响彻山间，闪电将车内照得忽明忽暗，路况广播的信号愈发不好，没过一会儿便彻底断了。

没了别的人声，骤然间，就像只剩了他和这天地对峙。

寻常人若在这漫天异象里开车独行，恐怕早就怕了，可此时此刻，程昶心中却有些说不出的滋味。

他有点走神，不知怎的，耳畔竟回响起老和尚刚才的话："这样的人，阳寿看似短，实则长，等闲死不了。"

"如果……真在阳寿未尽时死了，也会死而复生。"

他想起他在那本线装古书里看到的，天煞孤星，一命……双轨。

"啦"一声，车里的广播又连上了，还是刚才那个女声，断断续续地说："为您……播报，现在时刻，傍晚，五点三十分。"

五点三十分，黄昏了。

程昶直视着前方，不期然间，只见当空一道闪电劈下，直直地打在山道旁一株十分粗壮的老树上，老树顺势摇了摇，从根部断裂，朝山道上砸来。

与此同时，程昶未及时服用利尿剂的症状终于显露。他胸口蓦地一闷，仿佛有人拿着鼓槌，在他心上重重一击。

道前山木滚落，心间疼痛分神，程昶维系着最后一丝清醒，猛打方向盘，终于在车头撞上粗木的那一刹，避让开去。

可这里是山道，车头转向意味着要向坡下开。而坡度陡峭，稍不注意就会脱离掌控。

程昶已无力掌控。

车身失了重心，向坡道跌落，车中的安全气囊弹开，将程昶前倾的身子猛地推回座椅上，后脑勺撞在靠枕上，疼痛在震荡间夺去了他最后一丝神志。

雨水已将天地浇得漆黑，山中一点光也没有，已经不能视物了。

然而闭上眼的一刻，程昶却看见依稀有人影朝他跑来，唤他"三公子"。

第十九章 但为君故

深秋的白云山雾气很浓,从断崖下往北走,愈走天气愈寒凉。

九月末,距琮亲王府的三公子失踪已过去两个月,禁军将金陵方圆几百里找了个遍,依旧不见三公子的人影。

太皇太后那里瞒不住,前一阵伤心大恸了一场,昨日礼部有人斗胆去试探昭元帝的口风,听那意思,若是立冬还找不到人,琮亲王府就该办白事了。

不过想想也是,寻人寻到这个份上,人事已尽,接下来只能听天命了。

这几日,几支远去淮安附近寻人的禁军已陆续回来,盖因太皇太后的寿辰将至,圣上孝顺,想着等琮亲王府的白事办完,好生给太皇太后祝个寿。

而白云山一带,除了一支留守的禁军,只有云浠一队人马还在继续搜寻,从清风院外的断崖一路往东,一直找到东边海岸的渔村。

这日,天尚未亮,程烨便带着几个人赶到城门。

城门口的守卫见了他,上前拜道:"将军。"

程烨说:"我出城一趟,大约七八日回来,这几日为太皇太后祝寿的西域舞者要进京,都打起精神来,切莫让贼人混入使节的行队。"

守卫应道:"是,将军放心。"

程烨本是校尉,秋节当晚匪寇闹事,在京房和巡查司的掌事失察,均被圣上革了职。两大衙司群龙无首,圣上于是派了程烨过去兼管,看他差事办得妥当,索性提了个五品宁远将军。

但程烨这厢出城却是为了私事。

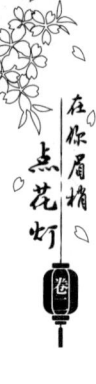

云浠已在白云山一带逗留了足足两月，眼下已然找到东海渔村去了。

起先他看她几乎把白云山每一层草皮都掀开翻了个遍，曾劝过她一次，彼时云浠有些心灰意冷，虽没提要回金陵，也答应跟着禁军去淮安一带看看，程烨想着，若云浠去了淮安还找不着人，便该死心了。

后来不知她在清风院外的断崖边拾到了什么，整个人魔怔了一般，执意说三公子是落崖失踪的，成日带着人在崖下搜寻，后来又沿着白云湖一路往东走，边走边到附近的村落打听。

程烨拨给她的手下毕竟是在编的兵将，不能这么无头苍蝇似的寻人，到后来，除了少数几个人留下，其余的都撤了。

田泗的弟弟田泽在秋试里中了举人，这阵子常去侯府帮忙，起初方芙兰得知云浠的近况，还托他转告程烨说："让她找吧，阿汀就是这个脾气，没试过，她是不会死心的。"

及至前几日，方芙兰见云浠竟两个月不着家，才又托田泽带话，请程烨劝云浠回府。

程烨出城门，打马上了官道，直奔东海渔村。

渔村那头早有官兵接应，见了程烨，迎上来拜过，禀道："云校尉今日去了芜桐村，属下这就带将军过去。"

程烨点了点头。

他其实可以理解云浠为何总在村落间寻人。从那么高的断崖落下来，人即便不死也会受重伤，三公子出身尊贵，伤重必然不能自理，须得有人照料，因此他若活着，必然是被断崖下的好心人救走了。

只是，这么久过去，金陵的大多数人包括琮亲王妃都接受了三公子身亡的事实。

因此，旁人寻三公子是寻"尸"，只有云浠仍在寻人。

到得芜桐村，程烨在村口下了马，没走几步，就看到云浠和孙海平拿着幅画像，立在一户人家前问："这位大婶，请问您见过这个人吗？"

应门的妇人朝画像上一瞥，摇摇头："没见过。"

云浠说："劳烦您再仔细瞧瞧，他个头大概这么高，可能受了伤。"

妇人依言又朝画上看了一眼，说："你这画是照着菩萨画的吧？咱们这小村小落的，几曾见过长成这样的，如果见了，谁还能忘？"

邻近的几个妇人听着他们说话，也凑过来瞧了瞧云浠手里的画，附和道："就是，我看菩萨都没他长得好看。"

"大姑娘，这画里是你什么人呀？要不你留一幅下来，咱们帮你留意留意？"

云浠点点头，把手里的那幅给了她们，说："多谢你们了。"

她眼中有明显的失望，在原处默立了一会儿，刚转过身，目光便与不远处看着她的程烨对上。

程烨走上前来，对云浠道："你也别气馁，我相信三公子吉人自有天相。"

云浠"嗯"了声，她眼神有些黯然："我没有气馁。"

她只是想早一日找到他，毕竟多耽搁一日，三公子就少一分生还的希望。

程烨想起此行的目的，对云浠道："你也别因此累着了自己，侯府还有人等着你回去呢。"

云浠点了点头："我知道，我再去别家问问。"

一旁的妇人见云浠如此，劝说："大姑娘，你别急，等俺家的糟老头出海回来了，俺让他帮你去打听打听。"

"是啊是啊，他们在海上一漂几十百把里，偶尔在附近的村镇歇脚，见的人比咱们多，等他们回来了，咱们帮你问问。"

渔村的村民以捕鱼为生，家里的男人通常结伴出海。

云浠点头，又道了声谢。

芜桐村很小，不过一个时辰左右，云浠已和田泗、柯勇分头打听完毕，跟往常一样，村中无一人见过程昶。

此刻夕阳西下，没了当空的艳阳，寒意袭人。

云浠打算在芜桐村借宿一晚，隔日一早再去邻村打听，正要转身往村里走，忽见先前的妇人急匆匆朝她跑来，说："大姑娘，快……快来！"

云浠上前两步道："怎么了？"

"隔壁村的张奶奶带着小孙女来刘婶家做客，刚才我把画像拿给刘婶看，那个小孙女说，这几日家里来了个跟画里人长得差不多的菩萨。"

云浠一时怔住。

倒是身旁的程烨先一步问："当真和画里的人长得差不多？"

"哎，这还有假？"妇人催道，"是不是，过去看看不就知道了？"

话音没落，刘婶已带着一位老妪和一名小姑娘过来了。

刘婶对小姑娘道："四丫头，快把你适才的话跟这几位官爷再说一遍。"

四丫头才五六岁年纪，梳着一对羊角辫，她平日里跟着奶奶走村串户，遇到的都是熟悉的人，这会儿突然瞧见这么多陌生脸孔，吓得直往奶奶身后躲，什么话都说不出来。

"哎！"刘婶是个直性子，催促道，"张家他奶奶，您来说。"

老妪点了点头。

"前两天，四丫他爹出海回家，带回来了一个不知是死是活的公子，听说是一两个月前在白云湖边找着的,还说是个贵人,叫我跟四丫她娘好好照料。"

程烨拿着程昶的画像给老妪看:"张家他奶奶,您说的贵人是不是长这个样?"

老妪的眼很花,分辨不清画上人的模样,凑近看了半响,支吾道:"反正就是和菩萨差不多。"还是躲在她身后的四丫小声补了句:"就是这样。"

程烨听了这话,当下也不迟疑,问老妪道:"张家奶奶,可否请您带我们过去看看?"

老妪咋舌,眼前几人都是官爷打扮,四丫她爹娘都喜欢清静,突然带着这么多人上家里去,不知他们会不会生气。

刘婶见张奶奶不言,急了,斩钉截铁道:"能,我带你们过去!"

程烨道了声谢,正要带着手下的人跟上,走了两步,一回头,却见云浠仍怔在原地。

程烨问:"云校尉,你怎么了?"

云浠没答,过了会儿才低声说:"走吧。"

张奶奶住的村子在邻近的丰南港,离芜桐村不过几里路。路上,刘婶对程烨与云浠说,各村的男人出海的日子不同,回村的日子也不同,因此四丫他爹他们比芜桐村的男人们早几日到家。

夕阳西下,村户渔港间升起袅袅炊烟。到得丰南港,程烨让手下与孙海平几人等在村口,独与云浠两人跟着刘婶往里走。

刘婶把他们带到一户晒了网的渔家,招呼道:"四丫她爹,四丫她娘,吃着呢。"又说,"快别吃了,家里来贵客了!"

渔家的木门是虚掩着的,隐约可见屋内的场景。不一会儿,四丫她爹就捧着碗出来了,瞧见云浠和程烨,问:"这二位是——"

"这二位是金陵来的贵客。"刘婶道,"四丫她爹,我问你,你们先前出海,是不是在海上捡了个菩萨一般模样的公子?我听你阿娘说,你前两天把他带回家里,让四丫她娘好生照料来着?"

四丫她爹愣了一下,看向程烨:"官爷是来寻他的?"迟疑了一下,又说,"那官爷便随我进屋吧。"

言罢,他有些责备地看了老妪一眼,像是埋怨她多嘴的意思。

渔村的村民过的是自给自足的日子,虽不至于缺衣少食,大都并不富裕,此刻暮色四合,四丫家里统共只点了一盏油灯。四丫她爹端着油灯把程烨与云浠带到一间屋前,掀开竹帘,说:"躺在榻上的就是贵人了,二位且看看,是不是你们要找的那个?"

程烨颔首,方要迈步过去,却见云浠驻足在门前。

第十九章 但为君故

她的目光落在榻上躺着的人身上，一灯如豆隐约映出她眸中的期待与惶恐不安，想过去看看，却又不敢。

她找了他太久，好不容易有了一线希望，宁肯抱着这线希望裹足不前久一点，因为害怕它会落空。

程烨终于瞧明白云浠的踌躇是缘何，心中一时不是滋味，但他没说什么，更没催促云浠，独自走过去，就着灯火往榻上躺着的人仔细看去。

竟然真的是程昶。

程烨有些愕然，距三公子失踪已有两月，跟着他的四名武卫早已下葬，时至今日，金陵城中几乎所有人都认为程昶死了，没想到他居然活着。

程烨转头对云浠道："是他。"

云浠一愣，疾步过来，见榻上的果真是程昶，脑中混沌一片，但手已下意识探向他的鼻间。

鼻息绵长平缓，是真的活着。

云浠慢慢收回了手。

她张了张口，分明有许多话想问，却一句也说不出来。胸腹中像是涨了潮，慢慢水满，溢过她的心肺，把她所有的言语堵在了喉间。

她是欢喜的，但并不多兴奋意外，不知为何，她一直有种直觉，觉得他还活着，会活着。

纵然知道他落了崖，纵然整个金陵都觉得三公子没了，连琮亲王府也将开始操办白事，但她就是这么笃信着。

云浠不知道这种直觉从何而来，就像她从前，有那么一瞬觉得他并不是这世间人一样。

程烨唤了程昶两声，见他毫无反应，问四丫她爹："他怎么不醒？请大夫看过吗？"

四丫她爹摇头道："之前在白云湖岸边捡到他时，他就一直睡着，后来我们把他带到船上，水食都喂得进去，就是不醒。船上倒是有个懂医的为他瞧过，说他脉搏有力，除了右胳膊上的伤，身子看着康健，没什么毛病。"

程烨一听程昶右胳膊上有伤，掀开被衾来看了看，伤是外伤，大约是被利刃划的，眼下早已愈合得差不多了。

他从腰囊里取出一小锭银子交给四丫她爹："劳烦你去这附近请最好的大夫。"

四丫她爹应了，见程烨一身官服已然十分不凡，对待榻上之人居然恭敬有加，不由好奇道："这位官爷，敢问这位贵人竟是哪家官户人家的公子不成？"

程烨倒也没瞒着程昶身份，说："不是官户，他是琮亲王府的三公子。"

四丫她爹愣了愣，一时竟没闹明白三公子是个什么身份，拿着程烨给的银子走到屋门口，才骤然想起程烨方才仿佛提了个什么亲王府？

百姓对天家事不甚了解，却也知道当今天下只有一个亲王。

这位三公子是那位亲王的儿子，那岂不就是……小王爷？

四丫她爹一个踉跄，险些在门槛上栽下去。

他往屋内看了一眼，这个时节出海，收获通常不大，然而自从捡到这位小王爷后，他们一村人捕下的鱼直要赶上春夏，村里的男人都当这是贵人带来的福气，打算过几日再带上他出海一趟，哪知今日阿娘竟带着官爷寻贵人来了。

四丫她爹心有余悸地想，没想到竟是亲王府的小王爷，照这么看，还好他阿娘带了官爷找过来，否则也不知私藏小王爷是个什么罪。

不多时，孙海平与张大虎听闻找到程昶的消息，也挤进屋里来了。他们守在榻前，一叠声"三公子""小王爷"地轮着唤，但程昶就是不醒。

四丫她娘送了几盏灯火进来，屋中比先前亮了不少，云浠此刻已有些缓过来了，她在塌边的长椅上坐下，默不作声地看着程昶。

三公子还是之前那副模样，两月下来，人竟只瘦了一点，脸色虽然苍白，却不算全无血色，看着当真很康健，仿佛只是睡着了。

她又取了水，舀了一勺给他喂去，果然如四丫她爹所说，水也是喂得进的。

云浠的心情彻底平复下来了。

她略作沉吟，三公子此番遭遇不测，是遇到歹人了，他右臂上的刀伤就是最好的证明。

那位要伤他的贵人权势滔天，若是得知他还活着，必然会再下手，因此她哪怕要带三公子回京，也不能贸然上路。

没过多久，四丫她爹带着邻村的大夫回来了，大夫已知道程昶的身份，不敢怠慢，仔细为他把了脉，活动了他的四肢，又掀开他的眼皮看了看，不解道："贵公子脉象沉稳有力，气色尚好，四肢无损，头颅亦不见外伤，按说该是十分康健，眼下虽昏迷着，却无昏迷虚乏之态，反而像是睡着了。"思索了一会儿，他又道，"兴许是草民医术不精，叫官爷们笑话，但草民实在看不出贵公子有何异状。这样吧，草民为他开些宁神静气的药，服过后，若三日后贵公子还不能醒，官爷们只能另请高明了。"

程烨谢过，得了大夫的药方，吩咐手下的人去抓药。

云浠见屋中不相干人均已撤走，对程烨道："烦请小郡王明日一早回京里一趟，把寻到三公子的消息直接禀明圣上与琼亲王。"

程烨一愣："你与三公子不随我一同回京？"

云湘摇了摇头:"我怕路上有意外。"

她这么说,程烨就反应过来了。程昶既是被人所害,只要他还活着,要加害他的人必然不会死心。为今之计,只有迅速回京一趟,把程昶在东海渔村的消息禀明圣上,让圣上直接派殿前司的人来接。

程烨于是点头:"我明白你的意思了。"

他看云湘眉间忧色未褪,拾起搁在一旁桌上的剑,说:"不等明日一早了,我今晚就连夜出发,你放心,我一定尽快把三公子的近况禀明圣上,必然不会出差错。"

程烨把手下都留在了渔村,独自一人快马加鞭往金陵而去。

是夜,四丫家并不宽敞,容不下太多人借宿,好在军中人风餐露宿惯了,在地上铺张草席便能睡。四丫她爹在相邻几户渔家里借了间屋,把程烨的手下领了过去。

程昶这里只留了云湘、田泗、柯勇,还有张、孙二人。

云湘初寻到程昶,生怕再出意外,执意要亲自守夜。经此两月,孙海平与张大虎对云湘已十分敬重,她说一,他们绝不提二。

四丫她娘为云湘找来一张竹席,铺在塌边,让她累了打个盹,但云湘担心在竹席上睡踏实了,程昶有动静不能及时听见,婉拒了四丫她娘的好意,抱着剑,坐在塌边的椅凳上闭目养神。

不知过了多久,屋门忽然"吱嘎"一声响。云湘睁开眼,见田泗端着一碗鱼粥进屋,说:"云校尉,用……用点儿粥吧。您奔波了一日,什么都……没吃呢。"

云湘略一点头,把剑往一旁的桌上搁了,接过碗。

粥味甘美,云湘三下五除二吃完,问田泗:"四丫她娘做的?"

田泗道:"对,她……熬了一大锅,给小郡王手下……的兵也……也送过去了。"

云湘想了想,从腰囊里取出一小锭银子给田泗:"我们在此借宿,已是很麻烦四丫一家了。渔村的人清贫,谋生不易,你帮我把这银子给四丫她娘,就说是我们对她救回三公子的答谢。"

田泗摆手:"不……不用了。我已经……给她了。"

云湘愣了愣:"你给了?"

田泗挠了挠头,笑道:"望安,中了举人后,得了赏钱,家里的日……日子宽裕很多。我有,银子。"

云湘道:"那也不能你给,你本就是来帮我的,我还没谢你,怎么好叫你既出钱又出力。"说着,就要把手里的银子塞给田泗。

田泗仍是坚持不收:"真……真不用。"他顿了一下,"侯府,侯府待我,和望安,有恩。"

当年田泗入京兆府,因为长得太秀气,又口吃,衙门里的人大都看不起他,只有云浠愿意让他跟着办差。后来田泽要考科举，笔纸书墨昂贵，也是云浠常从侯府拿了给他。

云浠心道：这算什么恩，举手之劳罢了。

她又要塞银子，田泗却道："云……云校尉，我有桩事，想麻烦您。"

"您眼下，升了校尉，不……不在京兆府了，我一个人，不习惯，能不能过……过去跟着您，在您手下当差，我心里，踏实。"

云浠一愣："怎么，我走了以后，有人欺负你了？"

"也不是。"田泗道，"就是……就是——"

他话未说完，一旁的榻上忽地传来一阵呛咳。

云浠蓦地转头看去，只见程昶双眉紧蹙，额间冷汗涔涔，双手抓牢被衾，仿佛十分痛苦难受的模样。

云浠急去榻边："三公子？三公子！"

然而程昶仍在昏睡之中，双目紧闭，对她的呼喊恍若未闻。

云浠对田泗道："快，把之前那个大夫请过来！"

话音没落，田泗已然推门出去。

不一会儿，大夫就过来了，见程昶呼吸急促，呛咳不断，愣道："这……这该不是犯了魇症吧？"待为他把完脉，摇了摇头，喃喃道，"不像，脉象比之前更稳了……"

云浠没听明白："大夫，您的话是什么意思？"

大夫道："回大人的话，寻常魇症多是由体虚引起，体虚气乏，则多梦易惊。草民观小王爷之态，状似魇症，然探其脉搏，竟比白日里更沉稳有力，乃康复苏醒之兆。此等异状，草民行医多年也是闻所未闻，见所未见。"

云浠略微松了口气："也就是说，三公子他眼下并无大碍？"

"正是。"大夫点头，见程昶仍旧呼吸急促，冷汗不止，卸下药箱说，"罢了，草民在此多留一阵，待——"

"像是醒了！"

正是这时，守在一旁的孙海平高呼道。

云浠移目看去，程昶长睫轻颤，须臾，紧闭的双目微微张开，他像是看到了什么，又像是什么都没看到，眸中有华光溢出，瞬间又陷入无尽的黑。

云浠再次伏在榻边，急唤："三公子？"

然而程昶已然把眼合上，再度沉入昏睡之中了。

他的呛咳之状略有缓解，呼吸也渐渐平稳下来，但众人还是不放心。

云浠让大夫为程昶抓了静心宁神的药，亲自熬了，喂他服下。

第十九章 但为君故

折腾一宿，待到稍微能歇上一刻时，天已亮了。

张大虎对云浠道："云校尉，您辛苦了一夜，去隔壁屋睡会儿吧，小的守着小王爷就成，有什么事小的叫您。"

云浠略一思索，觉得自己也不能这么没日没夜地扛着，点头应了声："好。"洗漱完，便去四丫那屋歇着了。

睡了没一会儿，忽听屋外有人说话，隐约提及自己。

云浠心里有事，睡得很浅，听到自己的名字立刻就醒了过来，她推门出屋，屋外站着的除了柯勇，竟还有一名禁军。

云浠原还奇怪怎么程烨这么快就把禁军请来了，没承想这禁军竟是来找她的。

"云校尉，圣上召回忠勇侯旧部的圣旨发去塞北后，塞北有数十名忠勇侯的得力部下不愿等到明年开春起行，想今秋就往京里走。圣上已准了，命我等与塞北回函前，把这数十人的名录拿给您过目。"

云浠点了点头："名录呢？拿给我吧。"

禁军为难道："因大人出来寻三公子了，在下等不知您的去向，而名录只有一份，在下只好把它寄放到最近的县衙，眼下恐怕要劳烦校尉跟在下去县衙一趟。"说到这里，他拱手拜道，"哦，险些忘了恭喜云校尉寻到三公子，又立一功！"

最近的县衙距此来回大概要大半日光景。

此刻正是晨间，秋光淡薄，云浠心中记挂着程昶，不大情愿随禁军过去，奈何这是圣上的意思，她不能违抗，只能点头道："好，那我们快去快回。"

程昶在昏沉沉间，隐约听到有人唤自己。

他竭力睁开眼，仿佛瞧见了一袭朱衣，很快又陷入沉睡之中。

不知过了多久，未及时服用利尿剂的心衰之感终于慢慢褪去，垂危之时几乎要凝住的血液加速流动起来，心跳也逐渐恢复，他开始顺畅地呼吸。

空气里带着一丝咸腥味，像是在海边。

随着呼吸平稳，感官也渐次苏醒。合着的双目感受到光，耳边隐隐有人说话，这声音……像是，孙海平。

孙海平？

心中一个念头闪过，像是要唤回程昶的神志一般，他陡然清醒。

他蓦地从榻上坐起来，举目望去，排竹作墙，粗木作榻，木门后挂着蓑笠，一旁搁着渔篓与钓竿。

这是……哪儿？

"小……小王爷，您醒啦？"

守在塌边的孙海平和张大虎被程昶不期然坐起身的动静吓了一大跳。

程昶又移目去看他二人。

半晌，他问："这是……大绥？"

他太久没说话了，声音有些沙哑，张大虎和孙海平同时一愣，答道："小王爷，瞧您说的，这里不是大绥还能是哪儿？"又说，"您落到了白云湖里，被人救起来了，眼下咱们在东海渔村。"

这么说，他果然回来了？

程昶的脑中浑沌一片，他记得他去了杭州城郊的一座老庙，然后赶在黄昏时下山。他忘了带利尿剂，台风天气，山木滚落，他为了避让落木，开车跌下坡道。

他想起在山中，老和尚对他说的话。

天煞孤星，一命双轨。

死而复生。

此刻身上没有半点不适之感，他甚至能感受到心脏在每一下有力的跳动后，为器官与肢体输送血液。

这是一具健康的躯体。

死而……复生吗？

程昶仍不敢相信，他默坐了好一会儿，垂下眸，看向自己的胸口，半晌，他伸手解开衣襟，胸膛光洁紧实，没有丑陋的伤疤，没有创口——这意味着他的胸腔内，没有异物没有机器，没有那个需要几年换一次电池的起搏器。

程昶彻底愣住了，心中的惊骇几乎是无以复加。

毕竟他上一回来到大绥时，是懵懵懂懂的，而今他得知了些许真相，发现自己竟然在濒死之际离奇复生，一时间竟不知该怎么接受这个事实。

"小王爷，您这是怎么了？"孙海平见程昶神色有异，忧心地问道。

程昶摇了摇头："我先缓缓。"

他开始梳理他在这里的记忆。

他去刑部的大牢里问罗姝的话，得知老忠勇侯的案情有冤，着人去查，听说白云寺的清风院里有证人，他趁着处暑祭天，去清风院寻证人问话，误中了贵人圈套，被人追杀，跟着他的四个武卫尽皆惨死，他最后……也落了崖。

从窗口透进来一丝风，寒凉袭人。程昶记得他落崖那日尚是夏末，天气不该这么冷的。

他问："现在是什么时节了？"

"深秋了。"张大虎答，"九月末。"

九月末，也就是说，已经过去两月了。

程昶点了点头。他惯来爱惜自己的身体，怕自己受凉，重新把衣襟扣上，然而不经意间，有一物从他的宽大袖口滑落出来。

程昶定睛一看，竟是曾跟着他回到二十一世纪的那枚平安符。

这枚平安符，又跟着他回来了。

他见怪不怪，穿好衣衫，拾起这枚平安符，一面在手里摩挲着，一面将思绪理了一遍，问："你们怎么找来这里的？"

孙海平与张大虎于是将四丫她爹一行人如何在白云湖岸边捡到他，如何带他出海说了一遍，末了道："小的们怕那些禁军不尽心，去求云校尉带咱们来找小王爷。云校尉在清风院外的崖边捡到小王爷您的平安符，说您八成是落了崖，带着咱们一路沿着白云湖岸找来东海渔村，直到昨天才找着您。"

程昶手里的动作一顿："云浠？"

"可不就是她。"张大虎道，"小王爷，云校尉这回为找您是真尽了心，小的以后再也不说忠勇侯府的不是了。"

程昶"嗯"了声，忍不住问："那她现在人呢？"

张大虎道："云校尉今天一早被一个禁军叫去县衙了，说有什么名录要让她过目。"

程昶又"嗯"了声，过了一会儿，又问："那她什么时候回来？"

张大虎看了看天色，正午早已过去，再过不久就该日落了，此处去县衙也就大半日光景，于是道："差不多快回来了，小王爷您找云校尉有事？"

程昶没说什么，将手里的平安符放入袖囊里，默坐在榻上，整个人十分安静。

他既不答，下头的人哪里敢多问，一时请了大夫过来，为他把了脉，又伺候他吃了些鱼粥。

程昶活动了一下胳膊，自觉没有不适之感，披上遮寒的披风，说要一个人出去走走。

此刻日落，暮风四起，程昶出了屋，只见渔家分布零星，炊烟袅袅，不远处就是海，海天一线。

直至此时，程昶仍有些不真实感。哪怕想起自己曾被追杀，也觉得恍如隔世。仿佛曾经濒临绝境的三公子并不是他，而他只是一个不期然路过这尘世的过客。

两处时空轮转，乾坤颠倒，他回到千年前，连足下所履之地都像云间。

正在这时，一声骏马嘶鸣唤回程昶的神志，他循声望去，只见渔村村口，云浠策马归来，她在村口下了马，把它拴在木桩上，马儿很有灵性，探过头来蹭她的脸，她于是笑了，伸手抚了抚它的马鬃。

云浠的校尉服分明是暗朱色的，然而她站在这昏黄的残阳下，迎风飞扬的衣衫忽然烈烈如火，一下扑入他的眼中。

这一刻，程昶蓦地想起他在千年后的二十一世纪，在电视剧里，在微博上，拼命寻找的红衣身影。

原来这身影竟在这里。

足下的黄沙终于化为实地，旷日持久的疏离感开始退潮，身体里流淌的血液舒缓下来，仿佛是在规劝他，让他慢慢放弃与这个人间天地、与宿命的对峙。

程昶立在这残阳暮风里，目不转睛地看着眼前的红色身影，直到她似有所觉，转过脸来。

第二十章 沉吟至今

深秋的渔村,寒意似乎是从水花儿里头渗出来的。波浪一阵又一阵地冲刷海岸,涨一回,退一回,周遭就要冷个三分。

云浠本打算等朝廷的兵马来了再启程回京,奈何三公子醒来的消息不胫而走,当地的府尹、附近的禁军统领,都连夜赶来了丰南港。

当地的府尹姓刘,担心程昶沿途无人照顾,还特地带上了他家小女瑜姐儿与两名随侍的丫鬟。又称立冬将至,太皇太后的寿辰在即,丰南港距金陵少说都要走上大半个月,万不能耽搁,是以确定程昶身子无碍了,众人便浩浩荡荡地动身上路了。

云浠品级不高,一路既有府衙官差与禁军相护,她只好带着衙役跟在行队最后面。

这日晌午,云浠简单吃了干粮,正牵了马去山道边的小溪饮水,忽听身后有人唤了句:"云校尉。"

云浠一看,是常跟在瑜姐儿身边的丫鬟。

"云校尉,我家姑娘身子有些不适,您能跟奴婢去瞧一眼吗?"

他们这一行人,除了瑜姐儿与丫鬟,只有云浠是女子。云浠看丫鬟一脸忧色,在溪边舀了水来净了净手,点头说:"走吧。"

瑜姐儿正歇在驿站的一间小屋里,她脸色煞白,双手捂着小腹蜷在一张小竹榻上,浑身上下像是一点气力也无,一看云浠来了,吃力地喊了声:"云校尉。"略缓了缓,说,"云校尉,我月信到了,疼得厉害……"

云浠一愣,顷刻明白了是怎么回事。

她自小习武，身康体健，月信里从来没疼过，却也听说过有的女子体虚，每逢癸水来时，常伴有腹痛难忍之状。

云浠不懂医理，不清楚月信时的腹痛之症该如何医治，她上前看了看，见瑜姐儿的裙袄上没沾上脏污，略松了一口气，然后斟了盏热水给她，问："你怎么样？还能赶路吗？"

瑜姐儿咬着唇，艰难地摇了摇头。一旁的丫鬟说："云校尉，您有所不知，我家姑娘自来了癸水，每逢月信必是要犯腹痛症的，且每回少说也要疼上一日，疼得久了，两三日也是有的。眼下姑娘她正疼得厉害，莫要说赶路了，能不能坐起身都难说。"

云浠眉头微蹙，走到窗前朝外看，官差们已列队待发了，程昶用完午膳，正由刘府尹带着往马车那里走。

云浠又问："府尹大人身边不是带着名大夫吗？你可请他看过了？"

瑜姐儿仍是疼着没开腔，丫鬟代答道："云校尉怕是没在月信里疼过，这样的腹痛之症不能算是病，熬过就好，是以用药也只能缓解一二分，且那药方子奴婢是能背的，姑娘适才已打发奴婢去问了余大夫了，余大夫身上没带足够的药材。"

瑜姐儿望向云浠，吃力地道："我早上隐约觉得不好，就与阿爹提过，可爹爹说三公子赶着回京给太皇太后祝寿，等闲是不能耽搁的。阿爹他终归是男子，不太明白姑娘家这些事，凭我怎么说，他也只叫我忍忍，还说三公子是王爷，不该他来迁就咱们。也不知是不是因为心里头急，这回月信一到，竟比以往还要更疼些……"说着，她怔惶地看着云浠，"云校尉，怎么办？我若跟不上三公子的车马，是不是要独自一人留在这半道上了？"

这里虽是官道旁的驿站，但入冬时节，天寒地冻，路上几无人烟，她一个养在深闺的娇贵姑娘，难得出一趟远门，而今要被留在这山间道边，难免会仓皇无措。

云浠解释道："太皇太后的寿辰就在冬至节后，这一路天寒，夜里又不好多赶路，日子已是很紧了，三公子确实没法耽搁。"她想了想，说，"这样吧，我陪你留在驿站，等你这两日疼过了，我再带你打马赶上。"

瑜姐儿听了这话，眸色略微一亮，感念道："如此自然最好，当真是多谢云校尉了。"

云浠点了点头，正欲出屋去通禀一声，不期然瑜姐儿又唤了句："云校尉。"

她有些踌躇，片刻才道："云校尉，您待会儿去禀报时，能否不与三公子说是我病了，您才留下的？"她支吾着道，"阿爹带上我与翠兰、翠红，原本是为沿途照顾三公子的，奈何三公子身边已有两名小厮。我们这一路跟着，派不上用场不说，反倒成了累赘，眼下又因身子不适，累及云校尉耽搁行程，我担心三公子心中不快，迁怒于爹爹。"

云浠愣了下，原想说三公子不是这样的人，可世人偏见太甚，与他人解释许多没有意义，于是点头道："好，若逢人问起，我另找个理由搪塞过去。"

云浠出了驿站，程昶已由刘府尹引着上了马车，她本欲过去通禀，想起瑜姐儿适才的叮嘱，踌躇片刻，向随行的禁军统领说明事态，然后唤来田泗与柯勇，把瑜姐儿的事说了，又嘱咐："若有人问起我去哪儿了，你们就说是我身子不适，要在驿站歇两日，两日后自会追上来。"

这一路随行的有禁军，有府尹大人的官兵，她不过一个七品校尉，是跟在三公子马车最后面走的，有这么多人在，不过离开两日，想来他不会发现。

田泗说："云……云校尉，我们……我们陪你留下吧。"

云浠道："没事，我一个人能应付。"她看了眼程昶的马车，嘱托道，"这两日你们看顾好三公子，其他的人我都不熟，虽说有禁军和官兵在，我并不能全然放心。"

言罢，不由分说朝田泗与柯勇挥挥手，兀自往驿站去了。

正午已过，车马辚辚起行，程昶在车厢里沉默地坐着，过了一会儿，忍不住掀开帘，朝车后看去。

孙海平与张大虎就在车后方随行，见程昶掀帘，俱是毕恭毕敬地朝他望着。

程昶没说话，看了一会儿，便将帘子放下了。

孙海平没吭声，张大虎却挠挠头，也朝行队后头望去，却什么也没瞧见。

没过多久，程昶又撩开帘，朝车后望去。

孙海平仍没吭声，张大虎莫名其妙，顺着程昶的目光又看一眼，问："小王爷，您是落了什么东西吗？"

程昶单手撩着帘子，半晌问："云校尉……是有什么事耽搁了吗？"

张大虎"啊"了一声，再次往后头一看，这才发现原来一直跟在行队最后面的云浠竟然没跟上来。

张大虎道："小的不知，小的去问问张统领。"说着，催马往最前头赶去了。余下孙海平觑了眼程昶的脸色，小心翼翼地问："小王爷，云校尉没跟上来，咱们要不要叫停行队，略等一等她？"

程昶朝旷野山间看了一眼，点头道："好。"

其实早在云浠被瑜姐儿身边的丫鬟叫去驿站时，他就注意到了。后来他上了马车，原以为她会跟上来，没想到她从驿站出来后，在他马车不远处立了一瞬，转而就去寻禁军统领了，眼下他们已走了这么一程，她竟像是还留在驿站那里。

昨日他醒来，知是她千辛万苦地找到自己，本想好生答谢她的，哪知刘府尹与

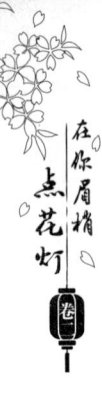

一干禁军蜂拥而至，人多嘴杂，他只与她说了几句话便被打断，今日一早动身，她又跟在行队最后面。

三公子这一路上十分随和，行程如何安排，从不多发一言，眼下忽然叫停了行队，前头的禁军统领、后头跟着的府尹统统吓了一跳，全部聚到马车前来听命。

程昶见人到齐了，径自问道："云校尉因什么事耽搁了？怎么没跟来？"

张统领道："回三公子的话，说是身子不适，需要在驿站歇两日，歇好了自会追来。"

云浠凡事都以正事为重，几回受伤都一声不吭，眼下竟会因身子不适而暂留驿站，想来她的"不适"定是十分要紧的"不适"了。

程昶这么想着，眉峰就微微蹙了起来，望着这儿无人烟的山间旷野，也不知她一人能否应付。

孙海平一看他家小王爷这副神情，有点吃惊地问："小王爷，那咱们可要掉头回驿站瞧一眼去？"

程昶没作声，看了问话的孙海平一眼，半响，放下车帘。

一行人等被这道帘子隔出了两个世界，俱是一头雾水，正不知该怎么办时，却听车里的程昶淡淡吩咐："回吧。"

冬日的天暗得早，正午还有艳阳高照，眼下不过一个时辰，刚才那股亮堂劲儿就没了。太阳收了锋芒，恹恹地挂在天边，驿丞把驿站外的桌椅茶水收了，回头向云浠躬身，招呼道："校尉大人。"

云浠点了点头。

她这会儿无事可做，瑜姐儿的腹痛症她帮不上忙，看丫鬟往铜捂子里添了热水，裹起来让瑜姐儿搁在肚皮上暖着，就独自出来倚着门坐下。

初冬时节，万物凋敝，云浠百无聊赖，从地上扯了几根枯草胡乱打着结，心里有一搭没一搭地想着事。

用枯草打结的趣味是从前在塞北，云洛教给她的，几根草编在一起，看起来就跟长了须的百节虫似的。

驿丞收拾完桌椅，笼着袖子出来躲闲，看云浠仍坐在门外，与她搭腔道："云校尉，您这一趟出远门，有些时候了吧？"

云浠道："嗯，两个多月了。"

"那是挺久，家里人该等急了。"驿丞道。

他看了眼天色："云校尉，天晚了，外头寒凉，进驿站里歇着吧，小的也要关门了。"

第二十章 沉吟至今

云浠问："这么早就关门？要是有过往的商客来借宿怎么办？"

驿丞笑道："往常到了这个时节，商客早不来了，便是要往金陵去，也会抄近道，不会走这条路。这条路其实也就三公子这样要摆大阵仗的金贵主子走一走，而三公子早已走远了，总不至于掉头回来吧。"

云浠听了，应道："也是。"

她望了眼远天斜阳，站起身，正欲跟着驿丞回驿站，忽听不远处传来车马声。

云浠原以为自己听错了，待转过脸，只见旷野里，一列熟悉的人马不疾不徐地朝驿站这里行来。

冬日里，满山尽是枯枝败叶，车上下来的人却穿了一袭青衫，这一点浅淡的苍色在这萧条山野突兀地可贵着，连带着他肩头的月白薄氅都似染上了云端彤彩，仿佛要将这缤纷的霞光带下来，连通天地，披往山间。

如此已是人间极景，更不必去看他的眉眼。

程昶由刘府尹引着，朝驿站这里走来。

云浠愣了半晌才知要行礼："三公子。"

程昶点了点头，问："你是不是病了？"

"我……"

云浠尚未作答，只听身后传来急促的脚步声，丫鬟扶着瑜姐儿出了驿站，一见程昶，立即跪地赔礼道："三……三公子恕罪，民女无状，耽搁了行程。"她脸颊通红，似是被这阵仗吓着了，连声音都是颤抖的。

刘府尹见瑜姐儿如此，解释道："三公子，小女惯有腹痛之症，她其实今早就犯病了，勉力支撑了半日，已是行不得路，只好留在驿站歇息。下官担心她一个女子滞留荒郊遇到危险，是以劳烦云校尉照顾她两日。"

程昶听得明白，原来生病的不是云浠，而是这个瑜姐儿。他松了口气，"嗯"了声算是知道了，正要入驿站，忽然觉得不对劲。他停下步子看向瑜姐儿，见她脸色发青，似乎害怕得紧。

程昶沉默须臾，问瑜姐儿："你这病疼起来很厉害？"

瑜姐儿没答，一旁的丫鬟代答道："回三公子的话，正是呢。小姐的腹痛一犯，连路都是不能走的，十分煎熬，否则不敢耽误行程。"

程昶道："既如此，不要跪着了，去歇着吧。"又唤来随行大夫，"你去为她看诊。"

得了三公子关照，瑜姐儿受宠若惊，连声谢过，由丫鬟扶起身，红着脸退下了。

程昶既要在驿站停留，一应行程都要重新安排，云浠与随行的禁军统领安排官兵们在郊野里扎了营，等回到驿站内，天已黑尽了。

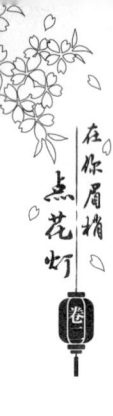

云浠有点乏，正准备回屋休息，忽听身后一人唤了声："张统领、云校尉留步。"

刘府尹走上前来，笑着问："敢问二位，明日可是要一早动身？"

张统领道："不确定，我适才去请示三公子，三公子说要待大夫为令千金看过诊，确定病情无碍了再作决定。"

刘府尹听了这话，不由咋舌。

其实他此行带上瑜姐儿，虽然有私心，却断断没有攀附之意，琮亲王府的三公子于他而言就好比天上的星月，高不可攀，没想到无心插柳，瑜姐儿竟像得了三公子青睐。若能嫁与三公子为妻，那可就是将来的王妃，飞上枝头做凤凰的命。

机会既然来了，断不可放过，刘府尹于是道："张统领，其实在下此行带上小女，原本就是为了让她的丫鬟随行照顾三公子的，您看明日起行后，是否调整一下行队，让小女与两名丫鬟上三公子后头的马车？"

张统领听了这话却是犹豫。这么做其实是不合规矩的，但在他们的行队里，规矩大不过身份，一切由三公子说了算，看方才三公子的样子，的确有怜香惜玉之意。

张统领想了一下，问云浠："云校尉的意思呢？"

云浠正在走神，不期然听到张统领唤自己，回道："统领大人做主即可。"

言罢，辞说困乏，反身回屋去了。

云浠奔波了一日，风尘仆仆，回到屋中，打了水来洗脸，不期然间在水里瞧见自己的倒影。一袭青丝在脑后束成个简单的马尾，鬓发不服管，编成辫，一并并入马尾里，无环钗，脸上也无脂粉，更因数日寻人疲乏不堪，眼底青晕很重，唇上没有血色，这样的她，岂止是素净，堪称寡淡了。

她又垂眸看向自己，一身暗朱色校尉服扎进腰封中，腰身倒是纤细，可腰封却是兽皮鞣制的，一点也无女子的婀娜之态。

她想起瑜姐儿的模样，楚楚动人，一双盈盈秀目，病中娇花似的，难怪会惹人爱怜。

她洗漱完毕，换了身干净衣衫，以手为枕，合衣躺在榻上，忍不住想自己好歹是个姑娘家，总这么不收拾不打扮的，是不是不好。

她辗转反侧，一时间竟难以成眠，没过一会儿，屋外忽然传来叩门声。

田泗问："云……云校尉，您睡了吗？"

"没呢。"云浠应道，走过去开了门，"有事？"

田泗点了一下头，进了屋，想着到底男女有别，只把门虚掩了，随即道："云校尉，我……我想跟您，说个事儿。"

云浠倒了杯水递给他："你说。"

"云校尉，您没，瞧出来吗？"田泗接过水，在一旁的桌边坐下，"那个刘府尹,他算计您。就刚才,我,过来的时候,看……看到瑜姐儿,跟个没事人似的,出屋了。她……她根本就没病。"

云浠沉默了一会儿,随后一点头:"我知道。"

"您——知道?"

"知道。"

其实早在下午的时候,瑜姐儿抱着铜捂子,忽然以犯困为由支开云浠时,云浠就猜到自己大概被她骗了。所以她出了屋,独自在驿站门口坐着,懒得看瑜姐儿带着两个丫鬟在自己跟前做戏。

"您知道,她为……为什么,要骗您吗?"田泗看云浠跟个没事人似的,不由替她着急,"她是想,帮她的父亲,抢……抢您的功劳,是想,以犯病为由,在……在路上,拖住您,让她阿爹,赶在您之前,在陛下和琮亲王府跟前,得脸。"

云浠笑了,又点头说:"我知道。"

窗头传来一阵喧闹声,云浠别过脸去看,淡淡道:"抢就抢吧,我原也不在乎这个。"

"您……您不在乎?"田泗道,"可您这么费心去找三公子。找到了,这可是一桩大——大功劳。您日后升迁,统兵,圣上都会因为这个,多看重您一点的。"

所以才会有人费尽心机来跟她抢功劳。

云浠却道:"对,不在乎。"

她来找他,只是单纯地想要找到他,如今他好好的,她便算功德圆满了。

其实,她心里反而不想领这头一等功,她不想让三公子觉得自己之所以千里迢迢地寻他是为了给朝廷立功,为了给自己奔个前程。

所以,若有人想抢她的功劳,那便让他抢去好了。

但这些都是她藏得很深的心思,不必让人知道,因此便闭口不提。

田泗遗憾道:"可惜。"

"有什么好可惜的。"云浠又笑了,半是玩笑半是认真地道,"这个功劳我虽不在乎,但要是有人敢和我抢军功,我能打得他满地找牙!还真当我没脾气了?"

田泗道:"平白……平白错过一个,升将军的好时机。"

"我的功劳不在这里。"云浠摇了摇头。

她在窗前坐下,看着营帐间星星点点的灯火。

凡人怜香惜玉,或许连三公子都不可免俗,但她终归不是娇香软玉。她无人可依,只能依靠自己,倘若手不能提、肩不能挑,忠勇侯府那许多事该由谁去扛?

她是松,是竹,苍劲而坚韧,经冬不凋。她是长在荒凉塞北上的一株苇,是萧萧落木下,扎根旷野,昂首苍穹的蒲草。

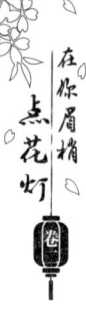

听着鼎沸的人声，云浠说："我想像父亲和哥哥一样，有朝一日，凭自己的真本事，上战场，挣军功，御敌八千，守疆万里，那样才威风呢。"

夜更浓了些，云浠想起一事，问田泗："对了，你上回说，不愿在京兆府待了，仍想来我的手下当差？"

田泗点头道："对，我……我想，跟着您。"

云浠有些犹豫："可我眼下做了校尉，日后少不了会离京办差。"

她倒没有不愿让田泗跟在身边的意思，但田泗早已过了及冠之年，他这半辈子一门心思都扑在了田泽身上，衣食住行照顾得十分妥帖，而今田泽中了举人，有了出息，田泗也该为自己打算，早日成个家。若跟了她，随了军，一年到头大半日子不在京中，还有哪家姑娘愿跟他？

田泗解释道："忠勇侯府，对我，有恩，所以我，想跟着您。"他瞧出云浠的顾虑，又道，"我最大……最大的心愿，就是望安过得好，有出息。成家的事，我没想过，随……随缘吧。"

云浠听他语气笃定，便点头："好，那回头我去和张大人说一声，只要京兆府肯放你，你就仍过来跟着我。"

张怀鲁是个三不开，等闲不肯得罪人，而今云浠做了校尉，又得圣上青睐，不过讨要个衙差罢了，张怀鲁岂有强留不放的道理？

云浠这么说，这事儿就是成了。

田泗正高兴，忽听外头传来吵闹之声。眼下已是戌正，按理官兵们也该陆续歇下了，何以闹出这么大动静？

田泗与云浠朝窗外看去，似乎是刘府尹带着几人想往驿站这里来，却受到禁军拦阻，两边正吵得厉害。

"看看去。"云浠见此情形，拾起搁在桌上的剑，随即便往扎营的地方去。

营地外，刘府尹一边喊冤，一边嚷着要见三公子。

云浠在一旁听了一阵，没怎么听明白，所幸柯勇是一早就在的，见云浠和田泗过来，就跟他们解释："似乎是刘大人不知为着什么事将三公子得罪了，三公子动了怒，要把刘府尹和他手下的官差通通撵走。"

田泗愣道："三……三公子要撵人？"

虽然说传闻中的小王爷不好伺候，可这大半年接触下来，田泗只觉得程昶随和有礼，几曾见过他动怒？

柯勇说："我也正纳闷呢。不过撵人这话，好像不是三公子亲口说的，是随行大夫带给刘大人的。刘大人是以不信，想要求见三公子。禁军里的几个兵爷拿不准，已去请示三公子了。"

说着，不期然往云浠身后一瞧，讶然道："三公子。"

云浠回身一看，果然看到程昶正带着张大虎与孙海平往营地来了。

张统领连忙迎上前禀道："三公子，刘大人执意要求见您，卑职们拦不住。"又道，"方才余大夫称他夜里被三公子您派去传话，要请离刘大人及手下的官差，不知余大夫所言，是否真是三公子您的意思？"

程昶点头："是我的意思。"

此言一出，四下俱是愕然，纷纷好奇刘府尹是怎么闷不吭声地惹出这么大一个响动来的？分明白日里还好端端的。

"三公子——"刘府尹一听这话，心知不好，顿时双膝跪地，"下官知错了，下官确实打了歪主意，怂恿瑜姐儿称病诓骗您与云校尉，一切都是下官的不是，下官罪大恶极，求三公子恕罪，三公子恕罪！"

程昶悠悠站着，没吭声。

刘府尹见他竟是心意已决的样子，一咬牙，对云浠解释说："云校尉，小官今日行径虽有些卑劣，却也不是要故意跟您抢功劳，而是因为小官乃金陵人士，曾在金陵府当差，是后来才被迁去东阳的。而今家中老母年事已高，思念故乡至极，小官想带她回到金陵，不得不出此下策，想着若能凭此立下一功，得以升迁，或许就能举家重返故土。云校尉，您能不能念在小官一片孝心的份上，跟三公子求个情，恳请他宽宥小官则个？"

云浠听刘府尹这么说，反应过来了。听这言外之意，三公子竟是因为发现刘府尹设计要抢她的功劳，才动怒欲将他撵走的？

是了，连她都能看出瑜姐儿是假借腹痛，故意把她滞留在半途，程昶如何看不出？难怪初到驿站时，程昶打量了她许久，还亲自吩咐随行大夫为她看诊——这瑜姐儿口口声声称已疼得走不动路，却因紧张跪得笔直。眼下大夫诊出瑜姐儿的"腹痛"另有其因，三公子这才恼了。

她一时不知道说什么好，看刘府尹一把年纪却对自己跪着，不由道："刘大人，您先起身。"

他官阶比她高，年纪也足以做她爹了，跪跪程昶倒罢了，怎么能跪她？

刘府尹哪里肯起来，自顾自道："云校尉，其实小官早就打听清楚了，您这一路寻三公子，从白云寺一路寻到东海渔村，千百里路走过来，几乎是日夜不寐。随行的禁军、官差大都放弃了，连琮亲王府都预备着要办白事了，只有您，还在马不停蹄地找，是以也只有您能找到三公子，这是皇天不负有心人呐。您对三公子的这份情，苍天可鉴。小官哪怕是想跟您抢功，也抢不着啊。"

云浠："……"

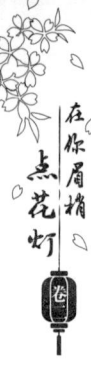

她知道刘府尹话里的"情"乃"情义"的情，可她毕竟做贼心虚，一时竟被他说得没了言语。

刘府尹又对程昶道："三公子，纵然下官念头可耻了些，可下官这一路护送您回京，没有功劳也有苦劳。您纵然是十二万分看重云校尉，也不能就这么把下官撵走啊。"

程昶："……"

刘府尹再接再厉："云校尉，求您帮着劝三公子一句吧。只有您的话在三公子跟前才是最有分量的。单说今日下午，三公子一听张统领说您病了，也不赶路了，立刻下令车马掉头回驿站来找您，可见三公子对您的这份恩情是极看重的。要不……您就行行好，原谅小官，小官当真是一时昏了头，才怂恿瑜姐儿假称病诓骗您。您原谅小官吧，只要您原谅小官，三公子就能原谅小官了。"

云浠："……"

程昶："……"

刘府尹言罢，当即就要跟云浠和程昶磕头。

程昶正思量，就听云浠道："三公子，不然您便只罚刘府尹一人好了，随行这些官差其实并没有错处，这一路护您回京，他们也算尽心。"

程昶看了云浠一眼。

其实他原也不是要兴师动众地撵人，让大夫传话，也只是称"不必相送"，可他毕竟是小王爷，行到半途，一名大员及手下官差被遣走，即便无辜，落到旁人眼里，这就是罪过了。

他做这些本就是为云浠，见她都这么说了，他便不多计较，点头道："好。"

刘府尹看程昶已然松动，忙自请认罚道："三公子大人有大量，下官今夜回帐后，必定将《功德经》抄上十遍，再写请罪文书一封，明晨交到三公子手上。不日到京，亦不敢领受朝廷封赏分毫。"言罢，弓着腰起身退下了。

刘府尹一离开，一旁几名禁军也告退了。

孙海平掀起眼皮觑了觑程昶，又觑了觑云浠，忽然捂住小腹，叫唤道："哎哟，今夜不知怎么了，肚子一直咕噜咕噜叫，恐怕是吃坏了。哎哟不行了，小的得上茅房。"

说着，他一把拽了张大虎，就要拉着他走。

张大虎莫名其妙道："不是，你上茅房拉我干嘛，我要陪小王爷回驿站去——"话未说完，却被孙海平一把夺了手里的风灯。

孙海平回头，将风灯塞进云浠手里，哈着腰道："云校尉，麻烦您。"回头将张大虎一并拉走了。

刚刚还吵嚷的营地一下子安静下来，云浠垂眸立在原地，想起刘府尹方才那些话，说道："其实三公子不必为了我费神请走刘府尹，我出来找三公子您，原本就不是为了这功劳，而是……而是为了……"

她想说她来找他，就是为了他这个人，可话说到一半，又怕被他瞧出自己的心思，于是改口道："总之找到三公子才最要紧，这功劳对我而言，可有可无，小事罢了。"

程昶却道："是小事，如果这个刘府尹抢的是旁人的功劳，我不会计较。"

云浠稍稍一愣，还未分辨出程昶这话的意思，就听他又道："你千辛万苦来寻我，这份心意我知道。"

云浠大怔，以为被程昶瞧出自己的心思了，抬头看他，却见他神色平静，似乎只是在向她道谢，她松了口气，解释道："三公子之所以会失踪，是为了查卑职父亲的案子，一切都是卑职应该做的。"

程昶笑了笑，柔声道："把风灯给我，我来拿吧。"

驿站离这里有一段距离，程昶提灯照路，云浠就拿剑拨开道旁的荒草。

荒草有的矮，有的高，长得葳葳蕤蕤，再往远处看，除了驿站前的两只灯笼，荒野里的点点营火，便只余苍穹上一轮明亮的月了。

白日里那些荒山枯枝全都融进了夜色里，变得混沌不清，看不见萧条，哪怕天寒地冻，也不觉得多冷，反而要借着身旁风灯的些微光，品出一点温暖来。

自程昶醒来，云浠一直未能有机会与他好好说上话，眼下终于得了片刻闲暇，问道："处暑祭天，宗室与禁军皆在白云山，三公子如何会被人追杀，又是如何活下来的？"

程昶听了这一问，一时沉默。

在常人眼里，他只是失踪了两月，可只有他知道，他在这一段日子里究竟经历了什么。

一命双轨，死而复生。

他在濒临绝境时回到二十一世纪，又在濒临绝境时回来。

两次生死，穿梭在时空中，他至今都觉得难以理解与接受。

云浠见程昶不言，原以为他不会说了，毕竟他早已与她提过，让她不必再为他的事费心。

她一时沮丧，刚想为自己的失礼赔不是，却听程昶道："当时我去刑部的囚牢提罗姝问话，是她告诉我你父亲忠勇侯当年是被冤枉的。后来我着人去查，正好查到能证明你父亲有冤的人被关在白云寺的清风院里。处暑祭天那日，我去清风院问话，问到一半已觉出不妥，当时虽想着要逃，但贵人早在四周设伏，跟着我的四个武卫为了保护我，都……"程昶顿了顿，"我一路被追到崖边，随后……就落了崖。"

其实说是落崖也不尽然。那是黄昏逢魔时的异象，暝气升腾，残阳如血，一泓湖波化为铺天盖地的浓雾，引着他坠往未知。依稀中他记得他看到了蝴蝶，就像一场梦。

云浠道："是我大意了，明明知道罗姝可疑，还让三公子一人去问她话。我该跟圣上请命在京城多留一两日，陪三公子一起去见她的。"

"不怪你。且我觉得虽然罗姝可疑，几回与贵人报信的人，未必就是她。"程昶道。

他回想了一下当日见罗姝的情形，有些记不清了，所幸当日有录事把他的问话记录在案，回去翻一下卷宗即可，又道："等回金陵后，我将一应事情理一理，有了头绪，就和你相商。"

云浠一愣，停住脚步，看向程昶："三公子还愿意让下官帮着您一起查这案子吗？"

夜很静，风灯的光描摹出他浸在山月里的清颜玉骨。

她很快收回目光，垂下眼道："卑职还以为您不愿了。"

程昶道："我已想过了，贵人既然利用你父亲忠勇侯的案子来诱杀我，想必已经知道你牵涉在这案子里了，既然这样，索性你我一起追查下去，早一日查出原委，我们也好安心。就是要多麻烦你。"

云浠连忙摇头，笑道："不麻烦，卑职愿意为三公子效劳。"

程昶看到她笑，不由得也笑了，说话间，二人已到了驿站，他道："回屋吧，早点休息。"

云浠又摇头："不了，卑职再去营地那边看一眼。这两日小郡王就要带着殿前司的人马赶来会合，听说琮亲王与王妃也随行。今夜闹出这么大动静，卑职担心跟着刘府尹的官差不安分，过去看一眼，再把路上的事务安排妥当，也不至于叫这么一大队人马在琮亲王与王妃跟前失了分寸。"

她说罢，跟程昶挥挥手，步履轻快地便往营地那头去了。

第二十一章 深宫之澜

殿前司的人马脚程很快，两日后，程昶一行人刚走到夫子亭，程烨便带着一队禁军簇拥着琮亲王的车驾等候在此了。

此前琮亲王妃得知程昶失踪，大病过一场，眼下病虽好了，身子还是虚的，见了程昶，险些哭晕过去，拉过他的手瞧了又瞧，还似在梦中。

到了夫子亭，金陵便近了。

琮亲王府的三公子回京当日，是个难得的艳阳天，威武的禁军开道，每行一步，连马蹄声都是齐整的。

金陵城的老百姓闲来无事，都出来瞧热闹，只见十六骑的近卫后头，一辆阔身宝顶的马车悠悠驶过，不期然来了一阵风，将云雾绡做的车帘掀起来一角，露出车厢里三公子安静的侧颜。

道旁一行人顿时被攫去了呼吸。

山月作眉，寒星作眸，骨相之美连天底下最心灵手巧的匠人都雕琢不出十之一二，不知道的，还当是琮亲王府请了哪路神仙回来。

上回三公子落水，醒来后便比以往更俊了些，而今他失踪归来，看着怎么像是比落水那次还要俊了？

一路虽是禁军护行，却并不回宫，而是先将三公子送到了琮亲王府——听说圣上特赐了恩典，让程昶在王府稍作歇息，待明日再进宫赴接风宴。

自从程烨带着禁军在夫子亭接了程昶，云浠这一路上便没什么事了。到了琮亲王府，府里的管家把他们一路护行的几个校尉、统领请去偏厅吃了茶，再一人赠了一个茶包，她这一路便算功德圆满。

茶包接在手里一掂量，沉得很，琮亲王府的管家说是西域进贡的金丝儿茶，小礼罢了，不值什么。结果云浠出了王府将茶包拆开一看，里头装着的哪里是什么金丝儿茶，分明就是拿金丝挽成的茶匙子。

一共七八个校尉、统领，一人得了一个。只是，这样的礼搁在常人眼里虽贵重，对琮亲王府而言，确实不值一提。左右三公子是天家人，是圣上的亲侄子、太皇太后的眼珠子，回头宫里的恩旨下来，他们还要得赏，而琮亲王府的这个茶包，不过就是意思一下罢了。

云浠将金茶匙收好，仰头一看天色，正是正午时分。她回到忠勇侯府，问守在大门口的赵五："阿嫂呢？"

赵五一看云浠，欣喜地唤了声："大小姐！"说道，"少夫人一早得知大小姐您今日回金陵，便在正堂里等着了。大小姐您快去吧，少夫人怕是要等急了。"

云浠"嗳"了声，三步并作两步进了门，连行囊都来不及放，绕过照壁，便往正堂里去。

日光洒金似的在正堂门口铺了三尺，云浠望见端坐在高案边，淡日疏烟般的身影，脚步不由得慢了下来。

她很久没见方芙兰了，自从哥哥去世，她去塞北为他收尸以后，她还没与方芙兰分开这么久过。

她很想她，却又有些怯，毕竟她当初一意孤行地去找程昶，丝毫没顾及阿嫂独留在府中，是否会为自己担心。

倒是方芙兰听到外头的动静，移目看来，先唤了声："阿汀？"

她很快起身走到门前，见了云浠，眼中的欢喜简直要溢出来："不是说一早就到金陵了吗？怎么这时候才回来？"

云浠道："琮亲王府请吃茶，我与随行的几个统领不敢辞，是吃过茶才回来的。"

方芙兰点点头。她牵过云浠的手，将她拉到近前看了看，大约是见她脸色看着尚好，笑了，随后上下将她一打量，又笑着责备："半月前就入了冬，你穿着这么一身单衣，是不知冷吗？"

然后拉着她进屋，从桌上端起一个瓷碗递给她："把这参汤吃了。"

云浠应"好"，接过参汤一饮而尽，随后问："阿嫂，你这阵子身子还好吗？"

方芙兰道："你还知道要问我好。"

她虽是这么说，语气里却丝毫没有责备之意，或许起初是有的，后来看云浠走得久了，积攒在心间的担心，盼着她回来的渴望，便将那一丝微不足道的责备遮过去了。眼下看着她好端端地站在跟前，便也只顾着欣慰了。

第二十一章 深宫之澜

方芙兰于是点头道:"我很好,终归按时辰吃着药,把身子将养着。"

她接过云浠的行囊,打开来帮她收拾,一面问:"我听说,后来是你找到的三公子?"

云浠先"嗯"了一声,想了想,又说:"也不算是我找到的,三公子是吉人自有天相,我在东海渔村寻到他的时候,他身子已然康复了,想必即使我没有寻过去,他改日转醒,也会自行回金陵的。"

方芙兰愣了下,不解地问:"不是说落崖了吗?才两个月时间,他身子怎么会是康健的?从那么高的崖落下去,身上一点伤都没有?"

"手臂上有一道刀伤,但我寻到他的时候,刀伤也已愈合了。"云浠道,"我后来问过三公子,他说落崖时候的事记不太清了,或许是中途被哪道横长的枝丫拦了拦,所以才没受伤吧。"

方芙兰"嗯"了一声,手里的动作慢下来,一时若有所思。

云浠见她这副模样,不由得问:"阿嫂,怎么了?"

方芙兰看她一眼,欲言又止,过了会儿才问道:"那三公子他……知道是你费心找的他吗?"

云浠道:"知道。"

"那他可有对你说过什么?承诺过……什么?"

云浠愣了愣,片刻后,明白了方芙兰的言中之意。她垂眸道:"他只是跟我道了谢,旁的没多说。"她顿了顿,很快又道,"终归我也不希望他因为我去找他就觉得欠着我,想要予我回报。我不图这个。"她说着一笑,从腰囊里取出琼亲王府赏的茶包上下一抛,"倒是王府给了我一个金茶匙,我不图这个,赶明儿碰到三公子,定要还回去的!"

方芙兰把云浠的行囊归整好,拣出要浆洗的衣裳,唤鸣翠进屋。

鸣翠正在后院与白苓一起为白叔捣药,听了这声唤,两人连忙擦了手过来。

鸣翠问:"少夫人是要出门了吗?"

云浠问:"阿嫂要出去?"

方芙兰没答,鸣翠笑着道:"今日该是少夫人去药铺看病的日子,少夫人为了等大小姐您回来,已去得晚了呢。"

云浠一看天色,午时已过,是去得晚了。她生怕耽搁了方芙兰瞧病,说道:"左右我也有事要出门,那先送阿嫂去药铺。"

"不必了。"方芙兰柔声道,"又不是什么大事,你去忙你的,有赵五和鸣翠陪我去药铺就行了。"

言语间,鸣翠已去东厢为方芙兰取了绒氅来,立在一旁久不作声的白苓看几人俱是要走，便道："大小姐，少夫人，这些衣裳阿苓拿去洗了吧。"她抱起云浠行囊上待要浆洗的两身衣裳，望向云浠，仿佛生怕她不答应似的，又解释道，"左右阿爹刚吃过药，阿苓眼下得闲。"

云浠便点了点头："好，辛苦你。"

白苓听她应了，很是高兴，冲方芙兰与云浠浅浅一笑，便朝后院去了。

方芙兰看着白苓的背影，想起一事来，问云浠："阿汀，我年初与你说想给阿苓说户人家，这事你办得怎么样了？"

云浠愣了愣："我给忘了。"

其实忘也不尽然，白苓是白叔的女儿，比云浠小四岁，是她看着长大的。云洛把白叔视为至亲，白叔这一家子在忠勇侯府算不得奴婢。阿苓自小乖巧温顺，这些年长大了，知她这一家蒙受侯府照料，每日除了照顾白叔，便想着要去伺候云浠，帮云浠做些杂活。可她把自己当丫鬟，云浠却把她看作妹妹，等闲不愿让她忙累。

年初白苓及笄，方芙兰提起想为她说亲，云浠便没怎么把这话放在心上：一是因为她案子缠身把这事给搁置了，其二也是因为她舍不得白苓。

云浠道："我想着阿苓左右年纪还小，就是要说亲，也不急于这一时。"

方芙兰笑道："不小了。你且算算，就是眼下说亲，纳采、问名、纳吉这些礼就要花个小半年，亲事还要筹备个小半年。等翻过年，阿苓就十六了，等不起的。"

云浠略一思索，觉得方芙兰说得有理，转而又为难道："可我每日出入衙门和兵营，接触的多是官兵和将领，阿苓性情太乖巧，还是嫁个读书人家为好。"

"我也这么想。"方芙兰道，"倒不必嫁得多富裕，身家清白的耕读人家就很适合，最好还能把白叔一并接过去。"

云浠一怔："为什么要把白叔接走？"

可这话一出口，她顷刻就想明白了。白婶走了，白叔和阿苓相依为命，他们彼此是这世上唯一的至亲，阿苓若嫁走了，白叔孤苦不提，阿苓必定也时时牵挂，不能安心。

云浠道："还是阿嫂想得周到。那我改日就去请媒人，趁着这阵子闲，再多为阿苓备些嫁妆，省得嫁人时失了体面。"

她们二人说了这会儿话，天又更晚了些，赵五已套好马车在府门等了一会儿了，云浠不敢再耽搁，把方芙兰扶上车座，掉头就往另一个方向而去。

方芙兰看她仍穿着一身校尉服，像是要去绥官的意思，不由得问："阿汀，你去办什么差？"

云浠道："圣上召父亲和哥哥的旧部回京，有几十个老部下等不及开春，深秋就起行了。等他们到金陵，忠勇侯府必然住不下，我想着他们都是有兵籍的将士，

第二十一章 深宫之澜

想去兵部问问有无法子帮忙安置。"她说着就笑了起来，"名录我已看过了，阿久也一块儿回来呢！"

言罢，她朝方芙兰挥挥手，往绥宫的方向去了。

云浠到了兵部，原本只想打听打听忠勇侯旧部如何安置，然而她如今升了校尉，很得圣上看重，加之她近日寻回程昶，立下大功，兵部的人见是她来，不敢怠慢，把她递上来的名录瞧过后，分派人手去礼部、接待寺、枢密院做了协商安排，当即就把忠勇侯旧部回京后的安置问题妥善解决了。

冬日的天黑得早，这么一番折腾，待云浠从六部衙门里出来，外头已暮色四合了。

她正往宫外走，忽听身后一人唤了声："云校尉。"

云浠回身一看，来人大概三十多岁，生得慈眉善目，云浠想起来，此人是御史台的一名四品侍御史，名唤柴屏，程昶升任巡城御史不久后，她见过他一回。

柴屏到了云浠面前，拱手道："还未恭喜云校尉寻到三公子，又立一功。"

云浠称不敢，与柴屏寒暄了几句，便往宫外而去。

柴屏在原地愣了半晌，看着云浠走远了，也笼着袖口从小角门出了宫。

街上已空无一人，唯不远处一个巷弄口泊着一辆挂着"柴"字灯笼的马车。守在马车旁边的小厮见了柴屏，唤了声："大人。"然后问，"大人，回府吗？"

柴屏"嗯"着应了。

他原本要上马车的，腿已抬起来了，又踌躇着放下。他退后一步，理了理衣冠，然后搓搓手，原地跳了几下，仿佛是要把这一身寒意去了才敢登上马车。

车帘落下，小厮扬鞭驱着车在这冬日的街巷里辘辘行起来。柴屏入得车厢，却没坐，而是对着眼前身着鸦青色斗篷的人拜下："殿下，属下让殿下等久了，实在罪过。"

斗篷人似乎正在闭目养神，过了会儿，他才缓缓睁开眼："无妨。"

柴屏道："属下今日已去刑部打听清楚了，三公子一回到金陵就讨了上一回他亲自审罗姝的案宗过目，还说过两日他要再审一回，且要单独审，不需录事在一旁记录。"

"殿下，您说三公子是不是已猜出刑部囚牢里的录事是我们的人，并且还猜出了是我们利用罗姝做局，诱他去清风院的？"

此言一出，车厢里半晌没声。过了会儿，斗篷人才道："他好歹在生死边缘兜了一圈，猜不出才是稀奇。"

"殿下说得是。"柴屏点头，"但属下总以为三公子还是从前那个糊涂的，未料他自落水后竟变得如此敏锐。"他又道，"属下已派人去打听三公子落崖后是如何活下来的了，但这回去接三公子的殿前司人马里没有我们的人，三公子这一路上，几乎没有对任何人说起他落崖后的经历，是以属下还没打听清楚。不过属下早前已派人去东海渔村打听了，想必不日后就会有消息传来。"

"不必了。"斗篷人道，"他落崖的时候，被横长的枝丫拦了一下，落到崖下后，究竟发生过什么，他自己也记不太清。后来东海渔村的人在白云湖边捡到他，当时他人是昏迷的，身上除了手臂的刀伤，什么伤也没有，在渔村醒过来后，身子也没有任何不适。"

"这……"柴屏咋舌，"殿下是何以知道得这么清楚的？"

听着就像是三公子亲口相告的一般。

但他没等斗篷人回答，细一思量，说道："这不对啊，三公子落崖后，咱们的人就在崖壁上仔细瞧过了，那崖壁是陡壁，虽有横木，几乎拦不住人。即便三公子被横木阻了阻，白云湖边的浅岸上全是碎石，从那么高的崖上摔下去，哪怕不粉身碎骨，怎么可能一点伤都没有？何况咱们的人岸上水里都找过数回，定然没有疏漏，并不见三公子人影啊。"

他一边说，一边在心中琢磨，越琢磨越觉得不对劲。想到这，他忍不住接着道："殿下，上回三公子落水那事，您还记得吗？"

斗篷人"嗯"了一声。

"三公子落水那回，人在水里溺了足足有一炷香时间，常人早该去见阎罗王了。可三公子呢，捞起来时原本没了气息，等一抬回京兆府，忽然诈尸了。殿下您说……"柴屏犹豫了一下，"这世上会不会有这样的人，无论怎样，都是死不成的，抑或哪怕死了，也会死而复生？"

马车在深夜的街上不紧不慢地走着，柴屏说这话的时候，恰好来了一阵寒风，风掀起车帘一角灌进来，车厢中的灯火微一晃动，柴屏下意识移目看去，不期然瞥见了夜空里一轮荒凉的毛月亮，整个人都不由得打了个冷战。

斗篷人沉默地坐着，也不知将这话听进去了没有，过了会儿，他问："你们找到毛九了吗？"

毛九便是云浠和程昶一直在寻的那个手心有刀疤的人。

"还没有。"柴屏满脸愧色，"前些日子咱们的人已在朱雀街瞧见他了，但那日恰逢西域舞者进京，追了一阵，追到秦淮河边竟跟丢了。"

斗篷人听了这话，眉心微蹙，似是有些动怒，然而片刻后，他却放缓语气："不怪你，毛九这个人确实有些本事。"

否则他也不会派他去接洽艄公，让艄公往程昶的袖子里塞金砖。

"多谢殿下体谅。"柴屏道，"不过属下今日逗留在宫中，并非全无所获，属

第二十一章 深宫之澜

下打听到一个十分要紧的消息。"他看了斗篷人一眼，压低声音道，"陛下这阵子已开始调动皇城司的人马了。"

"此事本王知道。"斗篷人悠悠道，"父皇让卫玠带着人去查云舒广的案子，再查一查当年皇兄究竟是怎么死的。"

"这是好事。"斗篷人一笑，"卫玠与云洛的交情好，有他带着皇城司的人插手忠勇侯府的案子，姚杭山这个枢密使就做不了太久了。"

"不止呢。"柴屏道，他稍稍一顿，理了理思绪，"按说皇城司的人行事该十分隐秘，这事叫咱们的人发现，着实算个意外。

"殿下这些年不是让咱们的人盯着明隐寺那头吗？大约五日前，咱们的人在山下遇到几个商客，跟他们打听附近的路。本来咱们的人扮作农夫，那些人扮作商客，该是两不相疑的。结果咱们的人上山小解，却发现那几个'商客'也上了山。咱们的人觉得蹊跷，就一路跟了过去，这才发现这几个'商客'竟进到明隐寺里头去了。

"殿下您想，自从十二年前那场血案一出，陛下明令荒置明隐寺后，还有什么人能进寺里去？只能是皇城司的人了。若非咱们的人早已在附近扮了数年农夫，想必凭皇城司的人的敏锐，定然会有所警觉，不会上山的。

"属下猜想，陛下现今的身子……该是不大好了，因此等不及，想要加紧找一找当年在明隐寺失踪的那个人，这才又派了皇城司的人去查找线索。"

斗篷人听了这话，掀了帘，望向夜空一轮荒凉的月。半晌，他长长叹一口气："父皇人老了，身子骨不行了，难免寄希望于别处，以为当年明隐寺失踪的那个人是灵丹妙药呢。也罢，随他找去吧，大海捞针，看他能找到什么时候。"

……

程昶在家里休整了一日，隔一日便进宫赴宴。

这个所谓的接风宴是皇家的家宴，赴宴的不过是昭元帝与几个后妃、皇子，再就是琮亲王一家。

当年昭元帝继位后，这一辈的兄弟要么陆续殁了，要么就是离得远，待在封地偶尔上一封请安折子，三年五载不回一次京的；召回来的譬如南安王，都是旁支，与昭元帝这一脉不亲不说，有的早已降了等，大都只领着辅国将军的衔。

是以够格与昭元帝吃家宴的，都是天底下极尽尊贵的人了。

进宫已是黄昏，宫楼各处点起了灯，因赴宴的人少，延福宫的宴席摆得简单而精致，太皇太后对程昶笑道："你这大半年非但转了性，连口味也与以往大不同了，且来尝尝，桌上的这些可都是你喜欢的？"

程昶应"是"，看满桌清淡菜式，随意选了一样入口，称很喜欢。

皇贵妃抿唇笑道："瞧皇祖母您说的，明婴小时候住宫里，是皇祖母您带大的，

他的口味您还不清楚吗？这些肴馔都是您今日亲自盯着寿膳堂做的，他哪有不喜欢的道理？"

这是家宴，昭元帝与琮亲王几人闭口不谈政事，难免话少，宴席上想要和乐，势必就要有会说和乐话的人，皇贵妃是其一，贤、德二妃亦不遑多让，陵王、郯王是晚辈，却也懂得哄太皇太后与昭元帝开心，一场家宴吃下来，倒也其乐融融。

宴席将要结束的时候，太皇太后又向程昶招招手："昶儿，过来。"

有眼力见儿的内侍当即便在太皇太后边上加了一席，太皇太后拉过程昶的手，慢悠悠地笑道："余衷家的二姑娘，周洪光家的五哥儿，你还记不记得？"

余衷这个名字程昶没听说过，周洪光仿佛是吏部哪个当差的。

终归他不是真的小王爷，人一直认不齐全。

程昶是以模棱两可地答："印象不太深了。"

太皇太后笑道："不怪你印象不深，余衷家十二三年前就搬离金陵了，周家几年前当差上头犯了糊涂，被你皇叔父好一通罚，这些年大概是觉得没脸，也不递帖子进宫来看我这个行将就木的老朽了。"

程昶道："太皇祖母老当益壮，龟年鹤寿。"

"就你嘴甜。"太皇太后又笑，"不过我也是前一阵才晓得，你皇叔父去年就把余衷召回来了，眼下在太常寺当差。你这两个月生死未卜，我这颗心哟……"她伸手抚上自己胸口，"一直安不下来，闭上眼就是噩梦，想着我的昶儿究竟在哪里呀。后来还是你皇叔父晓得了这事，回头跟余衷打了声招呼，把他家二姑娘接进宫来了。凌姐儿，你记得吗？小时候，你，她，还有周家的五哥儿，常在我宫里一块儿玩闹，且每年呀，你们就盼着太皇祖母能带你们上明隐寺去，到了明隐寺，你们可开心了，漫山遍野地疯玩儿。"

程昶从太皇太后的话里听出点眉目，余和周都是异姓，这些异姓人家的娃娃能进宫伴在太皇太后身边，只能是她的娘家人了。

程昶道："左右是亲戚，他们既在京城，太皇祖母若是想他们，把他们召进宫说话就是。"

"说得是呢。"太皇太后道，"我还想着，趁我这身子骨还能动弹，再带你们仨上明隐寺去一趟，可惜不能够了。"

明隐寺是皇家寺院，因十余年前一桩血案，早已废弃不用，而今凡祭天祭祀等事宜，已改去白云寺。

提起明隐寺，座上一应人等都安静下来，所幸家宴已用得差不多了，昭元帝停了箸道："天色不早了，皇祖母早些安歇吧。"又笑着说，"您的大寿就在近前，寿宴当日还有得劳动，要多将养着。您思念明婴，他近日无事，让他常进宫来陪您说说话就是。"

言罢，与琮亲王、陵王、郓王一齐起身先送了太皇太后离席，尔后才自行迈步往宫外去。

昭元帝离开延福宫，把陵王、郓王及程昶几人散了，独留琮亲王陪着，慢悠悠往宫禁里走。

月朗星稀，重重宫楼在这静夜里只余了个淡淡的轮廓，昭元帝遥遥望了眼，道："太晚了，今日就在宫里歇吧。"

琮亲王称"是"。

圣上与亲兄弟有话要说，随侍的宫人不敢靠近，都在几丈外的地方跟着，近前只有个提灯引路的内侍官，低眉顺眼的，连迈出去的脚步都无声息。

"上午那会儿，昶儿去御史台了，这事你知道吗？"昭元帝似想起什么，问道。

琮亲王点头说："知道。"

"他如今是越来越有样子了，昨日才回京，今早就去了衙门。听说还着人去刑部打了招呼，明日一早要亲自提审罗复尤家的那个四姑娘，罗、罗、罗什么来着？"

"罗姝。"琮亲王道。

"对，提审罗姝。"昭元帝笑着道，"他还问云舒广的案子查得怎么样了，说是想要看卷宗，吓得大理寺、御史台几个老家伙都来请示朕。"

程昶失踪后，大理寺当即就从白云寺清风院里找到了当年云舒广的两个部下，并把失踪案与忠勇侯府的案子并在一块儿追查，眼下程昶找着了，失踪案销了，可忠勇侯府的"冤情"还尚未有定论呢。

"朕能说什么？朕自然是准了。从前昶儿胡闹惯了，成日里不务正业。如今他好歹求上进了，知道为朕分忧，他要问案，朕这个做伯父的，哪有不鼓励的道理，你说是不是？"

当年塔格草原一役惨败，累及太子身死，一直是昭元帝心头的一根刺，而今他对此事的态度虽有所松动，愿意为云洛平反，但并不意味着他就想直面这桩案子。那根刺在心里扎得太久，早已与血肉长在了一起，倘若要拔出来，必然要伤筋动骨。

昭元帝话里有话，琮亲王不是没听出来。

琮亲王道："皇兄说明婴长大了，依臣弟看，他其实还是小儿心性。想来是被连着折腾了一番，心里憋着一股气，因此打算要彻查到底。皇兄暂且由着他去，等这股气过去，他也就罢手了，回头臣再开解开解他。"

"他要查就查吧。"过了一会儿，昭元帝却道，"你也不必多说他。朕瞧着，昶儿如今不像是个糊涂的，白云寺这事，他受了大委屈，该他弄明白。"

"圣上，王爷，仔细着槛儿。"

一时走到夹道尽头，引路的内侍官出声提醒。

迈过门槛儿打个弯儿，御花园就到了，亭台楼阁、玉树琼枝渐次入眼。

昭元帝漫不经心地瞧了一阵，忽然长长一叹，说："平修，我身子大不好了。"

平修是琮亲王的字。

琮亲王听得这一声喟叹，脚步蓦地顿住。九五之尊的身子状况是天家头一等的秘密，太医院看诊后的诊册都是要搁在金阁里拿九龙锁锁起来的。大家更不敢在私下议，议多了，被有心人听了去，就是意图谋反。

昭元帝回头看琮亲王这一副诚惶诚恐的模样，苦笑着道："今早太医院来诊脉，朕逼着他们说实话，结果呢，一个个吓得趴在地上，跟没脊梁骨似的，说若仔细将养，不劳心，不费神，兴许还有个五载七载；若不这样，大约就只剩一两年光景了。朕是皇帝，怎么能不劳心费神？朕想着，一两年，想必是快得很了。"

琮亲王拱手温声道："皇兄是真龙天子，眼下的不好，想必只是一时不好，等来年开春，气候回暖了，必定会身康体健的。"

昭元帝哂笑一声："你我是一路走过来的，到如今，你也开始拿这些没油盐的话来打发朕了？"

他将笑容收起，望着不远处波光粼粼的湖水，说道："所以近几日，朕传了卫玠，让他带着皇城司的人仔细去查云舒广的案子，查宣威的冤情、招远的叛变，去查……太子的死因。"

琮亲王听了这话，面上虽无动于衷，心中却不由得一震。昔日太子身死的大悲大恸化为深宫殿宇上经年不散的一道阴霾，而今，他的皇兄终于要从这道阴霾里走出来了吗？

昭元帝道："昶儿的公道，朕其实很想为他讨；忠勇侯一府满门忠烈，朕也想为他们昭雪。可朕是皇帝，朕的子嗣太少了，老三、老四，没一个像话的。眼下到了这个紧要关头，朕没法子，只能先顾及江山、顾及朝纲。平修，你能明白朕吗？"

说起来，这已是昭元帝第二回提这话了。琮亲王点了点头，说："臣弟明白的。"

九五之尊的身子状况虽是秘密，但世上没有不透风的墙，总能漏出去个一二。太子身殒经年，储位却一直悬着，底下的皇子不起心思吗？前些年朝廷里请立东宫的折子不知上了多少，全被昭元帝压了下去。而今到了这个关头，眼看圣上或许是要熬不住了，群臣都开始另谋出路，济济朝野上，纯臣又能有几人？

昭元帝不是不想查是谁要害程昶，动手动到天家人身上，实在太猖狂！可是，能对天家人动手的，也只能是天家人了。他若大费周章去查，必然会引得朝野动荡，若逼得急了，说不定还会起兵戈，激得群臣怨恨皇子逼宫。

昭元帝想，他若是春秋鼎盛之年倒也罢了，谁敢闹，谁敢反，拖出去治罪就是，可他不是，他自己都不知道还余多少时日可活。倘他就此撒手人寰了，留下这个烂摊子，又该由谁去收拾？

大绥是从前朝满目疮痍里接手的江山，历经五帝励精图治，好不容易才开创的盛世。打江山难，守太平更难。

储位虚悬，皇帝时日无多，皇子无德，帝位无人可予，由此时日一久，必然会加剧党争，君臣离心离德，这是毁社稷根本的事。

社稷根本毁了，家国就要从里头开始败了。太平，便也守不住了。

昭元帝不想这盛世毁在他手上。

但有什么办法呢？这是长在深宫里，谁都瞧得见、谁也不敢提的一块流着脓的毒疮，只能任其慢慢溃烂。昭元帝想，罢了，且效仿秦皇汉武，便用这余下的时光，去寻一寻那灵丹妙药吧。

秦皇汉武找寻的是长生药，他的愿景小一些，他只求一个人，只求一帖能治毒疮的药，此心昭昭，但愿苍天可鉴。

琼亲王的下处在福宁宫南面的披芳殿，两人走到岔路口，琼亲王躬身恭送道："夜深了，皇兄今日操劳，想是乏累，回寝宫后安心歇下吧。"

昭元帝道："不乏，今日昶儿回来，朕高兴。"他顿了一下，"说起来，昶儿还是忠勇侯府的云氏女找着的，朕预备着要封赏她，但一时想不出封赏什么好，依你看呢？"

琼亲王道："依臣弟看，寻常的封赏就很好。云氏女是升了校尉后请命去找明婴的，而今找到了，也是她分内事。"

昭元帝悠悠地看着琼亲王，过了会儿，笑了："朕上回说，昶儿与那云氏女走得有些近，你还不信，说云氏女只是为了感念昶儿为宣威申冤才请命去找昶儿。眼下你看，就是昶儿失踪，也是为了追查她父亲忠勇侯的案子。听说——"他略一停，像是在回想，"昶儿因为她，在回金陵的路上还出了点岔子。

"仿佛是云氏女病了，要在驿站歇息，昶儿便吩咐行队回驿站，耽搁了大半日行程。哦，听说沿路护送的那个府尹想抢云氏女的功劳，昶儿动了怒，要撵人走。"

"有这样的事？"琼亲王顿了顿，回道，"臣弟尚未听说。"

昭元帝笑着道："所以朕早说过，你这个当爹的，尚不如朕这个做伯父的上心。便说今年年中，弟妹想为昶儿说亲，挑来挑去，挑了礼部林家的。后来朕知道了这事，帮着一打听，才知那林什么的，不过是礼部一个五品郎中，平日里不提起，朕都不记得有这号人。昶儿是要封世子的，你的亲王爵以后也要由他继承，五品官家的姑娘做王妃，太寒碜，怕是委屈了他。不过朕又想了想，昶儿的正妃，还是找个合他心意的为好。依你看，昶儿喜欢什么样的？那个云潇吗？"

琮亲王听了这话，心头一震，合起双手躬身拜下。

"云浠出身是好，堂堂三品忠勇侯府，自立朝之初便镇守塞北，立下汗马功劳，配得起昶儿。但是……"昭元帝看了一眼琮亲王，悠悠道，"不太合适。"

至于为什么不合适，昭元帝话里话外其实已说得很明白了。

程昶是世子，是将来的亲王，古来亲王最忌与兵权扯上关系，遑论娶一个将门女为妃？云浠的出身是好，可惜，她是忠勇侯府的人，手里掌了兵权。

琮亲王道："明婴这些年胡闹惯了，尚未收心，哪会有什么合意的人呢？他的亲事，左不过父母之命。臣弟对选亲择妃这样的事不在行，倘皇兄、皇祖母能帮着明婴择一个合适的，那便再好不过了。"

昭元帝闻言，像是才想起什么，说道："提起皇祖母，朕倒是想到一个人。昶儿小时候不是常与余衷家的二姑娘玩在一块儿吗？上个月她进宫陪皇祖母说话，朕刚好在，看了一眼，已出落得水灵了。正好皇祖母的寿辰也近了，回头朕与余衷说一声，趁着皇祖母的寿宴，把他家二姑娘与昶儿的事大致定下来，你看如何？"

琮亲王道："听凭皇兄安排。"

第二十二章 锋芒初现

隔日卯正时分，天边刚露出鱼肚白，程昶便起身了。

孙海平在一旁的耳房里听到动静，推门进来，见程昶已穿好官袍，不禁问道："小王爷，圣上不是准了您休沐几日吗？怎么还要当差？"又道，"那您等等小的，小的这就换身衣裳陪您巡街去。"

他想着程昶是巡城御史，现如今回京了，要上值当差，自然该去巡街。

程昶说："不必了，我去刑部。"

孙海平愣了愣，这才想起程昶昨日派人跟刑部的人打了招呼，说要去提审罗姝。

孙海平道："那小的这就吩咐人给您备早膳去。"

王府的膳堂手脚很快，不多时就把早膳送过来了。

程昶口味清淡，桌上摆着的都是些清粥小菜，他齐了齐筷子头，正准备开吃，抬头看孙海平在桌边布菜，不由得一愣，问："张大虎呢？"

孙海平挠挠头："不知道，好像早上就没瞧见他。"他说着，去门口唤来一人，让他去寻张大虎。

没一会儿，只听外头粗里粗气的一声："小王爷，您有差事吩咐小的去办？"张大虎随即进了屋。

程昶一抬头就愣住了。

王府的小厮向来一身布衣短打，眼下入了冬，至多添一件对襟棉袄，张大虎今日身着月白阔袖长衫，足踏玄色云头靴，脑门儿上还戴了顶斯斯文文的绒毡帽，虽然……配上他虎背熊腰的身形，瞧着有点怪，但好歹是十分体面的，也不知道他穿

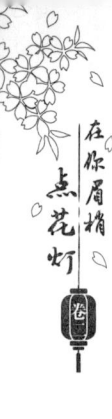

得这么人模狗样的是要干什么勾当去。

张大虎看程昶没反应，又问一次："小王爷，您有差事吩咐小的？"

程昶已差不多吃完了。他这个人不大喜欢干涉别人的私事，加上张大虎与孙海平辛苦找了他两个月，又一路护送他回王府，他昨日是特地允了他们休息的。

"没事，看你不在，随便问问。"程昶接过孙海平递来的布帕揩了揩手，站起身，再看张大虎一眼，说，"你忙你的去吧。"

"那成。"张大虎一点头，"那小的这就上忠勇侯府找云校尉去了。"

孙海平正在给程昶递茶水，听了这话，惊得手一抖，茶水洒了大半。

程昶："……"

他转过脸，又上下打量了张大虎一眼。

孙海平道："你一个人找云校尉干什么去啊？"

张大虎很意外："你咋给忘了呢？当初云校尉答应带着咱们去找小王爷，咱们说过要报答她，我这是报答她去啊。"

"你报答她就穿这身？你脑子被驴踢了？"孙海平道。

张大虎瞪大眼："这身咋了？这身不精神？"

两人说话间，程昶已自行披好绒氅，推开门往院外去了。张大虎倒是记得他家小王爷今日要去刑部，与孙海平一起跟在后头送他。

孙海平试图挽救张大虎："你要报答云校尉，也不必这么早，要不等小王爷回来，咱们陪着小王爷一块儿去？"

"不用了，我去我的，你们去你们的。"张大虎道，"再说了，我打算给云校尉买几份礼，要先上街转转去。"

孙海平小心翼翼道："你要买什么礼？"

"还没想好。"张大虎挠挠头，"云校尉是个姑娘，我想着要不就送些胭脂水粉、簪子耳坠什么的。"

孙海平觉得张大虎就快没救了："知道她是姑娘家你还送胭脂首饰？"

车夫已套好马车等在外院了，看程昶出来，连忙上来扶他上了马车。

张大虎与孙海平一起站在道旁目送程昶的马车离开，一面又说："胭脂首饰怎么了？你还别说，我近日仔细看了，云校尉长得好看，比小王爷从前在画舫里瞧上的那个芊芊姑娘、桐花姑娘还要好看不知多少哩！她就是不打扮，朴素了点儿。"

孙海平："求求你快闭嘴吧。"

"为啥？不是你先问我的吗？"张大虎莫名其妙，"再不成，我这两日上忠勇侯府帮云校尉干点儿活，反正她家全是病秧子，干活的人手少……"

程昶的马车已驶出去数步，忽然停住，车夫驱着马掉了个头，又回到王府前。

孙海平连忙迎上去，毕恭毕敬道："小王爷，您有什么吩咐？"

"那什么，"程昶撩起帘，看了一眼张大虎，"他……"

"明白明白。"不等程昶开腔，孙海平立刻道，"小的这就嘱人堵了他这张王八嘴，再五花大绑捆起来。只要小王爷您没回王府，绝不让他踏出王府半步，一定把他摁住了！"

……

程昶到了刑部，衙署外的小吏迎上来，说："三公子，您这么早就到了？御史台的柴大人也刚过来。"

程昶知道柴屏是这一辈官员里的佼佼者，不到而立之年已然做到了侍御史一职，上回姚素素的案子一出，朝廷改作三堂会审，程昶想去刑部囚牢里审罗姝，就是柴屏帮忙疏通的关系。

程昶问："柴大人过来做什么？"

小吏赔笑道："似乎是为案子的事，这不年关快要到了，上头催结案催得紧。"

程昶点点头，由小吏引着，到了囚牢里。柴屏正在囚牢的外间看新递上来的供词，见了程昶，先一步上前拜道："三公子。"

他或是想着程昶近三月不知所终，对目下案子的进度知之甚少，便先把大致情况与他说了一遍，末了无奈笑道："原以为三司衙门这么多能人，姚府二小姐的案子该是好结，没承想这么长时日下来，竟成了一桩无头公案，证据找来找去，原先的几个嫌犯都脱了罪，秋节当晚闹事的匪寇又多，也不知是不是其中哪个起了歹心下的杀手，总之那些贼人没一个招的。好在眼下姚大人松了口，里头这个——"他往囚室那边望了一眼，"可以暂且放出来了。"

这里是女牢，所谓"里头这个"，指的便是罗姝了。

程昶问："为何？"

柴屏道："要说呢，罗府的四小姐作案动机有，证据也有，可是这个证据不足以指证她就是犯案的真凶。"

他说着，顺手就从一旁的柜阁里取出罗姝的卷宗以及一个木头匣子，匣子里装的是一枚女子用的耳珠子。

程昶记得，当日京兆府过堂，仵作在姚素素的牙关里找到这枚耳珠，罗姝才下狱的。

"这耳珠确系罗四小姐所有不假，可为何竟会在姚二小姐的牙关里找到呢？试想，倘若姚二小姐的死当真是罗四小姐所为，那么姚二小姐在濒死挣扎之际夺下罗四小姐耳珠以留下证据，这耳珠应当在她手中才对，因为她彼时呼吸困难，人应该是在一种力竭的状态，无力将耳珠塞入牙关。因此这枚耳珠并不足以证明姚二小姐就是罗四小姐所害。"柴屏说道。

这个程昶知道,所谓疑罪从无,因为怕冤枉好人,凡证据上出了问题,都会被视作无效,古来律法大都如此。

"再者说,姚府二小姐的尸身虽然是在水边找到的,但她其实是被缢亡的。姚二小姐与罗四小姐力气相当,仅凭罗四小姐一人,恐难以置姚二小姐于死地。根据罗四小姐的供词,她所供诉的两人起纷争的时辰、姚二小姐的爱猫雪团儿走失的时辰,都与姚府丫鬟的供词、三公子您的证词相吻合,说明她说的是真话,这样也就不能判定罗四小姐是杀害姚二小姐的真凶了。"

柴屏说到这里一笑,打趣道:"听说那只叫雪团儿的贵猫后来被三公子您捡了去养,这猫除了走散那会子,是一直跟在姚二小姐身边的,要是它能开口说话,指不定能提供些关键线索。"

程昶道:"我事后还真带雪团儿去了秦淮水边一趟,但它除了四处嗅嗅,没什么异常。"

柴屏讶然,随即道:"三公子为了查案,当真费心了。"

他长长叹了一口气:"罗四小姐到底是枢密院罗大人的千金,而今证据不足,被这么关在囚牢里说不过去,眼下刑部与大理寺已一并出具了公文,要放她出狱,只待咱们御史台在上头署名。但是,关于那耳珠,有一点让我着实费解。"柴屏略作沉吟,蹙眉道,"倘姚二小姐不是罗四小姐杀的,那么真凶将耳珠放入姚二小姐口中意欲何为呢?倘这真凶想要嫁祸罗四小姐,他大可以用别的更好的法子,留下这样一个似是而非的证据,目的是什么呢?"

程昶听柴屏说着,若有所思地看着木匣中色泽温润的耳珠。过了片刻,他道:"柴大人可否把这枚耳珠借给我用一会儿,我拿去问一问罗姝。"

"这个自然。"柴屏忙道,"三公子今日既是来提审嫌犯的,这里的一应卷宗、罪证,三公子都可以任意取用。"言毕,他把罗姝的卷宗以及木匣子一并交给程昶,又与狱卒略作交代,便先一步离开了。

因程昶事先打过招呼说要单独审问罗姝,囚室里早已搁好了一张木椅,原本在里头待命的录事一见他进来,连忙收拾笔墨退出去了。

程昶将卷宗与装着耳珠的木匣子搁在一旁,撩袍在木椅上坐了,看着罗姝:"说说吧。"

他倒是不怕隔墙有耳,姚素素的案子是三堂会审,眼下这个大牢里,既有刑部的人,也有大理寺与御史台的人,这些人都知道他在这里审案子,互相盯着,谁也不敢靠近。

罗姝缩在角落里,战战兢兢地问:"说……说什么?"

第二十二章 锋芒初现

"说是谁让你把忠勇侯的冤案透露给我的。"

罗姝惶恐地望着程昶,片刻,避开他的目光:"三公子在说什么,我……我听不明白。"

程昶打量了罗姝一眼。

她到底是四品枢密直学士之女,饶是身处大牢中,部衙里的人也对她颇多照顾。她身上的囚衣是干净的,因为冬日天寒,外头还添了件棉袄,搁在角落里的饭菜尚算新鲜,但她似乎仍然很冷,周身裹着棉被,整个人十分颓丧,两个月下来,又瘦了不少。想想也是,她一个养在深闺的娇贵小姐被关在大牢里久不见天日,心中早已慌极骇极了。

至于他今日要来审她的事,想必已有人提前知会过她了,甚至告诫过她什么该说、什么不该说,否则她刚才瞧见他,不会这么镇定。

程昶道:"你父亲教你说的?他也为那个贵人效忠吗?"

"其实你不说我也知道。"程昶见罗姝仍没有反应,语气依旧不紧不慢,"是有人借着你父亲的名义转告你,让你把忠勇侯府的冤案透露给我,还说只要你成功把我骗去了清风院,不日后他就能让你离开这座大牢,对吗?"

罗姝一听这话,身子一震。

她不由得回忆起昨日夜里,那个御史台的大人过来叮嘱她的话:"三公子眼下想必什么都猜到了,他若问起你白云寺清风院的事,你不必慌张,也不必回答他,明白吗?要是他问起你忠勇侯府是否有内应,是否你就是这个内应,你既不要承认,也不要否认,只需害怕就行了。"

她当时心中狐疑,多嘴问了一句:"忠勇侯府……有内应?"

孰料那个大人却道:"此事与你不相干。你只需记得,你要让三公子相信你就是这个内应,否则,"他一顿,"想想你们罗府一家老少的性命。"

程昶见罗姝一直不言语,继而道:"忠勇侯府有个内应,这个人是你吗?"

罗姝心想,果然被那个大人猜中了。

她正等着程昶逼问,未料程昶忽然话锋一转,他靠着椅背,修长的手指交叉着:"是不是早就有人告诉过你,说我会过来问忠勇侯府内应的事?他是不是还说,一旦我问起,你既不要承认,也不要否认?"

程昶淡淡道:"你现在是不是在想,为什么我会猜到这些?因为一看你的反应就知道了。是他告诉你,只要你什么都不说,做出一副害怕的样子,我就会信你?"

罗姝被程昶这一通字字切中要害的问话惊得无以复加,她不知道该作什么反应才好,半响,支吾道:"我真的、真的什么都不知道……"

程昶闻言,没吭声。过了会儿,他站起身,逼近两步,目不转睛地盯着罗姝:

"你是没用脑子想过？他这是拿你做替罪羊呢。你一直想离开这大牢，可你知道你若被坐实了忠勇侯府内应的身份，又该在牢里蹲多久吗？"

罗姝微微一怔，目光中顷刻流露出慌乱担忧之色。

程昶心中立即就有了答案：不是她。

忠勇侯府的内应，不是罗姝。她毕竟只是个十七八岁的姑娘，养在深闺少不经事，被他这么一连串的迫问诈出了实情。

其实那个忠勇侯府的内应不过是在"艄公案"的紧要关头给贵人递了两回消息，贵人的身份尚且无法确定，没有实证，他的内应又怎么会被送入大牢？

罗姝之所以会露出担忧的神色，是因为她不知这内应究竟做过什么。

程昶知道，姚素素的死八成不是罗姝所为；忠勇侯府的冤案，罗姝一个深闺小姐，恐怕也知之甚少；至于自己被骗去清风院被人追杀，罗姝只不过是其中一枚被人利用的棋子罢了。

是故他今日来刑部大牢里提审罗姝的目的只有一个：问出她是否就是忠勇侯府的内应。

眼下这个目的已经达到了。

但是还不够。

他转过身，拿过搁在一旁桌案上的木匣，取出里头的耳珠："你的？"

罗姝惶恐地看了一眼，飞快垂下眸，小声应道："是……"然后她连忙辩解，"可我当真不知道这只耳珠为何竟会在素素那里，素素当真不是我害的——"

"我知道。"不等她说完，程昶就道。

旁人或许猜不出真凶为何要留下这样一个似是而非的证据，他却猜得出来。或者说，他是在被人追杀至清风院外的崖边，生死一线之际才恍然大悟的。

"其实你本无罪，在京兆府过堂的时候，因为仵作在姚素素的牙关里找到了这枚耳珠你才下了狱。

"有人早就知道我怀疑忠勇侯府有内应，也知道我怀疑这个内应是你，所以他早就算到一旦你下了狱，我就会到牢里跟你打听有关内应的事。他利用这个机会，反将我一军，借你之口告诉我忠勇侯的冤情，然后把我骗去了白云寺的清风院。"

程昶说到这里，俯下身，修长的双指捏着耳珠，盯紧罗姝一字一句道："你可知道，就是这颗珠子，害了我。"

他说这话的时候，语气分明是极平静的，可罗姝一抬头，却在他温玉般的眸子里窥得了一丝暗，清冽的眼尾敛藏着近乎妖异的戾气。

三公子俊美无俦在金陵是出了名的，然而他眼下这副模样，已不能单单用"无俦"二字形容，仿佛上天入地，都不能找出这样一个人，他是清姿玉骨的仙，更是

第二十二章　锋芒初现

摄人神魂的鬼魅，好看得叫人心中生怖。

可他为人所害，有人无故要取他性命，纵使他在时空的颠倒中彷徨失措，在回京的路上按捺住不提，心中又如何能不恨？若不是死而复生，若不是一命双轨，他现在是不是早已喝了孟婆汤，过了奈何桥？

"并且他还不知足，他非但利用这颗珠子令你入狱，设局伏杀我，还把证据做得似是而非，让你不至于坐实杀害姚素素的罪名。他想让我觉得他在保护你，毕竟他希望我认为，你才是他在忠勇侯府的内应。"

"你……你与我说这些做什么？"罗妹彻底骇住了，支吾道，"不是我害的你……"

三公子落崖的事，她在狱中也听人提起过。那些人说，清风院外的崖是陡壁，落下去必死无疑，她不知道他是怎么生还，又是怎么回来的。

"因为今日之后，那个人还会派人来找你。"程昶道。

反正已撕破了脸，彼此做了什么都心知肚明，索性把话说开。

"你帮我转告他，其实他的身份我大致知道，我也知道他最终想要的是什么。本来他和我井水不犯河水就罢了，他既然容不下我，我也犯不着跟他客气。"

他生活在一个法制社会，行事有法律与道德的约束，但这并不意味着他就可以任人宰割。

他生活在和平年代，但这并不意味着他的成长没有坎坷。

在那个如同调色盘一般绚烂的二十一世纪，他也在没有硝烟的争斗中历练过，也见识过复杂的人性，一路动心忍性，凭着极清醒的头脑，饶是带着一颗有问题的心脏也攀上过高峰。

纵然这些都不能与动辄嗜血的皇权相比，但他好歹要为自己的命好好争一把。无法诉诸法、诉诸正义，那么就自己还自己公道。

"你告诉他，"程昶背着手冷冷道，"咱们走着瞧。"

程昶出了囚室，把卷宗与木匣子放至原处，一旁几个狱卒看三公子沉着脸，俱是不敢吭声。

离开刑部，他抬头一看，竟然下雪了。

这场雪来势汹汹，鹅毛般的雪片仿佛自入冬就积攒着，等云头承不住重量了，便一股脑儿地飘洒下来。

天地间一片纷纷扬扬，四周一下就白了，更远处，几个朝廷大员想要面圣，被殿前司的人拦在宫门外挨个查鱼袋，他们似乎冷得受不住，笼起袖口，在原地来回跺脚。

程昶遥遥看了一会儿，正准备离开，身后有人唤道："三公子。"

是早上迎候他的刑部小吏。

"刚刚皇城司的卫大人来衙署寻三公子您，得知您在提审嫌犯，就说不必打扰。小人想着，既是卫大人找，想必是有要事，特地过来转达三公子您一声。"

程昶一愣："卫大人？"

"就是卫玠卫大人。"

程昶想起来了，卫玠，皇城司的指挥使，忠武将军。

皇城司这个衙门只为天子办事，放在明代就是锦衣卫，卫玠这样的人来找，大抵与皇命有关，无怪乎这小吏要特地相告了。

程昶在前几回朝宴上见过卫玠，只记得他长着一对飞眉，鬓角剃得拉里拉杂，一副办事不太牢靠的模样，还十分嗜酒。

程昶问："卫大人找我做什么？"

"小人不知，想来是为了忠勇侯的案子吧。"小吏道，"之前三公子您失踪那会儿，刑部与大理寺把您的失踪案与忠勇侯的案子并在了一块儿追查。眼下您回来了，失踪案销了，忠勇侯的案子就转到皇城司去了。卫大人过来时，遇到了去兵部复命的云校尉，他便着人先请云校尉去皇城司了。"

程昶问："云浠？"

"对，就是云大小姐。"小吏道。

他说着，见程昶要回王府，反身回衙门取了一把伞递给程昶，指了指天："今儿太冷，三公子且拿着遮雨雪。"

程昶撑着伞，沿着轩辕道一路走到绥宫侧门。雪更大了，飘飘洒洒地直往人脸上扑。侧门外，有几个等候官老爷的马车车夫蹲在一起哈气搓手，其中一人道："怎么突然就下雪了，一点预兆都没有。"

"是啊，昨儿还晴好，陡然一下这么冷，早知添件袄子再出门了。"

"谁能料天老爷突然来这一出呢？我家老爷早上出门时连身薄氅都没带，想必该在衙门里冻坏了。"

"小王爷——"

程昶正若有所思地听着，忽然听到孙海平的声音。

他侧目一看，只见孙海平捧着个暖手炉跑来，气喘吁吁道："小王爷，您已经办完差啦？那小的这就让人把马车赶过来。"说着，把暖手炉递给程昶。

"不必了。"程昶道，"我还有点事。"

孙海平道："咋了？小王爷，这大冷天的，您还有啥事儿急着办？"他又拍拍胸脯邀功道，"您放心，小的过来给您送铜炉子前，已跟人合力把张大虎那个蠢驴捆起来了，保管他不能上忠勇侯府搅和去。"

程昶说：“我去一趟皇城司。”

"皇城司？皇城司离这儿远着哩！"

但程昶没多解释，撑着伞回绥宫里去了。

皇城司的衙署设在西面白虎门附近，并不在绥宫内，但走宫里的夹道过去便快些。

雪忽大忽小，程昶到了皇城司，老远一看，衙署外正排着长龙，十余人的队列里，有看着像家丁的，有看着像耕夫的，什么扮相的都有，大都是老百姓。

程昶纳闷，上前一打听，其中一人将他上下一打量，问道："阁下不是皇城司的人吧？"

程昶今日虽穿了官袍，外头却罩了身绒氅，官帽也没戴，一头乌发梳成髻，拿玉簪随意簪了，是以瞧不出身份。

他道："不是。"

"您有事找皇城司办，都得在这儿排队候着，等那头的官爷——"那个人抬手往衙外的长案一指，"问过您姓名、籍贯后，才会把您引进去。"

程昶道："我是来寻人的。"

"都一样。"那人又道，指了指前后几人，"我是来找差事的，他是来打听案子的，那头那个，瞧着没？穿一身补服的，还是个七品官哩，听说是上头哪位大人派来取物件的，还不是在这儿排着？总之来了皇城司，就得守卫大人的规矩。"

程昶："……"

程昶是琮亲王府的小王爷，按理只要上前说一声，自会有人把他恭迎进去，但他到底是二十一世纪的人，讲究人人平等，凡事不习惯行特权，便撑着伞，绕去长队最后排着了。

皇城司的两个接待小吏办差事尚算勤快，没一会儿就轮到了程昶。

"名字？"

"程昶。"

"哪个程，哪个昶？"

"'暮漏肃唱，明宵有程'的程，永日昶。"

程虽是皇姓，但这个姓氏在大绥很常见，加之三公子的名讳不是人人皆知，是以小吏并不以为奇。

"年纪？"

"二十。"

"家住何方？哪里人士？"

"金陵人士，家……就住在金陵城东无衣巷。"

小吏笔尖一顿，抬头看向程昶，愣了一下："你住无衣巷？那不是琼亲王住的地儿吗？你跟琼亲王是邻居？"

程昶："……嗯。"

他爹住在王府有氿院，他住在扶风斋，算是邻居吧。

"在哪里当差？"

"御史台。"

"来办什么差？"

"……找个人。"

"那成，去里头等着吧，待会儿上头的大人过来了，自然会引您去衙里寻人的。"小吏看着手里记下的名录，越看越不对，金陵人士，姓程，琼亲王的邻居，还在御史台当差？

琼亲王府的三公子，在哪里当差来着？

小吏倏的一下站起身。

"回……回来！"

程昶正收了伞往里走，忽听小吏一声唤，回头问："还有什么事吗？"

刚才外间雪大，瞧人瞧不大清，眼下细一看，长得跟画上画的似的，不是三公子还能是谁？

"三……三公子！"小吏呆了一瞬，立刻就跪下了，惶恐道，"小的不知三公子大驾光临，方才多有冒犯，求三公子恕罪——"

这也不怪他没认出人来，谁能料到琼亲王府的三公子竟会在这大雪天上皇城司来排长队呢？

小吏这一跪，引得衙署里几个官员出来瞧动静，见是程昶，一时间都和小吏一起跪了，其中一人赔完罪，斗胆上前问："敢问三公子来皇城司寻何人？"

程昶沉默了一下："我找云校尉。"

"云校尉正在武雅堂那边办差呢，下官这就为您通报去。"

"不必了。"程昶道。

他没料到自己这一来竟引出这么大的动静。

"我在这里稍等一下就好。"他看了一眼仍跪在一旁的官员与小吏，说，"都起来吧。"

"三公子要等也不能在这里等啊。"官员微一愣，听三公子这话，竟是要亲自等着云校尉办完差的意思？这么冷的大雪天，"这是外衙，入冬还没来得及烧炭盆，三公子里边请，里边请。"

云溶从武雅堂出来，一名主事官立刻过来道："云校尉，您已办完差了？"又说，

"三公子已等了您好些时候了。"

云浠一愣:"三公子在等我?"

"是。三公子不到午时就过来了,说是有事找您。外衙那几个当差的本来要马上过来知会您,三公子拦着不让,说不耽误您办差。这不,眼下已足足等了您一个多时辰了。"

云浠左右望了望:"三公子人在哪儿?"

"仍在外衙呢。"主事官道,"下官想把他请来内衙,他说不必。"说着,引着云浠就往外头去。

谁知一到外衙的接待间,程昶竟不在,守在接待间外的小吏道:"三公子半个时辰前就离开了,没说去哪儿,小的也不敢打听。"

皇城司是天子近卫,衙署很大,单是外衙,演武场就有七八个,程昶这么一走,都不知该上哪儿找去。若他等不及已经离开倒也罢了,怕就怕他人还在衙司内。他是来找云浠的,他不走,云浠就不能走,这大寒天的,凭的把人困在这儿。

主事官为难道:"劳烦云校尉稍等一等,下官这就派人去寻一寻三公子。"

云浠点了点头:"有劳大人。"

她在接待间坐下,一旁的小吏为她沏上茶,但天实在太冷,茶很快就凉了,连暖手都暖不了一刻。云浠把茶放下,她今日出门急,更没料到会下雪,只穿了寻常的校尉服。原本在兵部复完命,早些回到侯府倒也罢了,谁知半路撞见卫玠的人,把她传来了皇城司,耽误了这么久。外头积雪已深,冷就不提了,想必待会儿回府的路才是难走。

但是,这些都不重要。

云浠觉得自己大概能猜到程昶为何来找她。她早上在兵部,听人说三公子去刑部大牢里提审罗姝了,想必三公子一定是知悉了有关贵人的线索,赶着过来与她相商。

云浠有些懊恼,她分明知道昭元帝派皇城司查问忠勇侯的冤情只是做做样子,可心中还是抱有一线希望,企盼父亲能借此机会昭雪。是以武雅堂的将军问当年云舒广出征前夕的情形时,她生怕遗漏,有些话翻来覆去地说——她明明可以早点出来的。

云浠举目朝窗外望去,之前那个去找程昶的主事官仍不见身影。她有些失落,心想:三公子大约是等不及,早已走了吧。

云浠在心中叹了口气,站起身,对一旁的小吏道:"我去外面走走。"

外面就是辽阔的演武场,场上摆着擂台、战鼓,还插着旌旗,云浠看了一会儿,没过去,她不能走远,只敢在附近转转,沿着一条廊道来来回回地走,突然听到不

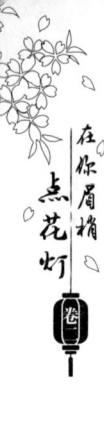

远处有人唤她。

云浠蓦地移目看去，只见程昶正撑着伞，立在这一天一地的风雪中。

他身上的绒氅是茶白色的，发间的玉簪是极淡的青，明明站在刀兵旁，一身霜意却能将兵戈之气尽数敛去，演武场的烽火狼烟被雪一遮，化作水墨山色，衬着一旁清清冷冷的人，便是一场好风光。

云浠见是程昶，一时也顾不上雪大，快步朝他走去，拱手道："三公子。"又问道，"三公子有事找卑职？"

程昶将伞往她头顶遮了遮："你的事办好了吗？"

"已办好了。"

程昶"嗯"了声，把暖手炉递给云浠，说："那走吧。"

他刚才其实哪儿也没去，不过是等久了随便转了转，后来发现手炉凉了，想找个柴房添热炭，找着找着就走远了。

手炉接在手里，正热乎，那股浓浓的暖意透过云浠的指腹与掌心渗入血脉里，一下便祛了她这一身寒气。

两人路过接待间，程昶与小吏打了声招呼，便与云浠一起离开了皇城司。

没了楼阁挡风遮雪，天地间寒冷彻骨。

云浠看程昶握着伞的指节微微有些泛红，想来是冻的，琢磨着要把手炉还给他，便说："三公子，卑职来撑伞吧。"

但程昶没应这话，他看她一眼，说："那天回京后，我本来想等忙完了把你送回侯府的，后来一打听，你已经走了。"

听说王府的管家连顿饭都没留她吃，只招待了杯茶，给了个打发人的金茶匙。

"无妨的。"云浠一笑，"三公子劫后余生，好不容易回了王府，自然该多陪一陪王爷与王妃。再说卑职在外两月余，也是急着回侯府见阿嫂呢。"

她说着，想起今日程昶来寻她或是为了罗姝的事，便问："三公子您已去刑部提审过罗姝了？"

"嗯。"

"那……"云浠略迟疑了一下，"忠勇侯府的内应是她吗？"

程昶沉默了一会儿，片刻才道："不是。"

云浠怔了怔，随后"哦"了一声，不吭声了。

她其实有些失落，一直以来她都希望侯府的内应就是罗姝。

她的血亲已没了，世间至亲唯余一个阿嫂，所以她把忠勇侯府里的每一个人都看作是自己的家人。这些人，每个都与她熟识，每个都待她好，倘若要逐一查过去，无论是谁都会在她心上添一道伤疤。

第二十二章 锋芒初现

云浠的心里苍凉凉的，但她很快便点头说："那好，我近日多留意，一定把这个人找出来。"

她又道："还有那个刀疤人，我离开金陵前，跟柯勇打了招呼，让他留人帮忙盯一下。柯勇的人称，一个月前，他们在金陵城里发现了刀疤人的踪迹，可是那天恰逢给太皇太后祝寿的西域舞者进京，结果给跟丢了。我想着，如果能早日找到刀疤人，找到侯府里的内应，我们就能早日查出害三公子的贵人究竟是谁了。"

程昶听了这话，却没接腔。他看云浠一眼，见她神情黯然，一副有些失落的样子，便没再提内应的事，而是仰头看着漫天大雪，笑了笑道："金陵的雪好，在我的家乡已经很难见到下这么大的雪了。"

云浠闻言，有些不解，三公子的家乡不正是金陵吗？

她想问，可话到了嘴边，又觉得不对。

一直以来，她都有种可笑的直觉，眼前的这个三公子，不像是这里的人，不像是金陵，甚至不像是大绥的人。

云浠于是问："三公子的家乡在何处？"

家乡在何处？程昶唇角的笑意淡了些。

要说呢，他是杭州人，后来在上海读书、工作。这两个城市的冬天都很少下雪，哪怕下雪也难以堆积起来，偶尔地上才铺就薄薄一片白，便被呼啸而过的车辆碾化了。

云浠见程昶良久不语，想起一事来，笑着道："其实当时找不到三公子，我就安慰自己说，三公子兴许只是回家乡去了，兴许只是去了一个很远很远的地方，等他在那里待够时日了，就会回来的。"

这时，程昶的脚步蓦地停住，握住伞柄的手微微收紧，他不由得别过脸又看了云浠一眼。

她唇角的笑意很浅，眸子干干净净的，明媚得像暖春，但她应该不会觉得暖，大雪天，她身上的校尉服太单薄，饶是捧着手炉，鼻尖与耳朵已冻得通红了。

"冷吗？"程昶问。

云浠愣了下，摇了摇头，说："不冷。"

程昶把伞递给她："帮我拿着。"

然后他解开绒氅，抖开来，罩在她的肩头。

云浠撑着伞，怔怔地立在雪中，一动也不敢动，眼睁睁地看他为她披上绒氅，为她系上绒氅的系带。

天地间来了一阵风，雪花粘在他的长睫上，云浠抬头看去，长睫下目光如水。他似有所觉，手里动作略一停，微抬眼，如水的目光便与她撞上。云浠心间一跳，慌忙移开眼。

　　程昶没说什么，垂下眸，不紧不慢地为她系好结，说："好了。"然后顺手从她手里接过伞。

　　此处已离朱雀正门不远了，两人并肩走着，谁也没有再说话。

　　云浠知道自己不该接程昶的氅衣，甚至连这暖手炉都该还给他。他是天家人，她只是校尉，他们两个人之间，若真要论，他是君，她是臣。

　　可她现在心里太乱了，她不知道程昶方才的举动意味着什么，是感念她的救命之恩吗？还是藏着别的深意？

　　她甚至不知道他今日为何来皇城司寻她。究竟是为了罗姝的事，还是看到下雪了，过来为她送一只手炉，为她撑伞？

　　然而这个念头一起，她又慌忙提醒自己要打住。

　　不是不能没有希冀，可若希冀不切实际，妄生了可望而不可及的念头，恐怕她这一辈子都会觉得遗憾。

　　所幸余下的这一段路已经不长了，很快就出了绥宫侧门。

　　孙海平早已在绥宫门外等着了，一看程昶非但是与云浠一起出来的，连他的绒氅与手炉都通通在云浠身上，讶然道："小王爷，您怎么……"

　　话音未落，身后便传来一声呼唤："明婴。"

第二十三章 疑云渐深

程昶回头见是琮亲王，愣了下，唤道："父亲。"

云浠也愣了下，随即见礼："王爷。"

琮亲王昨夜宿在宫中，今早起来后，索性去部衙里料理完差务才离宫。一出来，看到程昶的马车停在宫门口，人却不在，唤孙海平来问过，才知他是去了皇城司。

早上就有人来跟他禀报过了，说云浠被卫玠的人请去了皇城司问案，他知道程昶是去找云浠的，便在宫门口等，看他何时会出来。

琮亲王问道："本王听闻皇城司开始重新查忠勇侯的案子了，怎么样，案子进展得顺利吗？"

"顺利。"云浠道，"多谢王爷关心。"

"忠勇侯一生征战沙场，为大绥立下汗马功劳，既是他的案子，若有本王帮得上忙的地方，你不必顾忌，随时来找本王。"

云浠道："当年父亲的案子在朝廷得王爷相助，卑职无以为报，已很愧疚了，如今怎敢再劳烦王爷。"

琮亲王笑了笑。他的目光落到云浠肩头的氅衣上，话锋一转，说道："你辛苦寻回明嬰，于王府有大恩，本王本该邀你过府，好生答谢你的。奈何太皇太后的寿宴将近，本王诸事缠身，今早听闻你在兵部复命，便嘱明嬰过去代本王转达一声谢意，未料他竟找你找去皇城司了。"

云浠听了这话，微微一怔。原来三公子今日来皇城司寻她，竟是琮亲王的意思。她心中一时说不出是什么滋味，茫然中夹杂着失落，失落过后又安慰自己，这才是对的，她原本就不该多想。

云滍道："王爷不必客气，寻回三公子乃卑职职责所在。"

琼亲王颔首，看了看纷扬的雪，吩咐孙海平："你去宫门与禁卫打声招呼，就说是本王的意思，让他们套辆马车送云校尉回府。"随后看向程昶，"明婴，我有事嘱你，随我上马车。"

云滍见程昶要走，忙唤了声："三公子。"

她将手炉递还给近旁的武卫，又去脱绒氅，手刚碰到系带，便听程昶道："穿着吧。"他看她一眼，道，"冬天天冷，不急着还我。"随后不再多说，跟着琼亲王往马车走去了。

亲王是八骑的车驾，车身十分宽敞。虽然今日才落第一场雪，但车内早已焚起了红罗炭，厚毛毡做的车帘阻隔了外间的寒意，整个车厢都暖融融的。

琼亲王沉默地坐着，待到车夫将马车驶离了绥宫门，才问道："忠勇侯府那个孤女，你喜欢她？"

程昶安静片刻，"嗯"了一声。

琼亲王又问："有多喜欢？"

有多喜欢？算上前世与今生，他已经很久没有喜欢过一个人了，算算该是多少年了，有个人懵懵懂懂地撞入他眼中，撞在了他心外坚冰做的硬壳上，他为此情真意切地动容。

程昶道："我说不清。"

说不清？

琼亲王看程昶一眼："无论多喜欢，就此打住。"他又说，"你和她之间，没有缘。"

琼亲王说完这话，原以为程昶会反驳，没想到他竟没有，他只是在听到"没有缘"三个字时，眉心微微蹙了蹙。于是有些叮嘱的话，譬如圣意如何，以及余衷家的二姑娘余凌，他便没有对他提及。罢了，说得再多，他也未必会放在心上。

琼亲王道："过几日你太皇祖母寿辰，你早些进宫，延福宫午间设了小席，你先去陪一陪她。"

程昶应："知道了。"

他撩开帘，去看车外的落雪。不过一会儿工夫，雪已小了许多，云滍大约已快回府了。

他想起今日在皇城司，她因为要等他，一个人在外衙的廊下来来回回地走，鼻头与耳根都冻得通红，也不知道要进屋躲雪，他觉得好笑又心疼。

程昶其实知道琼亲王为什么要说他和云滍之间没有缘，就像他知道先前琼亲王一见云浠，为什么要说他今日去皇城司寻她是受父之命。

程昶不反驳，不仅仅是因为他不能当着人伤及自己父亲的颜面，更因为很多时候，他觉得没必要争辩。前途尚且扑朔迷离，生死犹未可知，红尘只能聊作添香之物，有朝一日若能云开，但愿有月明吧。

太皇太后的寿宴当日，云浠一早便起了身。

照理她区区一个七品校尉，是没有资格去参加宫宴的，但太皇太后或是感念她寻回程昶，之前礼部把赴宴大员的名录呈上去时，她特意嘱了要让忠勇侯府的云氏女也来。

既然是以忠勇侯府的名义，云浠去，方芙兰自然也要一起去了。

"除了小姐与少夫人被太皇太后破格请进宫去，再有就是太常寺少卿余家，太仆寺有个什么周家。对了，听说那个余家与太皇太后沾着亲，他们家的二小姐小时候还是在太皇太后身边长大的呢。前两个月，三公子失踪那阵儿，太皇太后她老人家伤心得紧，还特地传了余家的凌姐儿进宫长住。"

而今云浠寻回程昶，立了功，圣上又命皇城司彻查忠勇侯的案子，金陵的一些臣眷见风使舵，对忠勇侯府的人便不似以往避如蛇蝎。偶尔府上有宴，便会邀方芙兰过府，鸣翠跟着方芙兰同去，慢慢便自那些姑娘、夫人口中听来些碎语。

云浠没怎么将鸣翠的话放在心上，待她为自己梳完头，对着一旁的铜镜看了眼。及腰的长发散了下来，两侧各挑起一束在脑后挽成髻，上头簪了根青花簪，额间坠了只水亮的珠，配上她今日霜青色的裙，挺好，挺精神的。

她平日里束马尾束惯了，还以为把头发散下来，人会没精打采呢。

白苓在一旁看着云浠，说："大小姐要是能常这样打扮就好了，真好看。"

云浠没接腔，她今日要以忠勇侯府小姐的身份进宫，因此才精心梳妆，平时哪有这工夫？收拾干净就成了。

她站起身，回身就要拿搁在桌上的剑，指尖触到剑柄才想起今日是不得佩剑的。

云浠问白苓："白叔的腿怎么样了，还疼吗？"

白苓点点头。

云浠说："那我待会儿进宫前，先去给白叔抓药吧。"

侯府杂院的人各有各的事忙，两个跑腿的早上都出门去了，不知何时能回，赵五赶马车，等着送云浠和方芙兰进宫，不如就让他绕道跑一趟。

白苓忙摇头："不急的。阿爹说了，也就这两日下雪天冷，他的腿才疼了点，比起往年已好多了。待会儿大小姐您忙完了，阿苓出去抓药就是了。"

"行吧。"云浠点头，正琢磨着是否让赵五在回来的路上抓点药，就听外头的赵五喊道:"大小姐,少夫人,田公子过来了。"

田公子即田泽,因他在今年的秋试里中了举人,忠勇侯府的人都尊他一声"公子"。

云溪一听田泽来了,有些意外,绕去前院,只见他手里拎着一包药,说道:"家兄算着白叔治腿疾的药该服完了,嘱在下买了送来。"

云溪回京后,去京兆府跟张怀鲁讨要田泗,张怀鲁非但同意,还让柯勇跟田泗一起过来继续跟着云溪当差。

眼下年关在即,田泗手上还有诸多京兆府的差务需要交接,平日里忙得不见影儿,要是有什么事,便让田泽帮着打理。

云溪歉然道:"你开春还有会试,该多在家里温书才是。"

田泽道:"云校尉不必客气,忠勇侯府于我兄弟二人有恩,不过是为白叔送一趟药,举手之劳罢了。"他笑起来,又道,"再者说,经史子集翻来翻去,讲的无外乎人世纲常、天道礼法,看得多了,难免乏味,若能多出来走动,或能有新的心得。"

他穿着长衫青衩,气度已是不俗,若非衣衫太过陈旧,半点瞧不出是苦出身的。

二人说话间,方芙兰也过来了,见了田泽,称了声:"田公子。"

田泽知云溪和方芙兰赶着进宫为太皇太后祝寿,便道:"那望安不耽误云校尉与少夫人,改日再过来拜访。"

说着,他把手里的药包递给一旁的白苓,顺道问了一句:"白叔的身子还好吗?"

白苓点点头:"尚好。"她抬眸看他一眼,耳根子渐渐红了,接过药包无措地立了片刻,才声若蚊蝇地又道,"多谢田公子。"

天色已不早了,云溪送走田泽,嘱赵五套好马车,与方芙兰一起往宫里去。

路上,云溪想起一事,问方芙兰:"阿嫂,您觉得望安怎么样?"

方芙兰"嗯"了声:"怎么了?"

"阿嫂前阵子不是说想给阿苓说户人家吗?我看阿苓像是对望安有意,不如去问问他的意思?"云溪道。

她越想越觉得合适:"望安是田泗的弟弟,这些年常来常往的,也算是咱们自己人了。他人品好,样貌也好,看样子也很愿意照顾白叔。阿苓若能嫁给他,我们就不必为她的后半辈子担心了。"

方芙兰略一沉吟,却道:"就怕他不愿娶阿苓过门。"

见云溪不解,她又解释道:"田泽满腹学问,博古通今,眼下已是举人,等来年春闱一过,他若没有金榜题名倒罢了,若高中进士,日后前途无量,娶一个贫家女为妻,恐会拖累了他。"

方芙兰这话虽不中听，却不无道理，云浠听后有些失落，应道："阿嫂说得是，是我考虑不周了。我只想着倘阿苓与望安的亲事能成，她出嫁后，也能常回侯府。"

方芙兰柔声一笑，道："你其实可以去问一问田泽的意思，若他也对阿苓有意，两个人两厢情悦，那这事便没什么好顾虑的了。"

云浠黯下去的眸子又亮起来了，轻快地"嗯"了一声。

太皇太后的宫宴设在延福宫，是绥宫近旁一座相对独立的所在，据传是上一朝的祖皇帝不满宫城狭小所建，专门做设宴、游赏之用。若走绥宫的夹道过去，路就要近些；若从宫外绕行，路就很远了。

云浠到延福宫时恰是申正，她与方芙兰下了马车，由内侍官引着往今日摆宴的昆玉苑而去。苑中，许多公侯臣眷皆已到了。因是为太皇太后祝寿，讲究一个其乐融融，席次并不讲究男子在左，女子在右，皆是按府入座，譬如忠勇侯府的席旁，便设着皇城司指挥使卫玠的席。

云浠抬头往座上那几席一望，宫里顶尊贵的那几个人还没到。她又抚了抚挂在腰间的荷包，想着今日大约能见到程昶，早上出门前，便把上回琼亲王府给的金茶匙也带着了。

宴席虽摆在露天，每一席下头都煨着小火炉，是一点也不冷的。云浠与方芙兰刚要落座，不远处有几个臣眷与方芙兰招手，笑着唤："芙兰，快过来。"大约是趁着尚未开宴，要拉她过去说话。

方芙兰自是不能辞，与云浠一点头，先一步离开了。

云浠难得来延福宫一回，正打算四处转转，刚走了没两步，身后有人喊她："阿汀。"

云浠回头一看，竟然是裴阑。

自从姚素素出事以后，云浠已许久没见到他了。听闻他被怀疑是谋害姚素素的嫌犯后，被三司奏请，停了月余的职，直到近日才回到枢密院当差。

云浠行了个礼："大将军。"

裴阑看着她，过了会儿才轻声问："你近日还好吗？"

云浠微微皱眉，她与他退亲后，便该是陌路人了，平日哪怕见了都该避嫌，凭的来问好与不好是要做什么？

她没答，反问："大将军有什么事吗？"

"也没什么。"裴阑略一迟疑，又道，"是这样，祖母近日身子不大好，常常念及你，你能不能过裴府来——"

裴阑话未说完，忽然被人自身后一撞，身子往前一趔趄，险些跌倒。

云浠一怔，裴阑习武经年，定力极好，是谁竟能将他撞得这般狼狈？

她举目看去，撞着裴阑的人长着一对飞眉，狭长的双目虽有神，但因喝醉了，显得有些糊涂。他显然不怎么爱收拾，鬓角剃得拉里拉杂，下巴上还有青胡碴，最稀奇的是眼下分明是大冬天，他却只穿着一身单衣，襟口敞得很开，仿佛半点都不觉得冷。

正是皇城司的指挥使卫玠。

卫玠嗜酒是出了名的，平日里除了当差的时候清醒，其余的时候都醉着。这不，太皇太后的寿宴还未开始，他又喝得酩酊大醉了。

卫玠在原地晃了晃，才意识到自己撞着人了，拎着酒壶凑近一瞧，笑了："哟，这不是裴二少爷吗？不好意思裴二少爷，撞着您了。"

他一说话，就是一股冲天的酒气。

裴阑眉头一皱，往一旁避开一步，说："卫大人不必多礼。"

卫玠的目光落在裴阑的衣衫上，略一定，如临大敌："哎哟，瞧我，居然把裴二少爷的衣裳弄湿了。"他伸手就要去给他拍，"这下可难看了，金陵不知道有多少姑娘、小姐要跟我急呢！"

裴阑先是与云浠解亲，尔后又与姚素素纠缠不清，后来与罗姝议亲议到一半，竟然出了人命官司，而今他在金陵虽不至于身败名裂，却也不似以往风光了，卫玠这话说出口，怎么听怎么像在讥讽他。

奈何卫玠是天子近卫，等闲不能得罪。裴阑只得强压着怒气，回一句："卫大人说笑了。"然后抬脚离开了。

卫玠看裴阑走了，耸了耸肩，大约是觉得没趣，随后拎着酒壶，在原地找了半晌才找到自己的席位，踉跄着坐下，又喝起来。

云浠松了一口气，她心里其实有些感激卫玠。听裴阑的意思，是要让她过府去探望老太君，可她才与他解亲半年，眼下就去裴府，该以什么名义？她又不能直接推辞，老太君待她如亲孙女，如今病了，她是该去看一看。若不是卫玠吃醉酒把裴阑撞了，云浠都不知该如何应答这事。

不多久，酉时已至，三三两两聚在一起说话的人陆续入了席，须臾，只听内侍官一声高唱："太皇太后、陛下驾到——"

只见太皇太后由昭元帝与琮亲王伴着入了昆玉苑。

他们身后跟着的分别是陵王、陵王妃、郓王、郓王妃、三公子，以及跟在三公子身边，一个面若银盘、眸若蒹水、身着天青色对襟襦裙的姑娘。

云浠一见那青衣姑娘，略一愣，看她的装扮，并不像是天家人，可金陵城的官家小姐她大都见过，这个却是生面孔。

众人向太皇太后与昭元帝见过礼，云浠忽听得邻近一席有人小声议道："你看那个，她就是太常寺余少卿家的二姑娘余凌。"

"太常寺少卿家的姑娘怎么来太皇太后的寿宴了？"

"听说是太皇太后的远亲，小时候伴在她老人家身边长大的。前一阵三公子失踪，太皇太后伤心得紧，陛下就让这凌姐儿进宫陪太皇太后。大约是她伺候得好，把太皇太后哄得开心，陛下就下了一道旨，非但准允她来太皇太后的寿宴，还把她的父亲迁来太常寺顶了少卿的缺。"

"要这么说，余家太常寺少卿的衔竟是因三公子得的？"

"可不能这么说，陛下用人自有陛下的深意，与旁的什么不相干。"

两人叽叽咕咕议了小半晌，待议到昭元帝身上，立时谨慎了起来。

昭元帝孝顺，今日既是太皇太后的寿宴，便把上座让给了她老人家。

太皇太后落座后，看余凌还盈盈立着，招了招手，把她唤来身边。她的目光在四周搜寻片刻，见程昶身边尚空着一席，顺手一指，似乎不经意，把余凌指去了程昶身边。

寿宴上的众人围坐在一起，彼此离得都不算远，云潆能听见太皇太后说话，也能看清他们的神情。

余凌的衣裙是天青色的，每走一步，像是水波微动。

她走到程昶身边，朝他款款行礼，程昶似乎愣了一下，却没说什么，点头与她回了个礼。

云潆收回目光，垂眸看自己的衣裙，也是青色的，发白的霜青。她早上还觉得这个颜色干净精神，眼下借着灯火夜色，又觉得大约并不能算好看吧。

昭元帝道："皇祖母虽然说过不要寿礼，但孙儿思来想去，还是备了一份。皇祖母不喜铺张，大寿不是每年都操办，日后忆起这日子，好歹有个念想。"

言罢，他拍拍手，几名宫人合力抬上一株高五尺、宽三尺的血红色珊瑚。

这样的珊瑚世所罕见，在座众人见了，皆啧啧称奇。

皇贵妃拿起丝帕掩口，一副讶然模样："陛下赠给皇祖母的这株珊瑚状似鹿角，有祥瑞之意，皇祖母松鹤之年依然身康体健，再得了这珊瑚，定然要长命百岁，活过菩萨去呢。"

太皇太后失笑，抬手指了指皇贵妃："属你嘴贫。"

她笑过，举目朝座下一望，不知怎的就有些伤感："宫里这些年愈发冷清了，皇后慈善，早早的就没了。后来就是旸儿，多好的太子呀，儒雅、仁德、体恤民生，菩萨托生的一个人，也被苍天收了去。你们孝顺，给我祝寿、备寿礼，这份心意我知道。但我人老了，就只一个愿望，盼着这宫里人丁兴旺。"

这是大寿之日，这样的话说出口难免不吉利。

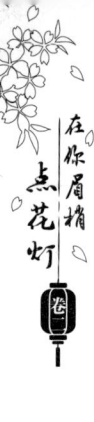

昭元帝听太皇太后提起故太子程旸，一时触及心底伤痛，慢慢放下酒杯。

琮亲王道："皇祖母不必伤怀，您福寿绵长，几个重孙辈正值壮年，兴旺的日子尚在后头。"

太皇太后听了这话，遂点点头，笑着道："是，瞧我这话说的，大喜的日子，凭的败了你们兴致，还惹得皇帝不痛快。"

昭元帝道："皇祖母说笑了，今日是您的大寿之日，孙儿只有高兴的。"

"太皇祖母！"这时，郓王离席朝座上一拜，道，"太皇祖母虽再三叮嘱说不必准备寿礼，但重孙子不得已，跟父皇一样，也备了一份。"

太皇太后闻言，先是一愣，随后笑了，打趣道："还不得已？你且说说，究竟是怎么个不得已法？"

"因这大礼是自己来的。"郓王也笑道。

他生得英俊，丹凤眼上一对长眉，唇角边还长着颗浅痣，就这么笑起来，煞是好看。

他朝一旁的郓王妃招招手："阿拂，过来。"

郓王妃点头，走到郓王身边，两人一起先朝太皇太后施了个礼，又朝昭元帝施礼："禀太皇祖母，禀父皇，阿拂已有近三个月身孕了。"

此言出，四下俱惊。天家要添子嗣，这是何等喜事！

云浠正留意着去看郓王妃的肚子，忽听身旁传来一声脆响。她转过脸去看，只见方芙兰凝神看着太皇太后那里，手里的汤勺不知怎的跌进了汤盅里，神情也不似旁人欢喜。

云浠问："阿嫂，您身子不舒服吗？"

方芙兰收回目光，微微摇了摇头，笑道："没有，有些意外罢了。"

她说意外并非毫无缘由，郓王与郓王妃不睦多年，金陵城人尽皆知，郓王府上有名分没名分的姬妾养了十数人，两人十天半个月都未必能见上一面。

昭元帝也是愕然，问："何时的事？朕如何不知？"

"回父皇，阿拂身子不适有些日子了，但要说觉察，也是近日才觉察的。王府的大夫看过，为阿拂仔细调养了一阵，这胎到底来得不易，儿臣只敢等胎象稳了才上禀，请父皇恕罪。"

昭元帝微微笑道："无碍。"随即一挥手，示意近旁的内侍官去请太医。

昭元帝向来不苟言笑，露出这副形容，大抵高兴得很了。

这也无怪，天家这一脉自昭元帝起就子息单薄，太子薨逝后，膝下只有陵王、郓王两个成年皇子，又因郓王与郓王妃不睦，陵王妃多病羸弱，除了早年郓王有一庶女，孙辈儿无所出，这下好了，天家总算有继了。

第二十三章 疑云渐深

太医为郓王妃诊完脉，跪地贺道："禀陛下，禀太皇太后，郓王妃胎象已稳，脉象沉而有力，看样子像是个男胎。"

昭元帝眉头一展，当即大笑一声："赏！"

天家有了嫡嗣子，座上座下一派和乐，众人心里明镜似的。从前陵王、郓王皆无所出，两人半斤八两，盖因陵王稍长，略胜一筹，眼下郓王有了后，那意义就非同一般了。就说绥宫里悬了多少年的储位，倘要坐上去一人，如今也该以郓王为先。

一时间笙歌乐起，宫里的内侍趁着兴致当口传了酒菜，高唱道："开宴，请舞，奏乐——"

伴着鼓点，只见数十名西域舞者从西侧入了昆玉苑，他们头戴毡帽，蒙着面纱，身上却穿得单薄。女子的衣裳与裙袄是分离的，露出一小段光洁的肚皮，男子身着单袖衣，一只臂膀藏在宽广袖口里，另一只臂膀裸露在外，很有异域风采。

众人在乐声中推杯换盏，云浠有些心不在焉，她看着苑中舞姿癫狂的西域舞者，没来由想起一事——回金陵以后，柯勇留下的眼线说，一个多月前，他们曾在金陵城见到了刀疤人的踪迹，可惜当日适逢西域舞者进京，结果给跟丢了。

也不知那个刀疤人现如今在哪儿，云浠想，如果能找到他，就能找到贵人的线索了。

一曲终了，西域舞者长身一揖，再起身，竟从轻薄的面纱底下变出一捧寿糖，人群中当即爆发出一阵叫好声。

舞者们继而踩着鼓点，自上首太皇太后起，到昭元帝、琮亲王、三公子，及座中各席分发寿糖。

一名单袖舞者来到云浠座前，递出一枚寿糖，云浠待要去接，他却收回手。他在原地略一顿，随即单膝跪地，翻手朝上，重新将寿糖呈给云浠。

每个舞者递寿糖时都要耍些花样，云浠不以为意，然而当她拿起寿糖时，忽然愣住了。眼前西域舞者的掌心，赫然有一道极长、极深的刀疤。

她抬头，目光与他撞上，正是那个她寻了许久不见踪影的刀疤人！

西域舞者分发完寿糖，重新聚于苑当中，对着太皇太后齐齐一拜，用生涩的官话说道："恭祝太皇太后福如东海，万寿无疆。"

太皇太后笑着点头："有赏——"

宫人端来几个托盘，舞者们一一领了赏赐，顺着昆玉苑西侧的小道退去了。

他们一走，程昶也随即起身，笙歌声太大了，云浠听不清他在说什么，只瞧见他与太皇太后拱了拱手，随即跟着舞者，也往西侧小道而去。

他们要找刀疤人，贵人要杀刀疤人，有了上回秋节的经历，云浠一刻不敢耽搁，与方芙兰道："阿嫂，我逛逛去。"便也往西面去了。

延福宫是绥宫以外的独立宫苑，昭元帝平日里若非宫宴不至，因此像今夜这种场合，殿前司、皇城司只在昆玉苑布了禁卫，其余地方由枢密院下的在京房分人把守，守备相对松懈。

云浠沿着西侧小道出了昆玉苑，起初还能撞见三三两两的宫人，越走越无人烟。她心中焦急：一来怕贵人抢先一步，将刀疤人灭口；二来更怕三公子独自一人跟去，遭遇危险。

绕过一片假山，前方隐约传来打斗声，云浠心中一紧，举目望去，前方是一片茂密的樟树林，什么都瞧不清。

她加快脚步，疾步出了林子，只见程昶负手立在湖畔，不远处，数名武卫与几名黑衣蒙面人已然拼杀了起来，那个刀疤人俨然就在他们当中。

"三公子！"云浠一见这情形就明白了，程昶并不是独自来的，他早就在延福宫里藏了武卫。

"三公子早就知道这刀疤人躲在延福宫中？"

"我也是猜的。"程昶道。

贵人权势滔天，在金陵城中眼线密布，想要杀一个人灭口，哪有那么难？这刀疤人前一阵尚在金陵东躲西藏，时不时露些踪迹，怎么西域舞者进京当日，就突然消失得没踪影了呢？

眼下回头来想，最可能的原因是：他混进了西域舞者的行队中。最危险的地方就是最安全的地方，而对刀疤人来说，他躲进宫中，几乎相当于选了一条"死路"，因为那个要杀他的贵人正是宫中人。

程昶想明白这一点后，本打算立刻来延福宫找人，可他再一思量，延福宫太大，刀疤人跟着西域舞者进来后，未必仍混在其中。眼下寿宴在即，他若大费周章去找，恐会打草惊蛇。是以他在延福宫中藏下武卫，等到寿宴这一日，刀疤人自会现身。

云浠见程昶这里尚有武卫保护，抛下一句："我去助他！"然后赶了过去。

那几名蒙面黑衣杀手之前与云浠交过手，对她颇为忌惮，一见她要过来，暗道一声"杀"，招式随即一变，两人卸下防备，侧身一拦，以身躯挡了武卫刺来的剑，余下几人挥刃同时刺向刀疤人。

刀疤人连日奔逃，身上旧伤未愈，这么拼杀一场，体力早已不支，饶是武卫尽力相护，一支短刃也找准空当，扎入他的腹中。

短刃一扎一抽，带出来寸把长的肠子，汩汩鲜血涌出来，刀疤人再也撑不住，立刻倒在了地上。

黑衣人见已得手，以迅雷不及掩耳之势举刃往脖上一抹，竟是全都自尽了。

云浠愣愣地看着眼前这一幕，她动作已经很快了，没想到还是晚了一步。

第二十三章 疑云渐深

程昶也赶了过来,他半蹲下身,看刀疤人仍有口气,伸手捂住他腹部的伤口,道:"你撑一撑,我让人去找大夫!"

"不必了。"刀疤人无力地道,"我活不成了。

"那个……贵人,他之所以要杀三公子,是因为,三公子您,知道了那桩事,所以他……要杀您灭口。"

"哪桩事?"程昶问。

"哪桩事……"刀疤人连咳数声,嘴角涌出血来,"三公子,您自己不记得了吗?"

"不记得。"程昶道。

他略一顿,忽然道:"你撑下去,告诉我是什么事。我什么都不记得了,一直以来,什么——都不知道!"

此言一出,云浠不由得怔住,她抬头看向程昶。

借着火光与月色,程昶眼中尽是迫切与无措。自落水以后,他一直都是一副风轻云淡的样子,何曾这般惶恐过?

还有——他说他什么都不记得,她尚且可以理解,可是他说他什么都不知道——这是什么意思?

刀疤人神色复杂地看着程昶,却已来不及问个究竟,他艰难地喘了口气,说:"究竟是什么事,我也不知……三公子您落水后,贵人让我……把当日在画舫陪着您的几个画舫女抓来审问,随后就……全部灭口了。

"有一桩事,我为了保命,谁也没说。

"有个画舫女告诉我,三公子您……落水前,曾跟她炫耀,说您知道了一个天大的秘密。"

"天大的秘密?"程昶问。

"是,说是一个……可以让天下大乱的秘密。

"她当时只当您说的是玩笑话,还问您是什么秘密,可是您醉得厉害,只摇摇晃晃地跟她,指了一个地方。

"您指的是,秦淮水边的……绛云楼。"

这话一出,云浠浑身一震。她急问:"你说什么?你再说一次?!"

可是刀疤人已然撑不住了,他仿佛闻所闻,用尽最后一丝力气道:"我叫……叫毛九,三公子您若能手刃贵人,记得,告诉……我。"说罢这话,他闭上眼,浑身软了下来。

程昶看着地上再没了生气的人,目光落到云浠身上,不由得问:"你怎么了?"

云浠有些失神,须臾,她抿了抿唇,分外艰难地道:"他说,三公子您落水前,最后指了指秦淮水边的绛云楼。三公子可知,当时我就在绛云楼上?"

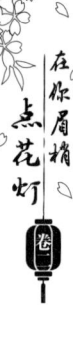

那是花朝节的夜里，老百姓过节晚归，但绛云楼还是按时就关门了。亥时过后，只留一个小角门给云浠出入——绛云楼高，云浠要借顶楼盯着在画舫吃酒的小王爷，谨防他闹出事来。

这些小王爷都该是知道的，因为他十回有八回吃酒惹事，都是云浠带着衙差去帮他收拾的烂摊子。他甚至瞧着她从绛云楼上下来过。

依刀疤人所言，程昶在秦淮河边落水前，跟一个画舫女说他知道了一个"能让天下大乱的秘密"，然后指向了绛云楼。

也就是说，他当时指向的是……她？

第二十四章 失者难觅

程昶与云浠一时间谁都没有开腔。

水边的血腥味很浓，渗进冬日的寒凉里，竟泛出彻骨的寒意。

良久，云浠道："我……出生金陵，在塞北长大，跟哥哥上过两回战场。十三岁那年举家迁回金陵不久，塔格草原蛮敌入侵，父亲受故太子殿下保举出征了，再后来，哥哥娶了阿嫂过门，父亲在塞北御敌牺牲……"

她没头没尾地说着，仿佛意无所指，但程昶知道她在费力地表达什么。

真正的三公子是因为一个秘密被害的，而那个秘密，竟然与她有关。

云浠心中乱极，她不知道自己这小半生中，究竟是哪里出了错，竟会累及三公子被再三追杀。

她很自责，想要解释，但不知从何说起。

程昶道："或许那个秘密并不在你身上，而是在……"

"三公子。"程昶话未说完，便被赶来禀报的武卫打断。

他顺着武卫的目光看去，不远处，有一人抱手倚在樟树边，正看着他们。

竟是卫玠。

在场的武卫包括云浠都是有功夫在身的，可就是这么一大帮人，竟没一个人知道卫玠是何时过来的。

卫玠见已被发现，吊儿郎当地走过来，一面道："延福宫的守备虽然松懈，但在京房的南安小郡王，可是个办实差的。"他一笑，朝樟木林那边看了一眼，"三公子再耽搁下去，恐怕就要来人了——"

话音未落，远处果然传来搜寻的呼喝声。

程昶原还不明白卫玠为何要提及程烨，思绪一转，才意识到今夜太皇太后寿宴，延福宫这里添了在京房的人把守，而程烨眼下掌管的正是在京房。

一名武卫问："三公子，可要清扫这些黑衣人的尸身？"

程昶道："不必。"

卫玠嗤笑一声："做贼的又不是你家主子，何须清扫？"

他在水岸边蹲下身，正欲仔细查看毛九的尸身，忽听樟木林外有人道："小郡王，动静像是从这里传来的。"略一顿，忽然拜道，"陛下。"

陛下？云浠与程昶同时一愣，怎么昭元帝也过来了？

卫玠皱眉"啧"了一声，再凝神一看地上，毛九一身西域舞者衣，腹上赫然一个血窟窿，俨然不是与那些黑衣人一伙的。

他稍一思索，当机立断，抬起一脚就把毛九的尸身踹入了湖水中。

云浠愕然道："你做什么？"

卫玠看她一眼，不耐地解释："天家有嗣了！"

这一句话没头没尾，可只一瞬，程昶就明白了过来。

昭元帝与琼亲王虽是同宗兄弟，却依然有君臣之分。

程昶这大半年来被伏杀多次，昭元帝的态度一直暧昧，摆明了要袒护贵人，若放在以往，倘贵人做得太过，昭元帝或许会惩戒，可如今不一样了，天家有嗣，储位将定，昭元帝势必不会为了一个亲王之子去动一个也许会成为太子的皇子。

何况今夜这些武卫是程昶暗藏在延福宫的，目的就是为了找到毛九揭发贵人。

亲王之子与皇子之间斗得如火如荼，是昭元帝不乐见的，他眼下尚能忍，且能做到明面上的公正。可若程昶不懂得藏锋，甚至步步相逼，哪怕有朝一日能揪出贵人，皇威之下也难以自我保全了。

因此今夜这一场闹剧，至少在明面上不能太难看，稍微示弱，当作是暗杀便罢。

卫玠又看了眼程昶与云浠身上的大片血渍，想了想，顺手在地上捡起一个黑衣人的兵刃，对程昶道："你忍着点儿。"

林间已依稀能见火光，程昶点头道："好，快！"

卫玠挽袖，当即抬手往程昶的肩头刺去。

云浠刚想明白，见到眼前一幕，一瞬间已来不及反应，并手为刃，下意识就在卫玠腕下两寸处一劈，卫玠没防备，竟被她卸了力道。

兵刃脱手，抛向高空，云浠顺势夺下，反手将利刃对准自己，朝着肩头狠狠一划。

她是习武之人，下手极有分寸，伤口不深也不浅，可痛是无法避免的，血当即涌了出来。云浠闷哼一声，刀从她手中脱落，落在地上发出一声脆响，她抬手捂住自己肩头，另一只手还牢牢地撑在地上。

这一切不过发生在眨眼之间。

程昶不由得愣住。深红的血花就在他眼前绽开，顺着她霜青色的衣裙漫延而下。

他怔怔道："你……"

然而不等他说完，卫玠便道："你脑子是水囊子做的？你身上有血正常，你划伤自己，他身上这么多血怎么解释？"

火光越来越近，林子里有人唤："小郡王，在这边！"

就要来不及了。卫玠一咬牙，并手便往云浠的后颈一打。

他这一下下手极重，云浠眼前一暗，再无力支撑，往前栽倒，程昶顺势将她接住，扶着她的双臂，让她慢慢倚在自己肩头。

他喉头哽住，说不出是何滋味："你……为什么……"

为什么要替我受这一刀？

"三公子乃千金之躯……不能受伤。"云浠尚未昏过去，喃喃道，"我摔打惯了，没事……"

血顺着她的肩头流淌，一滴落在他的手背，那股灼烫在触到他肌肤的一瞬间偃旗息鼓，化作融融的暖意，安静地顺着他手背的纹理，渗入血管，最后淌进心脉。

程昶慢慢地垂下双眸，他觉得有些好笑。

她说他是千金之躯不能受伤，她可知他的一颗心天生残缺不全？他在另一个世界里，在无影灯下无数次开胸关胸，家常便饭一般躺在手术台上等待生命的终止，每一回都会觉得无望。

独行艰难的这一生，从不盼望能开花结果。习惯了冰冷的器械在心上缝合操作，胸上遍布可怖的创口，他其实早已不怕疼了。

剜心之痛他尚能从容待之，这一股渗入心扉的涓涓热流却让他头一回觉得不适。

"小郡王，三公子在这里！"

一列火把穿过樟木林而来，程烨领着在京房的护卫到了湖水边，看到云浠，他愣了一下，想要上前去扶她，却犹疑着顿住，一挥手让护卫把守住此处，对随后跟来的昭元帝与琼亲王禀道："陛下，王爷，找到三公子了，卫大人与云校尉也在。"

昭元帝"嗯"了一声。

卫玠拱手道："禀陛下，方才三公子遇袭，臣与云校尉听到响动，找来此处。"他指了一下地上横七竖八的尸体，"袭击三公子的正是这几个黑衣人，云校尉为了保护三公子，受了伤。"

昭元帝的目光落在程昶怀里的云浠身上，并不作声。半响，他缓缓道："忠勇

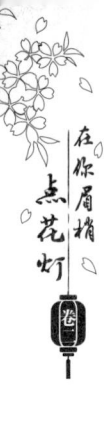

侯府云氏女数次救昶儿于危难,来人——"

"在。"

"带她下去寻太医医治。"

几名内侍官越众而出,想要去扶云浠,可程昶不松手,拽了几下,都没能将她从程昶怀里拽开。

"这……"其中一名内侍官为难,正欲禀报,回头一看,只见昭元帝面容冷峻,当即用了蛮力,这才把已经昏过去的云浠拉开。

程昶怔怔地看着内侍官将云浠带走,在原地停了良久才站起身,朝昭元帝与琮亲王行了个礼,说:"有劳皇叔父、父亲费心,明婴没事。"

琮亲王没应声。

昭元帝吩咐道:"卫玠、程烨,即刻去查,看看究竟是谁胆敢在延福宫对昶儿动手!"

卫玠与程烨拱手称"是"。

昭元帝说罢这话,目色微缓,又对程昶道:"你太皇祖母在席上久不见你,担心得紧,所幸你没有受伤。今日到底是她的寿辰,不能败了兴致,这便随朕回去罢。"说着,垂眸见他的绒氅上满是血渍,示意内侍官替他脱下绒氅,亲自解下自己的为他罩上。

这便是天家,永远都在粉饰太平,无论私下如何兵戎相见,面上都该其乐融融。

程昶一回到昆玉苑,太皇太后便由余凌扶着迎上来,拉过他的手忧心地问:"怎么去了那么久,没事吧?"

程昶道:"太奶奶放心,我不过是四处走了走,没事的。"

"这就好,这就好。"太皇太后抚了抚心口,转而笑着道,"刚才上了玉蓉汤,我记得你最爱吃,特地让凌姐儿拿小炉给你煨着,只等你回来。凌姐儿,还不快去为昶儿把汤碗呈过来。"

余凌应了声"是",跟程昶盈盈一拜,走到席边端了汤碗,唤道:"三公子请用。"

程昶点了点头,接过碗,目光不经意间在她身上掠过。

余凌今日穿了一身天青色衣裙,程昶想起云浠今日穿的是霜青色,同样是青色,可穿在云浠身上就格外好看,衬着她额间的玉珠,鬓边的簪花,看起来干净而明媚,今日在宴上,他就看了她好几眼,但她都没发现。

他想起那朵开在她肩头的滚烫的血花,不由移开眼,去看云浠的席位,席上空空荡荡的。

太皇太后看程昶这副失了神的模样,移目去看昭元帝。

视线对上,昭元帝对太皇太后微一领首,太皇太后轻叹一声,拉着程昶的手笑

第二十四章 失者难觅

着道:"昶儿,太奶奶有个心愿,不知你应是不应?

"你既已及冠,说起来不小了,王府里连个正妃也没有,这不成体统,早早纳了妃,你皇叔父也好封你为王世子。你与凌姐儿一起长大,说到底是青梅竹马的情谊。你目下既没有喜欢的,趁着太奶奶的寿辰,不如就由太奶奶给你做主,让你皇叔父为你与凌姐儿赐个婚,算是为太奶奶祝寿了,你可愿意?"

程昶听了这话,蓦地一怔,茫然地看着太皇太后。

昭元帝也笑道:"是,昶儿不小了,近日也十分长进,该是纳妃的时候了。且这既是皇祖母的意思,朕岂有推辞的道理?昶儿,你太奶奶问你话呢。"

程昶一时未答。

半辈子游离在生死之间,一直以来,他对缘对情都是无所谓的。这还是头一遭,红尘一点一点蜿蜒,在他荒凉的心间落土生根,抽出枝丫。

此生依旧茫茫,可是大雾弥漫间,前方似点起了一盏灯。灯色微弱又冷清,却仿佛有着滔天之志,要在这寒冷冬日,掬一捧春光到他跟前。

他抱手,长身一揖:"回陛下,回太皇祖母,明婴——不愿。"

云浠肩上的伤不重,被人扶去歇下不久便醒了过来。

方芙兰在一旁忧心地问:"阿汀,你怎么样?"

云浠吃力地坐起身,微一摇头:"阿嫂,我没事。"

她的伤刚被包扎好,榻边的小几上还搁着一碗热气腾腾的药。

方芙兰蹙眉道:"不过是出去走了走,怎么就伤成这样了?"她端起药汤,舀了一勺吹了吹,"先把这药吃了。"

云浠依言将药服下,举目一望,这里应当是昆玉苑附近的一间静室,眼下正是戌正,宴席未散,不远处还有依稀的笙瑟声。

云浠想起先前在樟树林湖水边发生的事,问:"阿嫂,三公子怎么样了?"

方芙兰尚未答,屋门"吱呀"一声被人推开,来人是太皇太后身边的秦嬷嬷。

见了云浠,她讶然道:"姑娘竟这么快醒了?"欠身行了个礼,又道,"太皇太后得知云大小姐因护三公子而受伤,特地让老身过来仔细照看着。"

秦嬷嬷是太皇太后尚值妙龄时就跟在身边的,当年皇太后去得早,是她帮衬着太皇太后一块儿把昭元帝拉扯大,是以秦嬷嬷虽是奴婢,在绥宫的地位却十分尊贵。

云浠哪敢领受这份殊荣,当即掀了被衾要下榻回礼:"我的伤不重,眼下服过药已好多了,有劳嬷嬷费心。"

"快别多礼。"秦嬷嬷赶紧上前将她一搀,笑着道,"姑娘的伤势,老身方才询过太医了,虽说没伤着根本,但姑娘到底是为了护三公子才伤着的。算上您上次寻回三公子,往大了说,您已救了三公子两回性命了。"

她扶着云浠在塌边坐下:"这宫里谁不知道,琮亲王府的三公子是太皇太后她老人家的眼珠子,太皇太后眼下一提起你,就感激得紧。刚才在宴上,她老人家还说呢,等来年三公子大婚,要专为你设一个上座,叫三公子好生答谢你。"

云浠听了这话,愣了下:"三公子大婚?"

"可不是。"秦嬷嬷道。

她四下一看,屋中只焚着一个炭盆,今日虽晴好,到底入了夜,冷风灌进来,凉飕飕的。

她走到屋外嘱宫人多添了两个红罗炭盆,又取了手炉、毛毡,让人送了热水与点心,打点好一切,才续着方才的话道:"说起来也好笑,刚才在宴上,圣上想趁着太皇太后的寿宴喜上添喜,给三公子与余家那个二姑娘赐婚,谁知三公子竟给辞了。

"当时一座人都吓了一跳,三公子这么辞,不是当众叫圣上下不来台吗?往大了说,这就是违抗圣意不是?后来郢王就问三公子,是不是心里已有人了才要辞这亲事,你猜三公子怎么答的?"

云浠垂眸听着,没吭声。

"三公子说没有,只是连番遇害,暂且无心这些事。"秦嬷嬷笑道,"就说呢,这余家的凌姐儿与三公子是青梅竹马的情谊,还有个周洪光家的五哥儿,三个人小时候很能玩在一块儿。老身还记得那些年太皇太后身子骨尚硬朗,年年领着他们上明隐寺哩。

"太皇太后说,三公子这一年来遇着不少事,人的性子也沉下来不少,他想缓缓,缓缓也是应该的。但话又说回来,圣上金口玉言,这事眼下已起了一个好头,后面纳吉、问名、议亲,等开春就该陆续操办了。太皇太后心疼三公子,留了凌姐儿在宫中长住,三公子常来慈恩宫里走动,时时这么处着,把儿时的情谊捡起来,两个人也就情深义重了。老身来之前,太皇太后还说呢,说待来年,圣上正式赐了婚,宾客的名录由咱们慈恩宫亲拟,头一号要请的就是姑娘你。"

秦嬷嬷一边说着话,一边仔细往新送来的手炉里添热炭,等炭添完,话也说完了。

她把手炉递给云浠,和善地问:"姑娘有什么想用的吃食没有?"

云浠道:"嬷嬷费心了,我尚不饿。"

"行,那姑娘若饿了,便跟门前知会一声,寿膳堂的厨子今天都来了延福宫,老身叫他们变着法儿地给你做好吃的。"她说着,眼神不经意往窗外一瞥,似才想起时辰,自责道,"哎,瞧我这嘴,一说起话来就没个把门的,竟在姑娘这里逗留久了,那姑娘歇着,老身不打扰了。明儿一早,圣上还特地嘱咐了在京房的小郡王

第二十四章 失者难觅

送你回府呢。"

秦嬷嬷说罢这话，摆摆手示意云浠不必相送，掩门走了。

秦嬷嬷一走，云浠脸上的笑意就渐渐没了。

她将手炉搁在一旁，垂了眸，愣了会儿，从边上的小几上拿过一只匕首。

方芙兰见过这匕首，这是云洛最后一次出征前送给云浠的。

或许是因为滑手，匕柄上缠着一圈圈绷带，绷带很旧了，但很干净，想必云浠常洗。

"阿汀。"方芙兰轻唤一声，她心中不忍，劝慰道，"那个余家的余凌，是近日才迁回金陵的，她与三公子经年未见，三公子未见得有多喜欢她。

"可是，即便三公子不想接受这亲事，他到底是天家人，他的亲事从来都不是由他自己做主，你可明白？"

云浠垂着眸，沉默地点点头。

她怎么会不明白呢？她甚至知道秦嬷嬷今日之所以要来与她说这番话，大约是受太皇太后抑或昭元帝的指使。

天家人做事，总想要滴水不漏。他们大约是看她近日与三公子走得近，怕两人生了情愫，这才决定要两头掐断。

她知道，他是亲王之子，最不该娶将门之女。

云浠闷闷地道："阿嫂，等三公子的亲事定下来，我和他是不是就远了？"

不等方芙兰答，她又道："其实那日在皇城司，他来给我送过一回手炉，我还以为，我在他心里有些许不一样呢。后来才知道，他来找我，其实是受琮亲王的吩咐。"

她的乍喜乍悲，到头来不过是竹篮打水一场空。

她慢慢说道："其实我早就想到了。三公子已及冠，总不能一直这么不纳妃，圣上想为他赐婚，为他封王世子，这是好事。"

她淡淡地笑了一下："其实今日看到那个余凌，我就隐约猜到太皇太后大约要为她和三公子的亲事做主了。

"其实我早就想好了，三公子将来要常住金陵，而我迟早要像父亲与哥哥一样去塞北戍边，我与他终归要天各一方。他的亲事既定下了，我就不去打扰他了。"

她一直说着"其实"，仿佛一切早就在她的预料之中。

可是其实，只因心里存了不该有的奢望，才会一直安慰自己说"其实"。

"阿汀，"方芙兰伸手去抚云浠的手，"你别难过。"

云浠微一摇头："阿嫂，我不难过。"

她沉了一口气，仰身躺倒在榻上，拉过被衾："天晚了，阿嫂，你快去睡吧，省得没歇好伤了身子。"

方芙兰再看云浠一眼，知道眼下无论说什么都于事无补，叹了一口气，吹熄了案头的灯。

"阿嫂，"方芙兰刚走到门口，忽听云浠又道，"我真羡慕那个人呀，可以一直陪着三公子。"

方芙兰移目看去，屋子里黑黢黢的，什么都瞧不清。

云浠的声音闷闷的，有点发涩："阿嫂，你从前说，在心里装着一个得不到的人是很苦的。"

她在一片黑暗里，咂咂嘴，说："是有点苦。"

宴席将散，一行人先把太皇太后送至琼华阁，陪她说了一会子话，待她歇下，这才回了各自的下处。

程昶唤来一名宫人问了问时辰，听是亥正，与琼亲王一揖，说："父亲、母亲且先歇下，明婴还有事，出去走走。"

"明婴，"琼亲王道，"你去哪里？"

程昶没答。

琼亲王妃四下一看，上前两步："你可是要去寻忠勇侯府的云氏女？你父亲明里暗里已与你说过多少回了，让你切莫与她走得太近，你怎的就是不听？"

程昶道："母亲误会了，我当真只是去处理些事务，很快就回。"言罢，不顾琼亲王妃拦阻，往昆玉苑更深处的石林里走去了。

石林积雪已深，程昶行至一处开阔地带，停住脚步。

他似是在等什么人，立在原处，沉吟不语。

没过多久，近旁的一座假山后果然绕出一个拎着酒壶、喝得醉醺醺的人，他眯起眼仔细认了认程昶，似乎很意外："哟，三公子，这深更半夜的，怎么一个人到这儿来了？"

正是卫玠。

程昶道："不是卫大人约我来此的吗？"

说是相约也不尽然。今夜分明是程昶找贵人麻烦，卫玠一来，非但帮他处理了毛九的尸身，还与他一起在昭元帝跟前合演了一出瞒天过海。

程昶此前与卫玠毫无交情，无缘无故得他相助，自然不会觉得理所应当。

卫玠是皇城司指挥使，天子近卫，知道太多天家秘密，他帮自己，定然是有所求的。

而程昶之所以一路寻到此处，乃是因为这个石林只有皇城司的人把守，想必卫

第二十四章 失者难觅

玠早已安插了自己的人，说话最方便。

卫玠笑了："瞧三公子这话说的，在下是草莽之流，怎敢劳动尊驾移步？"

"卫大人既然没什么事，"程昶道，"那我先走了。"说着，迈步就要往石林外去。

"哎，怎么说走就走！"卫玠在程昶跟前一拦，"聊聊？"

"怎么聊？"

"交心的那种。"卫玠笑道，暗忖一番，醉醺醺的双眸里闪出一丝促狭之意，"不如这样，你我各自交换一个秘密。你先说。"

程昶点头，然后说道："我失忆了。"

卫玠："……"

虽然有些吃惊，但他此前已预料到了。

但说秘密吧，这还真是个秘密。

"你这个也太拣便宜了。"卫玠道。

他虽这么说，却似乎丝毫不介意，转而又得意扬扬起来："你看我的。我觉得三殿下、四殿下没一个好东西，我讨厌他们。"

程昶："……"

"所以——"卫玠紧盯着程昶，眼中笑意不退，说不清是不是仍醉着，慢条斯理地道，"我想扶你做皇帝。"

石林里有一瞬寂静。

片刻，程昶道："我对皇位没兴趣。"又问，"卫大人试探好了吗？"

他二人说起来并不熟识，双方之间更没有信任可言，这样大逆不道的话，怎么可能一上来就宣之于口？

哪怕琼亲王是天家嫡系，到了程昶这一辈，已然算是旁支了。

程昶接连遇害，这事流传到外头，旁人只会觉得小王爷是作恶太多遭人报复，可卫玠身为天子近卫，该晓得对程昶动手的究竟是什么人，这人之所以至今都藏得好好的，不过是因为昭元帝存心袒护罢了。

亲王之子与皇子之间动了兵戈，动辄牵涉皇权，因此卫玠才有此一说——假意称有心扶程昶登极，试探他对皇位有无相争之心。

不承想，他这一点伎俩立刻就被程昶识破了。

卫玠意外地挑了挑眉，然后双手一摊："好了。"

程昶道："说吧，你找我过来究竟有什么事？"

卫玠走到一个石墩旁，拂去上面的雪，坐下来，懒洋洋地道："你回京不久，圣上忽然传我，让我查两桩案子：一是昔日忠勇侯的冤情，这二嘛，是十多年前明隐寺的一桩血案。"

程昶"嗯"了一声。

卫玠看他并不意外，指了一下对面的石墩："哎，你也坐。"

程昶点了下头，走过去坐下。

卫玠续道："不过圣上行事自有他的盘算，忠勇侯的案子，他说查个点到为止就行了，我猜八成是做做样子。至于另一桩——"他一顿，忽然凑近，"说真的，你当真什么都不记得了？"

程昶看他这反应，忽问："你今夜之所以帮我，是为了跟我打听当年明隐寺的案子？"

"你知道？"

"猜的。"

忠勇侯的冤案是昭元帝明令追查的，如果卫玠是为了追查忠勇侯府的案子，大可以摆到明面上来说，何必大费周章地寻他过来？

而这些年来，天家最忌讳的事之一，便是当年明隐寺的血案。

卫玠道："大约十二三年前吧，明隐寺里发生过一桩血案，死了不少人。当时我尚不是皇城司的指挥使，血案何而起，我也不知。不过这都不重要，重要的是，血案过后，失踪了一个人。"

"什么人？"

"一个孩子，男孩。"卫玠道，"如果他眼下还活着，大约和你差不多年纪。"

"陛下让你追查明隐寺的案子，就是为了找这个孩子？"

"对，这个孩子自小在明隐寺长大，特征嘛，背脊上有三颗红痣。至于这孩子的身份，圣上没说，不过照我猜，大概是和天家有渊源，应该就是圣上的血脉。可这天大地大的，我上哪儿找这个人去？总不能在城门口设个禁障，凡路过的男丁挨个撩袍子看背脊骨吧？而且那个孩子从血案中脱身，八成早逃离金陵，逃到天边去了。"

"因此你才来找我，当年太皇太后常带我上明隐寺，你想问我对这个失踪的孩子有无印象？"程昶问。

"不止。"卫玠想了想，道，"圣上对他家老三、老四一直不满意，这才将储位空着。如果我猜中了，这个孩子就是圣上的血脉，你说等我找着了他，陵王、郓王的处境会怎么样？你毕竟是亲王之子，将来要承袭亲王爵的，如果不是关乎生死存亡的皇储大事，谁愿动你？我还以为你这一年来接连被追杀，是跟这个失踪的孩子有关系呢，毕竟你早年常跟太皇太后去明隐寺，说不定能知道什么。后来一想，这不对啊，你如果能知道点什么，应该早与琮亲王和圣上说了，金陵城也不会像眼下这么平静，于是我就猜，你说不准是失忆了。"

"但你不确定我是否真的失忆，所以近日来，你一直在观察我的动向，那日你专程来刑部找我就是为这个，后来你发现我与云浠走得近，我几次三番遇险都得她相救，便也盯上了她。今晚，你的席次就在云浠旁边，云浠与我去樟树林湖水边的时候，你就一路跟着她过来了。"程昶道。

卫玠一笑，不置可否。他将酒壶里的最后一口酒喝完，欠身凑近了些："说说吧，那个手心长着刀疤的人，最后都跟你说了什么？你为什么这么拼命要找他？"

程昶略一思索，觉得没什么不可说的。他虽不至于完全信任卫玠，但也知道他绝无可能是贵人的人。

"我找他，是因为我也想知道我为什么会被人追杀。"程昶道，"他说我知道了一个秘密，还说我落水失忆前指了一个地方——秦淮水边的绛云楼。"

"绛云楼……"卫玠咂摸半晌，忽然"嗤"一声，"云家那个小丫头？"

"你知道？"

"我和她哥哥交情不错。"卫玠道，看程昶似是疑虑，又说，"你别不信，当年她把云洛的尸身带回金陵时才十六岁，一个人满金陵找差事做。你当她一个小丫头，京兆府姓张的为什么愿意收她做捕快？"他竖起拇指指了指自己，"我。不过嘛，我叮嘱张怀鲁这事不要跟任何人说。毕竟忠勇侯府的案子水深得很，再跟我一个天子近卫扯上干系，对她没好处。"

他帮了云浠，倒也没当甩手掌柜。云浠领了什么差事，平常在哪里巡视，张怀鲁隔三岔五都会差人去知会卫玠一声。因此云浠常在绛云楼上盯着吃酒的小王爷，这事卫玠知道。

卫玠问："所以，贵人要杀你，是因为你知道了一个秘密，而这个秘密和云家那个小丫头有关？"

程昶道："云浠干干净净的一个人，怎么会与这样的事有关？应该是忠勇侯府吧。"

卫玠听他这么说，叹了口气，十分失望："我还当你被追杀，是跟明隐寺当年失踪的孩子有关系呢，这样我就有线索找人了，没想到原来是因为忠勇侯府。"

"哎，"他问，"那你打算怎么办？"

程昶道："既然和忠勇侯府有关，那就顺着忠勇侯的案子往下追查。"

卫玠伸了个懒腰，站起身，把喝空了的酒罐子一脚踹进小池塘里，回过头又一笑："看在你这么坦诚的份儿上，我再跟你交个底。忠勇侯的案子，跟郓王有关。

"当年忠勇侯在塞北御敌，蛮子改打持久战，忠勇侯发现事有蹊跷，给枢密院去急函，请求急调兵粮，这事你知道吗？"

程昶点点头。他去白云寺清风院问证的时候，听那两个忠勇侯旧部提起过。

"结果急函一去三个月，迟迟未有回音。可也是那一年，淮北大旱，灾民数以十万计，当地官府上报朝廷，圣上急得几宿都睡不着觉。后来郓王请缨，前去赈灾，结果这桩谁都办不好的差事，他竟办好了，你说奇不奇？"

　　程昶微一沉吟，问道："你的意思是，郓王或许动用了本该调去塞北给忠勇侯的兵粮？"

　　卫玠耸耸肩："不知道，反正没证据。而且忠勇侯的案子，圣上只让我做做样子，并不许我深查。那个老狐狸——"他笑了笑，满口大不敬的话，"那个老狐狸，盘算深得很，有的事让我查，有的事则私下交给宣稚。宣稚这个人吧，有点愚忠，可能对于老狐狸来说，用他比用我来得称心。"

　　程昶知道宣稚，殿前司指挥使，归德将军。帝王讲究制衡之术，对昭元帝而言，卫玠行事虽不拘一格，但难以把控；宣稚虽循规蹈矩，但有的差事不方便交给他去做。最好的法子，就是让殿前司与皇城司两个禁军衙门互相牵制，这样他才能高枕无忧。

　　"当年太子殿下身殒，按理皇储之位该传给陵王，有嫡立嫡，无嫡立长嘛。陵王比郓王年长一点，且是皇贵妃之子，出身也更好，可能因为郓王办好了一桩大差事吧，老狐狸摇摆不定，就把储位空了下来。"

　　程昶点点头，说了声："多谢。"见夜色已深，他站起身，迈步往石林外走。

　　"你去哪儿？"卫玠追上两步，与他并肩而行，笑着问，"你该不会是念着云家那个小丫头为你受了一刀，要去看望她吧？你这个人，脑子是比以往灵光多了，可这些事上怎么就丝毫不顾及旁人怎么想呢？你是什么人？琮亲王府的三公子，将来的亲王。就你前一阵来皇城司找她那事，等了一个来时辰不说，还送暖手炉，要不是我嘱人给你压着，整个皇宫怕是早已闹得沸沸扬扬了。

　　"别说我没提醒你啊，老狐狸今晚已经派人在小丫头的下处盯着了。你去找她，移清宫那边势必会知道，你是想老狐狸立刻就塞桩姻缘给你？快过年了，不值当。再者说，老狐狸还特命了南安王府的小郡王明早送云家那丫头回府呢，你说他这是什么意思？"

　　程昶步子微顿，看卫玠一眼，没说话。

　　行到岔口处，他没去找云浠，而是回会宁殿的方向。

　　卫玠意外地一挑眉，却仍跟着程昶，与他商量："到时候你查忠勇侯的案子有进展了，咱们再碰个头？"

　　"你不是说陛下不让你深查忠勇侯的案子吗？"

　　"我是说了。"卫玠眨眨眼，"但我还说了，我讨厌陵王、郓王，看他们倒霉，我高兴。"

第二十四章 失者难觅

言毕，他顺着一条小径，踉踉跄跄地往另一个方向巡视去了。

看这样子，大概是吃醉了酒，可他的酒分明在很久以前就吃完了。

第二十五章 再见故人

太皇太后的寿宴一过,年关很快就到了。

当年昭元帝继位之初,皇权动荡过一阵,后来皇帝盛年,励精图治,乃至天下承平,国祚昌盛,金陵、临安等地夜不闭户,百姓们其乐融融。大绥尚灯,每至年关,金陵的灯一直要从朱雀街燃到秦淮河畔,桐子巷的喧嚣声彻夜不息,年味浓得一整个正月都化不开。

云浠刚从塞北回来那年,云舒广也曾带着她与云洛去秦淮河边放灯。可惜好景不长,云舒广出征以后,家境一年不如一年,及至云洛牺牲,她在京兆府谋了差事,以后的年关夜都在值勤,便谈不上团圆了。

这一年日子大好了,云浠升了校尉,难得在家,除夕当夜,邀了田泗、田泽一同过来吃荷叶饺。正月里走亲戚,云浠亲人不多,除了让赵五去裴府问候了一声老太君,其余时间都在家里陪方芙兰。倒是程烨,闲来无事来过侯府几回,他与田泽是至交,两人趁着过大节,聚了好几次,时常在侯府的院子里一起逗弄脏脏,日子久了,连脏脏也不拿他们当外人。

年一过完,按理该歇到十五,兵部那里传信说,忠勇侯旧部二月该到金陵了,让云浠去西山营一趟。

西山营在金陵西郊,往来一趟大约要三两日,加上云浠是过去处理忠勇侯旧部安置事宜的,初七启程,十五一大早才回到金陵。

正月过半,日子也回暖了。十五这天是上元节,城内若非公务,不能骑马,云浠在上方门前下了马,沿着秦淮河堤,一路往忠勇侯府走。

第二十五章 再见故人

新年新气象，堤边的柳树抽了新芽，桃枝、杏枝也结了零星的花苞，春光洒在秦淮河里，亮堂堂的。云浠牵着马，一边走，一边在心里琢磨：今年有好几桩大事要办，一是阿嫂的病，她的身子一直不好，年关前后旧疾还复发了，一连去了好几回药铺子。云浠随后托人打听，得知临安城有个治宿疾的名医，等阿久他们到了，她要跟兵部告个假，带阿嫂去临安找名医看看，早日把阿嫂的病治好。再就是白叔与阿苓，之前得三公子相助，白叔的腿疾已经好多了，只要攒够一笔吃药的银子就成。急的是阿苓的亲事。上回她看出阿苓大约对田泽有意，本打算立刻去问田泽的意思，转而一想，春闱就在眼前，这是田泽一辈子的大事，等闲不能耽误了，便把议亲的事按下不表，想着等年关的时候，先跟田泗商量商量。

这年年关繁忙，云浠一直没能抽出空闲，这么一耽搁，竟已到了正月十五，若亲事订了，筹备还需大半年，云浠心想，此事万不能再拖了，待会儿一回府，头一桩大事就是寻田泗去。

到了忠勇侯府，赵五竟然不在，守门的是柯勇，他一见云浠便说："云校尉，您快进去看看吧，府上好像出了点事。"

云浠问："什么事？"

柯勇道："我也说不好，似乎是侯府被什么人盯上了，赵五与白叔商量去了，田泗和田泽也在。"

云浠听是侯府被人盯上，有些急，她生怕贵人的人找到府上，阿嫂他们出事，三步并作两步进得府中，刚绕过照壁，就听见正堂里的吵闹声。

"人只瞧见个影儿，张口就胡说，这下好，少夫人身子刚好转，这么一折腾，又病了！"

"我也没说一定是，但身形真的很像。再说了，这人行踪奇怪，连着两日出现在侯府外，追上去问个究竟总不过分。大小姐去西山营前还特地交代了，让我好生看着侯府。"

"理都让你占完了，出事就搬出大小姐，我看这事就是你——"

"怎么了？"

白叔拄着杖，气冲冲地正与赵五吵得不可开交，一回头瞧见云浠，立刻闭了嘴。

正堂里除了白叔、赵五，后院几个做杂活的包括白苓也来了，另外还有田泗与田泽。

一屋子的人见了云浠，都安静下来。

云浠又问一次："怎么了？出什么事了？"她左右一看，"阿嫂呢？"

白叔拄着杖，气恼地往旁边一坐，别过脸去："你问赵五。"

赵五几回张口，似乎觉得将要说的话欠妥，又咽了回去。

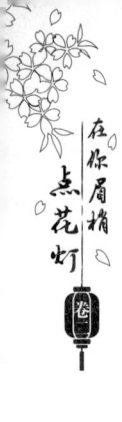

最后还是田泽帮着解释道："云校尉，赵五说他……像是看到宣威将军了。"

云浠一愣，手里握着的马鞭险些掉落在地上。

她尚未反应过来，就听白叔指着赵五斥道："少爷都过世多久了，他什么都没弄清楚，单是瞧见个影儿，就说那人是少爷，急得一整府的人都去追。少夫人的病才好，也一路跟到巷子口，这下受了风，又病了！怨谁！"

赵五急道："我在塞北时就常跟着少爷，他什么身形，我能认不出？那人来一次没什么，已连着在侯府附近转了三次了，这不奇怪？咱们侯府人虽不多，但大都有功夫，那人一眨眼的工夫就把咱们甩掉了，这要不是功夫好，能跑这么快？"

"功夫好的人多了去了，你逮着一个就说是少爷？你怎么不说——"

"别别……别吵了。"眼见着二人又闹起来，田泗连忙打断，他看向云浠，见她脸色苍白，急着与她解释，"就……就是阿汀你，去……去西山营这几日——唉，望安，你……你来说。"

田泽点了一下头，对云浠道："云校尉您不在侯府的这几日，府外总有一个穿着褐衣、遮着脸的人在附近的巷口徘徊，因为身形有些像过世的宣威将军，赵五就格外留意了些。今日一早，这个人又来了，赵五以为当真是宣威将军，想上前去认一认，他刚走近，那人就跑了，赵五去追，惊动了一府的人。后来少夫人问究竟，听是宣威将军，大约触及了伤心事，便病倒了。"

云浠点了点头，小心翼翼地问赵五："你看清脸了吗？"

"没有。"赵五摇头，"他警觉得很，我一走近，他就跑了。"

"这要能是少爷——"白叔怒气未消，狠狠拄了一下拐杖，"这要能是少爷，见着咱们，还会跑吗？只怕多一刻都等不及要回侯府来与少夫人和大小姐团聚！你说你见着了少爷，这话是能随便说的？当年少爷过世，是大小姐亲自去塞北为他收的尸。那几年，大小姐是怎么过来的，少夫人是怎么过来的，你说一回，就相当于逼着她们把疮疤揭开来看一回！你怎么就是不明白？"白叔说到末了，声音已是哽咽。

他视云洛如己出，云洛英年战死，他至今都不能释怀。可逝者已矣，生者总要慢慢走出来，最怕就是在死灰之上燃起一线希望，叫人一辈子陷在深渊里。

他老了，作茧自缚也就罢了，云浠与方芙兰还年轻，她们都是重情重义的人，后半辈子总不能守着一个虚无的念想而活。

他是将心比心，才大动了一番肝火。

云浠明白白叔的良苦用心，劝道："白叔不必气，有时我在大街上瞧见身形挺拔些的，还常常将人误认作是哥哥呢。再说赵五也是尽责，那人三番五次在侯府附近徘徊，见人就跑，是可疑了些，追一追也是应该的。"

第二十五章 再见故人

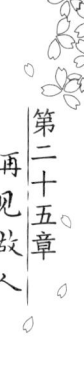

她说罢这话，吩咐杂院里的人都散了，又让白苓把白叔扶去后院歇息，本想去方芙兰的院子看看她的病如何了，途中碰到鸣翠，说："少夫人吃过药，刚睡下，大小姐您还是晚些时候再过去看她吧。"

云浠应了声"好"，便沿着长廊回到了自己的小院。

脏脏正在小院里睡觉，几日没见云浠，奔上来绕着她的腿打转，云浠俯身抚了抚它的头，慢慢在阶沿上坐下。

其实方才听赵五提及云洛的一瞬间，她是当真燃起了一线希望，盼着哥哥还活着。她甚至想，当年为哥哥收尸时，尸体是焦黑的，说不定不是哥哥呢？

但她知道这不可能。

尸身穿着的甲胄是云洛的，将军印也是云洛的，身形更与云洛一般无二。哪怕这些都能作假，尸身右臂上的胎记又该怎么解释呢？

何况白叔也说了，如果哥哥没有死，一定会回来找她、找阿嫂的。

云浠想起云洛最后一次出征。那时忠勇侯战死的消息刚传回金陵不久，她尚未从伤悲大恸中缓过心神，眼睁睁就看着云洛接了朝廷的旨，穿好铠甲，拿着佩剑，出了侯府的门。

她追在他身后，不明白早已被封了大将军的哥哥这一回为什么被降为副将，可云洛坦然笑道："阿汀，你放心，阿爹不会白白牺牲，该是忠勇侯府的荣耀，哥哥一样不落，全都能挣回来！"

"阿……阿汀。"

云浠兀自坐着，忽听一旁有人唤她。

田泗在她旁边的阶沿坐下，说："阿汀，你……你别伤心。"

"我不伤心。"云浠一摇头，"我就是，想哥哥了。"

田泗看着她，过了一会儿问："宣威……宣威将军，他是——什么样的？"

云浠听他这么问就笑了，目光落在院子里空荡荡的兵器架上，说："小时候我娘亲去得早，是阿爹与哥哥把我带大。哥哥是天生将才，十一岁上战场，十四岁就能领兵了，到了十五岁，只要有他在，必定战无不胜。那时无论是塞北还是金陵的人都说，哥哥青出于蓝，将来非但能承袭忠勇侯爵，成就一定在父亲之上。但哥哥不在乎这个，他从不骄傲，他说他只想像云氏一门的祖祖辈辈一样，保家卫国，戍边守疆。

"我还小的时候，哥哥和阿爹出征，我和阿黄就在家里等他们。后来哥哥开始统兵了，我想跟着他上战场，父亲不同意，还是哥哥偷偷带我去的，他让阿久保护我，第二回就让我领了兵，你信吗？"

"信，我信。忠勇侯一家子，都……都是好人。"田泗道。

他仔细看了一下云浠，说："阿汀，你如果，实在想宣威将军，那你就去，找裴府那个二……二少爷，确认一下尸身，总好过——这么悬着。"

当年云洛的尸身是裴阑第一个收的，云浠去塞北的时候，尸身早已入殓。裴阑怕她伤心，不让她揭棺看，可她在回金陵的路上，一个人走到半途，曾揭开来看过，那么英俊挺拔的一个人，到头来变作一具焦黑的尸首。她那时根本不敢信那是云洛。

云浠点了一下头："好，改日我去找裴阑。"

脏脏有点人来疯，见了云浠与田泗，也不睡了，在院子里打滚，又叼来木球给云浠。

云浠将木球搁在手心里掂了掂，然后用力往小院外一扔，脏脏疯跑着去捡了。

云浠看它玩得热闹，心神舒缓许多，这才想起正事，问田泗："对了，望安的亲事，你有什么打算没有？"

田泗道："我……我没想过这个。"他问，"阿汀，你问这个做什么？"

云浠道："望安今年及冠了，照理该成家，阿苓刚好也过了及笄之年，我看他二人年纪合适，彼此也知根底，想问问你的意思。"

田泗愣了一下："这……这样啊。"

他没应好，也没应不好，垂下眼，坐着不说话了。田泗在云浠跟前向来是有什么说什么，很少这么欲言又止。

云浠见他犹豫，倒不是不能理解。田泗这一辈子满门心思都扑在田泽身上，田泽的学问好，眼下已经是举人，等春闱一过，一旦金榜题名，日后必定能飞黄腾达。

云浠道："你如果觉得他们不合适，可以直说，我不介意的。"

"阿汀你你……你别误会，我不是觉得，他们不般配，"田泗忙道，"这是，两回事。就算……就算望安他，以后再出息，也该记得侯府，对咱们的恩情。"

"就是，就是——"田泗犹豫着道，"这是，望安自己的事，只能让他，自己拿主意。我想等……等科考结束了，再问他的意思。就不知道，阿苓姑娘，等不等得起。"

"那我问问白叔。"云浠道，"这事你别放心上，春闱也就这一两月了，你让望安安心温书。"

她说着，唤了脏脏过来，从它嘴里夺过木球，举高让它跳起来抢。

田泗看着云浠手里镂空的木球，说："这个木球，是……是之前，三公子，给的吧？"他又说，"有些日子，没见着，三公子了。"

云浠听了这话，手里的动作微微一顿。过了会儿，她把木球重新扔出去，若无其事道："他开年后要提侍御史，听说就快要封王世子了，大概很忙吧。"

田泗点头，这是开年后绥宫中几桩大事之一，他知道。

第二十五章 再见故人

此前,昭元帝对储位的人选一直举棋不定,太皇太后的寿宴过后,郓王妃有孕的消息如落石入水,一石激起千层浪,几位股肱大臣连夜草拟奏疏,由吏部尚书、枢密使姚杭山联名呈上,请立郓王为东宫太子。昭元帝原本不置可否,无奈奏疏一封接着一封,他只好于年关当夜松了口,对前来觐见的大臣说:"立储是大事,待三月阳春再说。吩咐下去,让礼部、鸿胪寺、宗人府先紧着筹备筹备,把昶儿的王世子位定了。"说着,顺手下了一道旨,把程昶由巡城御史一职擢升为侍御史。

云浠站起身,拿过脏脏叼回来的木球,放在高处,说:"我出去一趟。"

田泗想起今天是上元节,跟上去问:"阿汀,你……你要出去看灯?"他看了看天色,才刚申时,"时候有些,早呢。"

云浠笑着道:"我不看灯,就去买两盏回来给阿嫂和阿苓。"

方芙兰病了,白苓要在府中照顾白叔,多好的节日,到处张灯结彩,她们却不能出门看看,干脆买两盏回来,等过几天方芙兰病好了,再带她们放灯去。

整个金陵城,灯最好的地方不在朱雀街,而在城西的桐子巷。桐子巷坐落在秦淮河畔,说是"巷",实则是个四通八达的地带,沿街有各式各样的小商贩,水边泊着画舫,往巷子深处走,有卖书画的,有制玉器的,很是热闹。

这些商铺小摊,平日里各管各,互不叨扰,到了正月十五这天,通通彻夜点花灯。灯色从最高的琼楼起,一路往下延展,漫过深弄长街,漫过茶肆酒馆,一直铺到秦淮河里,站远站高了看,像满天星火密匝匝地坠落人间,美得惊心动魄。

云浠紧赶慢赶到了桐子巷,已是薄暮时分。

秦淮河边多的是卖灯的小贩,她在一个小摊前站定,先为阿嫂挑了一盏芙蓉灯,又为白苓挑了一盏兔子灯,想了想,觉得也该为自己买一盏。

她心中存了点很美好的愿景,有的近在咫尺,有的遥不可及,左右快入夜了,在河畔放了灯再回去吧。

云浠这么想着,正埋头选灯,眼睛的余光不经意间扫到一个人影。

她转头看去,只见一袭褐衣在往来人群里转瞬即逝。

褐衣?云浠蓦地想起赵五白日里的话——

"府外总有一个穿着褐衣、遮着脸的人在附近的巷口转悠,看身形,很像过世的少爷。"

云浠的手不由得颤了一下。她稳了稳心神,将手里的灯放下,沿着秦淮河畔,若无其事地往前走,借着水影与附近的琉璃灯,留意后方的动向。

果不其然,没过多久,一个身着褐衣、遮着脸的人又跟了上来。

云浠的心不可抑制地狂跳起来,她在原地踌躇了一会儿,却不敢马上去认人。赵五说了,这个褐衣人很警觉,人一走近,他就会跑。

云浠正打算将这褐衣人引去一条巷弄再堵住他，谁知就是她这一犹豫的工夫，褐衣人竟似有所察觉，转身就朝来路走去。

云浠心中大急，立刻跟了上去。

赵五说的是真的。饶是这个人一袭褐袍遮住了面貌与身形，可单就这身形来看，当真有些像哥哥。

天已暗了，桐子巷万灯齐亮，赏灯的人熙熙攘攘，灯影映入水中与夜空，缤纷斑斓得不似在人间。

云浠却无心观赏这上元夜的花灯，那个褐衣人已经发现她了，他在原地微一愣，脚步越来越快，随后狂奔起来。

云浠来不及反应，高呼一声："站住！"当即去追。

褐衣人的功夫底子果真好，饶是大街上挤挤挨挨的都是人，他仍然跑得极快。

但他似乎并不熟悉桐子巷的路，穿过几条小弄，眼见着一条长街跑到了头，情急之下，掀翻了一旁的一个花灯摊子，纵身跃进了摊子后的短巷中。

各式各样的花灯落了一地，云浠本想帮忙去捡，奈何眼前的短巷虽是死路，凭褐衣人的功夫，翻墙跑掉绰绰有余。她生怕跟丢那个褐衣人，急着去追，不期然竟还踩碎了几盏灯。

小贩傻了眼，在身后大骂："你你你，你们做什么！你们赔我的灯！"

云浠根本来不及应答，短巷是背巷，里头黑漆漆的，她没听到翻墙的声音，于是放缓步子，慢慢往里摸索。

褐衣人大概是藏起来了，云浠悄无声息地往里走，一边探手取火折子，正在这时，耳畔忽然有劲风袭来，云浠偏头一躲，下一刻又有一掌自正面袭来。

云浠的双眼已适应黑暗，她认出此刻与她交手的人正是褐衣人，暗自一咬牙，不管不顾地要去揭他的兜帽。

这个褐衣人摆明了不想伤她，本来一掌已劈了出去，见她不设防，硬生生地又收了回去，一时之间竟被云浠这一套不给自己留后路的招式逼得左支右绌。

"青天老爷，在那边！"

巷口忽然传来叫嚷声，褐衣人回头一看，竟然是之前的小贩引着巡城御史过来了。

"好了好了，不打了！"

褐衣人往后连退三步，抬手就将身上的斗篷一掀。

一袭褐袍委地，在不远处官差手里火把的映照下，眼前分明是一个身形高挑的女子。

她与云浠一样都束着马尾，两道长眉微微上挑，虽是单眼皮，但眼形犹如月牙，

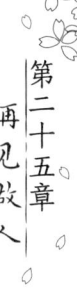

十分好看，唇角紧抿的时候是往上翘着的，带点笑意，带点倔强的俏。

云浠认出眼前人，当即大喜："阿久！"

阿久似乎很得意，伸手揽过云浠的肩："功夫不错，有长进，就是离我还差点儿！"

云浠左右看了下，问："就你一个人吗？"

"啊？不然呢？"阿久顺着云浠的目光也四下一看，"你觉得还有谁？"

云浠微一沉默，她有点失望，可转而一想，哥哥已过世四年了，本来就是虚无缥缈的念想，如今阿久能回来，已经很好了。

云浠又开心起来，问："那这几日在忠勇侯府附近转悠的也是你？"

阿久道："是啊。"

"之前兵部不是说你们要二月才到金陵吗？你怎么这么快就回来了？"

"我脚程快，老忠头他们追不上我。"阿久得意地一扬下巴，"本来想先回来一步，给你个惊喜。好不容易打听清楚去侯府的路，上门一看，一半都是不认识的人。有一个长得白白净净的，秀气得跟个姑娘似的，也不知道是什么人。"

云浠笑了，刚想和她说长得白白净净的那个人是田泗，只听身后有人道："这里，就在这里，就是她们俩掀了小人的摊子。"

是刚才卖灯的小贩带着巡城御史到了，他借着灯火一瞧云浠和阿久，"嘿"了一声，捶胸顿足道："你说长得好好的两个姑娘，怎么净干些毁人生意的勾当？官老爷，您可得还小人公道！"

巡城御史应了声，正待问明事由，细一瞧云浠，认出她来，愣道："云校尉？"

御史为难起来，他与云浠同列七品，可云浠还是忠勇侯之女，实在不好处置。犹豫了一下，他说："这样吧，我带你们去见一见今夜值勤的大人。"

像御史台、枢密院这样的衙署，除了在绥宫外设有总衙，在金陵东西南北四处都设有值勤的值所。

桐子巷在城西，离御史台西所不远，云浠几人由巡城御史带着，到了御史台西所的中院。

巡城御史拱了拱手："几位且在院中稍等，我去通禀一声。"

云浠点了一下头："有劳。"

此刻天已黑了，远远望去，眼前的值庐里点着灯，窗前映着一个安静的身影，案头堆放着如山的卷宗，他正看得认真。

也不知是哪位大人，上元节的夜里竟如此勤勉。

等候通禀的当口，阿久拿手肘撞撞云浠，觉得颇新鲜："嘿，你说这什么人呢，满金陵都在外头过灯节，他倒好，一个人躲起来看卷宗，这么用功，八成是个老书

第二十五章 再见故人

103

呆子。倒也成，这辈子不指着飞黄腾达，能混上个御史台的御史，很不错了！"

云浠看她一眼，没说话。

阿久见云浠不理自己，指了指窗上的身影，又去逗蹲在一旁的小贩："你别委屈啊，快瞧瞧，青天大老爷要为你做主呢！要不是撞上我们，你还没这福气呢！"

小贩"哼"了一声，笼起袖口，别开脸，蹲着往一旁挪了一步。

方才去通禀的巡城御史很快出来了，对云浠几人道："侍御史大人请你们进去。"

云浠一点头，带着阿久入了值庐。

值庐里点着灯，刚一进去就听见鼾声。云浠仔细一看，书案的左右两边还搁着两张小案，小案上也堆满了卷宗，孙海平与张大虎仰面八叉地倒在卷宗上，睡得云里雾里。唯正中的书案前坐着的人还很清醒，他看书的样子专注而沉静，像画中人，也像月下仙，一瞬间叫人的心都静下来。

"大人，人带到了。"

程昶一抬头，见是云浠，愣了一下。

方才巡城御史来通禀时没说姓名，只说是桐子巷有官员闹事。

既然是云浠，想必一定是事出有因了。

程昶正待问，还没出声，小摊贩忽然一下跪在地上，哭诉道："青天老爷，您可一定要为小人做主啊！"他瞥眼一扫云浠与阿久，想起方才那个巡城御史称云浠是什么"校尉"，想必一定是主谋，指着她道，"就是她，她伙同她的同伙，不仅掀了小人的摊，踩烂小人的灯，方才我们一同等候在外，还言语羞辱小人，羞辱大人您！她说您是书呆子，这辈子不能飞黄腾达！这摆明了就是来惹事的呀！大人，士可杀，不可辱，您可一定要为小人讨回公道——"

程昶听是云浠惹事，原还不信，眼下听小贩说着，越听越诧异，目光慢慢移向云浠，挑起了眉。

云浠："……"

她垂下眸，脚后跟默默在地上蹭了蹭。也不知是她腰间的匕首硬，还是这地上的砖更硬？算了，先别管哪个硬了，赶紧找个地缝钻进去吧。

阿久听这小贩告云浠黑状，扬眉道："哟，瞧不出来，方才在外头一声不吭的，我还当你是个哑巴呢，见了青天老爷，一张嘴能让你说出花来？你的灯是我踩坏的。怎么着，你们皇城根下的灯要格外金贵些？赔银子都不行？要不要给你升个堂，写状子再摁个血手印？把我们关押起来你就高兴了？你这个年就能过好了？"

小贩指着她道："大人，你看她还猖狂哩！"

他二人吵得厉害，把一旁睡觉的孙海平与张大虎也闹醒了。

张大虎见了云浠，眼睛一亮："云校尉，您怎么上这儿来了？"

他方才在睡梦里糊里糊涂地听了几句,眼睛瞥到一旁的小贩身上,立刻撸袖子:"是不是这厮招惹的您?看来是没被他虎爷揍过——"

小贩立即瞪大了眼。

孙海平拽住张大虎,颇严肃道:"你瞎了眼?瞧不出小王爷正断案呢。先听听这厮怎么说。"

他二人从前跟着小王爷,遇上这样的事,只有被审的份,不是赔银子就是罚跪。这下程昶升了侍御史,头一回当青天大老爷,虽不怎么正式,也不妨碍张大虎、孙海平翻身做主,跟着沾光。

张大虎经孙海平这么一提醒,反应过来,两人挺起腰,一左一右退到程昶旁边站着去了。

程昶觉得这就是个小事,问:"她们踩坏了你几盏灯?折合多少银子?"

小贩道:"回青天老爷的话,七八盏,约莫二两银子。"他赶紧又道,"但这不是二两银子的事!"

程昶愣了一下。

一旁的巡城御史解释道:"禀大人,这小摊贩来报案的时候,下官问明了价钱,当时就提过赔银子,但他说什么都不肯,非说云校尉毁了他的生意,要云校尉给个说法。下官不好做决断,不得已才带他们上大人您这儿来的。"

"若仅仅是毁了七八盏灯,我都不跟她们计较,但她们把我的生意毁了,我的损失岂止二两银子这么一点?她们得把我一整摊的灯都买下来。"小贩道,他略想了想,又嚷嚷,"且不止,她们还得把我这一年扎的灯全都买下来!"

这话一出,值庐里的人都愣了。

阿久指着小贩问云浠:"你们金陵人都这么会做生意?"

孙海平忍不住,"嘿"了一声便破口骂道:"你挺有本事啊,讹钱讹到你小王爷头上来了?你是有眼不识泰山,不认得谁是讹人钱的祖宗?要不是你小王爷金盆洗手不干了,他横霸金陵那会儿,你都不知道在哪儿呢!"

程昶:"……"

张大虎又开始撸袖子:"云校尉,这厮就是皮痒,我帮您给他来一顿实在的,一顿过后,保管他这辈子都能消停了。"

"回来。"程昶道。

他被这几人闹得头疼,揉了揉眉心,问小贩:"你为什么说她们把你的生意毁了?"

"回大人的话,因为她们掀了小人的摊,把小人推车的车轱辘也弄坏了。而且小人跟她们来了您这儿,今夜占好的摊位没了,生意也做不成了!"小贩道。

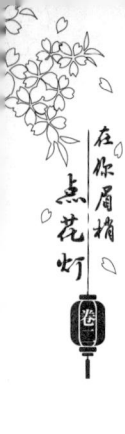

一旁的巡城御史道："禀大人，小摊贩这话不假。上元夜，桐子巷的摊位全凭抢的，他一走，他原来的摊位自然要被人占去。且云校尉与阿久姑娘追逐的时候，正是卖灯的良时，她们这么一闹，把他卖灯的时辰也耽搁了。"

小贩自认也不是个无理取闹的人，说："这样吧，她们如果愿意赔我的灯，我便宜点卖给她们也成。"又道，"大人，小人的灯和推车就在外头，您去看看就知道了。"

程昶起身把桌上的卷宗收好，说："走吧。"

御史台西所在西城门附近，因是衙署重地，人很少。

阿久之前掀摊的时候没在意，眼下细一看这小贩推车上的灯，讶异道："阿汀，他的灯真好看！"有绽开的荷、翱翔的鹰，还有湖里的游鱼，样式不一而足，个个精致，栩栩如生，阿久拿起一个虎头灯，说："阿汀，我喜欢这个！"

小贩看她一副爱不释手的样子，扬扬自得道："你那个是手提灯，还有那边的水芙蓉、春桃，是放河里的河灯，这些都是小意思，我家里还有往天上放的祈天灯哩！"

说着，他忽然想起就是眼前人毁了自己的生意，又大骂："要不是你掀了我的摊，害我没了摊位，我上半夜卖完这些灯，我爹后半夜把祈天灯拿到桐子巷来，我能发大财！按理卖祈天灯的钱你也该赔我！你别磨蹭，赶紧赔我银子！"

"还有祈天灯？"阿久愣道。

她转头对云浠说："阿汀，从前在塞北过节，你不是最爱看人放祈天灯吗？可惜塞北会扎灯的人少，手艺也远不如金陵这里的好。"

程昶问小贩："你的祈天灯都在家里？"

"回大人的话，是。"小贩道。他眼下已瞧出眼前这个画一般的大人与云浠她们是认识的，听他这么问，赶紧又说："小人的家就在西城郊，从西城门出去，一盏茶的工夫就到，大人您跟小人瞧一眼去？"

程昶看云浠一眼，见她与阿久一样，正在仔细看小贩车上的花灯，"嗯"了一声说："去看看。"

上元夜没有宵禁，城门彻夜不闭，沿着秦淮河走上小半炷香的工夫，就到了小贩住的大院。

大院里满是祈天灯，就这么一眼望过去，大约有百来盏，灯身上描着花样，上身朱红，下身浅青，纹理清晰可见，像尚未绽放的花骨朵。

大绥尚灯，小贩家自祖上就是扎灯的，一家好几个兄弟，全靠这个糊口，生意好的时候，养活一大家人不提，一年下来还有富余。

小贩道："虽说花朝节、秋节也有人买灯，但上元夜是卖灯最好的时候，就说小的一家子，一年扎的一大半灯，都该在今天卖出去。"

正所谓半年不开张，开张吃半年。

程昶点了一下头，吩咐张大虎："你去借几个推车来。"

他问小贩："你算一下，你这一院的祈天灯，加上今夜摊子上的提灯、河灯，一共多少银子？"

"这……"小贩看了一眼，粗略估计，"全部加在一起，怎么也要五十两吧。"

程昶问孙海平："带银子了吗？"

"带了带了。"

程昶点了下头，指了指院子里的祈天灯："都买下来。"

云浠听了这话，先是一愣，随后赶紧道："三公子不必，我赔他就行。"说着，连忙去解腰间的荷包。

程昶将她一拦，温和地说："我来。"

就这么一会儿工夫，孙海平那头已付好银子，张大虎跟附近的官差借了推车，几人合力把满院的灯都堆放在车上，一路推着到了秦淮河岸。

推车里的提灯、河灯与祈天灯加在一起有几百盏，单是他们几人，就是放一夜也放不完，所幸这里虽是城郊，秦淮河边也有许多过节祈愿的人。

程昶道："把灯都分出去吧。"

孙海平与张大虎应了，将推车推了过去。

在河边玩闹的孩童们看到有人赠灯，立时拥了上来，围着孙海平和张大虎讨要。阿久看他们玩得开心，也上前去凑热闹。

上元节的规矩是先放河灯，再放祈天灯。

男女老少们得了灯，纷纷在秦淮河边放灯，河水上顷刻泛起点点亮色。

云浠看了一会儿，收回目光，她有些踌躇，不知道怎么与程昶开口，本想和他提买灯的事，想把银子还给他，可是她此前已提过一回了，一再开口，反倒显得自己斤斤计较，思量片刻，便先问了句不相干的："今夜是上元夜，三公子怎么会在西所值勤？"

程昶淡淡道："不值勤，就要进宫去参加宴会，我不想去。"

进宫参加宴会，必然要与太皇太后一起，她必然要把余凌塞到他旁边。余凌虽然温柔得体，但他不喜欢。他的心里已经有人了。

孙海平几人分发完河灯，张大虎回来推放着祈天灯的推车，程昶顺手从上头拿了一盏，递给云浠："不许个愿吗？"

祈天灯足有她半截身子那么大。云浠接在手中，奇怪此前分明有许多愿望的，可眼下他就站在自己身边，最难、最远的那个似乎已经实现了。

云浠垂眸看着手里的灯，笑了笑道："我没什么愿望，就希望我关心和关心我的人都能平安顺遂。"她顿了顿，"还有三公子，希望三公子也能平安顺遂。"

言罢，她取了火折子，探进祈天灯里，点亮了灯芯，火光将灯壁映得明艳异常。

她似想起什么，问道："对了，刀疤人留下的线索，三公子您查得怎么样了？已过去这么久了。"

程昶道："已经有些眉目了。"

他略顿了顿，似乎从云浠的言语中辨出了几许别意，忽然道："陛下不希望我与你走得太近，但我也不愿他硬塞姻缘给我。年关节前后，他盯我盯得太紧，所以这么久了，我只好不去找你。"

云浠听了这话，手里动作蓦地一僵。片刻，她缓下心神，心想大概是自己会错意了，三公子说想来找她，兴许只是为了查贵人的事，他此前说过要和她一起查的。

云浠闭眼默许了心愿，将祈天灯往上一放，灯乘着风，缓缓往天上升去。

河边不少人已开始放祈天灯，云浠仰头看去，漫天花灯，密密匝匝地升腾而起，像万千星辰在人间飘散，天地浴火。

"真好看。"云浠道，"从前我在塞北的时候，最喜欢跟着哥哥放祈天灯。那时我就想，要是能有许许多多的祈天灯一起放，一定很好看。"

程昶转过脸去看云浠，她的眸子清亮而明媚，仿佛随意一盏灯火映在里头都能照彻天地。

两世轮回，他没见过这么干净坦荡的人。

第二十六章 云上华灯

"买下这些灯,"程昶笑了笑,"就是放给你看的。"

云浠听了这话,愕然转过脸去看程昶。

夜是清凉的,祈天灯如点点星火,映在他如水的目光里,渐渐汇成穹霄天河。

云浠的思绪一下就乱了。她不知道她所听到的,是不是就是她以为的那个意思。天上有一段柔软的月色,他随手一捞,送到她咫尺之间,可她不敢去接,怕握不牢。

"阿汀,你快过来看!"

云浠正不知所措,忽被阿久从旁一拽,拉着她去秦淮河边。

水里已飘着许多河灯,阿久留了一盏小船模样的,编了几个小草人放在上头,像夜里摆渡的过江人。

"好看吗?"阿久问。

云浠点头:"好看。"

周围的孩童们见了这船灯,都拍手称奇,纷纷围过来找阿久讨要小草人。

阿久被他们闹得手忙脚乱,云浠看着笑了一会儿,又回过头去看程昶。

程昶留在原地,正仰头望着满天的祈天灯。

那里离水岸有点远,四周没什么人。他的目光有点落寞,整个人十分安静,似乎上元夜的一切喧嚣都与他无关。

云浠忽然想起,程昶曾说,他的家乡不是金陵。

夜色掠去了千年光阴,点点灯火映在他悠远的目光里,他看它们的样子,像在看故乡。仿佛他本该生活在一个有夜灯朗照,辉煌永夜不息的地方。

放完灯，亥时已过半了，佳节的喧闹尚未歇止，几人归还了推车，顺着西城门入了城。到了御史台西所，值勤的武卫已帮程昶把马车套好了。

先前的巡城御史尚未离开，见了程昶，先作一揖道："今夜有劳大人。"又对云浠道，"在下今晚通宵值勤，不能离了马。云校尉与阿久姑娘若赶着回侯府，在下可差人去附近的在京房值所借两匹马来。"

云浠刚要答，程昶就道："不必，我送她们。"

"这……"巡城御史愣道，"忠勇侯府在城东的君子巷，离此处尚远，大人送云校尉回府，怕是要绕路。"

云浠也道："三公子不必麻烦，我与阿久自己回就行。"

"不麻烦。"程昶道，他上了马车，撩起帘，对云浠道，"上来。"

初春的天虽回暖了些，到了夜里，冷风一吹，仍有些凉。程昶看云浠穿得单薄，顺手把自己的手炉递给她，然后把阿久让进车里。

车身很宽敞，里头焚着沉水香，车凳上铺着厚厚的软毛毡，当中还摆了张雕花小案。阿久四下张望一阵，感叹道："真阔气！"伸手敲了敲眼前的案几，"还是梨花木呢！"

云浠这才想起刚才忙乱，竟忘了与程昶介绍阿久，于是道："三公子，这是秦久，她的父亲从前是忠勇天字部的统兵大人，去年圣上下旨召回父亲和哥哥的旧部，她因此就到金陵来了。"她又对阿久说，"这是琮亲王府的三公子。"

阿久方才听孙海平与张大虎一叠声"小王爷"地喊，早猜到了程昶的身份，但她自小在塞北长大，平日里见了云舒广、云洛都不怎么讲规矩，眼下撞见个正儿八经的天家人，她也是不知道怕的，随口就问："小王爷大过年的怎么还值勤呢？"

"手头上有些差事。"程昶回道，又问，"阿久姑娘什么时候到的金陵？兵部那里不是说你们要二月才到吗？"

"我脚程快，先一步到了呗。"阿久诧异地一挑眉，"小王爷，你们御史台的人也关心兵部的事？连忠勇旧部该什么时候到金陵都知道？"

程昶看了一眼云浠，见她正襟危坐地瞧手里的手炉，没答阿久的话，转而问："阿久姑娘在塞北长大，到了金陵还习惯吗？"

"这不好说。"阿久道，"金陵嘛，皇城根下的地方，纵使有一千一万个不好，但有一点是好的，太平！像我们这样在边疆长大的，隔三岔五就要跟蛮子干一仗，松松筋骨也挺好。老忠头又把我当儿子养，所以我呢，十二岁就跟着云洛上战场了。不过这几年不行了，之前招远叛变，兵败了，后来裴闻那小子来塞北，我瞧不惯他，不愿跟着他打仗，正好他用我们这些忠勇旧部用得也不放心，相看两厌，怎么办？我们就撤呗。老忠头就带着我们几百人，撤回了吉山阜。

第二十六章 云上华灯

"这个吉山阜是什么地方呢？就是塞北的一个城镇。小王爷您不知道，像我们这种在塞北兵营里长大的人，住惯了帐子，一出门就是大草原，自由自在的多好。吉山阜这样的地方，就跟你们金陵似的，楼是楼，街是街，巷是巷，东南西北都要划分出个所以然来，跑马都不能跑得痛快，住着自然不惯。我居然一住就是快四年，可把我憋坏了。所以去年圣上的圣旨一来，我跟老忠头他们一刻都等不及，就往金陵来了。金陵虽然不如大草原，好歹比吉山阜繁华，再说了，阿汀不也在这儿吗——"

阿久的话匣子一打开便有些收不住，她其实不算话痨，遇上顺眼的人便多说两句，遇上她瞧不上的，话不投机半句多。

程昶这个人吧，很特别，与他说话会让人觉得舒服，不像有些人故作谦谦君子有礼姿态，他很真诚，愿意倾听，并且及时回应，让人觉得他对自己所说的话题是很感兴趣的。

阿久难得遇上这样的人，越说越来劲，转而提及少年时上战场的事，简直要把自己这小半生聊个够。

一路上有了话聊，忠勇侯府很快就到了。程昶为云浠留了几盏祈天灯给侯府的人，下了马车，阿久与孙海平几人一起把灯往府里搬。

云浠唤了声："三公子。"然后把暖手炉递还给他。

程昶没接，说："你拿着吧，才初春，还有一阵子才彻底回暖。"

云浠不知说什么好，她这一晚上心绪犹如一团乱麻，无所适从地在半空浮荡，直到现在都沉不了底。在原地默了半晌，想起方才阿久竹筒倒豆子一般拉着程昶说了一路，心中过意不去，便解释道："三公子，阿久性子直，向来有什么说什么，她是敬您，因此话才多了些。"

她只当程昶喜静，平日里更是少言寡语，大约不喜欢话多的人。可是阿久陪她一起长大，她不希望程昶不喜欢阿久。

程昶却道："无妨，我挺愿意和她说话的。"

"三公子愿意？"

程昶"嗯"了声，他看她一眼，神情淡淡的，声音温和："她是你朋友。"

府里的人听到动静，赵五赶到府门口："大小姐，您终于回来了。"

瞧见程昶，他又施了个礼："三公子。"

云浠看他神色有异，朝府内看了一眼："怎么了？府里出了什么事吗？"

"倒也没出什么事。"赵五道，"罗府的四小姐过来了，说是有急事找小姐您，到这会儿了还不肯走。眼下少夫人正陪着她在正堂等您呢。"

云浠一愣："罗姝？"

年关节前，罗姝疑罪从无，早从刑部大牢里放了出来，可姚素素被害的案子悬

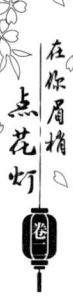

而未定，罗姝疑凶的名声尚未洗干净，回府一个多月，她一直羞于抛头露面，今夜怎么找到她这儿来了？

云浠正不解，一串急促的脚步声自府内传来，竟是罗姝听到她回来，急着出来见她了。

"阿汀——"罗姝神色焦急，先唤了云浠一声，目光一掠，不期然落在程昶身上，她愣了愣，随即一咬牙，提裙往地上一跪，仓皇道，"阿汀，三公子，求求你们救救我——"

云浠上前去扶罗姝："你先起身，有什么话去里面说。"

方芙兰也从侯府里跟了出来，与云浠一起将罗姝扶起，道："姝儿妹妹傍晚时分就到了，一直等你等到这时候，你是——"

她本想问云浠上哪儿去了，眼睛余光一扫，落到程昶身上，旋即明白过来，施了个礼："三公子。"

云浠将罗姝与程昶几人一并请入府中，指着阿久对方芙兰道："阿嫂，这就是阿久，我从前与您提过的。"

方芙兰微微颔首，对阿久道："阿久姑娘且稍候，我这就吩咐人把阿汀院子的西厢房收拾出来。"

阿久的目光落在方芙兰脸上，她大约是病了，脸色苍白，可五官确是极美的，烟眉似蹙未蹙，桃花似的眼里仿佛藏着一汪春江水，饶是在夜里也顾盼生辉。

云洛初娶方芙兰为妻那年，草原上的人都说，宣威将军的夫人有沉鱼落雁之美。那时她还不信，心想，再怎么美，能美过阿汀吗？

如今真正见了方芙兰，才知是人外有人。

阿久一摆手，大大咧咧地说："嫂子不必麻烦，我去阿汀房里凑合一夜就成！"

云浠也道："阿嫂您的病还没养好，早点歇下吧。从前在草原上，阿久常跟我挤一块儿睡的。"

方芙兰听了这话，也不多坚持，叮嘱云浠好生照顾罗姝，与程昶施了个礼，带着阿久往云浠的小院去了。

待方芙兰几人走远，云浠去正堂门口看了眼，确定四下无人了，掩上门，为罗姝倒了一杯水，问："你让我帮你什么？"

罗姝仍是张皇的，她看了眼上首坐着的程昶，捧着水吃了一口，对云浠道："阿汀，我阿爹要把我嫁走，嫁给……樊府的小少爷。"

樊府的老爷是国子监的祭酒大人，时年已七十高龄，樊府的小少爷之所以谓之"小"，只因行末，实则眼下已过不惑之龄，是可以做祖父的年纪了。

樊小少爷四十年来一事无成，听说私底下还有些肮脏的癖好，府里的几房小妾莫名就被折腾没了，先前有一位夫人，身子一直不好，前两年也去了。

"我一听说阿爹要给我订这门亲，就去求他，可阿爹和我说，如今求谁都没用了，这是上头那个贵人的意思，他也保不住我。眼下已纳了吉，就要过聘了，要不是撞上了年关节，只怕二月不到，我就该嫁去樊府。阿汀，求求你，帮帮我好吗？我不想嫁去樊府，嫁给那样的人，我怕是只有死路一条。"

官宦人家，女儿一直不如儿子受重视，罗府的女儿多，从前罗姝乖巧听话，在罗复尤跟前自然得脸一些，可罗复尤一辈子把仕途看得比身家性命还重，他既投靠了贵人，自然不能让一个女儿挡住自己平步青云的路。

把罗姝嫁给那样一个败类，罗复尤虽痛心，但也无可奈何，退一步想，罗姝的名声已毁，这辈子能不能嫁出去还两说，眼下能攀上国子监祭酒家的小少爷，已算是造化了。至于她嫁过去后境遇如何，罗复尤不愿思量，也不肯多思量。

程昶听了罗姝的话，倒是不意外。她被贵人利用，帮其设局伏杀过他，而今她即便出了刑部大牢，日子怎么会好过？

那个贵人心狠手辣，区区一名女子还不好处置？早日封口了事。说不定连嫁去樊府都是个幌子，等把迎亲礼一过，日后指不定能不能活命呢。毕竟嫁给那样一个败类，活不长久也正常。

云浠也已听明白了，她问罗姝："其实你不是来找我的吧？你真正想找的人是三公子。"

罗姝捧着水，半晌，低低应了声："是。"

她不敢看程昶，当日他在刑部大牢里审她的情形犹令她畏惧，可贵人与三公子不对付，眼下贵人要置她于死地，她想要求生，只有硬着头皮来找三公子。

罗姝将茶水小心翼翼咽下，仿佛生怕动静大了就会惹程昶不快似的，解释道："我不能直接去琮亲王府，想着阿汀你与三公子走得近，或许能帮我带句话。没想到……今日竟在这儿与三公子撞上。"

她将茶杯放下，搁在膝头的手张开又握紧，好不容易下定决心，快步走到程昶跟前，就势要跪，只听程昶淡淡道："我为什么要相信你？"

他此前错信她，已被害过一回了。这一回，为什么还要信她？

罗姝忙道："我……我可以把我知道的都告诉三公子您。"

"你知道什么？"程昶问，"你知道姚素素是怎么死的吗？"

罗姝摇摇头。

程昶道："和你一样，知道得太多了。"

贵人既然能在姚素素的牙关里塞一枚耳珠，冤罗姝入狱，说明他一定与姚素素的死有关。姚素素一个手无缚鸡之力的女子，贵人还能因为什么杀她？想都不用想，一定是看到了不该看到的,抑或是知道了不该知道的。

"姚素素贵为枢密使之女,当今皇贵妃的表侄女,他说杀就杀了,所以你要想想,你该告诉我什么,才会让我觉得你值得相信。"

换言之,他要真正的有价值的消息。

程昶问:"忠勇侯的冤情,你知道吗?"

罗姝摇摇头:"不知道。"

"那没有意义了。"程昶道,"你回吧。"

"可我……可我知道故太子身殒的真相!"罗姝见程昶不愿相帮,情急之下也顾不上会否犯了忌讳,"故太子他不是急病死的,他是……他是被人下了毒!被人害死的!"

此言一出,程昶眉头一皱:"真的?"

"那日我去求阿爹不要将我嫁去樊府,在书房外,隐约听到他在和人说话,言语中提及故太子,又说什么毒发身亡,那人还说,要早日把那些证人了结了。"

程昶听了这话,若有所思。照刀疤人临终前所指,他被贵人追杀,是因为知道了一个秘密,而这个秘密大约与忠勇侯府有关。

老忠勇侯的战死,招远叛变,累及故太子急病身亡,程昶近日苦查忠勇侯的案子,自然也查了查故太子程旸的死因。

只不过,宫中提及程旸的卷宗无外乎是些歌功颂德的,再找不出其他。且程旸死后,就连当年在东宫侍奉他的一众侍婢也无踪迹了,宫里有人猜,或许是昭元帝悲极盛怒,一并赐死了。

程昶道:"依你所言,故太子若系人投毒致死,陛下难道不查?为何竟会对外说是病亡的?"

"这个我不知。但三公子请信我,我说的字字句句都是真话。且我还听说,那几个能证明故太子被投毒的证人,如今就被关在,关在……"罗姝细想了想,"关在明隐寺。"

屋外忽然传来一声细微的动静,若不仔细听,还以为是院中的虫鼠。

但云澍常年习武,耳力极好,哪能分辨不出来?

她立刻与程昶比了个噤声的手势,悄无声息地走到门前,蓦地把门拉开。

屋门外站着的人竟然是方芙兰。

"阿嫂?"云澍愣道。

他们在正堂叙话已叙了大半个时辰,照理方芙兰早该歇下了,怎么会到正堂来?

方芙兰对云澍笑了笑,道:"你回来得晚,眼下夜已过半了,该进些吃食。我白日里睡够了,这会儿有些睡不着,便去给你做了碟点心。"她说着,把手里端着的青花碟递给云浠，站在屋外对程昶施了个礼，"也请三公子、姝儿妹妹一并用。"说完便反身回后院去了。

云浠看着方芙兰的背影，直到她消失在回廊尽头，还犹自愣在原地。

忠勇侯府有内应，她是知道的。

第一回，艄公投案，柯勇来给她报信，方芙兰在府门口，正要去药铺看病。

第二回，关着"艄公"的柴房有动静，田泗来找她，那天下午，只有方芙兰、赵五以及白苓出过门。

她那时就已对方芙兰起疑了，只是意外听说方芙兰两回离府去药铺看病都有罗姝陪着，这才怀疑起罗姝。

可日前程昶已与她说了，忠勇侯府的内应不是罗姝。

既然不是罗姝，还能是谁呢？

白苓与赵五都是跟了侯府多少年的人，她不希望是他们。

但她更不希望是方芙兰。

当年云洛去世，她与方芙兰相依为命，若非阿嫂陪着她、关心她，要从父兄离世的伤痛中走出来谈何容易？

梆子声响起，子时三刻了。

程昶见天已太晚，对罗姝道："事情我都知道了。"言罢，便起身要离开。

他没提会否相帮罗姝，但罗姝亦不敢多问，把程昶送到正堂门口，她低低说了句："劳烦三公子。"呆呆地又回到正堂里坐下。

云浠一路将程昶送到府门外，她有些难过，有些不知所措，心中那个不好的揣测让她的心一沉再沉，沉到无尽的深渊里。

她知道，凭三公子的聪敏，不可能对忠勇侯府的内应没有猜想。他或许早就有一百种法子揪出这个内应，他只是照顾她的感受，从来不在她跟前多提内应的事，从不逼着她去找。

可是他不提，她不能当作无事发生，仔细算来，若非三公子命大，贵人已害过他两回性命了。

孙海平与张大虎套了马车过来，云浠亦步亦趋地跟在程昶身后，轻声道："三公子，方才我阿嫂她……"

"明日一早，我们一起上明隐寺一趟。"不等她说完，程昶就截住了她的话头。

云浠被他硬生生打断，沉默了半晌，才问："明隐寺不是早已封禁了吗？"

程昶"嗯"了声："我有办法。"他又指了指府门，说，"天晚了，你进去吧。"

云浠却摇了摇头，低声道："我送三公子。"

程昶见她坚持，没多说，转身上了马车。

马车在青石巷里咕噜噜行起来，程昶默坐了一会儿，掀帘往后一看，见云浠竟还站在原地。

府门口的灯笼在寒风里摇摇晃晃，把她单薄的影子拉得很长。她大约是难过的，垂着头，半晌一动不动，就这么一眼望过去，伶仃又可怜。

程昶于是叫停了马车，往回走去。

云浠正愣愣地站在府门口，不期然间，一个修长的身影回到她身前站定。

云浠愕然抬头："三公子？"

"有句话忘了和你说，"程昶笑了笑，"真相没弄清楚前，不要急着伤心。"

云浠点点头，片刻又摇摇头："我不是伤心，我就是……"

就是什么呢？是害怕、担心，怕那个内应就是阿嫂。

也是愧疚，怕竟是自己的至亲要帮着贵人加害三公子。

"阿汀。"程昶忽然唤她。

他早就想这么叫她了，总是听旁人叫，他觉得挺好听的。

"还有一句话也忘了说，"他伸手揉了揉她的发，柔声道，"一切有我呢。"

马车走远了。

云浠回到侯府，又送走罗姝，这才往自己的小院走去。

走到一半，她停住步子，倚着长廊尽头的廊柱慢慢蹲下。她的脑子里一片空白，直到现在都理不清心中究竟是何感受。

天上有段柔和的月色，他摘下来，送到她面前，她分明是不敢接的，他却告诉她，只要摊开手心就好。

月色流转在掌纹之上，清凉温柔。

夜已很深了，夜鸦掠过长廊，歇在廊头角，叫了两声，扑棱着翅膀又飞走了。

云浠借着月色，瞧了眼远去的夜鸦，她神思微定，不经意又想起方芙兰。

她其实曾认真揣摩过谁会是贵人的内应，她甚至怀疑并且试探过忠勇侯府的每一个人，但是除了方芙兰。

云洛离世后，方芙兰是她在这世上最亲的人，她不能接受内应是她。

不过，云浠想，三公子说得对，事情没弄清楚前，不该急着伤心。指不定只是一场误会呢。

云浠回到院中，脏脏已睡下了，它掀开眼皮，看到她，勉强走过来蹭了蹭她的腿肚子。云浠摸了摸它的头，听到屋里传来鼾声，隔窗看了眼，只见阿久正仰面八叉地睡在她的榻上。

于是云浠在屋外打水洗漱干净后才推门进屋。

第二十六章 云上华灯

阿久是在兵营里待惯了的人，倒头就睡，一点动静就醒，她翻身坐起，瞧见云浠，问："你怎么这么晚才回来？"

云浠没说话，在榻前坐下。

阿久也没等云浠回答，仰头躺回榻上，枕着手臂道："那个罗姝，我记得她小时候个子小小的，老是追在裴阐后头喊裴二哥哥，如今长大了，样子变了不少，我差点儿没认出来。"

云浠心中仍记挂着方芙兰的事，半晌道："阿久，我大概要离开金陵一两天，我阿嫂身子不好，这两天你能不能替我陪着她？"

阿久愣了一下："啊？明天吗？"

"怎么了，你有事？"

"有啊，我要去找我一个朋友。"

云浠问："你不是刚来金陵吗？哪里来的朋友？"

"我路上交的啊，不然塞北到金陵这么远，我一个人赶路，多没趣啊。"阿久道，她想了想，又改了主意，"行了行了，那我这两天先陪你嫂子呗。"

"你也不必陪她。"云浠思量了一下，找了个借口，"此前我去京郊平乱，端了几个匪窝，那些人扬言要报复我。阿嫂这两日要去药铺看病，你只需暗中跟着她、保护她就行。"

阿久爽快道："成！"

云浠想着明日还要早起与程昶去明隐寺，与阿久说完话，脱靴便上了榻。

阿久却有些睡不着了，她翻过身："喂，阿汀，你这个嫂子，云洛是怎么看上的？从前塞北草原上多少姑娘喜欢他，从没见他瞧上过谁。"

"我也说不清。"云浠道，"阿嫂其实挺可怜的，她的父亲从前是礼部的侍郎大人，后来犯了事，被圣上问斩，连着发落了他们一家子，阿嫂的母亲当时就自缢了。那会儿先皇后刚殁不久，还在梓宫停灵，阿嫂只好进宫跟皇贵妃求情，大约是皇贵妃不愿相帮吧，阿嫂心灰意冷，便想着要投湖自尽，我恰好路过瞧见，把她救起来，带回侯府。

"后来不到一个月，哥哥回来了，他当时刚平了岭南之乱，立了大功，回府后，和我一起照顾了阿嫂几日，听说了方府的事，便拿着军功请圣上赦免了阿嫂的罪，把她迎娶进侯府。"

"照你这么说，"阿久愣道，"云洛那小子，竟然是一眼就喜欢上你嫂子了？"

"应该是吧。"

阿久咂咂嘴，道："也是，她是长得好看。"

岂止好看，简直倾国倾城。

阿久安静地在榻上躺了一会儿，伸手揉了揉鼻子，忽然叹一声："哎，我还真有点儿羡慕她。"

她没说羡慕什么，云浠也没把这话放在心上，左右是个姑娘家，多少都会有些羡慕方芙兰的。

那年间金陵城多的是高门闺秀，可才情样貌均拔尖的，便只方芙兰这么一个。

云浠心里其实是很敬重她这位阿嫂的。

她是在塞北长大的野丫头，而方芙兰仿佛就是生自秦淮的烟水里。她温柔、平和、善解人意，世人看她外表，或许会觉得她不经风雨太过柔弱，实则不然，云浠知道，她这位阿嫂其实是外柔内刚。

两人相依为命那几年，她去衙门谋职，肩负起忠勇侯府的生计，而方芙兰孀居在家，打理府中一切事务。

云洛离世后，方芙兰曾对云浠说："阿汀，你哥哥没了，阿嫂还在，我们姑嫂俩，从今往后就是这世上最亲的亲人。"

便是这么一句话，才支撑着云浠从绝境中走了出来。

身旁阿久的呼吸已变得绵长，鼾声渐起。

云浠想起往事，望着房梁，喃喃道："阿久，其实我觉得咱们侯府挺对不住阿嫂的，你说她嫁过来，都没过上几天好日子。"她说着，想起今夜的事，不知怎的就有些难过，又道，"阿久，我阿嫂对我真的挺好的。那几年，真庆幸有她陪着我，我一直……都很喜欢她的。"

身旁鼾声忽止，阿久翻身坐起，伸手一推云浠："云洛喜欢她，你也喜欢她！我对你不好吗？我还对你好呢！"

云浠盯着她："你这么凶，哪里好了？"

阿久并手为刀劈下来："你再说一次？"

云浠抬臂一挡顺势拆了她的招，笑道："是，你也对我好，我和哥哥也喜欢你！"

……

因隔日一早要去明隐寺，云浠天不亮就起身了。

明隐寺距金陵不算太远，骑马大约要半日，然而十三年前一场血案后，明隐寺所在的平南山被封，骑马至多到山下，上山还要另想法子。

云浠本想早点赶去城门口等程昶，刚出侯府不久，碰上个王府小厮，与她道："小王爷早一个时辰已出发了，云校尉自行去明隐寺即可，小王爷会在平南山后山腰的七方亭等您。"

云浠一听这话，心中焦急。

罗姝说故太子程旸是被人投毒致死的，且能证明故太子死因的证人正在明隐寺。

若此言不虚，贵人得知三公子前去取证，必然会在路上设伏。

云浠担心程昶安危，一路上连连打马，想着或能追上程昶，未料平南山已近在眼前了，竟还未见着程昶的踪迹。

其实程昶也就比云浠早到一刻。他连夜托人给卫玠捎了口信，天不亮就往明隐寺赶。

马车走得慢，路上睡了一觉，刚醒来不久，马车外就有人敲窗，卫玠的声音传来："你也真是，要上明隐寺好歹提早三日说一声啊，这么突然差人来知会我，还让我在路上埋伏几个武卫，防着有人伏杀你，我差点儿来不及安排。"

程昶掀帘看卫玠一眼，问赶车的张大虎："刚才路上有人阻拦吗？"

"没有，小王爷，这一路上风平浪静得很哩！"张大虎道。

卫玠一耸肩："你看，白忙活了。"

程昶若有所思地放下车帘，下了马车，与卫玠说："先去七方亭等个人。"

卫玠知道程昶要等的人是云浠，问："上回我不是给你透了底，让你去查忠勇侯当年贪功冒进和郓王赈灾立功有没有关系，你查得怎么样了？"

程昶道："有些眉目了。"

"所以到底有没有关系？"

程昶刚要答，只听山脚下骏马嘶鸣。

正是午时，云浠策马狂奔赶到驿站，"吁"了声，将缰绳使劲一勒。

骏马高高扬起前蹄，云浠今日没穿校尉服，一身朱色劲装，高坐于马上，整个人沐浴在晴好的日光里，简直英姿飒爽。

卫玠"嘿"了声："这小丫头，可真精神！"

云浠看到程昶，当即翻身下马，三步并作两步就往七方亭这里赶，到得近前，她问程昶："三公子是何时到的？"

卫玠道："他就比你早到一刻。"

云浠原还想问程昶这一路上是否平安，但眼下看他无恙，便将这一问省了，转而与卫玠拱手："卫大人。"

卫玠打量了她两眼，指着她跟程昶道："你看她这一路过来足不沾尘的劲儿，明摆着功夫好，你怕路上遇到危险，还故意错开先后脚过来，怎么着，你怕她跟着你会出事？你喜欢她啊？"

云浠一听这话，足下一个趔趄，险些滑倒。

程昶没理卫玠，顺手把她扶了扶。

所幸卫玠这话就是随口一提，见云浠到了，引着二人往明隐寺走去。

明隐寺虽被封，把守的禁卫却源自皇城司与殿前司。

一路上有卫玠带路，三人畅通无阻，到了寺门口，卫玠将新贴上的封条一撕，说："进到里头就要当心了啊，但凡被殿前司的人瞧见，老狐狸那头必然就知道你们闯明隐寺了。"

云浠一点头："请卫大人带路。"

其实所谓能证明故太子死因的证人，卫玠也不知道是谁，但明隐寺里确实秘密关押着从前侍奉东宫的几个侍婢。

这是座百年古刹，殿宇繁多，路径迂回曲折。

好在卫玠早已在寺中各处安排了自己的人手，一路带着云浠和程昶避开殿前司的耳目，却也顺利。

到了一处静室前，卫玠停住步子，语重心长地说："像这种关押着人的静室，一向是由八个皇城司、八个殿前司的人一同看守，他们殿前司的人跟我皇城司的不对付，这么个看守法，能起个相互监督的作用，任谁也不敢带人擅闯。"

程昶四下看了看："怎么没见着殿前司的人？"

"你还问？"卫玠道，"我早跟你说了，要上明隐寺来，最起码提前三日跟我打招呼，你这么个连夜知会我，我能怎么办？"

他抬脚把门踹开，地上横七竖八地躺着几个殿前司的禁卫："我只能装醉，拿酒壶把他们一齐砸晕了。"

程昶："……"

云浠："……"

卫玠又催促："你们要见的证人就关在隔间里，赶紧审吧，省得待会儿地上这几个醒了，我还得挨个砸一通。"

第二十七章 水落石出

到了隔间外，卫玠说："我连夜打听了下，当年故太子身殒后，被关到明隐寺的东宫侍婢其实不少，但人嘛，一旦被关押久了，成日担惊受怕的，这儿——"他伸手敲了敲脑子，"难免会出问题。这些年陆续疯了几个，被带走后，人就没了。八成是老狐狸怕他们乱说话，私底下处置了。余下这里关着的两个，脑子约莫还清醒，就是对人戒备得很，你问他们话，他们未必会答。"

程昶点了一下头，进到隔间里，果见得一名宫女和一名内侍。

他们二人均瘦得不成人形，瞧见程昶一如瞧见索命阎王，惊恐万状地往角落里钻。

程昶走到桌前，倒了杯水，然后来到二人跟前，把水递给他们："你们别怕，我不会伤害你们的。"

这两人只战战兢兢地看他一眼，并不接他递来的水。

方才卫玠说了，这些年关在明隐寺的东宫侍婢疯的死的不少，对这二人而言，程昶几人是不速之客，不接他的水，说明他们戒备，怕水里有毒。

戒备好，戒备说明他们神志清醒，能猜到他来做什么，这样他大可不必掩饰，直言不讳反而能取得他们的信任。

程昶把水放到一边："我到这里来，是为了跟你们打听故太子程旸的死因。

"当年太子殿下走得蹊跷，朝中一直有异声，后来陛下把此事压了下来，慢慢地就没人再提了。最近朝局动荡，此案又被摆到了台面上。"

他没提朝局因何动荡，这二人若能听明白他的话，该知道皇权即将更替。

"我知道，陛下之所以留下你二人，是因为你们曾侍奉故太子左右，知道他真正的死因。但是——"他一顿，"秘密不说出来，带到坟墓里，终究只是个没人晓得的秘密罢了。想要逆天改命，单靠守口如瓶是不行的。今日江山是昭元帝的，或许会留你们在此苟且，再过个一年半载，倘上头换了人，能不能留你们性命就两说了，你们说对吗？"

这话一出，卫玠先吓了一跳。他平日里说话已很不讲究了，至多也就骂圣上一句老狐狸，程昶的语气听着平和，到末了一个江山易主，这是明摆着咒老狐狸死啊！这要被人听了去，直接拖到刑场问罪都绰绰有余。

但程昶的话竟是有效的，那名内侍略有些松动，抬起眼皮看了程昶一眼。

程昶继续道："故太子仁德，远胜过陵王、郓王，我一直敬他。眼下朝局动荡，江山将来谁人做主犹未知，覆巢之下无完卵。你们想要活命，我也想活命，明隐寺早就被封，我既然甘冒风险来找你们，就该知道我与你们休戚与共。否则我何必在乎故太子究竟是怎么死的，任由新继位的君主一道旨意把你们清理了不好吗？"

宫女听了这话，抱膝蜷得更紧。

那名内侍犹疑许久，哆哆嗦嗦地问道："陛下他……要立郓王为太子了吗？"

程昶心中一凛，是郓王？

但他没答话，只道："我是琼亲王府的人，眼下在御史台当差，我不能保证一定能救你们的性命，但你们如果把当年的真相告诉我，应该有一线生机，你们信我吗？"

"奴婢知道你。"内侍说道，"你是琼亲王府的三公子，从前你来东宫，奴婢跟着太子殿下见过你几回。"

他犹豫了一下，问道："你……你想知道什么真相？"

程昶道："当年塔格草原蛮敌来袭，太子殿下为何要保举忠勇侯？"

这一问，甫一听上去没甚意义，忠勇侯镇守塞北，塞北出了事，自然该由他出征。可仔细想想，却不尽然。

当皇帝的心里，总有些不便说出口的计较，譬如驭下要讲究制衡之术，又譬如守疆土的将领要常换常新，否则一个老将在同一个地方驻守太久，得了那里的军心民心，容易做土皇帝，变成朝廷的心腹大患。

当时昭元帝刚召回云舒广，目的就是为了另派将领镇守塞北。故太子聪慧，应该猜得到他父皇的心思，怎么云舒广才回金陵不到一年，他竟逆着昭元帝，竭力保举忠勇侯出征呢？

卫玠一挑眉，没想到三公子见微知著，竟能瞧出旁人想不到的端倪。

被程昶这么一问，内侍倒真忆起一事来："太子殿下的身子一直不大好，先皇后病逝那年，他刚大病过一场，好不容易养好了些，塔格草原就出事了。当时忠勇侯刚回金陵大约半年，太子殿下虽与他见过两回，倒是没提要请他出征的事。后来陛下都已将出征的将军定下来了，太子殿下不知是得了什么消息，忽然恳请陛下让忠勇侯出征。陛下一贯信赖太子殿下，便由了他。"

程昶问："太子殿下当时得了什么消息？"

"这个奴婢不知。"内侍道，"忠勇侯出征后，太子殿下的病便一直不见起色，大约是担心塞北的战况吧，毕竟忠勇侯是他保举的。所以后来忠勇侯险胜的消息传来，殿下他自责不已，病情愈发重了。

"陛下传了太医为殿下诊治，太医说，太子殿下是病在心里，倘能医好心病，或许还有一线希望。其实当时太子殿下的身子已大不好了，太医这话，不过是为了宽慰陛下。奈何陛下信了他，为了让殿下不那么自责，认定塞北一役惨胜，乃忠勇侯贪功冒进的过失，还褫了宣威将军统帅的衔，让他作为招远的副将出征。"

然而正是这个决定，招远叛变，累及塔格草原一役大败，太子程旸病入膏肓。

"战败的消息传来，殿下他伤心不已，立刻就找了人去查。"

"查什么？"

"不知道。"内侍道，"太子殿下养了一些很忠心的武卫，他们要查什么，像奴婢这等身份的人，是不让知晓的。不过照奴婢看，或许是查招远叛变的内情吧。"

"不对。"一旁的宫女忽然出声，"太子殿下查的事情，跟先皇后有关系。"

"你怎么知道？"程昶问。

"有几回奴婢为太子殿下打水更衣，站在寝殿外，隐隐约约听到太子殿下和宁桓大人谈话，说'先皇后'什么的，哦对了，还提过'明隐寺'。

"宁桓大人是太子殿下最信任的武卫，太子殿下身殒的前一日还传过宁桓大人，奴婢听到宁桓大人对故太子说'尚未找到'，又说'几年过去，样子都变了'，大约先皇后仙逝以后，太子殿下他就在找什么人吧。"

程昶听了这话，与卫玠对视一眼。

如果这宫女所言不虚，太子程旸一直都在找一个与明隐寺有关的人，这个人极有可能就是卫玠日前提过的，昭元帝流落在外的五皇子。

可是，先皇后乃正宫娘娘，育有几个子女，彤册上记得清楚明白，这个流落民间的皇子必然非她所出。既然非她所出，与她又有什么关系呢？当年故太子忽然保举忠勇侯出征塞北，是否也与五皇子有关？

程昶问卫玠："这个叫宁桓的武卫，你知道吗？"

卫玠颔首："当年故太子殿下身边的一等侍卫。不过，故太子殿下身殒后，他就失踪了，这些年我也在找他。"

程昶点了点头,当年的大致情况已了解得差不多了,他单刀直入道:"故太子究竟是怎么没的?为何会有人说是投毒?"

"这……"内侍稍微犹豫,"当年太子殿下确实被人投了毒。那个投毒的人,就是郓王。

"其实当时殿下已无药可医了,就是强撑下去,至多也就能活过三五日吧。但是那日,太子殿下不知接到了什么消息,忽然让奴婢二人为他整衣冠,要去面圣。奴婢们为他整到一半,郓王就来了,端了一碗参汤,称是'万年血参'要敬献给太子,还说吃了对身子大有裨益。太子殿下似有话要对郓王说,便屏退了奴婢二人。

"奴婢二人刚退出殿阁不久,就听到里头传出摔碎碗的声音,太子殿下怒斥……"内侍想了想,"他说郓王糊涂,斥他竟敢投毒来害他,说什么'本官当你有心悔过,不打算与你计较了'。奴婢二人听是出了事,就进了殿里,却看到……看到……"

内侍说到这里,整个人不禁颤抖起来。想必那一定是一段令人非常害怕的往事,时隔数年回忆,仍令人惶恐,难以自抑。

程昶知道,越是这个时候,越不能着急,他温声道:"你慢慢说,不要急。"

内侍点了一下头,端起手边的水喝了一口,缓了缓心绪,艰难道:"当时太子殿下的嘴角和衣襟上满是血渍,也不知是呕出来的,还是喝那毒汤喝的,眼底与印堂已发黑,整个人如失了魂的鬼,但他还活着,还在痛斥郓王。斥着斥着,到了最后他就哭了。"

"哭了?"

"是。太子殿下很自责,说他对不起忠勇侯,对不起云氏一门。

"后来,大约是东宫这里的动静太大了,把陛下惊动了。陛下看到地上郓王给太子殿下送的参汤,让太医查验,听到确实有毒,立刻就让禁卫把太医杀了,还下令把我们这些在东宫伺候的人一并关到明隐寺。他告诉郓王,留下我们这些证人,是为了让他知道怕,知道畏惧。"

程昶问:"那碗毒汤,太子殿下究竟喝了没?"

"喝没喝奴婢们不知,但太子殿下当时确实是'急病'去世的,他临终时似乎想要对陛下说什么,但是没来得及。奴婢这些年想了想,大概是太子殿下得知了郓王的一桩错处,准备告诉陛下,而郓王想要阻拦他,便一不做二不休送来了毒汤,左右那时太子殿下也没几天可活了,便是喝了毒汤身亡,大约也不会有人怀疑他的死因。至于郓王殿下的那桩错处,听太子殿下斥郓王时似乎提到了'忠勇侯',提到了什么'屯粮'。"

程昶心里一沉,果然如此。

第二十七章 水落石出

"什么意思?"云浠听到这里,愕然道,"什么屯粮?你的意思是,我阿爹……忠勇侯当年牺牲,与太子殿下提到的'屯粮'有关系?"

内侍摇了摇头:"奴婢不知,奴婢已把所知道的全告诉你们了。"

程昶点头道:"好,辛苦你二人了。"

该问的话已问完,三人离开了静室。

天已黄昏,卫玠一脚把一个昏睡的殿前司禁卫踹到一边,感慨道:"这个老狐狸也是能忍天下之不能忍了,一个儿子想要把另一个儿子害死,居然还镇定地收拾了残局。"

"倒也是。"他想了想,"反正大儿子是个将死之人,喝不喝那碗毒汤,都没两天活头了。老四再混账,到底还是他的亲生儿子,打断骨头连着筋呢,权衡一下利弊,是该保住小的。老狐狸能在这种情形下权衡利弊,这份心性忒难得了,怪不得能做皇帝。"

他看戏似的,揶揄喟叹地说了半响,身旁两人一个也不接腔。

卫玠看程昶一眼,见他眉间微拧,若有所思,不耐烦道:"我说你们俩怎么都跟锯了嘴的葫芦似的?眼下这事不是明摆着了吗?太子殿下知道了老狐狸有个流落在外的私生子,差人去找,没找着。他当时保举忠勇侯出征塞北,约莫也跟这事有关系,结果没料到忠勇侯在塞北打仗的时候,郓王暗自调走了他的兵粮,忠勇侯逼不得已,只能速战速决,因此'贪功冒进'追出关外,导致险胜。

"太子殿下觉得忠勇侯牺牲的事有蹊跷,命人追查真相,得知忠勇侯是被郓王害的,急着去告诉老狐狸,郓王估计临时知道了这事,为了拦下太子殿下,端了碗毒汤过去,其实太子殿下喝不喝那碗毒汤并不重要,他得知是郓王下毒,就算不喝,气也给气死了。

"当时老狐狸到了,一见这事,估摸着掐死他家老四的心都有了。可他气归气,心里又想,老大反正都这样了,总不能让老四陪着他去见阎王吧,要是两个儿子一起没了,估计他老人家下阴曹地府的时辰也不远了,所以就决定保住老四。

"老四毕竟干了桩混账事,老狐狸虽要保他,但也不愿让他活得这么容易,所以就留下几个证人来关明隐寺,让老四时时刻刻知道厉害。"

"至于你,"卫玠对程昶道,"你的事就更简单了。那个毛九不是说贵人追杀你和忠勇侯府有关系吗?你铁定是知道了郓王调用忠勇侯屯粮的事,且还知道了郓王为着这个事毒害了太子殿下。郓王想着,就算老狐狸愿意包庇他,可要是满朝文武知道了这个秘密,铁定不会让他好过,到时弹劾他的折子都能把御案淹没,只怕老狐狸也保不住他,所以他肯定不能让知道秘密的你活着,便一不做二不休,只好派人杀你了。"

三个人出了明隐寺，卫玠一路说得口干舌燥，带程昶与云浠到了山下的歇脚处，就着桌上的冷茶猛吃一口，看天已黑，说："快饿死了，怎么着，一起出去打个尖儿？"

　　程昶看云浠一眼，见她一脸惶恐的样子，说道："你去吧，我不去了。"

　　"成。那我给你俩捎两张饼回来。"他一面往小院外走，一面感叹，"瞧瞧我这人吧，管吃又管住，管开路还给善后，真是菩萨似的大仙人哟，打着灯笼都找不着！"

　　这是平南山下的一处院落，天黑赶不及回金陵城，要在此处凑合一晚了。到了戌末，四野几乎无人，程昶趁着还有一丝光亮，找着烛台点了灯。

　　他将灯放在桌上，转头看云浠一眼，她仍站在屋门口没动，整个人木木的，像是觉察到他的目光，低声问："三公子，我阿爹当年的冤情，您已查到了对吗？"

　　"是不是……"她略一停，抿了一下干涩的唇，"是不是真如卫大人所言，是郓王暗中调走了本该发去塞北的屯粮？"

　　程昶点头："是。"

　　他得了卫玠的点拨，近一个月在御史台值庐里苦翻旧案卷宗，在细枝末节处搜寻因果，不是没有成效的。

　　真相残忍，他本不愿告诉云浠，可转念一想，英烈守疆御敌而死，为何却要背负"贪功"的骂名？含冤负屈，难道连他女儿都不能知道真相吗？

　　程昶道："当年忠勇侯出征塞北，因兵粮短缺，曾给枢密院写过急函，求调兵粮。但因当时淮北大旱，郓王前去赈灾，粮草不够，于是暗中与姚杭山合谋，秘密征用了应该发去塞北的屯粮，忠勇侯……大约是久等不来兵粮，只好速战速决追出关外，才致万余将士牺牲，他自己也赔上了性命。"

　　"当年枢密院称，阿爹八百里加急求调兵粮，驿使路上耽搁，等信送到金陵，足足晚了三月。"云浠道，"所以，其实不是驿使耽搁，是枢密院私自压了阿爹的信，非但不给他发兵，还把他要急用的屯粮调去给郓王赈灾立功劳了？"云浠胸口气血翻涌，她强忍了忍，又问，"三公子有证据吗？"

　　程昶摇了摇头："我近日借着值勤之故，翻了下从前的卷宗，这些都是我从卷宗的细枝末节里推断出来的。眼下虽得到明隐寺那两个宫人的证实，但是没证据。而且这案子是陛下压下来的，有心要包庇郓王，证据应该在户部，但不好找。"

　　或者应该说，他们这么私底下追查，根本没可能找到证据。

　　云浠愣道："也就是说，我现在想给我阿爹申冤，无望了是吗？"她伸手指向绥宫的方向，"我阿爹在边疆出生入死，那个人只为了把一桩案办漂亮，办得能叫满朝文武臣服，能在他父皇跟前得脸，就害了我父亲和塞北万千将士的性命？而即使这样，我都不能为阿爹申冤，还要眼睁睁地看他坐上储位，成为继任太子？！"

她其实并不执着于真相，因为无论外间怎么说，她一直相信云舒广。云氏一门顶天立地，忠勇二字一以贯之，何惧飞短流长？

可塞北英烈之魂尚未安息，她却要眼睁睁看着他们一身傲骨铁胆变作他人的进身之阶，一腔保家卫国的热血化为丹墀台上的赤，被那人踩在脚下，不屑一顾。

她咽不下这口气。

云浠觉得自己其实是不难过的，她是愤怒，是悲伤，她太难受了，喉咙口仿佛堵着一块巨石，难吐难咽。

一滴泪落了下来，直直地打在地上。

云浠愣了愣，才发现自己竟然流泪了，她抬起手臂去揩，手刚伸到半空，便被人握住。

他的指是温热的，他把她拉近，拉入怀中，身上的气息也是暖暖的。

程昶唤了声："阿汀。"

云浠一抬头，就能看见他线条清晰的下颌。

她于是僵在他怀里，动也不敢动。

程昶沉默许久，问："阿汀，你信我吗？"

不等她答，他又说："我不会让郓王做太子的。

"忠勇侯府遭遇的一切不公，我都为你讨回来。

"英烈为国捐躯，在我的家乡，是该封功建碑，让后世铭记。你父亲和你哥哥该得的清白，凭他是太子、是皇帝，都不能抹去。"

云浠听了这话，不由得问："三公子要怎么做？"

程昶望着已经彻底暗下来的夜，半晌后说："暂等一等。"

二人还未等到一刻，出去打尖儿的卫玠急匆匆回来了，他两手空空，显见得是忘了给云浠和程昶捎饼，只催促道："赶紧走吧，殿前司的人不知道怎么回事，居然找到这儿来了。"

这个小院是他在明隐寺当差的时候闲来无事盖的，拿木栅栏围了一块地，搭了两个茅草屋，按理不该有人知道。

程昶道："这几天有人跟踪我，我留意了一下，像是殿前司的人，应该是陛下派的。"

"有这回事？"卫玠一愣，"那你今早过来，是怎么把他们甩开的？"

程昶看他一眼："我没甩开。"

卫玠觉得自己没听明白，说："你没甩开？那他们跟着过来，不就知道我带着你们俩上明隐寺了吗？"

程昶道："嗯，知道。"

卫玠茫然地看着他，过了会儿问："你的意思是，你是故意把他们引过来的？"

程昶道："我查到郓王私自调用忠勇侯的屯粮，找不到证据，没法往下查。正好明隐寺这里有证人，便把殿前司的人引过来，由他们把证人带进宫，当着文武百官的面，告到金銮殿上，跟陛下讨个明令，这样才能去户部取证。"

昭元帝不是喜欢粉饰太平吗？反正无恶不作的人又不是他，他凭什么要帮他的宝贝儿子藏着掖着？把一切掀开来摆在明面上，才是最有效、最能切中要害的办法。

天下之大，并非皇帝一人，为人君者，更要顾及民心，顾及臣心。

何况昭元帝还是这么一个爱惜声名、爱维护表面公正的帝王。他励精图治了一生，临到末了，不会愿意把一辈子的声名赔进去。

程昶不信把事情闹开，在铁证面前，他还能包庇郓王。

卫玠道："我不是跟你说了吗？殿前司那个宣稚有点愚忠，你把他引过来，他如果得了老狐狸的令，把那两个证人私下处置了怎么办？反正神不知鬼不觉的。"

"不会。"程昶道，"今天是正月十六，各衙署开朝第一日，多的是往来值勤的，归德将军的动向，宫里各个部衙的大臣都瞧在眼里，他来明隐寺解决一两个证人容易，但他不可能解决掉我，再说了——"他继续道，"你和你的皇城司不也在这儿吗？"

卫玠觉得自己快要疯掉了："你玩这么大，事先怎么不跟我说一声啊？"

他又道："你们俩玩吧，我不奉陪了。"言罢，他掉头就走。

走到小院外，他忽然停住，垂头丧气地走回来，蹲下身，叹了口气："唉，我真是被你坑死了……"

下一刻，一队禁卫举着火把进了小院，宣稚越众而出，拱手道："三公子、卫大人、云校尉，陛下有请。"

第二十八章 沉冤昭雪

回程的马车走得慢，到了绥宫，已近天明时分了。

正月十七，开朝的第二日，一应政务步上正轨，廷议上多的是要事相商，加之日前岭南一带有乱，昭元帝特地将早朝提前了一个时辰。

宣稚带程昶三人入得宫内，见金銮殿廷议已开始，便道："请三公子、卫大人、云校尉在偏殿暂候，待早朝散了，在下再为三位通禀。"

程昶道："归德将军不必麻烦，我有要事要奏请陛下，这就去金銮殿面圣。"

宣稚愣了愣，直觉应该拦着程昶，可即便不提他小王爷的身份，单是四品侍御史的衔，他也足够有资格去金銮殿议政了。

宣稚于是点了一下头，看了殿外的内侍官一眼。内侍官会意，入内通禀，不一会儿出来道："三公子，陛下有请。"

金銮殿上的文武百官分列左右两侧，枢密使姚杭山禀完岭南之乱，见程昶进殿，便退到右侧。

程昶撩袍，跪地请罪道："臣昨晚不顾陛下禁令，擅闯了明隐寺，请陛下降罪。"

昭元帝自然知道程昶为何要闯明隐寺，倘要降罪，就要问明事由，他不愿问，是以道："无妨，你平身吧。"

程昶谢过，站起身，却并不退去一旁，他接着方才的话头说道："禀陛下，臣之所以闯明隐寺，乃是因为六年前塞北一役。

"年关前后，臣整理卷宗，无意中发现六年前塞北一役或有内情。臣起初只是怀疑，后辗转打听，终于在明隐寺里找到两名证人，证实当年忠勇侯苦战而亡，与

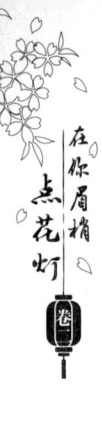

郓王赈灾淮北有关。"

此言一出，满殿俱惊。

当年淮北大旱，灾民数以万计，救灾的粮食久日不至，暴民四起，当地官府连夜上报朝廷，然而满朝文武，谁也不敢接这烫手的山芋。

昭元帝急得几宿睡不着觉，到末了，竟是没甚政绩的郓王主动请缨，把这桩谁也办不好的差事办好了。

那时朝廷不是没有异声，但塞北刚死了万余将士，谁也不愿在这个关头去触昭元帝的霉头。

以至于后来招远叛变、宣威战死、太子薨逝，军务政务一度乱成一锅粥，更无人有暇去理会郓王是怎么赈的灾了。

而今郓王妃有孕，昭元帝有意立郓王为太子，明里暗里只差一道册封的恩旨了，琼亲王府的三公子竟挑在这个当口，弹劾起未来的储君了。

"三公子这话从何说起？"一名身着孔雀补子的大员越众而出。

程昶定睛认了认，此人乃吏部侍郎，年前郓王妃有孕的消息传出后，上书请立郓王为储的几位大臣里就有他。

"当年郓王在淮北赈灾，忠勇侯在塞北统兵御敌，两地相隔千里，如何会扯上关系？"

程昶道："相隔千里不假，但当时忠勇侯急用粮，郓王也急用粮，两地都需粮草，自然就有关系了。"

"听明婴这话的意思，竟是在怀疑本王私下调用了本该发往塞北的屯粮？"郓王盯着程昶悠悠道。

他走到殿中，朝上一拱手："父皇明鉴，当年淮北大旱，儿臣赈灾所用的粮草，朝廷的载录上都记得清清楚楚。一为当地官府开仓放粮；二为淮南、淮西、江南一带富商所捐赠；三为朝廷急征南方各地粮草，发往淮北。诚然当时运粮、发粮的路线不佳，但这是因为大旱导致暴民四起，为了使粮草平安送达淮北，有时不得不选择绕道而行。

"明婴初任侍御史不过一月，即便尽阅当年卷宗，又能找到几分因果缘由？本王知你蒙受父皇看重，急于为朝廷建功，但你总不能仅凭着一星半点的'证据'，就给本王扣上私调兵粮这么大一顶帽子，把本王赈灾之苦劳尽数抹杀吧？"

他一拂袖，朝昭元帝深深一揖："父皇，儿臣当年赴淮北赈灾，看灾民苦状，感同身受，几欲怆然涕下。所募集的每一颗粮，都是儿臣日夜不寐辛苦筹得的，儿臣问心无愧！"

"你真的问心无愧吗？"程昶道，"诚如你所说，当时淮北有暴民，你运粮的

第二十八章 沉冤昭雪

时候，为了避免暴民拦截哄抢，不得不选择绕道。可是你绕道，至多也就在附近的山里、乡镇绕一绕罢了，为什么竟然会绕到西北甚至北境去？"

郓王一愣："什么西北、北境？本王不知你在说什么。"

程昶道："朝廷粮食的用途各有不同，你赈灾用的粮，除了富商捐的，大部分是官粮；而塞北忠勇侯打仗所用的粮，是边境屯兵时期的屯粮。这些年西北与北境少战事，边疆将士耕耘所产的粮食，大部分都发往塞北。你说你没有私自调粮，那么你的运粮路线为什么会途经西北？"

郓王道："本王方才已说得很明白了，本王所调的粮食，除了当地官府捐赠的，大都来自江南、淮南与淮西，本王从未从西北与北境一带调过粮。"

程昶道："长途运粮，途经的驿站数以千计。你可以修改运粮的路线，但你不能修改运粮所经过的驿站数目，否则会与当地官府统计的数目不相符。也因此，你修改运粮路线时，选择以避开暴民为借口，在同一个地方反复绕行，经过同一个驿站两次甚至三次之多，可是上千个驿站，你总会疏漏几个，那几个我查了，正是在西北附近。运粮路线不合理就不提了，你说你运粮要绕开暴民，这我理解，但据我所知，你当时前去赈灾，枢密院发了五千军卫给你，加上当地官府还有许多官兵，合在一起还治不住暴民？

"你或许想说暴民也是民，不过是因为大旱才落草为寇，你不想伤他们，但当时灾情紧急，数万灾民等着粮草救命，孰轻孰重，你难道分不清楚？你为避暴民绕行以致粮草不能按时到达，岂不是本末倒置？"

"其实事实恰恰相反。"程昶看着郓王说道，"你初到淮北，立功心切，没有勘查好路线与当地情况就急于调粮，并且催促各方加快运粮，结果从江南、淮西运送的一大批粮在路上遭到暴民哄抢。

"好好的粮被你弄没了，淮北等着救济的数万灾民怎么办？你心知闯了祸，急于弥补，便求助于枢密院的姚大人。当时恰逢忠勇侯也要用粮，西北与北境的屯粮即将发往塞北，你二人于是合谋，推说是驿使路上耽搁，将忠勇侯求调兵粮的急函压下，暗改了运粮路线，私自调换了屯粮与官粮，以致忠勇侯久等不来兵粮，只好速战速决，追出关外。"

"陛下——"程昶言罢，姚杭山越众一步伏地跪下，恳切地说，"塞北将士戍边辛苦，臣从来体恤他们，但凡忠勇侯求粮，臣从未敢有一日耽搁。三公子此言空口无凭，纯属妄断妄测，这样的事，臣绝没有做过，绝没有做过啊！"

"我是没有什么切实的凭证。"程昶道，"但是，天网恢恢，疏而不漏。我刚才已说了，从西北运粮，文书上可以作假，但粮草所经的驿站做不了假。倘若你们真的问心无愧，沿着千余个驿站问过去，问问驿丞，问问当地官兵，六年前究竟有

无大批粮草自这里经过，发往淮北，一切自当一目了然，你们敢吗？

"边境屯粮，每年到底有多少收成，枢密院、户部都有记录，且其产出数目与各地的官粮必不相同。你们鱼目混珠，私自换粮，或许可以改一年的数字，但你们不可能把之前每一年的数目逐一改过。只要从户部调出黄册，两厢一做对比，算一算经年下来各方产出的平均数，其中端倪必然自现，你们敢吗？"

"况且，"程昶一顿，"我虽没有实证，但辗转打听，得知当年忠勇侯牺牲后，故太子殿下怀疑其死因，遣人赴塞北细查，得知竟是你暗中调走屯粮，盛怒之下，以致病发而亡，此事当时伺候在故太子殿下身边的两名侍婢均可做证。这二人昨日被我从明隐寺带了出来，眼下就候在宫门外，我这就恳请陛下将他们传来金銮殿上对质，你们敢吗？！"

郓王本以为程昶不学无术，便是这大半年来转了心性，可他终究不熟悉文书，难以钻研，便是花足一月翻阅卷宗，哪能找到什么端倪？未料他专注又细致，非但把卷宗阅尽，还能比照着大绥地志，把他运粮路线的不合理处一一找出，从千余驿站里辨出西北的那几个。他甚至不知什么时候学了算术，连户部最繁杂的钱粮账册该怎么算，算过后又该怎么剖析，都了如指掌。

直到现在，郓王终于慌了神。

赈灾是朝政大事，这样大的案子，他哪怕身为皇子，有姚杭山相帮，也不可能手眼通天，把纰漏藏得严严实实，倘若有心要查，何愁找不着证据？

当年只因朝政军政太乱，故太子又急病难愈，一众朝臣不愿火上浇油，才让他糊弄了过去。

更重要的是，那时昭元帝有心祖护他。可是，哪怕天子有心祖护，是非公道自在人心，昭元帝爱惜声名，在铁证面前，当着一众朝臣，难道还会偏袒他吗？

何况，若他所料不假，程昶从明隐寺带回来的两名宫婢，正是当年伺候在程旸身边，看着他把毒汤送去程旸卧榻边的那两个。

故太子仁德，极得人心，这一殿朝臣或许不会为了一个忠勇侯得罪将来的储君，但若他们得知他曾给故太子下毒，必会为故太子讨回公道。

郓王想到此，心思急转，忽生一计，心道当年他给程旸下毒，父皇是知道的，父皇包庇他，实属帮凶，这么看，父皇应与他是同一边的。只要不让那两个侍婢上殿，道出当年的实情，至于程昶要查的户部账册、调粮路线，那都是日后的事，未必没有转圜的余地。

郓王的目光落在昭元帝身上，见他正阴鸷地盯着程昶，顺势道："父皇，明隐寺早被封，明婴擅闯原就是罪过，还口口声声称从里头找到了证人，他称儿臣立功心切，儿臣看他才是立功心切！他要请翻户部黄册，要算粮草，要遣人去淮北甚至

第二十八章 沉冤昭雪

西北查运粮路线，儿臣清清白白，凭他去查！但请父皇莫要听信了他的逸言，误将两个连身份都难以查清的人请上来对质。这里是金銮殿，岂是凭他信口开河，就能闹一出沉冤昭雪的？未免太过儿戏！"

昭元帝听了郅王的话，沉默良久道："昶儿，你暂将你从明隐寺带回的两名证人移交刑部，待刑部审过后，证实他二人所言属实，朕自会令三司立案追查当年昉儿赈灾淮北的实情。"

"禀陛下，"程昶道，"臣从明隐寺带回来的这两个人，曾贴身伺候于故太子殿下近前，陛下其实是识得的。只是当年故太子急病而亡，这二人照顾不周，陛下伤悲之下，把他们发落去明隐寺关押，年岁一久，大约忘了。"

昭元帝听了这话，心间微微一震。

当年的事，他其实记得很清楚，他之所以留下昉儿身边的两个侍婢，就是因为他们撞破昉儿给昑儿下毒，关押他们不杀，也是为了让昉儿时时刻刻记得这个教训。

眼下听昶儿这话的意思，竟是要撇开昉儿下毒的事不提，只提忠勇侯之冤？如果撇开下毒的事，那么就把他身为帝王包庇皇子的事实一并撇去了。

昭元帝有些意外，目光不由自主地停在程昶身上。是从什么时候起，他这个只知道胡作非为的侄子变得如此明事理、懂进退、识人心了呢？

下毒一事，说到底是昭元帝、故太子、郅王父子三人的家事，若摊开来摆到明面上讲，只会让天家难堪，虽能置郅王于死地，可这一步太险，他未必走得下去。于是他选择退一步，把昭元帝从这桩龌龊事里撇开，只提郅王，只提忠勇侯。

但他退的这一步，并不是全然让步，细想想，他是以退为进，他在告诉昭元帝，倘若不将这两名证人立刻请到殿上，那么他还有后招，因为他可以选择撕破脸，拿郅王给故太子下毒的事，借满堂朝臣之怒，把这二人请上来做证。

及至此时，昭元帝才反应过来。原来程昶是故意的，故意把殿前司引去明隐寺，故意拖到开朝第二日的廷议时分回来，故意闯的廷议。因为只有这样，他才能让他的种种行踪尽现于人前，让人推不得、躲不得、藏不得、拖不得，直面他的一切质问。

他身为亲王之子，这一年以来屡遭伏杀。而他身为帝王，却不愿为他做主。

无法诉诸法、诉诸正义，所以，他要自己还自己公道。

罢了，昭元帝心想，当年昉儿竟敢下毒去害太子，这桩事是他做错了。当年云舒广死得冤枉，塞北的万余将士也死得冤枉，昶儿拿捏住这个要问昉儿的罪，且算因果报应吧。

昭元帝道："那便将这两名证人传到殿上来吧。"

不多时，殿前司的禁卫便将明隐寺的两名侍婢带到了。

程昶问："据你二人之言，当年故太子急病而亡，是因为听到郅王私自调用发

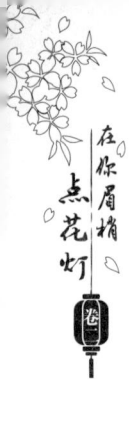

往塞北的屯粮所致，可对？"

当年关押进明隐寺的东宫侍从不少，大都非死即疯，这二人被囚禁数年，依然头脑清醒，说明是极机警的。

故太子殿下当年分明被郓王投了毒，三公子的问话却略去了投毒一事不提，说明他不想在金銮殿上揭天家的底，不愿让昭元帝难堪，这二人立刻领会了程昶的深意，也把郓王投毒的部分略去，只道："回禀陛下，回三公子，故太子薨逝前，奴婢二人伺候在他身边，当时郓王过来为故太子殿下送药，奴婢二人退去殿外，确实听见故太子殿下因郓王调用了忠勇侯的屯粮而怒斥他。"

此言一出，满殿哗然。

郓王急道："父皇，这……这二人必是与明婴串通，一同来陷害儿臣的——"

此前为郓王说话的吏部侍郎也道："陛下，这二人虽然曾经侍奉于故太子殿下身侧，但他们被关押数年，谁知道他们是不是为了离开明隐寺信口胡诌？昨日三公子已提前见过这二人，又有谁能证明他们没有暗中勾结？"

程昶道："陛下，昨日并非只有臣见过这两名侍婢，臣问话的时候，皇城司的卫大人、忠勇侯府的云校尉也在场，他们二人都可以证明这两名侍婢所言属实。眼下他们二人就候在偏殿，陛下可宣他们入金銮殿对质。"

昭元帝颔首。

不过片刻，卫玠与云浠便由内侍引着入殿了。

卫玠品级虽高，但他与宣稚一样，乃禁卫指挥使，平日里除了帮昭元帝办私事，就是负责守卫宫禁，像这样的廷议，他一个月来一回都嫌多。

卫玠本一万个不愿意搅和进这事端里来，奈何他这回被程昶坑得死死的，昭元帝问话，他只能同云浠一起如实作答。

吏部侍郎在一旁听罢，觉得无可辩驳，一计不成，又生一计，讥诮道："好，就算这两名侍婢所言非虚，当年郓王前去淮北赈灾，所调用的官粮里不慎混入了屯粮，云校尉身为忠勇侯之后，在忠勇侯牺牲后，难道不曾怀疑过乃父的死因吗？六年前满朝大员质疑忠勇侯'贪功冒进'，你不出来为乃父申冤，而今六年过去，你忽然站出来说你父亲忠勇侯是冤枉的，你如何取信于众，如何取信于陛下？"

他这话说出来，其实已有些狗急跳墙，但在铁证面前，他辩不过三公子，见云浠不过区区一名女子，料想她该是个软柿子。三公子所述的冤情，乃忠勇侯之冤，倘若云浠这位忠勇侯之女在殿上立不住，先一步偃旗息鼓，那么这桩悬案大可以潦草收尾。

吏部侍郎的话一出，殿中已有朝臣不忿，替云浠辩解："岳大人这话实在可笑，当年忠勇侯牺牲之时，云校尉不过一名小姑娘，你让一名小姑娘进皇殿来为忠勇侯

第二十八章 沉冤昭雪

申冤,未免强人所难!"

"正是,且那时宣威将军尚在世,忠勇侯府的当家人并非云校尉!"

云浠道:"岳大人口口声声说我当年没有为父亲申冤,但我父亲牺牲后,我与兄长云洛曾递了数封诉状请求彻查父亲的死因,那些状书一到枢密院、大理寺,尽皆石沉大海。

"枢密院后来给了说法,称是父亲急函求调兵粮,驿使路上耽搁,以致父亲莽撞发兵。至于父亲究竟是何时求调的兵粮,驿使究竟耽搁了多久,兵粮最后又去了哪里,通通含糊不清。

"岳大人说我不申冤,敢问我要如何申冤?我父亲堂堂三品忠勇侯,一生保家卫国,而今在边疆枉死,朝廷非但不愿帮他洗去污名,甚至连状子都不接,连立案都不肯,敢问我申冤有门吗?"

云浠看着吏部侍郎:"不如岳大人你来告诉我,将军战死边疆,大理寺与枢密院怕祸及己身,官官相护,我该去哪里申冤?"

大理寺虽有寺卿,眼下却是由郓王辖着,而枢密院的枢密使正是姚杭山。

云浠这话无疑是指郓王与姚杭山结党营私。

"陛下——"姚杭山伏跪在地,哭着说,"老臣一生为国,鞠躬尽瘁,绝无半点钻营,云校尉与三公子实属污蔑老臣!"

"陛下。"云浠拱手向昭元帝拜道。

在明隐寺山下的小院里,程昶问她:"阿汀,你信我吗?"

他说:"我不会让郓王做太子的。

"忠勇侯府遭遇的一切不公,我都为你讨回来。"

那时她就想告诉他,她是相信的。

纵然她知道,要为父亲讨回清白,她要直面的是一朝帝王对皇子的偏袒,她将要与皇室对抗,可是他说了,英烈为国捐躯,是该封功建碑,让后世铭记的。

是啊,本就该是这样,她又有什么好惧怕的呢?

有他这一句话,她就有了主心骨,这殿上纵有刀山火海,她也不怕闯!

云浠不慌不忙道:"陛下,当年臣的父亲忠勇侯牺牲后,臣与兄长云洛递去枢密院与大理寺的诉状,臣至今都留着,枢密院给臣的回函,臣也收着。陛下若不信臣之所言,臣可以立刻回府取来呈于殿上,陛下尽可以看看枢密院当年是如何敷衍了事的。

"塞北一役,边疆战死将士逾万,但并非没有存活的。而今父亲旧部回京,臣的父亲究竟是何时求调的兵粮,为何要求调兵粮,找一人来问问便知。若一人不够,那便找三人、找十人,或者臣可以亲赴塞北,便是请出当年的蛮敌上殿做证又何妨?

"臣的父亲保家卫国，一生远离故土，为国捐躯，连同兄长云洛也御敌牺牲，臣不求富贵显达、朝廷体恤，但云氏一门清白立世，百年以来无愧'忠勇'二字，臣只恳请陛下还云氏一门、还忠勇侯府一个公道！"

云浠这一番话掷地有声，话音刚落，一殿大臣无不感怀在心，纷纷撩袍跪下，齐声道：请陛下还云氏一门、还忠勇侯府公道——"

"父皇，儿臣当年——"

"你还想说什么？！跪下！"早在程昶把明隐寺两名证人请上殿时，昭元帝就看出了臣心所向。他这一辈子把名声看得比什么都重，当年的事，本来就是昉儿做错了，事已至此，那该怎么办就怎么办吧。

郓王依言跪下，磕了一个头，悲切道："父皇，即使儿臣赈灾所募集的粮草中当真混入了本该发往塞北的屯粮，那儿臣也是不知情的啊。儿臣当年主持赈灾事宜，一直都是按照章程办事的，期间并没有出现过差错。又或者是，或者是……"

他略一思索，生出一计："或者是儿臣手底下哪个人把事情搞砸了，临时调了忠勇侯的屯粮，瞒天过海，没有告诉儿臣。正如明婴所言，赈灾所用的官粮，与发往边关的屯粮，数目应是不同的，户部的黄册上应有记录。当年户部正是由三哥辖着呢，三哥才思斐然，胜过儿臣，他都没查出纰漏来，儿臣如何得知？"

一直立在右下首没出声的陵王听了这话，愣了一下，朝着昭元帝一拱手，解释道："父皇，那年儿臣刚接管户部不久，淮北大旱，塞北久战不息，各方都需用钱粮，户部的账目与往年确有出入，但因出入不算太大，儿臣自认为合理，便没仔细与往年做比对，此事是儿臣疏忽了。今日廷议过后，儿臣一定按照明婴说的法子仔细对比，算出各方产出的平均数，也好还四弟、还忠勇侯府一个真相。"

昭元帝冷笑一声："正因为你当年失察，才出了这么大乱子，拖到今日才想亡羊补牢，晚了！"

陵王俯首："儿臣有错，请父皇息怒。"

昭元帝没理他，转而对程昶道："昶儿，此案便交由你去彻查。"

程昶今日之所以把事情闹到金銮殿上，就是为了跟昭元帝讨来口谕彻查忠勇侯的冤案，眼下昭元帝应允了他，他自然应"是"。

当年淮北赈灾的真相如何，昭元帝心中一清二楚。他盯着程昶，心中不由得有些感慨。昉儿不过派人追杀过昶儿几回罢了，看昶儿的样子，连皮都没擦破过，居然睚眦必报，非但让昉儿眼下做不了太子，还借着忠勇侯的案子让他臣心尽失，日后再想立为太子怕就难了。

也不知道他这个侄子，是何时变得这么有魄力？单单是昉儿逼的？他不信。

昭元帝定定地看着程昶，仿佛头一回识得他这个人，随即一笑，道："昶儿这

第二十八章 沉冤昭雪

一年来与从前大不一样了，长大懂事了不少，也肯为朕分忧。礼部——"

礼部尚书出列："臣在。"

"回去筹备着，三日后便封昶儿为王世子。"

"臣领旨。"礼部尚书朝上一拜，又朝程昶拱手，"恭喜小王爷。"

昭元帝续道："既封了王世子，世子妃也要尽快定下。"他顿了顿，忽道，"上回你太皇祖母寿宴，为你跟朕讨了一桩姻缘，让朕在金銮殿上当着满朝文武为你赐婚，似乎是……太常寺余家的？"

"陛下。"程昶一听这话立刻道，"此事臣在太皇祖母的寿宴上已说过了，臣不愿——"

"明嬰！"不等他说完，琮亲王便出声打断，"不可顶撞你皇伯父！"

昭元帝一摆手，淡淡道："近日刚开朝，政务繁多，赐婚一事今日提来是有些仓促。礼部、宗人府，你们回头一并筹备着，待到二月，挑选个黄道吉日，朕再拟旨。"

"是。"

昭元帝的目光落在发怔的云浠身上："云校尉。"

云浠回过神来，抱手道："臣在。"

"这大半年来你屡立奇功，数度救昶儿于危难，朕一直想要封赏你。然则你晋升校尉的日子太短，再作升迁怕是有些急。眼下正好开年，岭南一带有乱，朕记得你的兄长云洛曾在那一带平过乱，这样，枢密院、兵部——"

兵部尚书与枢密院掌院出列："陛下。"

"擢忠勇侯府云氏女为五品定远将军，待忠勇侯旧部抵金陵，即刻前往岭南一带平乱。"

他问："云将军，忠勇侯旧部何时会到？"

云浠道："回陛下，二月初就到。"

"也是二月。"昭元帝沉吟片刻道，"那好，待你凑足兵马，就于二月出发吧。"

第二十九章 有匪君子

　　昭元帝吩咐完，似是有些乏了，说道："今日就这样吧，众爱卿若还有要事要奏，自来文德殿见朕。"

　　言罢，他站起身，由内侍引着离开了大殿。

　　如今程昶被封为王世子，是真正的继任亲王。他血统尊贵，从前不学无术倒也罢了，眼下看起来，论才干，论人品，竟比陵王、郓王更胜一筹，众臣一下朝便纷纷向他道贺。

　　卫玠离开金銮殿，本来想去找程昶算账，看他那里被围得水泄不通，便问一旁的云浠："我回皇城司，你去哪儿？"

　　云浠正要答，殿阁后走出来一位年迈的内侍官，对着卫玠一揖："卫大人，陛下有请。"然后又对云浠道，"恭喜云将军高升。陛下刚刚交代了，过一会儿要亲自为云将军拟旨，还请将军去兵部稍候，咱家得了恩旨，立刻送过来。"

　　这名内侍云浠认得，姓吴名崶，侍奉过两朝帝王，如今是昭元帝身边的掌笔内侍官。上回她跪绫官门，为云洛鸣冤，就是他来代昭元帝传的话。

　　云浠点了一下头："多谢吴公公。"

　　云浠走后，卫玠由吴崶引着到了文德殿。

　　文德殿是皇帝的御书房，又分内外两殿。昭元帝确实是累了，没在御案前批阅奏章，而是靠在内殿的卧榻上闭目养神。

　　听卫玠到了，他缓缓睁开眼，问："明隐寺，是你带着昶儿去的？"

　　卫玠对他拱手一拜，答道："回陛下，三公子称明隐寺关押着的证人或许知道

第二十九章 有匪君子

忠勇侯牺牲、故太子身故的真相，臣觉得兹事体大，便带他去了。"

"兹事体大？"昭元帝淡淡道，"既知道兹事体大，为何不先来回禀朕？"

卫玠跪地道："是臣疏忽了，请陛下降罪。"

昭元帝悠悠地盯着他，半晌道："罢了。"转而问道，"上回朕让你去找旭儿，你找得怎么样了？"

卫玠道："回禀陛下，尚未寻到五殿下的踪迹。但臣辗转得知，六年前塞北一役，故太子殿下之所以保举忠勇侯出征塞北，像是与五殿下有关。忠勇侯的旧部不日将回到金陵，臣打算找他们问一问，看看能否得到五殿下的线索。"

"随你。"昭元帝道，"记得不要走漏风声。"

他随后摆摆手："行了，朕乏了，你下去吧。"

卫玠应"是"，朝着昭元帝再一拜，站起身，退到殿外去了。

内殿开着一扇窗，卫玠走后，昭元帝隔着窗看着他的背影，待他步下白玉阶消失不见了，才重重一叹："这个卫玠，不能用了。"

内殿中侍奉着的一众内侍皆低眉垂首，只当自己什么都没听见。

唯吴崈端了碗参汤走上前去："陛下，喝碗参汤歇歇吧。"

昭元帝接过喝了几口，将参汤搁下，又说："昶儿有急智。"

他前后两句话都说得莫名其妙，但吴崈听明白了。

程昶从发现故太子身殒有隐情，到决定去明隐寺，再到故意引殿前司带回两名证人，把忠勇侯的冤情在金銮殿上公开说出来，果敢果决不提，一切筹划仅用了不到两日。更重要的是，他这么做，将卫玠也牵涉进来，逼得他不得不帮自己。

卫玠不喜欢老三、老四，昭元帝是知道的。程昶这一步走下去，等同于把卫玠跟自己绑在了一起，日后卫玠行事不说一定会站在程昶一边，而多偏帮着他，这是毋庸置疑的。

昭元帝着人备了笔墨，亲自写好擢升云浠的圣旨，待要收笔，想了想，又多添了两句，递给吴崈，说："拿去兵部传旨吧。"

吴崈带着一名小太监出了文德殿，走了一段儿，小太监四顾无人，压低声音对吴崈道："师父，三公子今日封王世子，眼下该在礼部领补服与玉印，兵部与礼部离得不远，咱们从礼部绕道去恭喜一下三公子吧。"

吴崈淡淡地问："恭喜三公子做什么？"

"师父您不是常说吗？这宫里是有风的，像咱们这样的人，只能跟着这风走。那些大人都去恭贺三公子了，可不能少了咱们呀。"

"蠢东西！"吴崈端着拂尘，看他一眼，"风往哪儿吹都没弄明白，就妄图跟着风走？"他道，"咱家且问你，圣上为何册封三公子为王世子？为何要给三公子指婚？为何要遣忠勇侯府的云氏女去岭南平乱？"

"这……"小太监微一犹疑，答道，"册封三公子为王世子，是因为三公子年岁到了，去年落水后转了性，如今长进了；要给三公子指婚，大约是不愿看三公子与云氏女走得太近，怕生乱子，也因为三公子告发郓王，拆了圣上的台，圣上看他像是对云氏女有意，所以要另外为他婚配，不让他如意；至于遣云氏女去平乱，是为了把她支开。"

"师父，我说得对吗？"小太监言罢，小心翼翼地问。

"扶不上墙的烂泥。"吴崇换了只手端拂尘，拂尘尾一扫，打在小太监脸上，"圣上与琮亲王自前朝的风雨里一路走过来，兄弟情甚笃，亲王之子与皇子之间私底下无论怎么斗，都可看作是小孩子家的玩闹，只要没真出事，过去也就过去了，但眼下册封三公子为王世子，意义就不同了，你可明白？"

小太监点点头，又摇摇头。

吴崇叹了声，问："我且问你，这天底下，什么人最难当？"

"这个徒儿知道，皇帝。"

"比皇帝更难的呢？"

吴崇看小太监仍一脸懵懂，代他答："是皇帝的兄弟，亲王。"

"亲王这个身份看起来尊贵，实际上无论权柄、地位，都是皇帝给的，要生要死，要尊要卑，全凭皇帝一句话。守疆土的将军尚握有一方领兵权，有安身立命的本钱。亲王呢？除了食邑万户，黄白之物比常人多一些，还有什么？皇帝弱便也罢了，逢上厉害的，动辄引来猜忌。圣上继位之后，花了几年时间收拢权柄，先帝的儿子不少，如今还活着的，你且算算，除了远天远地早已被贬为庶民的那一两个，只剩一个琮亲王。而今他下了一道恩旨，册封三公子为下一任亲王，你觉得是在抬举他？"

"照师父您这么说，圣上册封三公子为王世子，表面上是抬举他，但三公子往后再做什么，就不能以一句玩闹遮过去，圣上给三公子王世子的身份，是要以这个身份束缚他。"

吴崇宽慰地一点头："你再来答，圣上为何要给三公子另指婚配？"

小太监十分踌躇，他方才说的是，三公子像是对云氏女有意，但他今日拆了圣上的台，圣上便不愿让他如意，可眼下小太监却有些不确定了。

小太监顿住脚步，朝吴崇一揖："请师父指教。"

吴崇道："圣上是天子，天子的心中装的东西实在太多了，怎么会有闲心理会儿女情长这样的小事？"他看着巍峨宫楼，慢慢悠悠道，"圣上这是在示弱呢。"

"示弱？"小太监一愣。

"今日在大殿上，三公子与云氏女，一个举证，一个告发，逼得圣上不得已，只好下令彻查郓王。之后,圣上立刻下令为三公子指婚,把云氏女遣去岭南,你是不是觉得圣上急了?急着把他们拆开,为了不让一个王世子沾上将门之兵,甚至有些莽撞了?"

"是。"小太监低声应道。

"你且想想,连你都能瞧出来的东西,满朝大员难道瞧不出来?可他们会怎么想呢?"老太监道,"他们会觉得三公子今日一番呈词,居然把圣上逼得慌不择路,他们心中对三公子定然是敬畏的。圣上当着众臣的面,把他的无措展示出来,就是要让这些大员畏惧三公子。

"这些大臣们甚至会认为,今日三公子只是在金銮殿上顶撞顶撞圣上罢了,待有朝一日,陛下把三公子逼得紧了,凭三公子的能耐,加上他如今又被封了王世子,是不是可以反了?可以带兵逼宫了?

"眼下是太平盛世,谁都不希望有动荡,都盼望着皇权能平安更替,有人能安稳继位。

"而圣上故意在众臣心中留下'三公子可以反'这一印象,你说那些大臣们是不是要防着他?"

可事实上,程昶真的可以反吗?他在朝野根基薄弱,前半生声名狼藉,这一年来虽有好转,但并不足以扭转朝臣对他的印象。就算有卫玠、云氏助他,与这天下相比,还是势单力薄了些,何况他还背负了"王世子"这个看似尊显实则是负累的身份。

"所以,圣上看似莽撞,先一步示弱,实则是为了让群臣忌惮三公子,忌惮将来的亲王;册封他为王世子,是为了束缚他。总起来说,就是要捧杀他。

"你要记得,圣上他是天子,既然是天子,自己怎么样并不重要,对手怎么样其实也不重要,他要计较的是这一殿朝臣究竟愿意拥立谁为君,比不了谁更合适,那么就比谁更不合适,帝王心术就是永远都会算到人的心坎上。"

小太监听吴崞说完,不禁长叹:"琮亲王小心翼翼了一辈子,没想到到了今日,他与三公子还是前途未卜。徒儿听说——"他略一顿,四下一看,把声音压得极低,"徒儿听说,当年圣上继位那会儿,他与琮亲王其实都在两可之间。如果先帝挑了另一个,恐怕不会有今日这样两难的光景。"

吴崞没理会他这话,他心想,且未必呢。

今日的处境,全因各自所在的位子不同,如果把圣上与亲王调换一下,一路泥泞走到如今,大约也狼狈不堪。

小太监问:"师父,那琮亲王一府今后就要任凭圣上猜忌,继而没落了吗?"

眼前飞过一只蚊虫,老太监伸手一抓,没抓着。他收回手,说道:"这才哪儿

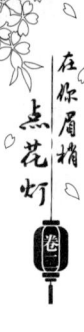

到哪儿？别看这金陵城静悄悄的，细细捞一把，到处都是水，浑得很，谁知里头藏没藏鱼？藏没藏鲲？面上没风浪，其实底下全是暗流。圣上身子已大不好了，像咱们这样的小虾，留着气儿，躲在那石缝里且呼吸吧。"

小太监道："师父，您可不是小虾，您是条锦鲤哩！"

二人说着话，眼见着兵部到了，便一齐收了声。吴崈进了兵部，和颜悦色地将恩旨念完，对云浠道："咱家给云将军道贺了！圣上体恤，非但给您升了将军，还言明等刑部、大理寺、御史台为忠勇侯塞北一役一齐立案后，您可以随时到部衙过问。"

云浠展开手里的圣旨一看，昭元帝果然在圣旨里头加了这一条。末了还说，倘若忠勇侯冤情属实，即刻令宣威袭忠勇侯爵。

云浠大喜，谢过吴崈，从兵部小吏手中接过她的将军甲胄与佩剑。

她眼下已是五品将军，手下可领兵逾万，自然不可与往昔同日而语，到了宫门口，立刻有武卫为她牵来马，恭敬地道了声："云将军慢行。"

云浠一路策马到了忠勇侯府，赵五迎上来："大小姐，您回来了。"

云浠"嗯"了声，勒停了马，快步走到正院。阿久正靠在一张长竹椅上，懒懒散散地陪脏脏扔球玩，方芙兰则坐在正堂一侧，拿着绷子与绣针，正仔细绣着花。

阿久一瞧见云浠，把脏脏捡回来的球扔出去，站起身，不悦道："说走两日还真走两日啊，再不回来我都要出去找你了。"

云浠笑着走到她身前，将圣旨塞到她怀里："看看！"

"干什么？"阿久一面展开圣旨，一面不耐烦道，"你知道我这个人最烦看带字的玩意儿了，我——"

然而她看到一半，蓦地顿住，目光移向圣旨右首一列字，仔仔细细地重新从头看起。

阿久的确不爱看带字的东西。当年在草原上，兵营里多的是不识字的，阿久学认字，还是云洛教云浠时带着她一起手把手教的。她的心思不在书本上，学得慢，有的字云洛教云浠一遍，就要教阿久三遍，教云浠三遍，就要教阿久十遍不止。

可是眼下，阿久却把手里这道密密匝匝写着字的圣旨从头到尾看了三遍。

她抬起头，问云浠："这是真的？那皇帝老儿当真要升你做将军？让你二月就领兵出征？"

云浠点点头。

"他还要彻查当年塞北一役的真相，要还侯爷清白？等还了清白，还要让云洛那小子袭爵？"

云浠又点点头。

"阿汀。"方芙兰听到外间的响动,来到正堂门口,唤了云浠一声。

云浠从阿久手里拿回圣旨,递给方芙兰:"阿嫂,今日陛下——"

"我都听到了。"方芙兰点点头。

她如释重负,眼里尽是喜悦:"你辛苦了这些年,总算等来了这一天。"

云浠摇头道:"我不辛苦,阿嫂才辛苦。"

方芙兰终归比阿久细致些,看到云浠手里还拎着从兵部领回来的将军甲胄,说道:"你做了将军,日后更要体面些,把这甲胄给我,我拿去给你擦干净,找木架支起来。"

云浠道:"阿嫂,你身子不好,让赵五或者鸣翠随便帮我擦擦就行了。"

"这是大事,我怕别人不够细致。"方芙兰道。她知道云浠一直想领兵,想做将军,而今得偿所愿,该仔细对待才是。

她又回到正堂,收好她绣花的绷子,柔声道:"我还说开春了,赶在三月为你做身春衫,眼下你二月且要走,这些日子且要赶赶了。"

言罢,她唤来鸣翠,与她一起收拾云浠的甲胄。

云浠回到院中,四下一看,阿久竟不见了。她愣了愣,绕去前院找,只见阿久已在府门外牵她拴在一旁的马了。

云浠问:"阿久,你去哪儿?"

阿久顿了下,回过身来,挠挠头:"哎,我之前不是与你说过吗?我在来金陵的半道上交了个朋友,他知道我在忠勇侯麾下长大,是塞北兵营里的。今天得了这么大一个好消息,我高兴,出去玩,顺道告诉他,让他也高兴高兴。"她又解释,"上回我要去找他,你让我陪着你阿嫂,没让我去,他已等了我好几日了!"

云浠点点头:"那好,你去吧。"

阿久想了一下,忽然又把马拴回木桩上,几步上来勾住云浠的肩膀,陪她走回小院:"算了算了,我不去了!你升了将军,还不声不响地干了这么一桩厉害事!今天陪你!"

两人回到小院内,云浠问:"阿久,这两日我不在,你可曾跟着我阿嫂了?她……可有遇上过什么麻烦没有?"

当时罗姝来侯府,透露故太子的真正死因,方芙兰就在正堂外,是听见了的。这两日云浠跟着程昶去明隐寺查证,面上虽没表现出什么,心中却一直有一个结。

阿久道:"你放心,你嫂子她挺好的,没人找她麻烦。"

"当真?"

"当真。"阿久点头,"我这两日一直跟着她,昨天她去药铺看病,我不但在外头守着,怕她在药铺里遇到危险,还上了后房屋顶,盯着那个医婆为她行针,又一路跟在她马车后头回来的。"

云浠知道阿久,她虽有些大大咧咧,办起事来却很牢靠,等闲不会出差池。

依照刀疤人最后留下的线索,贵人即是郓王,当年他调用兵粮、投毒故太子的事被三公子得知,所以他要追杀三公子。

如果阿嫂真是郓王的内应,听到三公子要上明隐寺找证人,不可能不告诉郓王。可是三公子去明隐寺的一路上并没有遇到危险。

退一步说,就算阿嫂没来得及给郓王报信,但三公子离开金陵城一日之久,她不可能这么长时间不将此事透露给郓王,让郓王早作应对。

但今日的廷议上,看郓王的反应,显然对三公子去明隐寺一事不知情。

这么说,忠勇侯府的内应,并不是阿嫂。

云浠想到这里,心中长长舒了一口气。

眼下郓王已被彻查,父亲沉冤得雪,哥哥也将承袭忠勇侯爵,而贵人的案子只待三司查审了。但即便这样,她仍不能松懈,毕竟内应不是阿嫂,还有可能是忠勇侯府的其他人。

脏脏玩累了,去小池塘边喝过水,跑来云浠身边趴下,她顺势摸了摸它的头。

阿久也在云浠旁边坐下,看着她说:"你好不容易升了将军,这么大一桩喜事,你怎么瞧着一点都不开心呀?"

云浠一时没答。她升了将军,终于可以领兵出征,其实是很开心的,可这开心的背后却带着几分空落落的滋味。

今日在大殿上,昭元帝说,二月要为三公子赐婚。

虽然他在金銮殿上说了不愿,但九五之尊金口玉言,他的姻缘岂是能以"不愿"二字就潦草收尾的?

阿久瞧了瞧云浠的神色,问:"你是不是想侯爷、想云洛那小子了?"她伸手一拍云浠,"没事,云洛那小子知道你有出息,指不定多高兴呢。这次去岭南平乱,把你的本事拿出来就是!"

说罢这话,她又看一眼云浠,见她仍不太欢欣,便提议道:"我陪你上桐子巷转转去?"

云浠想了想,觉得出去散散心也好,点头道:"行。"

之后接连数日,云浠都去了西山营统兵。岭南的乱子是匪乱,内因有些复杂,兵部将几个卫所的兵将重新编制,调出一万八千人归在云浠麾下。她白日里要练兵,待到日暮了还要与手下几个参将商量平乱计划,等到平乱计划大致拟出,她从百忙之中抽出闲暇,已是二月初了。

这日一早，通政司那里来了消息，说忠勇旧部五日后就到，云浠从西山营回到侯府，刚把忠勇旧部的消息告诉府里的人，还没来得及吃上一口热茶，赵五便来通传道："大小姐，田公子过来了。"

田泽进到正堂，跟云浠一揖："云将军，今早听景焕兄说将军回府了，在下冒昧登门，希望没有打扰将军。"

云浠道："不打扰，田泗的伤养得怎么样了？"

开春以后，田泗与柯勇一起离开京兆府，到了云浠麾下，他底子薄，武艺更是平平，前一阵云浠练兵时，他不慎拉伤了胳膊，只好回到家中歇养。

"已好多了，多谢将军关心。"田泽道，迟疑了片刻，又说，"其实在下今日登门，是有事想告知将军——是在下的亲事。"

云浠愣了一下。三月春闱在即，她原不想让田泽分心，与田泗提及亲事，只不过是问个意思，既然田泗说了要看田泽的心意，这事怎么都该等到发榜后再议，未料田泽为了这事竟亲自登门了。

云浠道："此事不急，一切以你科考为重，等殿试结束，你仔细思量过后，再做决定不迟。"

田泽却道："将军二月中就要出征，岭南路远，等将军回来，或许已是大半年后，在下早日给将军一个交代，便也不会平白耽误他人。

"阿苓是个好姑娘，她在忠勇侯府长大，一定与将军一样是忠义勇善的。但是……"他顿了一下，"我不好娶她。"

他这话说得笃定，云浠听后，不由一怔。

"不是阿苓不好，她很好，只是，我没想过这事，何况……我以后大概会带着兄长离开金陵。"

云浠有些不解。田泽与田泗原本就不是金陵人，历经艰辛来到这里，好不容易才站稳了脚跟。眼下田泽已中了举人，凭他的才学，说不定今年春闱就能高中进士。中了进士，前路康庄大道，何以要舍之？

千里迢迢而来，十余年寒窗考科举，日后却要离开，这是为何？但这毕竟是旁人的私事，云浠不好多问。

云浠道："既然你已有了自己的安排，自然按你的心意去做。"

田泽仍是为难："照理说，忠勇侯府对我与兄长有恩，将军但凡有言，我断不该拒，我愿意帮阿苓一起照顾白叔，只是……"

不等他说完，云浠便摇头道："你与田泗总说侯府对你们有恩，其实这些年，侯府没落至斯，反倒是你们帮了我不少。"

当初田泗来京兆府做衙差，她手底下正好无人，才让他跟着自己，何至于让他感恩戴德如斯?

至于田泽,左右侯府里的书搁着也是搁着,平日里除了方芙兰,几乎无人翻开,借给田泽更是举手之劳。

倒是这些年,忠勇侯府一府老弱病残,田泗和田泽隔三岔五便过来帮着照应。塔格草原一役后这几年里,云舒广与云洛冤案未得昭雪,忠勇侯府在金陵城几乎无所结交,便只有田氏兄弟两个朋友。至于三公子、小郡王,那都是去年花朝节以后的事了。

田泽道:"将军言重了,我和兄长不过力所能及地为侯府出些力罢了,比之将军远不如。"

他言罢起身请辞,刚走到正堂门口,却停住了步子。

白苓正站在门外,怔怔地看着他。

她听说田泽到府上来了,便盼着能看他一眼——他近日在家温书,她已许久没见到他了。

当时云浠正在四处找茶盏为田泽沏茶,没觉察到她来了,便任由她立在正堂门外,把他们的话全听了去。

见田泽出来,白苓有些手足无措,支吾道:"我……我只是……"

她原想装作什么都没听见的,只是话未说完,却掩饰不住心头难过,连鼻头都酸涩得厉害,她飞快别开脸,疾步回后院去了。

田泽十分内疚,对云浠道:"将军,我……"

云浠道:"我会去劝她的。你别往心里去,好生科考才是紧要。"

言罢,她亲自将田泽送出府。

云浠还未走到后院,便瞧见白苓坐在回廊的廊椅上,眼眶发红,似是刚哭过,方芙兰正在劝她。

见云浠过来了,白苓声若蚊蝇喊了声:"大小姐。"

她知道云浠近日劳苦,今早好不容易才回府一趟,生怕她为自己费心,轻声道:"大小姐放心,我已没什么了。"

方芙兰道:"你今日不是还要去刑部吗?早些去,早些回来。阿苓这里有我陪着。"

云浠想着自己性子直,不大会劝慰人,阿嫂性情温柔,有她陪阿苓,自己很放心,随即点头道:"好。"

云浠是去刑部问父亲的案子。忠勇侯的案子牵涉皇子,三司立案过后,均不敢怠慢,非但把六年前的卷宗调出来逐一整理,还按照程昶在金銮殿上提的法子,八百里加急给西北至淮北一带的州府去急函,让当地官员去沿途驿站问证,除外,还让户部清算十年来涉案地方官粮、屯粮的产出，以做比对。

如此忙了十余日，及至二月初，才初见眉目。

这日，程昶看完手里的卷宗，想去刑部取户部送过来的账目，刚站起身，没留神眼前一阵发黑，晃了晃才站稳。

一旁的小吏见状，忙沏了一盏茶递上，说："殿下近日操劳，可要当心身子。"

程昶接过茶，喝了半盏，道："没事。"

云浠二月中就要出征了，他想赶在她出征前把忠勇侯的案子办妥，近日是辛苦了些，时时头晕，想必没什么大碍。

程昶在原地定了定神，收拾好桌上的卷宗，迈步就往公堂外而去。

谁知刚走了没几步，脚下竟有些发软，他原本没怎么在意，谁知越走步子越虚，就像踩在云上。

程昶觉得不对劲，伸手往前扶去，刚扶到公堂的门柱上，心间猛地一跳，似有谁拿着鼓槌在心上重击，胸口处忽然剧烈地疼起来。

这种疼痛太过熟悉了。程昶伸手捂住心口，抬头朝四周看去，周围仿佛升腾起一团雾气，遮住了他的视野，苍苍莽莽的，让他视无所见。

紧接着，雾气又化成水，朝他的眼耳灌来，似乎要将他溺在一片汪洋里。

一旁的小吏赶紧上前扶住他，急唤："小王爷？小王爷！"

可那声音仿佛也自水里传来，既模糊，又遥远。

恍惚之中，他似乎还听到了别的声音。

"他怎么了？"

"台风天开车，从山坡上摔下来了。好像还有严重的心脏病，啧，难办！"

"这种天进深山，怎么找到的？车祸前发了定位吗？"

"什么定位？他女朋友知道他去了哪里，开车进山里找，把他背到山道上，报了警。"

"还有女朋友？唉，长成这样，果然是名草有主了。"

"不说了，主任跟上海那边连线完回来了，可能要准备手术。"

……

"小王爷！小王爷！王世子殿下！"

杂乱的声音在程昶耳边响着，忽近忽远，让他越听越心惊。

他的脑中一片空白，捂在心口的手不断收紧，几乎要隔着衣衫将胸膛掐出一段血青。

他不知道要怎么办，只能在原地等着，慢慢等着。直到耳畔的声音渐渐退去，视野恢复，四周的景致渐渐明朗。

初春时节，正午的春光明媚，照在公堂的门楣外，却将他笼在一片暗影里，仿佛见不得阳光的鬼魅。

程昶觉得冷，说不清是身上冷还是心上冷，以至于他几乎用尽了所有力气才克制住颤抖。

一旁的小吏见他目光清明了些，担忧地问："小王爷，您没事吧？"

程昶扶着门廊，半跪在地，许久没有应声，及至周身的寒意都渐渐消退，心上的疼痛消失，心跳归于平静，才哑着声答了句："没事。"

他抬袖揩了一把额头上细密的汗，吃力地站起身，走回自己的书案前，缓缓坐下，然后拿起方才剩下的半杯茶，一饮而尽。

茶已凉了，这股温凉顺着喉咙，延展进血脉心腑，让他冷静下来。

程昶无声地坐着，他说不清这一切究竟是怎么回事，心上仿佛将什么都思量了，又仿佛什么都没思量。

他的目光落在案头的卷宗上，是忠勇侯的案子。云浠这个月就要出征了，他想赶在她出征前，把这案子办妥，好让她安心。

程昶深深地吸口气，重新站起身，对小吏道："走吧，去刑部。"

程昶到了刑部，刑部的人说，户部尚未将算好的账册送来，又说："三公子若是急着要，下官这便过去催催他们。"

程昶是挺急的，今日已是二月初三，云浠出征的日子虽未定下，但无论怎么算，至多只余十来日了。

他道："不必，我去户部。"

到了户部，门前的小吏与他揖了揖，说："小王爷您来了。"又道，"今日陵王殿下也在呢。"

陵王虽辖着户部，但他职位不高，仅领着郎中的衔，比程昶的侍御史还不如，但他到底是皇子，户部凡有账册，大都会交给他过目。前阵子昭元帝因郓王赈灾的案子在金銮殿上申斥过他，他近来不敢怠慢，常来户部督促账目清算。

他今日穿着一身湖蓝公服，腰间挂着鱼袋，没有佩玉，人却如玉一般俊美温雅，见了程昶，有些意外："明婴？你怎么过来了？"略一思索，猜到他的来意，又说，"这些账册已清算好了，我让人再核对一遍，省得出差错。"

程昶一点头："有劳殿下。"

他并不耽搁，找了一张空着的书案坐下，拿了卷已算好的账册看起来。

半盏茶的工夫过去，户部小吏在一旁揖道："王世子殿下，账目已核对好了，小的是直接给您送去御史台吗？"

郢王的案子由三司立案，但主审不在御史台，而在刑部，账册拿去御史台，只是方便了他一人，刑部那里要过目，往来送一趟，要耗去小半日光景。

程昶道："送去刑部。"

小吏称"是"，叫来几人抬账册，陵王见程昶要走，放下手里的事，说："明婴，我同你一道过去。"

两人沿着廊道并肩而行，陵王道："上元节那日，太奶奶宫里吃元宵，明婴你怎么没过来？"

程昶道："本来是打算去的，但御史台西所离宫所太远，没赶得及。"

陵王点头，想起一事，又笑说："太奶奶没见着你，好一通生气，还是余家那位二姑娘说你这是知上进，才把太奶奶哄开怀了。吃过元宵，照规矩要放祈天灯许愿，太奶奶让余家二姑娘帮你放一盏，她却推拒，说你自有你的心愿，不是她能帮你许的，急得太奶奶骂她不灵光，后来还是周家的五哥儿帮你放的。周家的五哥儿，你记得吗？"

程昶记得，他听太皇太后提起过，他儿时常与余凌、周洪光家的五哥儿一起伴在太皇太后身边，还曾同去明隐寺玩。

程昶道："我记得他父亲差事上犯了糊涂，有些年头不曾进宫看太奶奶了，怎么今年竟来了？"

"听说是太奶奶让步，托人去周府捎了话，周家人闻弦歌知雅意，就把五哥儿送进宫来跟太奶奶请罪了。"陵王道，"你儿时与他最玩得来，怎么他没与你提吗？"

程昶道："没提。"

陵王本就不是个多话的人，见程昶说话兴致不高，便没再另起话头。

太子身故后，陵王是这宫里的皇长子，又系皇贵妃所出，照理地位最尊，可他的差事一直办得不尽如人意，偶尔出些差池，不说有大过，功劳定然是谈不上的，因此反被郢王后来者居上。

程昶听府里的小厮提过，他儿时与陵王、郢王的私交都不错，长大后，大约因他越来越混账，渐渐也就没儿时那么亲近了。陵王是长兄，偶尔程昶行事出格了，还会管教申斥他，郢王则纯粹在一旁看戏。

不过三人到底是堂兄弟，这些年除了正经宫宴，私底下偶尔也聚聚，不算断了来往。

到了刑部，刑部的郎中正在跟云浠说忠勇侯的案子，一回头见到程昶与陵王，连忙跟云浠一起过来拜道："见过陵王殿下，见过王世子殿下。"又问，"二位殿下怎么亲自过来了？"

户部的小吏将账目抬入刑部署内，陵王道："本王过来送账册，顺道问一问案

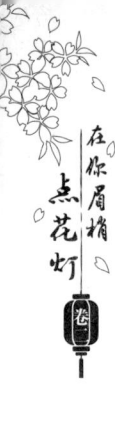

子的进度。"

当年郓王暗中调粮,他有失察之责,眼下关心一下案子也是应当的。

刑部郎中道:"巧了,云将军也是过来打听案子的。"

他说着,把忠勇侯案子的近况与云浠、陵王从头说了一遍,末了道:"王世子殿下做事细致,当年各部卷宗上的疏漏与疑点,殿下他已整合得差不多了,眼下尚缺一些证据。驿站那边,近的譬如淮南、淮西一带已回了函,西北的要再等等,至于证人,除了早前白云寺清风院那两个统领呈交过证词,另外就是要等忠勇侯旧部回京。"

陵王问:"父皇可过问过此案?"

"过问的。"刑部郎中道,"陛下他几乎日日都问。"他迟疑了一下,又说,"昨日尚书大人把眼下已得的证据、证词整理成卷宗呈到文德殿,陛下盛怒,非但下令将郓王禁足在王府,还停了枢密使姚大人的职。尚书大人回来后说,若非姚大人年前痛失爱女,陛下大约是要立刻将他革职问罪的。"

陵王与云浠一起点了一下头。

眼下昭元帝的态度已很明显了,重处姚杭山,轻罚郓王。

毕竟程昶在金銮殿上没提郓王给故太子投毒的事,郓王又是个有嗣的皇子,当年暗中调粮这一口黑锅交给姚杭山一人背了,郓王必然是能保命的。但他也只是保命,储位是无望了。

云浠听刑部郎中说完,道:"多谢大人相告。"

一时语罢,陵王辞说回户部,先一步走了。程昶取了一份账册,打算带回御史台看,走到门前看云浠仍在,便问:"一起?"

其实云浠就是在等他。

她得了琮亲王府的金茶匙,一直想要还给他,奈何至今没找着合适的机会,眼下她就要出征了,今日进宫,想着或能见到程昶,特地将茶匙带在身边。

云浠点头:"末将送殿下回御史台。"

六部与御史台是相邻的,从刑部回御史台,沿着一条廊道直走下去就是,然而程昶出了刑部,却指着阶沿下的一条小石径道:"走这边。"

初春的天,万物复苏,石径旁的花树正开了花,颜色新得很。两人默走了一段,程昶问云浠:"什么时候出征?"

云浠道:"具体日子还没定下来。等定好了,我与三公子说。"

程昶点头,看她一眼,说:"我听说兵部归了一万八千人到你麾下,你最近都去西山营练兵?"

"是。"

"那么多人，怎么练的？"程昶问。

一万八千人究竟有多少，他没什么概念，上学的时候开运动会，两千多人站在跑道上，他已经觉得拥挤，一万八千人，大概要密密麻麻站满一整个田径场。

"不难。"云浠道，她想了想，从一旁捡了根枯枝，在地上画给程昶看，"十人成排，分成十个纵列，一百人成一个子营，两千人成一个大营，一共九营，每一营的统领都持不同旗帜，发指令时，听号角看旗帜就行。"

她说着，三两步登上一旁的小亭台："我就站在这儿，别看只高出地面两三尺，但下面哪个子营出了错，都能瞧得一清二楚。"

程昶一挑眉："还挺能干。"

"算不上能干。"云浠将枯枝扔了，拍拍手，从亭台上一跃而下，她身姿利落，足尖落地不扬起一丝尘土，一身将军红衣更显得英姿飒爽，"日子太短了，眼下练兵，只能先培养个默契。从前我哥哥在草原上练兵，令行禁止，整整十万人，收步迈步，持盾挥矛，连动作都是一样的。"

一旁有官员路过，见了他二人，拱手拜道："殿下，云将军。"

程昶点头，云浠回个礼。

此刻路上还时不时能遇着办事的官员，然而两人往小径深处走，便没什么人经过了。云浠顿住步子，从荷包里取出金茶匙，递给程昶："三公子，这个还你。"

程昶认得这茶匙，是他初回金陵那日，王府的管家赏给护送他回京的几个统领大人的。

他问："为什么要还我？"

云浠道："我去寻三公子，不是为了立功，也不是为了求赏赐，我就是……"她思量了一下措辞，说，"我就只是去寻三公子罢了。"

程昶听了这话，将茶匙接过，他看着云浠，忽然笑了，说："这个茶匙不算贵重，正常人呢，收了也就收了，你这么还我，我反而觉得不对劲。"他一顿，问，"你在介意陛下要为我赐婚？"

云浠抿着唇，她原想否认，可仔细一想，若非昭元帝要为三公子赐婚，她此去岭南迢迢，把这茶匙带在身边也好。

程昶见她不语，道："我不会娶她的。"

他对情对缘一直无所谓，两世轮回，好不容易有了一份执着，怎么会不珍惜？

大雾弥漫，前路或许茫茫，他尚且不会为一切未知动摇自己的心意，又怎会让旁人来为自己做决定？

云浠看着程昶。她听明白了他的意思，她想，他既不怕，那她也不怕。

她问："三公子不娶余凌，是不是因为——"

"还不够明显吗？"她话未说完，程昶就道。

他眼中有柔和的笑意，云浠看到他笑，不由得也笑了。

程昶往斜廊外高高的栏杆上一坐，垂眸看着云浠："你要是也喜欢我呢，"他微微一顿，"也不要急着答应我，让我追一追你。"

廊外桃花开得热闹，他说这话的时候，一枝桃花就歇在他眉梢，他的眉梢微微扬起，仔细看去，有点潇洒，还带点风流。

"追一追我？"云浠问。

程昶看着她，她眼底那一丝喜悦藏都藏不住。

她是经受过离乱苦难的，还能这么干干净净，真是难得。

滚滚红尘历练过一遭，繁华过眼，是非观也被涤荡过一遍，到最后，就喜欢真挚、善良的人。

"嗯。"程昶点头，"你是个好女孩儿，值得让人追。

"所以刚才那句话也不该由你来问，该由我来告诉你。"

然后他说："对，我就是喜欢你。"

第三十章 魂兮归来

御史台已离得近了，遥遥的有小吏上来拜见，见程昶与云浠说着话，便立在不近不远处候着。

程昶看了一眼，问云浠："什么时候再去西山营？"

云浠道："明早就要过去了。父亲旧部到金陵当日，我会回来一趟，之后再有两日就起行。"

程昶点头："好，等你见过你父亲的旧部，我去找你。"

云浠愣了下，一时不明白他这句"来找你"是何意。

上回他不是说怕圣上胡乱塞姻缘给他，所以如无要事，不便相见吗？

她问："不避嫌了吗？"

程昶道："不避了。"

也是，眼下昭元帝要赐婚的意思已昭然若揭，既然防不住，等旨意下来，她跟他一起抗旨就是。

候在不远处的小吏似有要事，神情有些焦急，云浠看他一眼，不想耽搁程昶的公务，于是道："三公子，那我先回了。"言罢，便往石径尽头的月牙门走去。

小吏见状，连忙走上前来，刚要出声，却见程昶仍立在原处，看着云浠的背影。

小吏纳闷，心想，哪有王世子为将军站班子的？但他不敢吱声，弯着腰杵在一旁。

云浠走到月牙门前，回过头来，看程昶仍在，粲然一笑，又朝他招招手，一身红衣闪入一片花影里，快步离去了。

程昶这才问小吏："何事？"

小吏道:"禀殿下,刑部传话说,明日一早要将忠勇侯案子的供状与证词呈去御案,问您看完了没有,他们想赶在申时前到您这里取。"

程昶说:"我已经看完了,让他们来取吧。"

小吏应了声"是",陪着程昶一起走回御史台,见他脸色仍不怎么好,想起他此前险些晕倒在公堂里,忙倒了盏茶呈上,关切地问:"殿下,您已无事了吧?"

程昶摇了摇头。

先前的心上剧痛仿佛只是幻觉,到了现在,除了一点余悸,什么也不剩了。

杭州城郊的老和尚说,他是天煞孤星,三世善人,一命双轨。

可这句话究竟是什么意思,他至今还似懂非懂。

两回在濒临绝境时穿梭时空,他深知这不会是巧合,可眼下他再次听到那些来自遥远时空的声音,感受到剧痛,究竟是因为身在二十一世纪的他即将苏醒,还是预示着这里的他即将再次遇到危机?

程昶不知道。

他定了定神,想到过会儿刑部的人要来取证词,便把书案上的状子又重新整理了一遍。

其实这些状子尚不齐全,想要定郓王及姚杭山的罪,尚缺户部账目比对后的文书、西北一带的驿站回函,而他这里,除了淮南、淮西驿丞的证词,便只有白云寺清风院两个忠勇侯旧部统领的供词了。

程昶的目光停在最后一张供词上忽然定住,白云寺清风院的证词怎么会在?

不知是否是心上一场如幻觉般的剧痛让他草木皆兵,他分明记得,当日他在清风院外遭人伏杀,清风院内,那两名忠勇侯麾下统领也在不久之后遭人杀害了。

人都死了,证词何以会留下?

程昶靠着椅背,闭目揉了揉眉心。

贵人以忠勇侯的案子做诱饵,把他骗去清风院,那么清风院里的两名证人,也该是贵人安排进去的。

如果贵人就是郓王,他连追杀小王爷这样胆大包天的事都做了,手脚为何这么不干净,留下了这么一份对自己不利的证词?他的目的不正是为了遮掩自己调走忠勇侯屯粮的罪行吗?

程昶一想到这里,站起身,当即便往皇城司而去。

程昶是去皇城司找卫玠的,然而到了衙署门口,守在外头的武卫道:"殿下是来寻卫大人的?卫大人出去办案子了,今日不在衙司内。"

程昶没理他,径自入内,一手推开了值房的门。只见卫玠正枕着手臂,跷着二郎腿,仰躺在值房的一张竹榻上打鼾。

第三十章 魂兮归来

程昶走过去，伸手叩了叩一旁的小案："起来。"

卫玠自梦中咂咂嘴，似乎什么都没听见，睡得正香。

程昶道："你在你们衙署柴房外的老树下埋了几坛酒，我给你挖出来送去御前？"

卫玠鼾声渐止，半响，他伸了个懒腰，睡眼惺忪地坐起身，看到程昶，揉揉眼，惊讶道："哟，小王爷，您怎么来了？外头那几个废物没跟您说我不在？"

"说了。"程昶道，"但是陛下眼下不信任你，你不在衙司待着，还能去哪儿？"

卫玠"啧"了一声，又问："你怎么知道柴房外的老树下藏着酒？"

程昶道："上回我来皇城司，四处转了转，正好看见你一个手下从外头捎了几坛酒回来，拎去树下埋。"

卫玠嗜酒如命，昭元帝怕他耽误事，是明令禁止他在衙署里喝酒的。

卫玠叹了声："看来说他们是废物还抬举他们了。"

他站起身，拉了张椅子给程昶坐，自己懒洋洋地在另一头坐下，道："说吧，你来找我什么事？"

程昶开门见山道："去年处暑，白云寺清风院外有人追杀我，你查了后，确定是郓王的人吗？"

卫玠好像没听明白："查什么？你在说什么？这事我不知道啊。"

程昶于是看着他，不说话了。

上回他在清风院外被人追杀至落崖，昭元帝就算面上敷衍了过去，私底下不可能不追查。他手下的两支禁卫——皇城司与殿前司，因指挥使不同，行事风格也不同，卫玠不拘一格，宣稚循规蹈矩，这样的事，昭元帝多半会交给卫玠去追查。

再者，卫玠讨厌陵王、郓王，不是没缘由的，他一定是私下查到这二人作恶太多，才生了厌恶之情。

卫玠被程昶盯得发毛，不耐烦道："你还有脸来问我？我差点没被你坑死，我以后都不想再理你了。"

程昶道："你现在想和我划清界限已经太晚了，眼下谁都认为你和我是一边的，你早点把实情告诉我，对你没有坏处，否则我要遇上点什么事，你也会跟着倒霉。"

他的话说得越实在，卫玠越是恨得牙痒痒。

他虽讨厌陵王、郓王，但他当初去找程昶，还真没有要与他结为同党的意思，顶多觉得他挺有意思，交个朋友罢了。

明隐寺一遭，他被实实在在坑了一把，起初是有点气不过，好在这几日已想得很通了，觉得老狐狸不信任他，大不了把他革职查办，反正皇权迟早都要更替，倘若陵王、郓王其中一个登极，他就不当这个官了，浪迹江湖去。

于是卫玠道:"查了,当初在清风院外追杀你的人,就是郓王养的暗卫不假。"

"确定?"

"确定。"

卫玠想了想,又说:"此前裴府老太君做寿,你在裴府的水榭被人行刺,那回也是郓王派人干的。"

程昶听了这话,蹙起眉头,若有所思。

卫玠问:"有什么不对吗?"

程昶摇头:"说不上来。"他道,"当时我被骗去白云寺的清风院,是因为那里关着两个能证明忠勇侯冤情的证人。这两个证人如果是郓王安排的,他派人追杀我以后,也该把他们一起处理掉。"

"不是处理掉了吗?"卫玠道,"你失踪当日,这两个证人就死了。"

程昶道:"是处理掉了,但他们的证词留了下来。"

卫玠愣了下,说:"这有什么奇怪的,白云寺是皇家寺院,清风院就算偏僻了点,好歹在白云寺内,守在那里的护卫不可能全是郓王的人,要全是的,他们在清风院里直接把你杀了不是更妥当?为什么要等你离开了才动手?所以那两个证人的证词留下来也不难,他们有禁卫保护着嘛。"

程昶听了这话,一时未答。过了会儿,他问卫玠:"你近日怎么样?"

"你还问?老狐狸眼下彻底不信任我了,你说我近日怎么样?"卫玠仰身重新往竹榻上一倒,又跷起他的二郎腿,"不过也好,乐得清闲,不用跑腿帮他办差。就是明隐寺那事,他还让我追查。"

他别过脸看着程昶,纳闷道:"你说老狐狸到底怎么想的?他让我帮他找他家老五,可除了年纪,后背长了三颗红痣,他什么线索都不给我,只说老五是因为十多年前明隐寺一场血案失踪的。可血案到底怎么回事,起码得露个风儿啊!搞得我眼下跟个瞎猫似的,四处找人打探,还不能把话说得太明白,怕触了天家的忌讳。"

"对了,年关节那阵,我还找余家那个二姑娘,叫什么来着,哦,余凌,就是老狐狸打算指给你做王妃的那姑娘问过,还有周洪光家的五哥儿,他们两人也是什么都不知道。"

卫玠说到这里,坐起身问程昶:"后来我跟余家那个二姑娘问起你,那姑娘说她近半个月都没怎么见着你,不知道你的近况。我说你避开她,不会是为了云家那个小丫头吧?你这么喜欢她?打算为了她抗旨?"

程昶没答这话,他对卫玠道:"清风院那份证词,我还是有点不放心,你找人帮我细查一下,看看这份证词是怎么找到的。"

卫玠又拿起架子:"你觉得我会帮你查?我不会的。"

第三十章 魂兮归来

程昶看了眼天色，已近申末了，他起身离开，一面与卫玠说："如果我让我手底下的人查，没有半月一月出不了结果，你比较擅长这种事，过阵子你查好了，找人过来跟我说一声。"

卫玠追出来，再次跟程昶强调："你上回坑了我，我还没和你清算这笔账呢，这回你还想差遣我？我告诉你，没门儿。我是肯定不会帮你查的，你自己想办法吧。"言罢，他理理衣冠，重新回值房里睡大觉去了。

程昶这头虽托了卫玠，可他的心毕竟是悬着的，回到王府，他又交代手底下的人去追查清风院的证人。过了几日，倒是皇城司先来了人，对他说："殿下，您上回交代卫大人帮忙查的事，卫大人已查好了。"

程昶一挑眉，效率还挺高。

他问："怎么样？"

皇城司的武卫道："您被人追杀那日，殿前司的禁卫入夜时分赶到清风院，那时清风院已经被人清除过。后来寺中僧侣清扫寺院，那份证词是被一名小和尚在佛案后的角落里捡到的，大约是被人遗落抑或藏匿在此，若非仔细清扫，不易发现。那名小和尚后来失踪了，卫大人着人去找，暂没找着。"

程昶点了下头："我知道了，多谢你们。"

武卫道："殿下客气。"言罢，对程昶一拱手，径自离开了。

程昶立在王府门口，敛眉深锁。

其实那日从明隐寺出来，他就一直觉得不对劲。明隐寺里的侍婢说，故太子临终前忽然接到了一个消息，要去禀明昭元帝。可是郓王送毒汤来的时候，故太子却对他说，"本宫当你有心悔过，不打算与你计较了。"

故太子是知道郓王擅调屯粮的，既然不打算计较，那么他急着去向昭元帝禀报的会不会另有他事，会不会与郓王无关？

还有，故太子病亡前一直在寻找五殿下，而在这个时候，他忽然保举忠勇侯出征，这一切又有什么关系？

卫玠是不会骗他的，当初在裴府的水榭、在清风院外，追杀他的人分明就是郓王的手下。然而这一份清风院的证词，又像一滴浓墨落入清水当中，将看起来因果分明的一切搅荡得浑浊起来。

程昶总觉得自己漏掉了什么线索，以至于即便参倒了郓王，他也不能安心。他本想直接去与郓王对质，奈何昭元帝明惩暗保，把郓王软禁在王府，不许任何人探视。

程昶正仔细思索着，腿忽然被一团软绵绵的东西蹭了蹭，他垂眸一看，是雪团儿。

雪团儿不知什么时候跟着他出了府，见他看它，欢快地"喵呜"了两声。

这是姚素素的猫。当初皇贵妃把猫赐给姚素素，说这猫识美人，有灵性得紧，后来这猫果真识美人,还在宫宴上窜到了程昶脚边。

秋节当晚,姚素素带着雪团儿去朱雀街,为了裴阑与罗姝起了争执,雪团儿在她们争执时走散,姚素素去追雪团儿,此后就再也没有回来。等被人找到,已然是秦淮河边的一具尸体了。

程昶一想到这里,忽然想到姚素素牙关里的那颗罗姝的耳珠子。

正是那颗耳珠让罗姝下了狱,让他有理由去狱中审问罗姝,继而被骗去清风院,被人追杀落崖。

若一切都因这颗耳珠而起,那么究竟是谁,把耳珠放进姚素素牙关里的呢?换言之,究竟是谁杀害了姚素素呢?

程昶觉得费解,姚素素已没了小半年,连她的案子也成了无头公案。他原本已经觉得所有真相都已水落石出,可追本溯源,一切似乎又回到了扑朔迷离的最开始。

孙海平赶着马车过来,问程昶:"小王爷,上衙门去吗?"

程昶沉吟一番,俯下身,抱起雪团儿,掀帘入了马车,对孙海平道:"先去秦淮水岸。"

姚素素是在寻找雪团儿的途中遇害的。养过猫狗的人都知道,这些小宠物最有灵性,如果不是被惊吓得狠了,通常不会离开主人太远,哪怕跑开,过会儿也会寻着气味找回来,除非……是遇上了其他熟悉的或者能令它亲近的人。

那么雪团儿是在跑丢的路上遇到了什么人吗?

马车在秦淮河边停住,程昶从姚素素与裴阑最开始幽会的道观起,带着雪团儿,沿着秦淮河,绕过桐子巷,一路往朱雀街走,把秋节当晚姚素素走过的路,带着雪团儿重新走了一遍。

他知道眼下这个办法等同于碰运气,很难揪出真正杀害姚素素的凶手。可事情已过去太久,也只能碰一碰运气了。

正午将至,春光正是盛烈,雪团儿黏人得很,一路紧跟着程昶。

到了朱雀街的岔路口,不远处就是方芙兰常去看病的药铺子。程昶记得,当晚罗姝在道观撞破姚素素与裴阑幽会后,与云浠一起回到药铺,陪方芙兰看病。在这之后,姚素素来药铺寻罗姝,两人随后一起去了秦淮河边的小亭。

程昶带着雪团儿,在药铺子外略作停留,正准备往小亭那里走,忽听雪团儿"喵呜——"一声,撒丫子便往药铺那里跑去。

雪团儿识美人。

程昶的目光一路跟随着它,直到看着它在药铺子前停下,绕着刚从药铺里出来的、艳冠金陵的美人转了个圈,埋下头,亲昵地蹭了蹭她的脚背。

初春的秦淮,风很淡,方芙兰一身素色纱衣,沐浴在这和风里,好似一枝刚绽开的玉兰。

她低头看到雪团儿，不由得笑了，弯下身把它抱起来，伸手抚了抚它的头。

雪团儿依偎在方芙兰怀中，撒娇似的"喵呜"两声。

方芙兰抬头朝四周望去，看到不远处的程昶，缓步过去，欠了欠身："王世子殿下。"

程昶颔首："少夫人出来看病？"

"是，旧疾了。"方芙兰说着，把雪团儿递还给跟在程昶身边的孙海平。

程昶看着雪团儿对方芙兰一副依依不舍的模样，问："少夫人识得这猫？"

这猫原是姚素素的，后来才跟了他，他几乎没怎么带雪团儿出过门，方芙兰怎么会认得雪团儿？

方芙兰道："去年妾身出了丧期，随贵女命妇们进宫，曾在皇贵妃娘娘的宫里见过雪团儿几回。素素过世当日，京兆府传证，雪团儿在公堂外等素素，妾身停下来看过，听说姚府的人不要它，觉得可怜，本想把它带回侯府，后来妾身做完证出来，听阿汀说殿下把这猫收养了。"她说话时语气和缓，不疾不徐，让人听起来如沐春风。

程昶道："原来是这样，少夫人有心了。"

方芙兰笑着一摇头。

他二人俱是容貌不凡之辈，正值午过，秦淮河附近行人不多，但凡有路过的，无不驻足观望。女子已是国色，对面端然而立的男子更是疑为天人，可惜这两人瞧上去身子都不大好，脸色十分苍白。

大绥纵然民风开化，方芙兰到底是嫁过人的，一时语罢，与程昶福了福身："忠勇旧部后日就回金陵了，妾身府上还有不少事待办，请殿下恕妾身先告辞一步。"

程昶点头道："好，少夫人慢走。"

待方芙兰走远，孙海平问："小王爷，咱们眼下去哪儿，还去那个小亭子吗？"

程昶盯着方芙兰的背影，半晌道："不去了，回王府。"

雪团儿不待见孙海平，在他怀里待得也不安稳，一找着机会就要往程昶身上钻，孙海平被猫嫌，心中也不痛快，咒它道："回王府好，这猫不安分，见了美人就瞎跑，也不管认识不认识，迟早倒栽葱摔个大啃泥哩！"

言罢，趁着雪团儿发作前，把它放在地上，一溜小跑回头套马车去了。

孙海平跟了程昶一年，比起从前，嘴上已很能积德，偶尔过过嘴瘾，大都也能把握分寸。

可程昶听了他今日这话，不由得蹙眉。

猫就是猫，哪怕再有灵性，认人顶多认个气味模样，哪里会真的分辨美丑？

雪团儿之所以会与程昶亲，是因为早在皇贵妃把它赏赐给姚素素之前，他就曾去皇贵妃宫里逗弄过它，只不过那时逗弄雪团儿的，并不是真正的他，而是早已离世的小王爷罢了。

因此雪团儿识得方芙兰，也并非因为她是绝色。

纵然方芙兰之前的说法天衣无缝，程昶仍对她起了疑。看雪团儿的样子，对方芙兰甚是亲密，不像是仅有几面之缘。况且姚素素被害当晚，方芙兰就在附近的药铺子里，姚素素在寻找雪团儿的途中碰上方芙兰，也是说得通的。

倘若事实真是这样，那么姚素素的死就与方芙兰有关？可是方芙兰区区一个弱女子，常年深居简出，害姚素素做什么呢？

程昶的思绪一到这里，便如进入一条迂回百折的胡同，四处都是路，却不知道往哪里走才是出口。

他其实怀疑过方芙兰就是忠勇侯府的内应，但后来又打消了这个念头——当日罗妹来忠勇侯府告知故太子的真正死因，方芙兰就在正堂外，是听见了的。倘若她真是贵人的人，为何不在他与云浠上明隐寺前，事先告诉郓王一声呢？还是说，贵人不是郓王，而是另有其人？如果贵人不是郓王，又怎么解释数度追杀他的人都是郓王养的暗卫？

程昶心中疑窦丛生，及至回到王府，在扶风斋的正堂里坐下，还没能理出头绪。

王府的人为他传了膳，他很快用完，孙海平看他脸色不好，不由得问："小王爷，您是不是不舒服，要不要歇一会儿？"

程昶是觉得有点不舒服，但他脑中思绪纷杂，实在不能安心，摇了摇头，吩咐道："你去把宿台叫过来。"

宿台是他眼下最信任的武卫之一，因从前跟着琼亲王，金陵城历年来的大小事都了如指掌，如今跟了他，除了保护他，就是帮他打听消息。

没过一会儿，宿台到了，对程昶一拱手："殿下有事吩咐？"

程昶单刀直入："方家的事你知道吗？"

宿台愣了愣："殿下指的是哪个方家？"

不等程昶回答，他很快反应过来："城南方府，早已问斩的礼部方侍郎家？"

程昶点了点头。

"知道。方侍郎本名方远山，早年是二甲进士，在金陵城很有点才名。但他这个人性格上有点锋芒，初入仕那会儿得罪了不少人，后来同年都高升了，他仍只在太常寺领了个七品奉礼郎的衔。一直到十多年前，他被礼部的尚书看中，将他调至礼部，很快升任郎中，再三年，升至三品侍郎。

"那时方府在金陵城不说数一数二，也算是排在前列的门第了。方远山年纪不大,已然位至侍郎一衔,他有才学,有本事,兴许再有几年,升任尚书、入中书省做平章事也不在话下,可惜后来获了罪。"

"什么罪?"

"数罪并罚。最大的两桩:一个是操持天家祭祖时,把太宗皇帝的名讳写错了两笔;还有一桩置他于死地的,是他拿着户部拨给礼部祭天的银子中饱私囊,贪墨纹银二十万两。当时圣上盛怒,立刻判了方远山枭首,并把方府一家子都从重发落了。方家娘子得知这个消息,第二日就自缢了,其余的也是死的死,充军的充军,唯有府上的小姐,她在宫里投湖自尽时恰好被路过的忠勇侯府的大小姐所救,后来宣威将军归朝,拿着军功请圣上赦免方家小姐的牵连之罪。

"听说圣上本不愿应承宣威将军,但当时忠勇侯刚受故太子殿下保举出征,宣威将军又在岭南立了一功,忠勇侯府的人在朝野上很能说上话,加之宣威将军明摆着要迎娶方家小姐为妻,陛下不好多说什么,只能允了他。"

方芙兰是怎么嫁进忠勇侯府的,程昶听云浠零零星星地提过,心中大致有数,然而眼下听宿台这么从头到尾细细道来,竟觉出些许不对劲来。

他问:"照你这么说,故皇后病逝,方府获罪,故太子殿下保举忠勇侯出征,其实是同一年的事?"

年头有些久了,宿台也记不太清。他认真想了一阵,道:"回殿下的话,不算是同一年。卑职记得方府事发后,没几日故皇后就辞世了,此后不久,太子殿下保举忠勇侯出征。忠勇侯是过了年节走的,中间翻了一年。不过,这三桩事的确是前后脚发生的不假。"

程昶听了宿台的话,不由得沉思起来。

故太子程旸是庶出,后来被寄养在皇后膝下,因为仁德贤雅,很得昭元帝看重。皇后在世时,昭元帝与她相敬如宾,可她离世这些年,倒未见得昭元帝有多思念她。

关在明隐寺的证人曾说,故皇后过世后,故太子殿下就一直在找一个人,这个人极可能就是失踪的五皇子。方远山获罪不久,故皇后就去世了,这两者之间有什么关系吗?

程昶忽然想到方远山起初是在太常寺任职,太常寺这个衙门掌的正是宗庙礼仪。

他问:"方远山最开始在太常寺任职,后来又去礼部任侍郎,那他当时是不是常去明隐寺?"

宿台对着程昶一拱手:"殿下有所不知,方远山最初的职衔是太常寺七品奉礼郎,正是要长日驻留在皇家寺院,主持天家祭天、祭祖、礼佛等事宜的。明隐寺当年是皇家寺院,方远山自然长期驻留在此。说起来,明隐寺被封不久,方远山就调任礼部了,当年朝野中还有人开玩笑说,明隐寺是方大人的'洗福地',说明隐寺把方大人身上的福气都洗去了，因他一离开，就平步青云。"

程昶听完这番话，心中有个念头渐渐明晰起来。他正待去分辨，心跳没由来地一阵一阵发紧。

他伸手捂住心口，没来得及去细想自己是否思虑太过，借着脑海里乍现的一丝微光，从庞杂的思绪里理出一根线头。

卫玠说，当年明隐寺一场血案后，五皇子就失踪了。而血案发生的时候，方远山是太常寺的奉礼郎，正在明隐寺任职。

血案过后，明隐寺被封，方远山得以高升。那是不是说明方远山的高升，与失踪的五皇子有关？

程昶一念及此，倏的一下站起身。他吩咐宿台："你即刻去皇城司，找——"

话未说完，心口又是一阵发紧，仿佛有一只大手攥住了心脏，程昶一下疼得弓下腰，几乎要站立不稳。

他剧烈地咳起来，孙海平与张大虎连忙上前扶住他："小王爷，您怎么了？"

程昶摇了摇头。

眼前渐渐起了雾，胸口还在发紧，直到现在他才意识到，心上的紧缩之感不单单是因为紧张和焦虑，还因为疼痛，痛得他几乎要喘不上气。

他仍思虑着，脑海中回响起卫玠曾玩笑着与他说过的几句话——

"我还当你被追杀，是跟明隐寺当年失踪的孩子有关系呢，这样我就有线索找人了，没想到原来是因为忠勇侯府。"

"你毕竟是亲王之子，将来要袭亲王爵的，如果不是关乎生死存亡的皇储大事，谁愿动你？"

卫玠说得不错。

或许，贵人之所以要追杀他，根本不是因为忠勇侯的案子。

或许，贵人一直想置他于死地的原因，正是与失踪的五皇子有关。

心中思绪千丝万缕，他终于从中找出了那个正确的线头，知道应该从哪里入手。

程昶不断地剧烈咳着，试图把最后一句话吩咐完："去皇城司……找卫玠，告诉他，查、查……"

眼前的大雾蓦地弥散开，如同一张张开的大网，忽然扑来。

昏昏沉沉中，程昶听见有人焦急地喊："小王爷，小王爷！"

是孙海平与张大虎的声音。他想回应他们，可是动弹不得。

渐渐地，这些声音远去了，像是沉入了水底，慢慢被另外一种熟悉的、嘈杂的声音所代替……

第三十章 魂兮归来

"老实点！"像是有人在呵斥。

"警察叔叔，我真的不知道啊，他就是来我庙里算命的。你说他一个金领，年入百万，高端大气上档次，怎么还搞封建迷信这套呢？"

这是……杭州城郊的老和尚？

一旁两个小护士在笑，这老和尚六十好几了，还喊人家警察叔叔。

"再说了，你看我这不是主动报案了吗？不是主动下山去找他了吗？"

警察一边在本子上记，一边说："报警是你一个公民的基本义务。台风天把人赶下山，要不是人家的女朋友来找，你要后悔一辈子。"

"是，是，下次再遇到这种情况，我肯定第一时间告诉警察叔叔。"老和尚说道，又嘀咕，"谁也不知道他这么能找死啊……"

警察指着老和尚脚边一个五彩斑斓的编织袋问："这么一大包，装的什么东西？"

老和尚耍滑头，拿着腔调道："俺山里人，好不容易进一趟城，打算去西湖、灵隐寺、杭州银泰城玩几天，包里带的是换洗衣服。"说着，他弯腰"哗啦"一声把编织袋拉开，翻出里面的T恤、夹克衫，主动交给警察检查。

他没犯法，警察其实没必要看他带了什么，说了句"行了行了"，让老和尚把编织袋收好，然后看向一旁的廖卓和段明成。

他认识廖卓，伤者的女朋友，报警的就是她。

旁边这个……

廖卓介绍道："他是程昶的大学室友，听说程昶出了事，刚从上海赶过来。"

"我姓段。"段明成道，"谢谢警察同志，给您添麻烦了。"

警察点点头，他接到报警电话，听说山里出了车祸，于是进山帮忙把伤者送来医院，眼下伤者有人照顾，车祸的原因也找到了，系台风天开车，也就没他什么事了。

他跟老和尚叮嘱了句："记得等橙色警报过了再上高速。"然后把笔录本合上，揣好走人了。

警察一走，护士就过来了："病人家属过来缴费。"

廖卓点点头，刚要跟着过去，段明成把她一拦："你家里那些事都处理好了吗？"

廖卓愣了下，意识到他问的是她舅舅欠高利贷的事，一时之间难以启齿。

"程昶和你说的？"

"他没提。"段明成道，"但我知道。"

段明成看廖卓这副样子，道："他住的那个重症监护室，一天一万多，烧钱，我去缴吧。"说着从钱包里掏出一张卡，"他在他哥那里留了张卡，之前我从上海过来，他哥把卡拿来给我了。"

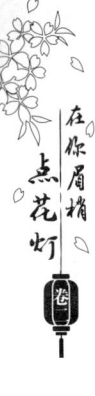

廖卓于是点了点头："那谢谢你了。"

段明成道："小事儿。"

段明成一走，老和尚左右看看，提着编织袋走过来，笑嘻嘻地道："姑娘，我能去看一眼你男朋友不？"

廖卓皱了皱眉："他在重症监护室，不能随便探视。"

"我好不容易下山一趟，让我去看看呗。"老和尚道，"再说了，他又没亲人，今天也就我来看看他，以后八成没什么人会来了。"

廖卓问："你怎么知道他没亲人？"

"他来找我算命啊。天煞孤星，无父无母，亲缘寡薄，我看你也不是他女朋友吧？你瞧着是挺喜欢他，他不见得喜欢你。"老和尚道，"他心里装着别人哩。"

"谁？"

老和尚耍起无赖："你去跟护士说一声，让我去看看他呗，就隔着窗，看一眼行不行？看了我就跟你说他喜欢谁。"

廖卓略一犹豫，转头去护士站了。

过了会儿，一个护士跟着她回来，对老和尚道："病人还没脱离危险，探视时间只有五分钟，只能隔着玻璃窗看，不许进里面。"

说完，她便带两人去洗了手，穿了无菌衣，戴了无菌口罩。

隔着重症监护室的玻璃窗看去，程昶正安静地躺在病床上，身上插满了各种导管。他的面色苍白如纸，额头上隐有一点乌青，大约就是俗称的印堂发黑，但生命体征已趋平稳。

"看好了吗？"一旁的护士问。

"看好了，看好了。"老和尚答道，隔着窗户双手合十，说了声，"阿弥陀佛，希望你早日康复。"

两人一起出了重症监护区，廖卓问老和尚："现在可以告诉我了吗？"

老和尚掏出手机，上下滑了滑，翻出个二维码："我要算算，算好了我就告诉你。这是我微信，咱俩加一个？"

廖卓看他一副江湖骗子的样子，不想理他，见段明成从电梯里出来，便径直走了过去。

老和尚无奈地耸耸肩，拎着编织袋朝着走廊另一头的楼梯间走去。

这时已经过了凌晨十二点，除了急诊，医院四处都很安静。

楼梯间里有盏灯坏了，悬在头顶，忽明忽灭，老和尚一进到楼梯间，便把那副嬉皮笑脸的神情收起来了。他扶着扶手，一步一步往下走，越走面色越沉重，渐渐地，他皱纹遍布的脸上浮现出一丝骇然，连带着脚下的步子也加快起来，到了最后，

164

第三十章 魂兮归来

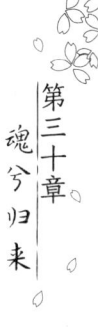

他一步冲出了最后一层的楼梯门。

他照着指示牌，快步出了急诊大厅，绕去医院后院。

外面的风已经停了，这个后院离医院的太平间很近，除了几个烟民，一向没什么人来。

然而到了这个点，角落里蹲着抽烟的几个人看到老和尚，大约是觉得他古怪，心里发怵，将烟头在地上摁灭，很快就走了。

老和尚踩着枯枝，找了一个地方坐下，然后拉开编织袋，从T恤与夹克衫下取出一本十分老旧的线装书。

他摆好阵仗，翻开面前的线装书，顺着第一行"魂兮归来"四个字，一字一句地念诵起来。

他念着念着就闭上了眼，四周不期然起了风，吹动着他眼前的书卷哗哗作响。

这个夜忽然喧嚣起来，老和尚念出的每一句经文，与这夜风混杂在一起，似乎都能起死人魂。

不远处有灵车驶入医院，护士从太平间推出尸体，关上门的一刹那，有风顺着门缝吹入太平间内，吹动着每一具尸身上的白布缓缓飘动。

顺着楼层往上，程昶的重症监护室里，两个穿着无菌衣的护士推开门，对着心电监护仪记录数据，其中一人看了眼程昶，道："他长得真好看。"

"是啊。"另一人附和，"刚送过来那会儿，我就在想，怎么会有人长这么帅。"

两人记完数据，刚要出监护室，地面忽然颤了一下。

"怎么回事？地震吗？"

"哪这么容易地震的？"

可话音一落，地面又颤了一下，随即轻轻震颤起来。

两名护士对看一眼，一时闹不清状况，忙乱之中只来得及说一句："保护病人！"其中一人连忙扶住程昶的病床。

就在这时，心电监护仪忽然发出警报声，病床上，程昶的呼吸急促起来，他面色苍白，口中喃喃似想说话，嘴里的热气喷在呼吸罩上，伴着一旁仪器发出的声音，诡异得像来自幽冥的鬼魅。

扶着病床的护士看呆了，尚未缓过神来，只见程昶的胸猛地一个起伏，他忽然睁开了眼。

明明是非常好看的、黑白分明的眼睛，可这么直直地看过去，却发现白的惨白，黑的地方似乎要汇聚这浓夜里所有的暗，能把人吸进去。

护士吓得"啊——"的一声惊叫，连连往后退去，跌倒在地，惊恐万状地望着病床上躺着的人。

然而，这一切只不过发生在一瞬间。

待她从地上爬起来，重新朝四周看去，监护室里刚才的震荡仿佛只是一场幻觉。

心电监护如常，指数也如常，而病床上的程昶已缓缓闭上眼，再次陷入无尽的昏睡里去了。

……

第三十一章 将军扬缰

程昶蓦地坐起身，仿佛刚自幽冥黄泉里回魂，接连不断地喘着气。

他解开衣衫，看向自己的胸膛，胸膛光洁紧实，没有伤口。

这是……怎么回事？

程昶怔怔地坐着，有一瞬间几乎是耳无所闻，直到他的心跳慢慢平复下来，这才听到耳畔有人唤自己。

"小王爷——"

"昶儿？昶儿！"

程昶转过脸去，只见琼亲王妃正坐在榻边，她的眼角有泪渍，是刚哭过，孙海平与张大虎就立在她身后，一脸焦急地望着他。

他居然还在大绥？

程昶有些茫然。

他还以为刚才那个老和尚已经把他招回去了呢，敢情居然是个学艺不精的半吊子？

琼亲王妃见程昶终于有了反应，连忙让开榻边的位子，请太医过来把脉。

太医看过后，起身拱了拱手，对琼亲王妃道："王妃殿下放心，王世子殿下身子康健，此前昏迷不醒应当是太过操劳所致。"

王妃点了点头，问程昶："昶儿，你觉得怎么样？"

程昶道："母亲放心，我已无事了。"

孙海平为他打水净了脸，端来早膳，程昶与王妃一起用完，又陪着她说了会儿话。

王妃为了守程昶，已经一天一夜没休息，眼下实是乏了，见他无碍，就由下人搀着去歇着了。

程昶默坐了一会儿，仍未能从时空的轮转中回过神来。他人虽在大绥，那他频频有现代的感应，究竟是因为什么？

心中涌现出无数个答案，然而找不到佐证，没有一个答案是可以确定的。

程昶觉得自己这么凭空乱想不是办法，他收回思绪，转而问："我睡多久了？"

"回小王爷的话，您已睡了快三日了。"

快三日了？也就是说，今日已是二月十二了。

程昶记得忠勇旧部是二月初十到金陵，此后休整一日，二月十二夜里赶去西山营，隔一日清早就出发去岭南。

只余不到一日，云浠就要出征了。

忠勇侯的旧部既然到了金陵，他们的证词想必已经递交到了刑部。刑部整合案宗，这两日就可以把结案的折子递到昭元帝御案前，但这折子参的是郓王，昭元帝未必愿意立刻理会，拖个三五日总是有的。

程昶还打算赶在云浠出征前把忠勇侯的案子结了呢。想到此，他站起身，拿过柜阁上的官袍就要换上。

孙海平问："小王爷，您要去皇城司？"

他想着程昶刚转醒，身子尚未康复，这就出门办事，恐怕又要操劳，于是道："小王爷，小的代您去皇城司吧？"

"皇城司？"程昶愣了下。

"您不是要去找卫大人吗？"孙海平道，"您晕过去前，不是吩咐宿台去皇城司找卫大人吗？但您没提要找卫大人做什么，宿台就没去。"

程昶系袍扣的动作缓下来，经孙海平这么一提醒，他想起来了，他晕过去前，正在查方芙兰之父方远山的案子，方远山当年平步青云，极可能与失踪的五皇子有关。

程昶对孙海平道："你待会儿让宿台去皇城司给卫玠带句话，让他从方远山的案子入手，查一查当年明隐寺的血案。"

言罢，他吩咐张大虎套马车，匆匆往宫里去了。

这日是花朝节，在大绥过花朝，很有些讲究。白日里，闺中的姑娘要剪花纸、祭花神，到了晚上，还要去河岸边放灯许愿。

往年的花朝节，云浠不是在衙门值夜，就是在外头巡视，今年好不容易得闲，她总算能留在府中，与阿苓、阿久几人一起剪花纸了。

忠勇旧部是初十到的金陵，云浠特地带了一千兵卫出城去接，旧部一共四百余人，听上去不多，看上去却黑压压一片，云浠因此没带他们入城，而是从城外绕行，直接去了西山营安置。

其实忠勇侯的旧部远不止这一点，盖因招远叛变后，裴阐受命去塔格草原，大多旧部经朝廷重新编制，入了裴阐麾下，余下像阿久这样只愿效命于云氏的，就由阿久之父秦忠带着，退到了塞北吉山阜，等候朝廷新旨。

云浠明日一早就要出征，照理今天该早些去西山营的，但程昶此前说过，她临行前，他要来送她，她如果早早去了营中，担心不能与他见上一面。

云浠实在想与程昶道个别，可她连等了两日，程昶那里竟一点动静都没有，以至于她手上剪着纸，人却有些心不在焉，频频往院外望去，没留神剪子在她指间一滑，险些剪伤她的手。

鸣翠见这情形，问："大小姐，您是在等什么人吗？"

云浠还没答，一旁盘腿坐着的阿久就道："她能等什么人，她是着急出去打仗吧！"

她从高木凳上跃下，来到桌边，随手拨了拨桌上剪好的花纸，挑出一朵牡丹，赞叹道："人间富贵花！这个好，这个给我吧，我拿去挂树梢上！"

白苓道："阿久姐姐既然喜欢，拿去好了。"

阿久满意地将牡丹收了，问："你还会剪什么？要不再给我剪两个金元宝？"

鸣翠抿唇一笑："阿苓妹妹手巧，什么都能剪好，阿久姑娘可以让她给你剪一幅百花图。"

"什么都能剪好？"阿久似乎不信，她在桌上的彩纸堆里翻了翻，找出一张红纸，"我其实不大喜欢花儿啊草啊什么的，这样，你给我剪一个将军，手拿长矛、威风凛凛的那种。"

白苓点点头，接过红纸，仔细思量一番，在纸上落下剪子。

须臾，一个人像自红纸上渐渐成形，鸣翠在一旁看着，忽然讶异道："大小姐，阿久姑娘，你们快来看，这不是少爷吗？"

云浠移目看去，红纸上的人身着甲胄，眉峰凌厉，与云洛果真有八九分相似。

"我看看！"阿久一手拿过人像，仔细看了眼，当即一拍白苓的肩，惊喜道，"还真像！"

她对这人像剪纸爱不释手，反复看了数遍，本想揣入腰囊里收好，又怕起了褶痕不好看，在云浠的柜橱里翻了翻，找出一个方木匣，把云洛的人像收入其中，然后热切地对白苓道："你再帮我剪几个人行不行？"

白苓问："阿久姐姐还想要谁的人像？"

"剪一个阿汀，再剪一个老忠头。"阿久说着，转而一想，白苓离开草原的时候还小，或许不大记得老忠头的模样了，于是道，"算了，剪一个我吧，我的人像要比阿汀和云洛都大些，威猛一些！"

白苓点了点头，从桌上仔细拣选了两张红纸，持剪剪起来。

阿久看她剪纸剪得好，一时间也起了兴致，从桌上随意拿了张纸，比对着云洛的人像，也学着剪起来。

她手笨，剪了半晌没剪出个什么样子来，立刻自暴自弃，看云浠也剪得歪瓜裂枣，把她拽出屋，说："阿汀，咱们去秦淮河边玩吧，我想放灯了。今天是花朝节，可以放灯。"

云浠道："上元节那天不是带了几盏灯回来吗？"

"上回的？早放了！"阿久道，"你是说琮亲王府那个小王爷给的祈天灯对吧？你去明隐寺那两天，你嫂子跟我、鸣翠还有阿苓妹妹一起放的，我们还在灯上写了愿望。你别说，还真灵，你嫂子在灯上写'沉冤昭雪'，侯爷真的就昭雪了！"

她勾着云浠的肩，推着她往府外走："走吧走吧，再不出门天就黑了，咱们就该去西山营了。"

云浠一听这话，心下沉了沉，对阿久说："阿久，我有点事要办，不能陪你去秦淮河边了。"

"什么事？怎么没听你事先提过？"

云浠不想瞒着她，可也不知该怎么与她解释，思来想去只道："我事先与一个人约好了，要去和他道个别。"

言罢，她生怕阿久追问，快步走到府门外，解开拴在木桩上的马，翻身上马，朝阿久招招手："我一定尽早回来！"

申末日暮未至，金陵中人或在家中忙着夜饭，或早早上秦淮河畔赶花朝了，街巷中反倒没什么人。云浠一面打马往琮亲王府赶，一面在心中想，她就只去见他一面，跟他说一句她要走了，让他多多保重就好。

反正整个金陵都知道他们相熟，她登一登王府的门，怎么了？

路过一个巷口，对面有一辆马车迎面驶来，云浠原没在意，擦肩而过时，忽然觉得不对劲，马车很眼熟，驾车的人……似乎更眼熟？

她蓦地勒住马，催着马调了个头，朝那马车望去。

马车也调过头来了。

驾车的人是张大虎，不一会儿，车上下来一人，一身月白常服，眉眼如水墨浸染，手里拿着一道明黄圣旨向她走来。

离得近了，程昶展开圣旨道："忠勇侯府云氏女接旨。"

170

第三十一章 将军扬缰

云浠愣了一下,连忙下马,单膝跪地:"臣在。"

"朕绍膺骏命,今已查明,昔塞北一役,忠勇侯云舒广追出境外,系粮草短缺所致,并无贪功过失,今,令礼部张榜,将其清白之名昭告天下,并赐金印紫绶,以表其功——"

云浠刚才见程昶要念旨,原还没有反应过来。

昭元帝虽下令让三司查明忠勇侯的冤情,可这案子牵涉郓王,审案的过程必定困难重重,即便能够结案,昭元帝那里也会拖上十天半月,没承想程昶竟赶在她出征前就把这案子办妥了。

程昶收了圣旨,道:"陛下已命礼部的人去拟榜了,想必今日夜里就能张贴出来,就是你哥哥袭爵的事,可能要等到你从岭南回来以后了。"

说着,见她仍跪着,提醒道:"还不接旨?"

"是。"云浠连忙伸出手,"臣谢陛下隆恩。"

几年了,她无一日不盼着父亲的污名能够洗清,今日听到这个消息,如同一块悬在心中的大石总算落了地,开心至极。

接过圣旨,她站起身,问道:"怎么是三公子送这圣旨来?"

程昶道:"刑部结案的折子已经递到御案了,我进宫见了陛下,跟他说你明日要出征,他就写好圣旨,让我先行送过来了。"

昭元帝不愿这么早批复刑部的折子,程昶知道。

若旁人催他,他未必肯应允,但偏不巧,今日进宫催他的是被他亲儿子追杀了几次的亲侄子,他要粉饰太平,于是只有拟旨了。

云浠知道程昶虽说得轻描淡写,但这期间操劳辛苦,哪里是三两句话道得清的?

她不禁道:"三公子为我阿爹的案子夙兴夜寐,我实在不知道该怎么答谢。"

"不必谢。"程昶道,"你明早要出征,早点把这事解决了,你早点放心。"

云浠愕然道:"三公子是特地赶在我出征前,跟陛下讨来的圣旨?"

"我不是说过吗?"程昶淡淡笑道,"我要追一追你啊。

"可惜耽误了几日,本来想陪你过个花朝节,但是来不及了。"

他是去年花朝节来到这里的,算上今天,他与她刚好相识一年。

云浠听了这话,不由得问:"三公子这几日去哪里了?"

程昶却没答这话,他指了指巷子,要陪她走回侯府。

郓王的案子虽已审结,忠勇侯府的内应却一直未露踪迹,云浠夜里就要赶去西山营,想到这大半年程昶一个人在金陵,她放心不下,说道:"其实上回罗姝来忠勇侯府以后,我让阿久跟踪过阿嫂,我们上明隐寺的两日,阿嫂的行踪没有异常,更没有向郓王报信之嫌。不过,仅仅两日,不足以消除阿嫂的嫌疑,所以近日我没让阿久去西山营，仍让她留在侯府，她并未发现任何异样。

"明早我就要出征了，忠勇侯府的内应藏得这么深，我实在有点担心，三公子那里有什么线索吗？"

程昶沉默片刻："没有。"

他虽然让卫玠从方远山入手，追查当年明隐寺的血案，但这一切毕竟只是怀疑，也许是他冤枉了方芙兰也说不定。

何况这些年方芙兰与云浠相依为命，眼下云浠出征，是要上战场的，战场上刀剑无眼，他担心她的安危，不想拿不确定的事搅扰她的心神。

云浠道："三公子如果有线索，一定要和我说。如果侯府中有人行悖逆之事，加害三公子，我绝不姑息。"

程昶笑了，道："一定。"

忠勇侯府快到了，程昶顿住步子，看向云浠："留样东西给我吧。"

云浠点头："好，三公子要什么？"

程昶上下打量了她一眼，目光落到她发髻里插着的铜簪上。

簪身古朴清雅，簪头镂刻着一只飞鸟，式样很别致，男女皆可佩戴。

"你这簪子，用很久了吗？"

云浠道："很久了，我及笄前就开始用了。"

"把它给我吧。"

"好。"云浠应道，随即把簪子拔出，交到程昶手上。

几缕长发顺势从她马尾中脱出，垂落在鬓边，为她本来明媚的五官平添了几分温柔。

程昶接过她的铜簪，笑了一下说："我不占你便宜。"

言罢，他取下头上的玉簪，青丝如瀑，随着簪子拔出便一下倾泻下来，丝缎般披在他的肩头，衬着他山河作的眉眼，如月上仙人。

他微微倾身，把玉簪插入她的发髻中："我的给你。"

然后他看着她，似觉得这玉簪衬她，又笑了一下，从袖囊里取出一物，递给云浠："还有这个。"

是他曾在白云寺观音殿里为她求的平安符。

云浠不知道，这个平安符对程昶而言有多重要，这是两个世界，唯一曾随他往、随他归的东西，是他存于这个颠倒时空里唯一的信物。

他只是说："它很灵，跟着你去岭南，一定会保你平安。"

街巷里响起梆子声，戌正了。

程昶对云浠道："回吧。"

第三十一章 将军扬缰

云浠点点头，握着平安符，转身走了一段，忽又回转身，快步走回来。

"怎么了？"程昶问她。

云浠似是犹豫，好半晌才问道："三公子，你会不会不希望我出征？毕竟很多人都说……女子从军，是不好的。"

其实岂止不好，简直是异数中的异数。

身为女子，应该三从四德，应该相夫教子，像她这样混迹军中向往沙场的，实在是悖逆伦常。

而他身为王世子，将来的亲王殿下，应该是希望娶一名贤德的王妃的。

程昶问："我不希望你出征，你就不去了吗？"

"我还是会去的。"云浠道。

她看着程昶，目色坚定异常："因为我很希望像阿爹和哥哥一样，做一名守疆御敌的将军。眼下他们都不在了，我想代替他们，承云氏先人之志。"

"但是我……"云浠垂下眸，咬了咬唇，"真的很在意三公子是怎么想的。"

程昶道："我也希望你去。"

"真的？"云浠眼睛一亮。

"真的。"程昶点头，"你有自己的目标，并且一直为此坚持着，没有比这更好的事了。

"所以不必在意自己是否特立独行，一个人能忠于本心，执着于眼前事，是很了不起的。"

云浠道："好，那我一定会打胜仗，一定能够凯旋！"

程昶笑着道："是，女将军，听上去多威风。"

云浠敛眸默立了一会儿，抬头望入他的眼，说："我舍不得三公子。"

他的脸色不好，十分苍白，她一早就注意到了，她不知道她这一去多久才能回来，她也希望他可以平安。

程昶也看着她，她眼里的光一点一点映在他眼中，他忽然握住她的手腕，把她往身前一带，俯下身去。

唇上细而软，如同早春初绽的花瓣。

她的身子一下就僵了，整个人轻轻颤了一下，但是一点拒绝之意都没有，还试图学着迎合。

程昶觉得好笑，轻轻松开了她。

他的鼻尖只离她半寸不到，就这么俯眼看去，她眸中的慌乱与无措一览无遗，可是即便这样，她竟一点不退，定定地回望他。

"你这样，"程昶道，"还让不让人好好追了？"

"三公子不追了吗？"云浠想了想，认真地道，"三公子如果不愿意追了，那就换我来。"

"追。"程昶扬眉一笑，"我这个人，其实有点自私。我打算追你追到前无古人后无来者，这样如果有一天我不在了，你不会忘了我。"

云浠一愣："三公子会不在吗？"

程昶安静地看着她，片刻，摇了摇头："不会。"他道，"我等你回来呢。"

他退开一步，催她："好了，太晚了，快回去吧。"

云浠回到侯府，赵五竟没在府门口守着，方芙兰正在前院，一脸忧色地来回徘徊。

"阿嫂？"云浠唤了一声。

方芙兰看到她，疾步迎上来，责备道："你上哪儿去了？这都什么时辰了才回来。"

她该戌时就出发去兵营的，是回来得晚了。

云浠赧然道："我去跟一个朋友道别，所以耽搁了一会儿。"

方芙兰有点讶异，阿汀从来不是个不守时的人。

她的目光落到云浠发髻间成色极好的玉簪上，旋即明白过来，伸手帮她把垂落鬓边的发挽入马尾中，重新为她簪了发，问："此去岭南，这簪子你可要随身带着？"

云浠低低"嗯"了声。

方芙兰颔首，道："秦叔来了，正在正堂里等着你，我去为你找个软匣。"

秦叔即秦忠，曾经是云舒广麾下天字部的统兵大人，与阿久是父女，性格又直又躁。四年前塔格草原一役，他受了重伤，连腿也跛了，而今伤病虽愈，却落下一身旧疾，再上沙场是不行了。回京后去枢密院述职，听说还是裴阑帮他安排了个闲差。

云浠三两步到了正院，还没入堂内，便听秦忠在里头训斥阿久："你一直这么毛毛躁躁的，叫我怎么放得下心？就说之前圣上的诏令传到塞北，你们仨一起启程，我千叮咛万嘱咐，让你保护他们，保护他们，你倒好，几回冲到最前头，到了金陵也四处瞎跑，怕不是这回去了岭南，你也只顾着杀敌，不管大小姐的安危！"

阿久蹲在椅子上，十分不满，噘着嘴道："他们俩本事比我高到哪里去了，哪用得着我保护？老忠头你也别小看阿汀，她如今功夫好着呢，能跟我打平手。"

"我让你保护他们，是因为他们没你有本事吗？是因为——"

秦忠话没说完，瞧见云浠迈步进了正堂，顷刻噤声。

阿久抓起搁放在一旁的佩刀，从椅子上一跃而下，兴奋道："阿汀你回来了，咱们赶紧走吧！"

云浠点了点头，想起他们方才的谈话，问："刚才你们在说谁？"

第三十一章 将军扬缰

阿久"哎"了声:"我不是和你说过吗,我路上遇着的两个朋友,我们仨一起回的金陵。"

见云澹将信将疑,她一指秦忠:"老忠头,你跟她说。"

秦忠点头道:"对,久子的朋友。这两人早年也是侯爷麾下的,后来受了伤,到吉山阜长住。那会儿你跟久子还小,不认识他们。去年诏令下来,他俩听说圣上召回我们,也想来金陵,久子就跟他们同路回来了。"

言罢,他一看天色,催道:"行了,裴阑那小子特允了我一日休沐,让我过来送你,谁想居然被你耽搁到这么晚。你们两人一个将军,一个前锋营统领,自己先要做好,不然再好的兵马也会变成一盘散沙,赶紧出发吧。"

云澹和阿久到了府门口,赵五已经备好两匹快马,方芙兰等在府外,见了云澹,递给她一方软匣,道:"用来收你的玉簪。"

云澹接过,想到此去风烈尘扬,便把玉簪拔下,仔细收入软匣中。

方芙兰又从鸣翠手上接过行囊,交给云澹:"开年为你赶制的春衫已搁在里面了,想必还能穿上一阵,听闻岭南入夏后酷热。你是去领兵打仗的,身子最要紧,切记不可贪凉。"

云澹笑道:"当年哥哥从岭南回来,带了那儿的干芋角,阿嫂爱吃,这回我去岭南,也给阿嫂带芋角!"

方芙兰柔声道:"阿嫂什么都不要,只盼着你平安回来。"

说着,她对阿久敛衽施了个礼:"阿汀莽撞,还望阿久姑娘一路上多看顾她。"

阿久伸手将她扶了扶,点头应道:"嫂子只管放心。"

两人一齐上了马,催马快行数步,方芙兰一时不舍,忍不住追了几步,唤了声:"阿汀。"

云澹勒马回转身来。

月色如水,方芙兰身着淡白披风,独立在街巷,一如误入人间的仙娥,她目中盈盈有泪,叮咛云澹道:"你做事隐忍,全凭一人担着,这不好。此去岭南,记得凡事量力而为,阿嫂……等着你回来。"

云澹道:"阿嫂放心,等到了岭南,我一定时时写信回来报平安。"

云澹与阿久一路打马快行,到了西山营,大军还有一刻才整行,守在营外的守兵上来拜道:"将军,要传人鸣号了吗?"

云澹道:"等卯初吧。"

守兵称"是",又说:"田校尉夜半过来,像是愿随将军同往岭南,眼下他等在营里,将军可要见他?"

"田泗?"云澹一愣。

175

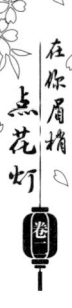

她此去岭南，虽说有信心取胜，但岭南毕竟是蛮荒之地，到时战况究竟如何，实在是说不好。

田泗跟了她几年，到底没上过沙场，田泽今年又要科考，云浠便令他留在金陵陪田泽温书。

没想到他竟找到西山营来了。

云浠道："我去见他。"

田泗其实就等在塔楼边上，见云浠到了，连忙上前，说道："阿……阿汀，你去岭南，带上我一……一起吧。我会，保护你，不会——拖你后腿的。"

云浠道："不是我不愿带你，但望安的春闱就在三月——"

"这也是，望安的意思。"不等云浠说完，田泗就道，"是他让我跟着你的。"

"这些年，若不是你，我跟望安，哪能轻……轻易在金陵立足？"田泗道，"忠勇侯府，对我们，有恩。"

云浠见他执意要去，便不再相劝，点头道："那行，你就跟在我身边，做我的贴身校尉。"

言罢，她催马入营中，回头一看，阿久竟没跟来，她仍在营外，勒着马在原处站着，对云浠道："阿汀，我想去见个人。"

云浠一愣，旋即了然道："你那两个朋友？"

阿久"嗯"了声："他们知道我今日出征，说会出城来送我，我想去附近看看他们来了没。"顿了一下，立刻补了句，"我一定赶在鸣号前回来。"

云浠先前听闻这两人也曾在云舒广手下效力，本想跟着阿久一起去见见他们，奈何她是将军，眼下大军即将起行，还有诸多要务要办，只得道："你去吧。"

距西山营二里地外，有一个茶寮，据说是一个解甲归田的老兵开的，平日夜里二更开张，卯正关张，专供将军出征前歇脚之用，除非在军中待惯了的兵将，否则不知道这个地方。但老兵身子不好，茶寮已荒置很久了。

然而这日一早，茶寮外又点起灯笼，寮前的棚子下，有两人正坐在桌前吃茶。

其中一人身穿褐衣斗篷，兜帽遮得严实，不太瞧得清模样。另一人穿一身玄色衣衫，看样子已过而立之年，眼上覆着一条白布，大约是受过眼伤，不能见光。

阿久将马拴在茶寮外的木桩上，冲着其中一人嚷嚷："喂，她都要走了，你不去见一下吗？"

褐衣人将茶送到嘴边，动作一顿，答非所问："岭南山险，此前给你画的地形图，教你的作战要诀，你都记熟了吗？"

"会了会了。"阿久道，她解下佩刀放在桌上，翻了个茶碗，也给自己斟了碗凉茶，仰头一饮而尽，"你已来回教了七八遍，我倒着都会背了。"

"你这人，万事不过心，只要想忘，没有忘不掉的，我该让你默下来。"

"默下来带在身边？去岭南这一路，我和阿汀吃一起，睡一起，要是被她发现，起了疑心怎么办？"阿久又说，"岭南的寇乱不好平，你这么不放心，陪她一起去呗。"

褐衣人不答，但他似乎真的不放心，握着茶碗的手指微微收紧，目光移向西山营的方向。

"好了好了，"阿久道，"你们两个就好好留在金陵，争取早点找到五殿下，为侯爷申冤报仇。阿汀的安危交给我，我会拿命护着她的。"

褐衣人听了这话，看向阿久，沉默一下，道："阿汀护得住自己，你也要多保重。"

对上他的目光，阿久微微一愣，她垂下眼，又斟了碗茶一饮而尽，从腰囊里摸出一样东西拍在桌上："这个送你。"

是一捆卷起来的竹简。

褐衣人展开来一看，竹简上贴着三个红纸剪的人像，一男两女，如果云浠在这儿，就能认出这三个人像是白苓在花朝节剪的云洛、阿久和她。

阿久揉了揉鼻子，似是有点难为情："本来我打算自己留着的，看你可怜，给你了。你要是想……阿汀了，就拿出来看一看。"

一阵风吹来，拂落褐衣人的兜帽，露出他原本俊朗的眉眼，竟与竹简上手持长矛、威风凛凛的将军一模一样。

他垂眸看着竹简，笑了一下："多谢。"

"好了，我得走了。"阿久拿起桌上的佩刀，解开拴在茶寮外的马，翻身上马，背着身朝他们挥了挥手，打马扬鞭而去。

不多时，远处号角长鸣。

褐衣人听见号角声，四下看了看，双足在地上一点，身轻如燕，跃上茶寮外丈余高的旗杆上，举目望去。

一旁的玄衣人听见动静，跟着出了茶寮，站在旗桩边上道："沙场上瞬息万变，作战要诀毕竟是死的，临到紧要关头，未必派得上用场。你曾在岭南立过功，如果陪她同去，一定能助她旗开得胜。"

"不了。"褐衣人摇头，"小丫头一直想承云氏先人之志，当将军，上沙场，我从前虽带她在塞北御过敌，终归只让她做个跟班罢了。领兵打仗这种事，唯有真正亲身经历一遭，才能见识一番新天地。"

晨风渐劲，吹动他的斗篷。斗篷翻飞飘扬，露出里头一只空空荡荡的袖管。

虽然没了右臂，但他眉峰间的英气却丝毫不减当年。

听着一声又一声大军起行的号角声，云洛极目望去，像是能看到几里开外的塔楼上，身着甲胄的纤纤身影。

他嘴角微扬："这小丫头，长大了。"

长得比他想象的还好。

号角声停，云浠步下塔楼，催着马，一列一列地检视过她的两万大军，来到阵前，高喝一声："将士们——"

"在——"

"此去岭南，山高路险，本将军望你们——"

她微一顿，想起程昶昨日告诉她的话。

"不必在意自己是否特立独行，一个人能忠于本心，执着于眼前事，是很了不起的。"

"本将军望你们不惧险阻，不惧强敌，纵使铁骑碎甲，亦不可夺志也！"

众将士齐声应，山呼海啸一般："纵使铁骑碎甲，不可夺志也——"

云浠点点头。

春光兜头浇下，在她本就十分明媚的眉眼间勾勒出一丝坚定，有几许不同以往的自信。

她高坐马上，身着银色甲胄，披着朱红披风，猎猎晨风卷着披风往后扬去，英姿飒爽。

"出发。"云浠勒马往南，手里扬缰。

第三十二章 杀机再现

　　初春的清晨是寒凉的，赵五刚起身，打着呵欠走到前院，就看到方芙兰笼着薄氅，从照壁后走出，唤了声："赵五。"

　　她这一夜心忧云浠，没怎么睡好，脸上没有半分血色，单是看上去就弱不禁风。

　　赵五问："少夫人，您怎么这么早就起了？"

　　方芙兰道："我身上有些不适，需去药铺一趟。"

　　方芙兰通常是每十日去一回药铺，偶尔疾症犯了，去得勤些，也会提前半日与赵五打招呼，像今日这么撞上来就说要出门的，少之又少。

　　赵五思量半晌："行，那小的这就送少夫人过去。"

　　方芙兰看他面色犹豫，问："你可是有事在身？"

　　"也不是什么大事。忠勇旧部回京，有几个老兵不识字，没写述职文书，大小姐昨日代他们写了，嘱小的交去兵部。"赵五又说，"没事儿，小的今日先送少夫人看病，明日再去兵部交文书不迟。"

　　方芙兰道："既是忠勇旧部的事，不该耽搁。"她稍一思索，"你把文书带上，送我去药铺之后，不必等我，早些去兵部交文书，我看完诊，会托岑掌柜送我回来。"

　　赵五想了想，觉得也成，去后门套了马车过来，见方芙兰独自一人等在府外，问："鸣翠不跟着少夫人您吗？"

　　方芙兰摇了摇头："昨夜她帮阿汀收整，忙到后半夜才歇下。"

　　赵五点头，心想药铺的医婆照顾尽心，少夫人去药铺，鸣翠确实不是回回都跟着。

　　时辰尚早，到了朱雀街南街与秦淮河岸的岔口，和春堂才刚开张，岑掌柜正在铺子外一条一条地取门板，听到有马车在身后停驻，回身一看，走上去揖礼："少夫人可是疾症又犯了？"

方芙兰点点头，问："薛大夫今日在吗？"

薛大夫便是常为方芙兰行针看病的医婆。

"在的。"岑掌柜道，"她今日来得早，天没亮就到了。"

言罢，他朝铺子里招呼道："薛大夫，侯府的少夫人过来了。"

顷刻，一名鬓发斑白、慈眉善目的老妇人从里间走出，笑着道："上回给少夫人开的药方子里，有一味药材铺子里没有，只好用旁的替代，赶巧这味药昨儿半夜里到了，我还说配好药，差人送到侯府去，可巧少夫人就过来了。"

说着，引着方芙兰往里间行针去了。

守在药铺外的赵五见状，放下心来，驱着马车赶去兵部了。

岑掌柜看着他的背影消失在街巷尽头，掩上门，回到里间，对方芙兰与薛大夫道："走了。"

薛大夫一点头，把展开的针囊又卷起来收好。

方芙兰见她眉间有浓重的忧色，问："他夜里就过来了？"

薛大夫应道："是，四更时分过来的，听说只因一个小错处，便被陛下罚跪在文德殿外，从正午一直跪到夜里三更。"

她一边说着，一边与岑掌柜一起挪开靠墙的一个药架，推开藏在后头的暗门。

暗门后是一条封闭的暗巷，顺着往深处走，尽头是一户寻常人家的后门。

薛大夫叩门三声，须臾，门"吱呀"一声开了，应门的武卫拱手道："少夫人。"

薛大夫将手里的薄氅递给方芙兰："少夫人快去看看吧，殿下已枯坐了一夜，只顾喝酒，任谁劝都不听。"

方芙兰微点了一下头，走进院中。

这户人家从外头看上去稀松平常，后院的院落却极别致。春来，万物萌发，院里栽着的白玉兰灼灼绽放，石桥边的垂杨下，有一人正坐在石桌前自斟自饮。

他身形修长，腰间佩着一块古朴的玉，就这么看过去，侧颜俊美异常。

似是听到方芙兰的脚步声，他道："来了？"

方芙兰"嗯"了一声。

他笑了："我知道你会来，所以在这里等你。"

她冰雪聪明，昨日云澥把忠勇侯一案的结案圣旨带回侯府，她一定能猜到会发生什么。

方芙兰轻轻把薄氅罩在他的肩头，在他对面坐下，问："三公子逼着陛下结了侯爷的案，陛下罚你了？"

"父皇想轻惩老四，推说他不知道枢密院换粮的事，只治了个监察不力的罪，大半错处让姚杭山担了，余下的，就治我失察，说我没将当年的账册算清楚，才让姚杭山钻了这么大一个空子。"他苦笑了一下。

方芙兰看着他，他的眼十分好看，弧度柔和，眼角微微下垂，是天生一双多情目，如若笑起来，不知有怎样的风华，可惜他很少真心地笑，就如现在，他的眼帘微敛着，让人辨不清他的心绪。

方芙兰道："其实当年你发现郓王呈交上来的账册出了问题，分明可以告知陛下的，何必拖到现在？"

陵王淡淡道："算了，他惯来讨厌我，我若凡事做得太好，反而会惹他忌惮。"

他想起他头一回当差，办好一桩大案，满以为会得昭元帝赞赏，谁知奏疏递到御案，昭元帝反倒青了脸，此后近半年不曾召见他。

"所以，就不劳他费心挑我错处，我自知该怎么做，左右这些年他斥我毫无建树，我也习惯了。"

方芙兰问："三公子的事，陛下怀疑你了吗？"

"他想怀疑也没证据。"杯中酒尽，陵王又斟了一盏，送入唇边，"该封的口已经封干净了，裴府和白云寺，都是老四动的手，他想证明我借刀杀人，可他怎么把老四撇干净？他即使怀疑，也不会想追查的。

"何况老四实在太蠢了，不过是看明婴与云浠走得近了些，什么都没准备好，就急赶着在裴府水榭动了手。白云寺那次，若不是你帮我把耳珠放入姚素素的牙关里，利用罗姝，把明婴引去清风院，我又事先在清风院里安排了两个证人，老四至今都以为他的计划天衣无缝呢。"

"可惜，"陵王说到这里，顿了一下，"我算错了一步。"

方芙兰看着他："三公子？"

"是。白云寺明婴落崖，我分明让我的人混在老四的暗卫里，跟着追到清风院外，事后还放灯在崖壁上找过，虽没找到，但从那么高摔下来，也该是必死无疑了，不知是怎么活下来的。我算着明婴身死，皇叔必然会追究他的死因，继而查到老四、姚杭山身上，是故在清风院里留了一份证词给皇叔，毕竟皇叔不清楚当日情形，应当不会对这一份证词起疑。没想到，明婴竟活着回来了。

"他实在太聪明，就这么一份证词，他就对我生了疑。"

方芙兰道："他也对我生了疑。那日他抱着雪团儿到秦淮河边查素素的案子，见雪团儿像是认得我，该是猜到了秋节当夜，素素最后见到的人是我，说不定会让他手下的人去追查当年方家的事。"

陵王听了这话，放下杯盏，并指在石桌上轻轻叩着，半响，道："恐怕他还会去找卫玠，让他从当年方府的案子入手，去查明隐寺的血案。"

他说到这里，眉心微微蹙起："如果是这样，那就不好办了。"

他拍了拍手，顷刻，远处有一名武卫上前来拜道："殿下。"

"立刻让御史台的柴屏来见本王。"

方芙兰闻言，微微一愣："你要亲自对三公子动手？"

一瓣玉兰从树梢脱落，缓缓坠在石桌上，停歇在他修长如玉的指边。

方芙兰看着那瓣玉兰，轻声问："你能不能，不杀三公子？"

"为何？"陵王问，旋即明白过来，"因为云浠？"

方芙兰垂眸苦笑了一下："阿汀待我情深义重，我只是不希望她最后落得像我这样。这些年我们一起相依为命走过来，这世上如果有令她开心的事，我便希望这事能永存；如果有让她喜欢的人，我便希望她能好好与那人在一起。"

陵王看着方芙兰，良久，轻叹一声："没用的。你知道父皇为什么要让云浠掌兵权吗？因为她是女子。

"老四不能承大统，父皇无一日不盼着卫玠和宣稚能够找到程旭。可这个程旭毕竟是流落民间的五皇子，哪怕有朝一日能归朝，一时之间也难得群臣信赖。届时朝局动荡，兵权都分在各大将军手里，程旭除了宣稚，再无人扶持，如何立足？所以父皇把兵权交给云浠，因为她是女子，只要一嫁人，兵权自然而然就能归到天子或皇储手中了。

"是故云浠嫁的这个人，任凭是谁都好，绝不能是明婴。父皇把兵权给她，是为了让她保兵权。明婴的身份太尊贵，如果从皇祖父那一辈算，他才是正儿八经的嫡系，血脉甚至比得过我这个庶子。他是对皇权有威胁的独一人，云浠嫁了他，岂非兵权旁落？

"若明婴还跟从前一样浑浑噩噩倒罢了，可你看他现在，哪有半点糊涂的样子？聪慧胜常人十分，甚至连卫玠都肯为他所用。最让人不安的是，他太冷静了，像这世间方外人，每一步都走得极清醒。若不是他失忆了，像个无头苍蝇似的在一团混沌中摸索，恐怕我眼下已不是他的对手。"

"三公子失忆了？"方芙兰愕然。

陵王"嗯"了声："我日前在户部碰见他，拿周洪光家的五哥儿试了试他，他虽应变自若，但还是露了破绽，因为周家的这个五哥儿不一样，他是问都不该多问一句的。"

方芙兰劝道："他既什么都不记得了，你又何必要他性命？"

"明隐寺的血案他若追查下去，我与他之间，便只能活一个。且他今朝是失忆了，明朝想起来怎么办？

"再者说，你看看他是怎么对待老四的，人若犯他，他必犯人。他已开始怀疑真正害他的人是我，就必不可能放过我。"

方芙兰沉默许久，问："你打算何时对他动手？"

"就这一两日吧。"陵王道，"再拖下去就来不及了。"

他见方芙兰眉间似有隐忧，安慰她道："你不必为我担心，父皇即使知道，也不会追究的，且他眼下也忌惮明婴呢。"

方芙兰摇头："我不是担心这个，你凡事思虑周全，如若动手，绝无失手的可能。"

她垂下眼帘，眸中覆上悲色："我只是在想，若阿汀知道了，不知会有多伤心。"

陵王忆起一事，对方芙兰道："说起来，当日明婴在金銮殿上为忠勇侯申冤，之所以没提老四给太子殿下下毒：一是以退为进，逼得父皇不得不问罪老四；其二嘛，他是留了一手。"

"留了一手？"

"是。"陵王点头，"因为即便所有的线索都指向老四，没有切实证据，他仍不确定追杀他的人究竟是谁。"

他说到这里，长叹一声："明婴行事这样周密，既然对你生了疑，恐怕早已让他的武卫暗中跟着你了。"

方芙兰轻声道："我知道，可我终归该来一趟药铺的。"她的眸色黯淡下来，"前些日子，阿汀她……也曾对我生疑，让秦久跟了我一阵。"

"无碍。明婴喜欢云浠，云浠这才刚出征，他不想让她烦忧，即便让人跟着你，也不会闹出动静，至多让他的人查一查和春堂罢了。他想查，随他查去。至于秦久，左右你没在她跟前露过破绽，何须担心？"

他见方芙兰仍失神，取出一方锦盒，推到她跟前："成色不好，但尚算别致。"

锦盒里的玉坠子成色的确不好，玉色浑浊，还有些粗糙，可仔细分辨玉里的纹路，却似一朵浑然天成的绿萼梅。是稀世宝物。

方芙兰低头看了一眼，温声说道："多谢殿下。"

她却没将玉坠子收下。

陵王一双多情目微微一黯，片刻，他笑了一下，将锦盒收回，说："那就照旧，我先帮你收着。"

一名武卫上来禀道："殿下，御史台的柴大人到了。"

方芙兰听了这话，站起身，对陵王道："殿下既有要事，我先告退了。"

陵王看着她，颔首道："好。"

柴屏一到院中，就看到一位女子的淡色衣角折入后院小角门里，消失不见了，他微微一顿，随即上前来拜道："殿下。"

陵王问：“明婴近日在做什么？”

"说来有些奇，三公子一连好几日没上衙门，听说是病了。今日一早，属下去太医院打听，为三公子看诊的太医说，三公子此前忽然昏睡了三日，当时已是重症之象，可转醒过来后，人竟然没事，不知是否太过操劳所致。"

陵王"嗯"了一声，然后道："这个程明婴，不能留了。"

柴屏愣了愣，似乎不解，朝陵王无声一揖。

陵王道："他开始让卫玠查方远山了。"

柴屏听他提起方家，暗忖一番问："殿下可是担心三公子查到当年方府被抄家时，那两个暴毙的衙差？这事却是无碍，左右那两个身死，并非殿下所为，殿下不过替方家收拾残局，如若三公子拿此事来问殿下，撇干净其实很容——"

他话未说完，蓦地对上陵王凌厉的目光，不由得闭了嘴。

片刻，他才又问道："殿下的意思是，我们这回要亲自动手？"

陵王颔首："是。"

"可是，三公子实在太警觉了，稍有一点异样，肯定瞒不住他，且他如今无论去哪里，近旁都跟着琮亲王府的武卫。"

"这一点本王知道。"陵王道，"但眼下有一个好时机。"

"什么时机？"

"可以用一用卫玠。"

"卫大人？"柴屏愣道，"卫大人与三公子彼此信任，想要离间他二人，恐怕难以做到。"

陵王悠悠道："你也说了他二人彼此信任，你尽可以利用这份信任。"

柴屏茫然不解，再次拱手作揖："请殿下指教。"

"明婴这个人，有点古怪。本王有时候觉得，他落水前和落水后，并不是同一个人。落水前，他行事浑浑噩噩，凡事得过且过；落水后，他清醒、多智，极度敏锐，最蹊跷的是，他行事有一套自己的规则法度，与所有人都不一样。"

究竟哪里不一样呢？其实陵王自己也有些说不上来。

他待人随和，知礼守礼，又同时拒人于千里之外；明明冷漠异常，又拥有十足的善与义；虽然是有仇必报的脾气，却不屑于行阴诡之事，即便遇上天大的不公，也不会不择手段。

他的行与理，似乎都被一套极严谨的法度框在其中，哪怕天塌下来，他都不会逾越半步。

这么一想，他都有些佩服他。

"他这个人，其实有些自相矛盾，大多数时候非常谨慎，但是对待信任的人，

第三十二章 杀机再现

居然一点都不会设防，譬如云浠，譬如卫玠。"

"是，这一点属下也觉察到了。"柴屏道，"三公子无论去哪儿都带着武卫，可凡去皇城司，凡去忠勇侯府，都是让武卫候在外头即可，不过也是，卫大人的身手无人比肩，从前也就云洛将军能与他——"

话未说完，他忽然反应过来。

"殿下的意思是，我们可以在皇城司动手？"

陵王道："云浠出征了，明婴唯一不会防的一个人就是卫玠。"

柴屏细想了想，摇头道："可是这太难了，皇城司中几乎全是卫大人的人，不说我们的人难以混入其中，即便能混进去，至多留守在外衙。退一步说，我们的人哪怕多出皇城司一倍，明刀明枪地动手，他们也绝非卫大人的对手。"

"不必到内衙，就在外衙。"陵王淡淡道。

"眼下父皇不信任卫玠，已令宣稚负责调换殿前司与皇城司的部分人手，纵然动作不大，趁着这个时机，将我们的人安排进去，想必不难。再者说，明婴既然会去皇城司找卫玠，难不成一辈子不出来吗？"

"属下明白了，殿下的意思是，我们可以先在皇城司外衙埋伏人手，等三公子进入内衙，卸了防备之后，再把他引出来？"柴屏问道。

他脑中灵光乍现，随即拊掌道："是了，皇城司的内外衙之间有一条不长不短的通道，左右各有值守的值房，相互连通，我们的人只要在此处动手，三公子的武卫必然救援不及。"

话音刚落，陵王似在思虑，修长的手指在石桌上缓缓叩着，一时未答。

柴屏也跟着沉吟一番，喃喃道："不对……还是行不通。"他刚舒展的眉头又皱起，"三公子离开皇城司时，卫大人必然会相送，有卫大人护着三公子，我们不可能得手。"

"这个容易。"陵王道，"想个办法，把卫玠支开就是。

"他不是想查当年明隐寺的血案吗？那就把当年父皇与宛嫔的事抛些线索给他，然后适时透露给父皇，卫玠居然追查到了宛嫔。宛嫔与程旭，是父皇最大的私隐。父皇若得知了此事，必然会传卫玠去文德殿，从重处置。

"至于如何引明婴离开皇城司，这就更容易了。卫玠去了文德殿后，随便找个人告诉明婴，卫玠受了父皇重惩。卫玠毕竟是经明婴指点，才从方家入手追查明隐寺血案的，程明婴这个人重情义，得知卫玠因他受罚，必然急着过去帮忙，他在这种情形下离开皇城司，一定不会留神自己的安危。"

柴屏喟叹道："殿下这个计划，实在是天衣无缝。每一步都有事实支撑，三公子即便要推敲，也找不出纰漏。"

"这是因为他失忆了。"陵王道，"他什么都不知道，所以才有这么一次机会。"他想了想，又摇头道，"但明嬰还是太聪明了，这样的机会有且只有一次，一定要万无一失。这样，宛嫔的线索，你让周家的五哥儿去透露给卫玠与明嬰。"

"属下听闻那周才英儿时常与三公子玩在一处，如果我们找他帮忙，他临阵倒戈，我们岂不功亏一篑？"

"他不会。"陵王一笑，"其实这一点本王该多谢卫玠。若不是他打草惊蛇，为了查明隐寺的案子，问到周才英那里去，惹得周才英惊慌失措来求本王庇护，本王也不可能得这么一枚有用的棋子。"

他站起身，走到小池塘边，盯着池里的游鱼："明嬰失忆了，卫玠又没失忆，他怎么也不多想想，周家一直谨小慎微，周洪光怎么可能在差事上犯糊涂？当年周家之所以被父皇遣离金陵，实则因为周才英可能目睹了那场血案。而今周家好不容易回到金陵，卫玠又拿明隐寺的案子问到周才英跟前，岂不逼得周才英病急乱投医？"

柴屏道："周家当年本来就是因为明隐寺的血案被调任，如果由这位五哥儿主动把线索告诉卫大人，卫大人顺着往下查，只会越查越真，越查越不会生疑。而三公子信任卫大人，卫大人不生疑，三公子就必不会生疑。"

"而且，周才英也绝无与明嬰透露实情的可能。"陵王道，"明嬰兄长、琮亲王府大公子的死，跟这个周才英有些关系，因此明嬰最厌烦他，周才英不知道明嬰失忆，躲他都来不及。"

柴屏道："属下明白了，这么看来，三公子想要脱身，除非他能忆起所有的事。可他眼下就如换了一个人似的，这些疏漏是不可避免的。"

他说罢，拱手弯身一揖："待两日后东窗事发，属下会以忠勇侯一案案情有异为由，带人去皇城司寻三公子，确保三公子绝无可能脱身。"

"单单你带人过去还不够，皇城司内外衙的通道并非无避处，我们人手不够，倘有人路过，帮他一把，抑或他藏入一间值房内，拖都能拖出一条生路。"陵王道。

他伸手揉了揉眉心，一双多情目微微敛着，泛出冷峻的光："放把火吧。"

第三十三章 火海冥蝶

月中一场倒春寒，金陵竟落下微雪。

这日，程昶刚起身，一股寒气袭来，逼得他拢紧衣衫。

他这几日身子都不大好，总有种疲乏无力的感觉，请太医来看过，只说是操劳所致，开了些不大起作用的安神药。

程昶爱惜身体，左右忠勇侯的案子已了结，他便没去衙门，成日在王府养着，直到昨晚，卫玠忽然派人传信，说明隐寺的案子有眉目了，请他去皇城司一趟。

程昶用过早膳，孙海平伺候他吃完药，见外间雪未止，又翻出一身鸦青绒氅为他披上。他看程昶脸色苍白至极，不由得道："小王爷，要不您歇一日再去吧。"

程昶一摇头，他做事不爱拖拉，何况明隐寺的血案是关乎他性命的大事，便道："先去问问情况。"

皇城司在绥宫西门外，离琮亲王府有些距离，驱车一个来时辰，等到了衙司，正午已过了。

程昶让武卫候在衙外，独自撑了伞，往衙署里头走。

卫玠一双长腿搁在一张高桌上，正枕着手臂，等在外衙。

他一见程昶，"哟"了一声道："怎么脸色不好？云家那小丫头走了，你犯相思病啊？"

程昶听他插科打诨，没理他。

卫玠也没多说，引着程昶往内衙里去，等过了通道，他说道："老狐狸不信任我，这两日让宣稚负责调换皇城司和殿前司的人手，外衙里没几个信得过的，烦死了。"

程昶说："你就没趁机往殿前司安插你的人？"

卫玠吓了一跳，连忙四下看了看，煞有介事道："这你也能想到？了不起。小心点，别让老狐狸的人听到了。"然后他话锋一转，长叹一声，"我告诉你，我可能犯了大忌了。"

"怎么？"

"你前几日不是让我顺着方家这条线查一查当年明隐寺的血案吗？我就顺便查了查方家至今还活着的几个人，那个方府小姐，就是云洛的遗孀，不简单。"

"方芙兰？"

"对。方远山被斩后，方府一家子不是被充军就是被流放了，结果你猜这个方氏为什么能留在金陵？"

"听说是宣威将军归朝，拿军功求陛下赦免了她的罪。"

"那是后头的事。我是问，当时方府被发落后，一家子都离开了金陵，这个方氏为什么没跟着一起走？"卫玠道。

不等程昶答，他就接着说道："当时方远山被斩，方家的人逃的逃、散的散，方家夫人隔日就自缢了，后来朝廷发落的旨意下来，只有方氏一人留在府中。刑部想着左右一个女子罢了，只派了两名衙差到府上拿人，结果你猜怎么着？这两名衙差当夜就暴毙了，听说是七窍流血死的，尸体就在方府。"

程昶一愣："这么大的事，后来怎么没听说？"

"有人帮忙善后了呗。"卫玠道，"到底是谁善的后，我还没来得及查，反正那两个衙差死了，方氏没走成，这才有机会进宫向皇贵妃求情。"

程昶顿住步子："你查查陵王。"

"你怀疑他？"卫玠愣道，"前几次杀你的人不是老四吗？"

程昶没答。

纵然眼下所有的证据都指向郓王，他对陵王却总有些说不上来的感觉。

那日他带着雪团儿去秦淮河边找线索，雪团儿最后奔向了方芙兰。

虽然方芙兰解释说，她与雪团儿相熟，是因为曾在皇贵妃宫里见过它，但程昶一直不大信她——仅见过几回，雪团儿就能在秦淮河来往行人中认出她？

不过方芙兰这番话倒是无意中点拨了程昶。雪团儿曾是皇贵妃饲养的猫，而陵王不正是皇贵妃之子？

程昶没与卫玠解释太多，他问："你不过是查了查方芙兰，有什么好犯忌讳的？"

"我说的犯忌，不是指这事。"卫玠道，"方远山被抄斩的真相不好查，我才转头从方家其他人身上找线索，查到方芙兰就是个碰巧。"

"明隐寺的血案，是老狐狸的私隐。我找当年跟明隐寺有关的人问了一圈儿，除了打听到血案当时寺里头死了个女人，连根蜘蛛丝都没摸着。结果昨天晚上，周才英，就是小时候跟你挺熟的那个周家五哥儿，忽然来找我，说他其实知道死的那个女人是谁。"

"谁？"

"宛嫔。"卫玠道，他四下看了看，又压低声音补了一句，"听说老狐狸还是太子时，两人就好上了。"

程昶有点纳闷："你们这儿男人有个三妻四妾不很正常吗？"

跟一个女人好上怎么了？昭元帝毕竟是皇帝，他喜欢谁、不喜欢谁还要经旁人许可吗？

卫玠沉浸在自己将要说出口的事实里，一时没在意程昶口中的"你们这儿"是何意，他道："我这么跟你说吧，这个宛嫔其实不该叫宛嫔，她比老狐狸还长八岁，曾经是先帝的宠妃，该叫宛太嫔。"

程昶："……"

古代天家伦常比较混乱，这样的事并不少见，他可以理解。

卫玠道："其实我追查明隐寺的血案，只是想早点找到失踪的五殿下，毕竟老三、老四太不是东西，由他们承大统，那就完了，社稷肯定毁了。哪知道这么一查，居然查到了老狐狸自己身上，难怪他当时只让我找人，不跟我说当年明隐寺究竟发生了什么呢。

"我跟你说，老狐狸耳目灵通得很，迟早会晓得我揭了他的老底，到时候他传我去金銮殿问罪，你可要救我。"

程昶道："知道。"

二人说话间，来到内衙卫玠的值房前，守在值房外的武卫拱手拜道："殿下，卫大人。"

卫玠问："人还老实吗？"

武卫道："一直在里面待着，没什么动静。"

卫玠点了点头，伸手推开了值房的门。

值房里立着一个面色白皙、眉清目秀的男子，看年纪约莫刚及冠不久，跟程昶差不多大。

然而他一见程昶，竟是怔了怔，蓦地移开目光。

程昶从未见过此人，但猜也猜得到，他就是儿时与自己相熟的那位周家五哥儿周才英。

想来昨晚周才英找来皇城司后，卫玠怕自己单独问话有疏漏，于是自作主张把周才英拘在这儿，然后连夜派人去王府传话叫程昶过来。

程昶一直担心有人拿他"失忆"做文章，设计谋害他，所以自始至终，除了对云浠和卫玠透露过些许实情，他将自己的秘密遮掩得严严实实，眼下见了周才英，既是儿时旧友，他也不能装作不相熟，提壶斟了盏茶递给他，道："说吧，当年明隐寺里究竟发生了什么？"

周才英见程昶竟肯与自己说话，愣了一下。

程昶看他这反应，也愣了一下，自己做的有什么不对的吗？

然而不等他细想，周才英已然从他手中接过茶盏，捧茶揖了揖，说道："回殿下，当年明隐寺血案，小人也记不太清，只记得血案发生前，明隐寺中一直住着两个不明身份的人，一个妇人，一个孩童，是母子二人。"

当朝没有殉葬一说，先帝驾崩后，大多太妃太嫔都留在了绥宫内，少数几个自愿移往皇家寺院参佛，也都同住在明隐寺东阙所内。

"明隐寺很大，几乎占了平南山半座山，但这母子二人并不住在东阙所，而是住在半山腰一个隐秘的地方，且不常出门，平日的起居由寺里的一名老太监和他的小徒弟照顾。"

程昶问："既然这母子二人居住的地方隐秘，你为什么知道他们？"

周才英略一怔："不是殿下您带着我们去见他们的吗？"

他解释道："有回太皇太后带我们上寺里，殿下您说要溜出去猎兔子，您跑远了，还受了伤，好在撞见了那孩童，他不但帮您包扎了伤口，还背着您回来。后来再去明隐寺，您说您要报恩，就偷偷带着我与凌儿妹妹去找那孩童。"

程昶喝了口茶，淡淡道："太久了，忘了。"

周才英点点头："那时候年纪小，小人和凌儿妹妹也就随您去过那母子二人两回，凌儿妹妹后来也将这事忘了。小人之所以记得，是因为小人的父亲彼时正在礼部当差，明隐寺的血案发生时，小人恰好随父亲去了寺中，当时寺里死了不少人，包括一些常住寺里的僧人与内侍官。"

"小人记得那妇人的尸体被抬出来时，陛下刚好到了，他很伤心，管那妇人叫'昭昭'，又让禁卫去寻那个孩童，说是孩童唤作'旭儿'。可旭儿失踪了，谁都没能找到。

"其实'昭昭'究竟是谁，'旭儿'究竟是谁，小人当时太小，并没有留意，直到后来小人一家子被遣离金陵，小人听到父亲与母亲说话，才得知'昭昭'二字正是当年先帝宠妃宛嫔的闺名，而旭儿其实是失踪的五殿下程旭。

"父亲说，他其实并没有在差事上犯过糊涂，而是知道了陛下的秘密，才被遣离金陵的。先帝过世后，宛嫔作为先帝的嫔妃被送去了明隐寺，后来发生了那场血案，宛嫔去世，五殿下则不知所终。"

第三十三章 火海冥蝶

程昶道:"照你这么说,陛下既看重宛嬢与五殿下,为何不早日将他们接回官?"

"这个小人就不知道了。"周才英道,"殿下可以寻明隐寺的僧人,抑或当年在明隐寺供职的其他官员问一问。"

程昶点了点头,一时想起当年方远山也常驻明隐寺,正待问方家的事,外头忽然有人叩门。

守在外间的武卫对卫玠拱手拜道:"大人,陛下身边的吴公公过来了,请您去文德殿面圣。"

卫玠正仰面八叉地躺在一张小竹榻上听程昶问话,一听这话,收腿坐起身,问:"吴崇亲自来了?说什么事儿了吗?"

"吴公公没提,只是说陛下请您立即过去。"

卫玠想了想,点头道:"成。"站起身就往值房外头走。

程昶一时间觉得不对劲,对卫玠道:"我陪你过去。"

"别。"卫玠道,"应该不是什么大事儿。"他朝周才英努努嘴,"这厮昨儿半夜才来皇城司,老狐狸消息再灵通,又不是顺风耳,八成是找我过问皇城司和殿前司调换禁卫的事,你跟我一起去,老狐狸反倒以为咱们结党。"言罢,他大大咧咧地离开了。

卫玠走后,程昶一直有些心绪不宁,皇城司离文德殿尚远,吴崇毕竟是昭元帝身边的掌笔内侍官,究竟为什么事,竟劳动他亲自过来请人?

想到这里,他推开门,对守在外头的武卫道:"你找人去打听一下,陛下到底为何传卫大人。"

"是。"武卫领命,当即找人去打听消息了。

程昶回到值房中,来回走了几步,目光不期然与周才英对上,想起一事,问:"我记得卫玠前阵子找你问明隐寺的血案,你搪塞他,说自己什么都不知道。为什么昨天晚上你忽然想通,决定把一切都告诉他?"

"回殿下,小人一开始什么都不说,实在因为这事是陛下的私隐,小人不敢随便跟人提。但卫大人毕竟是陛下身边的禁卫,是皇城司的指挥使大人,小人想着他打听明隐寺的血案,或许是为了找寻失踪的五殿下,是受陛下默许的,小人怕耽搁了陛下的要事,是故才赶来皇城司,将实情相告。"

程昶"嗯"了一声,又问:"当年方家的事,你知道多少?"

"殿下问的是方远山家?"周才英问。

"方家的事小人不清楚,小人只记得方远山也曾在明隐寺当差,明隐寺血案过后,方远山高升入礼部,顶的正是家父的缺。"

程昶点点头,他见周才英手中的茶已吃完,顺手提了茶壶,想为他斟满,谁知

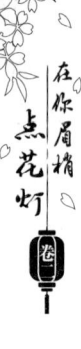

周才英竟被他这个举动惊得退后一步，怔怔地望了他半晌，才反应过来程昶原来只是想为自己斟茶，当即放下茶盏，诚惶诚恐地合袖拜道："小人自己来，不……不敢劳动殿下。"

程昶见他这副样子，心中疑窦丛生。

按说他和余凌、周才英儿时相熟，即便长大了，也不该这么生分，可周才英在他跟前为什么一直要以"小人"自居？

程昶忽然想到一直以来，无论是琼亲王、琼亲王妃，抑或是王府的家将与小厮，在他跟前提起儿时的事，至多顺嘴提一提余凌，除了太皇太后，从未有一人提到过周才英。

程昶隐约觉得不对劲，正待问，方才去打听消息的武卫回来了。他满脸焦急，一时也来不及多礼，径自就道："殿下，陛下得知卫大人追查明隐寺的血案追查到了宛嫔，正在文德殿大发雷霆，说要将卫大人革职问罪，您快去文德殿救救大人吧！"

程昶一听这话，蓦地站起身。

卫玠眼下失了昭元帝信任，本来已放弃查明隐寺的案子了，若不是他让卫玠试着找找方远山高升与明隐寺血案之间的关系，卫玠也不会查到宛嫔。说到底，卫玠会被问罪，都是因为他。

程昶当下也来不及多想，只对周才英道："你随我去文德殿面圣。"迈步就朝衙外走去。

外间微雪已止，黄昏将近，刚挣脱出云层的春阳似乎格外珍惜这落山前的一瞬，极尽全力盛放出刺目的光，将大地照得茫茫生辉。

也不知是不是这黄昏之光太耀眼，程昶疾步走在内衙通往外衙的通道上，忽然觉出一丝蹊跷。

他蓦地停住步子，问跟在身旁的武卫："你是怎么这么快就打听到卫大人被问罪的？"

"属下的人还没到文德殿，一个与皇城司相熟的小太监跑来告诉属下的人的。"

只是一个小太监？可昭元帝与宛嫔的私情是最不可告人的秘密，一个小太监怎么可能知道？

何况，周才英昨日夜里才来皇城司找卫玠坦白，皇城司的内衙全是卫玠的人，卫玠也说了，昭元帝又不是千里眼、顺风耳，怎么可能知道周才英来皇城司做什么？除非，事先就有人知道周才英要来皇城司说宛嫔的事，然后派人告诉了陛下。

除非……这一切都是有预谋的。

程昶想到此，方才未解的疑虑又涌上心头——他与周才英既然是儿时的玩伴，为什么这一年以来，除了太皇太后，从未有一人在他面前提过周才英，包括琼亲王与王妃？

他转头看向周才英，问："我和你，有仇吗？"

周才英听了这话，脸色煞白，十分戒备地问："你……你什么意思？"

程昶心头涌上极其不好的预感，逼近一步，又问："我和你，有什么过节吗？"

没想到只这一个举动，周才英就吓破了胆，抬手招住头，仓皇道："当年大公子的死跟我一点关系都没有！他是自己染上脏病的，我就是陪着他去画舫而已，你不能怨怪在我身上！"

大公子？

程昶愣道："琮亲王府的大公子？"

他早已病逝的哥哥。

虽然来这儿只一年，但程昶知道，原来的小王爷并不是生来就恶贯满盈的，听说小时候也懂事乖巧，一直到琮亲王府的大公子病逝，他才慢慢长歪的。

常人都说，当年大公子没了，最伤心的不是琮亲王与王妃，而是唯大公子马首是瞻的三公子。

难怪这么久了，除了太皇太后，几乎无人在他面前提过周才英。

周才英是太皇太后的娘家人，太皇太后年纪大了，自是希望他们能和好如初。

可是，既然当初的小王爷认定自己兄长的死跟周才英有关，任何知情人在他面前提周才英，无异于揭他心上的疮疤。

卫玠是这几年才在皇城司走马上任的，不知道他和周才英之间的龃龉也说得过去。

可是有一个人，不可能不知道。

程昶忽然想起那日他去户部，陵王提起上元夜的事，笑说当夜他不在，是周才英帮他放的灯。陵王还说，他记得程昶儿时与周才英最玩得来。

可是，真正的小王爷认定是周才英害了自己哥哥，他们之间怎么可能最玩得来？

程昶想，他或许知道陵王为什么要故意在他面前提周才英了，他在试探自己是否"失忆"。而这天底下，最想知道他是否"失忆"的人只有一个——贵人。

程昶看着周才英："是陵王指使你来皇城司，把宛嫔的事告诉卫玠的？你们想趁着武卫不在我身边，利用陛下重惩卫玠，把我引出皇城司内衙，然后在前不着村后不着店的——"

话未说完，他忽然停住脚步，左右一看，眼下他所在的地方，不正是那个前不着村后不着店的内外衙通道？

"殿下，您怎么了？"一旁的武卫见程昶神情有异，问道。

程昶尚未答，周才英先一步慌了神，他一步步后退，几乎带着哭腔："不是我要害你的，我什么都不知道……"

他是真的什么都不知道，那个叫柴屏的大人只是吩咐他把宛嫔的事告诉卫玠罢了。

程昶懒得理他，急促地道了句："走！"

他一直隐瞒自己"失忆"，就是怕有人利用这一点对自己下手，没想到千防万防，还是被人找到了机会。

谁知他才刚走几步，心上蓦地一阵剧痛，痛得他几乎站立不住，不得不弯下腰，伸手捂住心口。

程昶不知道这突如其来的疼痛，究竟是因为自己情急所致，还是现代的身体有了感应，总不至于那个老和尚赶在这个关头招他回去了吧？

黄昏已至，晚霞给天边镀上了一层金黄，他离通往内衙的门其实不远，奈何心上剧痛，哪怕有武卫搀着，也实在走不快。

正在这时，通道右手旁的值房内忽然出来两人。他们见了程昶与武卫，也不上前帮忙，而是径自去通道口，掩上了通往内衙的门。

就像掩上了唯一的生门。

程昶知道他们是陵王安插的人——他中午过来的时候，卫玠就提过，这两日宣稚正负责调换皇城司和殿前司的人手，外衙里没几个信得过的，陵王虽动不了皇城司内衙，但往外衙安插几个自己人还是做得到的。

程昶只是不明白，这些人既然已现杀机，何不立刻对他动手，掩门之举是什么意思？

身旁的武卫也觉出不对劲了，见那两人掩上门，快步往他们这里走来，当机立断道："殿下，您快逃！"然后提剑迎了上去。

身后传来刀刃的碰撞声，程昶没有回头看，心上的疼痛缓和了一些，他沿着通道，快步往外衙去。

哪知刚走了没几步，就见一名外衙小吏引着几名穿着公服的官员朝他这里走来。领头的一位穿着四品公服，正是与他同在御史台任职的侍御史柴屏。

身后的武卫见状，一边拼杀一边松了口气，催促程昶："殿下，快去柴大人处！"

然而程昶遇事清醒更胜常人十分，眼下已是草木皆兵，见到柴屏，他只觉得蹊跷，皇城司与御史台向来没有公务牵扯，柴屏怎么会这么凑巧来了皇城司？

他慢慢缓下脚步，四下望去，只见通道左侧尚有数间连通的值房。

他步子一转，就往值房里逃去。

与此同时，不远处传来"噗"的一声，竟是为柴屏引路的小吏被柴屏手下的人当胸一刀贯穿了。

第三十三章 火海冥蝶

程昶并没有回头望，而是顺着一间又一间连通的值房，企图找出一条生路。

心上的疼痛虽然缓和了，但并没有全然褪去，随着程昶疾步奔走，又慢慢加剧，仿佛万蚁噬心一般，攫人心神的痛楚让神志也模糊起来，耳畔杂杂沓沓，连是什么声音都辨不清了，可他竟能凭着求生的本能，觉察出身后有人在追他。

眼前渐渐升腾起苍茫的雾气，值房的尽头是一间柴房。柴房空空如也，除了一个高窗，什么也没有。

程昶心中冰凉一片，拼命的奔逃让他喉间至胸腔难受得如同火灼，可这一点痛楚与心上撕裂一般的剧痛比起来几乎不值一提。

程昶觉得自己已经喘不上气了，五内俱焚，他站立不住，双腿一软径自跌跪在地，虽强撑着没有昏过去，却眼睁睁地看着那个追杀自己的暗卫一步一步逼近，竟然亮出匕首，要取他的性命。

"别动他。"就在这时，柴屏的声音传来。

他带着几人就站在柴房外，冷冷地看着半跪在地的程昶，吩咐道："点火吧。陛下问起来，就说是卫大人失察。"

程昶终于明白过来。

怪不得他们不立刻杀他，要先掩上通道的门。怪不得他们不愿在他身上留下刀伤，他们想把他的死做成是皇城司走水所致。这样刚好能迫得昭元帝治卫玠一个不大不小的罪，最好还能卸了他皇城司指挥使的职衔。

一石二鸟，真是好计谋。

"是。"暗卫拱手领命，随即取了火折子打燃，置于角落的枯枝上。

这里是柴房，四处都是枯枝与干柴，火势很快蔓延开，四处都是呛人的烟，与程昶眼前不知何处而来的雾气混杂在一起，遮住了他的视野。

暗卫点完火，将火折子收入怀中，正欲离开柴房，程昶忽然往前一扑，从后方把暗卫绊倒在地，然后使尽浑身力气，抱紧他的腿，无论如何都不放手。

心中恨意油然而生。他们想要他死，想要他的命，那他就要让他们以命偿命！

所有要害他的人，通通不得好死！他拖一个是一个，他要让他们与他一起葬身这火海之中！

火势蔓延得太快，火舌一下子就舔到了柴房门口，暗卫拼了命地挣脱，想要逃出柴房，却无论如何都不能全身而退。

他回头一看程昶，只见他额头尽是细细密密的汗，双目分明早已失神，眼底布满血丝。火舌尚未蔓延到他身上，可他似乎哪里很疼，整个人颤抖着，不断地剧烈咳着，咳出一口又一口鲜血。

他就这么趴伏在地，唇边夺目的血红衬着他惨白的肤色，衬着他天人一般的眉眼与四周的熊熊烈火，仿佛从阴司里爬出来的厉鬼。

柴屏一见这情形，心中巨骇，当即也不管那名暗卫的死活，吩咐道："落锁！"

话音落，两名武卫立刻一左一右将柴房的门掩上。

柴房中已是一片火海，暗卫见唯一的生门就要关闭，使尽浑身解数用力一挣，终于把程昶挣开，朝门前扑去。

然而太晚了，柴房的门已被锁上了。

暗卫心中惶恐，四下望去，目光落到西墙唯一的高窗上，窗外一抹残阳如血。

他当即抬袖掩住口鼻，不顾火势滔天，登上一旁的灶台，想要夺窗而逃。

然而就在这时，异象发生了。

那一道吸饱了众生悲苦的残阳，忽然汇聚起一天一地的黄昏艳色，透过高窗，将晖光倾洒入柴房，落在地上生死不知的程昶身上。

烈火还在焚烧，可这一道一道倏忽而至的光，将程昶的周身慢慢地、温柔地包裹起来，与不知从何处升起的苍茫雾气融在一起，竟能使他不被烈火侵扰。

暗卫看到这场景，彻底骇住了，连火舌舐到自己的衣角都浑然不觉。

烈火如猛兽一般，不断地朝程昶撕咬，可附着在程昶周身的光仿佛就要与这火海对抗，自最潋滟处升腾起一只又一只扑闪着翅膀的金色蝴蝶，将火舌逼退。

柴房中无一处不是烈火，只有程昶躺着的地方烧不到。

暗卫大半截身子已被烧着，他拼命地挣扎着、嘶喊着，死神在向他招手。

他将要陷入混沌之时，耳畔忽然传来诵经声，一声比一声响亮，就像此生行到涯涘，忽见菩提。

那是佛祖梵音——

世间善恶皆有果报。

魂兮，归来。

滔滔火海与盛大的、潋滟的落日之辉僵持着、对抗着，在暮色来临之时，终于撞在一起。

世间一切刹那间消失。

第三十四章 阴阳交割

中夜时分，皇城司的火终于被扑灭，露出烧得焦黑的屋架。

听说是黄昏时着的火，起火点在柴房，后来火势变大，顺着柴房往值房蔓延，将皇城司通道左侧的一排值房烧了个精光。

眼下火灭了，候在通道外的禁卫鱼贯而入，抬出一具具焦黑的尸首。

这些尸首里，有在皇城司当差的小吏，有跟着御史台柴大人一起过来的官吏，还有皇城司的禁卫，其中一人是常跟在卫玠身边、最得信任的武卫。他的尸身已焦黑，仵作验过后，说他并非死于大火，而是死于贯穿入腹的刀伤。

每出来一具尸首，等在外头的卫玠就焦急地上前辨认，直到最后一具近乎成碳的尸身被抬出，一名禁卫摇头道："没有了，大人。属下等已里里外外找过三遍，这是最后一具尸身。"

卫玠怔怔地抬起头："那他人呢？"

琮亲王府的三公子在这场大火里消失了，生不见人，死不见尸。

听衙司内所有见过三公子的人说，他最后出现的地方就是内外衙的通道，就是在黄昏火起时。

武卫犹豫着道："也许……三公子看到火起，先一步离开了也说不定。"

可皇城司就这么大，每一个出口都有人把守，程昶如果离开，怎么会一点踪迹也寻不着？

卫玠怒道："再找！"

他早前被昭元帝传到文德殿问话，昭元帝虽知道他追查到了宛嫔的事，惊诧之

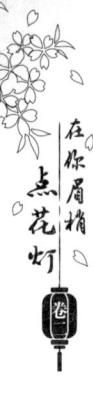

余并没有真的动怒,末了反道:"你既查得当年线索,那么便顺着这些线索,好生找一找朕的旭儿吧。"

大约这个曾叱咤风云的帝王真的老了,过往恩怨已随着岁月的流逝被冲淡,只想在有生之年与自己的亲骨肉团聚。

卫玠一从文德殿出来,便接到皇城司起火的消息,等他心急火燎地赶回衙司,值房里已火势滔天了。

眼下皇城司衙署外,除了一队队禁卫,还有从各部衙司赶来帮忙的官吏。

其中一名颇擅查案的大理寺推官采集完证词,上来与卫玠拜道:"卫大人,经下官初步推断,今夜皇城司之所以起火,乃是因为这名西侧门侍卫,"他用手一指最后一具从柴房抬出的尸首,"想要刺杀三公子。您的武卫和外衙的小吏为了保护三公子,与这侍卫拼杀起来,却不幸被他所杀。

"尔后,据柴大人的证词,这名侍卫为了追杀三公子,把他逼入内外衙通道左侧尽头的柴房,柴大人带人去救,但这侍卫非但闩了门,还点了火,大有与三公子同归于尽之意。后来火势太大,柴大人不得不带着人退出通道外,与赶来的禁卫一同救火。而在此期间,皇城司各出口把守森严,并不见三公子出入。"

"柴大人,不知下官所言可有疏漏?"这推官说完,朝正在一旁由太医看伤的柴屏一拱手。

柴屏摇了摇头:"李大人所言甚是,并无任何疏漏。"

他左臂一大片肌肤被大火燎得血肉模糊,仓皇奔逃时,右脚也崴了,眼下正坐在皇城司外,由太医挽着袖口上伤药。

"至于三公子被追杀一事,"李推官说着,看向蹲在衙外的周才英,"周公子确定三公子一离开内衙就觉察出事情有异?"

周才英抱着膝头,哆哆嗦嗦地点了点头。

"可是,据本官所知,周公子当时正与三公子一处,为何独独周公子您逃回了内衙,而三公子却被堵在了通道内呢?"

"我……我也不知道。当时,明婴本来也想回内衙的,但他似乎身子不适,我……我想去扶他来着,可我……不敢。"

"为什么不敢?"卫玠一把扯过周才英的衣襟,"你不是和他一起长大的吗?遇到这种事你就一个人跑了?"

"我……我也没法子。他当时要和我算他哥哥的账,我也很害怕,而且他不知道怎么回事,连走路都走不稳,我如果管了他,说不定我们两个都跑不了。"周才英惶恐地看着卫玠,连语气都带了哭腔,"我什么都不知道,真的什么都不知道……"

他的确什么都不知道。昨晚柴屏找到他,只让他把当年明隐寺的实情告诉卫玠,

第三十四章 阴阳交割

别的什么都没交代。眼下他虽明白事出有因，但总不能当着柴屏的面供出他吧。何况卫玠本来就在找失踪的五殿下，柴屏劝他来皇城司交代实情，有错吗？

周才英知道这里头的水浑得很，浑得连堂堂一名王世子都能被吞噬其中，因此哪怕他能猜到些许真相，也是什么都不敢说的。

柴屏见卫玠不肯放过周才英，便劝道："卫大人有所不知，三公子近日身体一直不大好，已连续告假数日，听说此前还昏过去一回，睡了近三日起不来身。因此周公子称三公子因病痛走不稳路，是可信的。"

卫玠听了这话，一把揉开周才英。

他其实并不多怀疑这位周家的五哥儿，看他这副没出息的样儿，即便做了什么，想来都是被人利用的。

卫玠转头看向柴屏："对了，柴大人今天怎么忽然来皇城司了？"

柴屏道："在下整理忠勇侯一案的结案卷宗，发现有一份证词遗失了，想问问三公子是否带回了王府。奈何殿下因病告假数日，在下也不好登门打扰，今日听闻殿下来了皇城司，是以赶来。"

卫玠"嗯"了一声。

柴屏看他眉间忧虑深重，劝慰道："卫大人不必自责，想来三公子吉人自有天相，一定不会有事的。"

他生得慈眉善目，说起话来更是温言细语，单是听着就能让人心神和缓。

但卫玠并没有打消对柴屏的怀疑，御史台的人向来不怎么跟皇城司打交道，好端端的怎么偏偏今日找来了？

他还待再问，一名禁卫忽然来禀道："卫大人，陛下得知三公子在皇城司的大火里失踪，下令全城戒严。琮亲王殿下正在进宫的路上，太皇太后也在往金銮殿里赶，眼下宫里乱了套，陛下传您去金銮殿见驾呢。"

卫玠听了这话，暗暗握了握拳头："走。"

伤药已经上好了，柴屏看着卫玠的背影，慢慢挽下伤臂的袖口，站起身，对太医道："多谢医官。"

太医拱手作揖："柴大人多礼。大人回府后，切记伤臂七日内不可碰水，每日一早需来太医院换药。"

"知道了。"柴屏点头。

他又道了声谢，便由早已赶来的家将搀扶着，往近处巷口等候的马车走去了。

初春的夜是寒凉的，柴屏走到马车前，一双慈目像覆上冰霜，忽然凉了下来。

他登上马车，朝赶车的车夫不咸不淡地吩咐道："去城南朱雀街。"

半个时辰后，马车在朱雀街一间民户前停下，柴屏叩门三声，不一会儿，一名

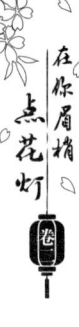

老妪过来应了门。如果仔细辨认，这名老妪正是常在和春堂为方芙兰看病的薛大夫。

她见了柴屏，把他引往后院，道："殿下入夜时分就等着大人了。"

柴屏"嗯"了声，整了整衣衫，走上前去，对独坐在小池边的人拱手一拜："殿下。"

陵王颔首："怎么样？找到了吗？"

柴屏一听这话，明白陵王已然得知了三公子失踪的消息，说道："回殿下，没有找到。"

陵王眉心一蹙："怎么回事？"

"殿下有所不知，属下是亲眼见着童七把三公子逼入柴房之中，亲眼盯着他放火的。当时三公子似乎犯病了，不断地咳血，虽然尚未被火燎着，已然奄奄一息。那个柴房四面绝壁，唯有一个窄小的高窗可以逃生。属下在高窗外安排了杀手，火起后，并不见任何人逃出，按说三公子是绝无可能生还的，不知为什么，人居然凭空不见了。"

"上回是这样，这回又是这样，本王这个堂弟是有天护佑吗？"陵王伸手揉了揉额角，想起之前程昶落崖的事，一时间不知该怒该疑，竟气笑了。

"罢了。"他沉了口气，"立刻派人去找，倘若找到，就地杀了。"

"是。"

"善后了吗？"

"回殿下，已善后了，罪名全都推到了童七身上，该处理的人，包括给皇城司传信的小太监，全都处理干净了。另外，属下当时为了不让三公子逃出柴房，将他与童七一并锁在了柴房内，事后担心有人看到铜锁生疑，火起后便在外头等了片刻，命人把锁取了下来，只是……"

"只是什么？"

柴屏犹豫着，一时不知该怎么说。他还记得最后见到程昶的样子，他脸色惨白，嘴角不断淌着殷红的血，分明是天人一般的眉眼，可眸中恨意滔天，为他整个人蒙上了一层可怖的阴影，像是自幽冥而生的厉鬼。

彼时柴屏已然骇极，原本立刻想要逃，却不得不在柴房外等上一时，等到烈火把里头两个人烧干净了，才命人取下柴房门上的铜锁。

没想到铜锁刚被取下，烈火一下从柴房喷涌而出，瞬间吞没了站在门外的数人。然而这还不够，那火舌仿佛有人指引一般，又朝余下几人吞噬而来。

柴屏当时惊得浑身凉透，只觉这奔涌而来的烈火，就像柴门合上前，程昶眼中滔天的恨意。

他要他们偿命。

第三十四章 阴阳交割

他要他们通通不得好死！

柴屏拼了命地往外奔逃，原以为自己也要葬身火海，还好只是被烧伤了右臂。

他记得逃出值房外，最后回头看了一眼，隐约间，自火光处看到了一只金色的蝴蝶。

上回程昶落崖，潜入郓王暗卫里的人也说，三公子落崖后，有人在崖边看到了蝴蝶。

柴屏不知道这所谓的蝴蝶，称不称得上是一种异象，又或者是自己看错了，毕竟当时暮色已至，那或许只是黄昏的最后一缕光。

柴屏摇了摇头，说："没什么。"

他又道："可是殿下，这回事情闹得这么大，琮亲王殿下会不会追究？"

"你以为一直以来皇叔什么都没做吗？"陵王冷笑一声，"明婴手下许多忠心耿耿的可用之人是从哪里来的？他从前不过是一名纨绔子弟，在朝堂上无权无势，眼下初任御史不过一年，扳倒老四当日，金銮殿上为什么会有那么多支持他的朝臣？老四从堂堂一个继任储君，到如今无人问津，你以为单凭父皇一道不轻不重的问罪旨意就可以做到？想要令时局变更，不在这深宫里花上数十载经营，是不可能的。

"明婴是有本事，可他的每一步都走在皇叔为他打好的根基上。皇叔虽不声不响，却跟明婴里应外合，否则老四怎么会有今日？

"这也是父皇急着把明婴册封王世子的原因。只要明婴还有'纨绔子弟'的身份作掩饰，他和老四无论怎么斗，都可当作是小孩子之间的玩闹。父皇深知老四玩不过明婴，才想用王世子这个身份束缚住他，让他放过老四。

"可惜，太晚了。"

"照殿下这么说，琮亲王殿下若得知今日三公子在大火里失踪，势必会追查，日后……或许就会把矛头对准我们。"

"不必担心。"陵王道，"有父皇为我挡着呢。"

柴屏一时不解其意，朝陵王一揖。

"父皇当皇帝当得太久了，对他而言，他作为皇帝的声名、他的龙椅远比他和皇叔的兄弟情重要。

"父皇纵然厌烦我，可眼下老四登不了大宝，老五失踪，老六年纪太小，父皇在找到老五之前，只有保住我这个唯一可以承袭他王座的儿子。

"皇叔纵然恨，可他能做什么？他能反吗？造反是要有本钱的。他当初与父皇兄弟情深，父皇登极后，厚待于他，他也任凭父皇收拢权柄，只留了些不堪大用的人在自己手上。眼下这个局势，只要父皇压着他，他就无能为力。且明婴太有本事，已然引起父皇的忌惮，皇叔如果稍有动作，父皇岂不正好以谋反之名问罪琮亲王府？

"本王都能猜到父皇到时会怎么做，他会念及兄弟情，轻罚皇叔，然后让明婴背上大半罪名，正好除去这个心头大患。"

"所以，皇叔动我不得。"

柴屏听了陵王的话，不由得唏嘘："属下有些明白殿下为什么要夺江山了。说什么天道轮回，善恶果报，有时候这天理，只握在一个人手中。"

"是啊。"陵王长叹一声。

他有些疲乏，揉了揉眉眼："眼下只剩最后一桩事了，派人找到程旭，然后杀了。"

"是。"柴屏道，"属下这两日从周才英口中问到了不少事。当年明隐寺里，众太妃太嫔的起居，是由宫里派过去的内侍照顾的。宛嫔与五殿下虽隐居在山腰，也有一名老太监和他的小徒弟秘密照顾。后来血案发生之时，寺中死了不少内侍，包括照顾宛嫔的老太监，但那名小徒弟却跟五殿下一起失踪了。

"属下想着五殿下或许没什么人见过，但那名小太监既要照顾宛嫔与五殿下的起居，难免会跟人打交道。属下打算从这小太监入手，找当年在明隐寺当差的人问一问，或许能查得一些五殿下的线索也说不定。"

"也好。"陵王点头，又冷笑一声，"当初明婴不知他在明隐寺里结识的孩童就是自己的堂弟，成日嚷嚷着要报恩，结果报什么恩？他失忆了，把人都忘了，不然本王还能从他那里打听打听。"

"还有一桩事要请殿下指教。"柴屏说道，"周洪光家的五哥儿眼下知道了不少内情，属下可要找个机会把他处置了？"

陵王微一沉吟，淡淡道："不必，他胆子小，掀不起风浪，何况眼下明婴没了，没有人能庇护他。留着他，本王尚有用处。"

言罢，他站起身，不慌不忙地理了理衣袖："你且去吧。今夜宫里出了这么大的事，本王也该进宫看看了。"

"是。"柴屏合袖一揖，退后一步，让出一条道来。

黎明时分，紧闭的绥宫门骤然开启，一列又一列的禁卫鱼贯而出，行至金陵的大街小巷张贴皇榜。

皇榜上有一幅画像，画中人俊美无比，乍看上去，仿佛不是这世间人。

及至天明，皇榜前围着的老百姓多了起来，间或有人道："怎么又不见了？"

"不知道。"

"江山易改，本性难移呗。皇城里待不住，上哪儿闲耍去了，八成又像上回一样，闹个几月就找着了。"

人群最末，立着一名褐衣人与一名玄衣人。

"谁？"玄衣人眼上覆着白布，什么也瞧不见。

第三十四章 阴阳交割

"我再看看。"

云洛无声地看着那画像，一时觉得眼熟，却没能分辨出来。

他从前不常在金陵，与程昶没见过几回，及至听到周围有人议论，才知道失踪的人原来是琮亲王府的三公子。

两人无声离开人群，到了僻静处，玄衣人笑说："也难怪你没自那画像上认出人来，我曾在宫里见过三公子几回，怕是世间最擅丹青的画师都不能描绘出他样貌的十之一二。"

云洛沉默了一下，道："听阿久说，这一年来，阿汀好像与这个三公子走得很近。"他一顿，"他怎么忽然失踪了？"

"你担心他？"玄衣人问。

云洛道："我担心阿汀。

"我记得三公子与五殿下相熟，大概是这世上唯一能记住五殿下样貌的人。"玄衣人道，"也罢，我们既要找五殿下，也顺道找一找他吧。"

第三十五章 颠倒人间

"心动力……良好，血压、心率，都正常。"

"好了。"医生合上病历本，抬头对眼前的病人说，"签个字，可以出院了。"

这个病人之前一直昏迷不醒，前几天醒来，人似乎有点回不了神，总是独自在病房里发呆，连家属与陪护都不愿意见，直到昨天清醒了点，第一句话就问："我什么时候能出院？"

他有先天性心脏病，住院是因为台风天开车出了车祸，导致心脏起搏器移位，加上未及时服用利尿剂，给药后消除了水肿，眼下情况已基本稳定。

看他在出院证明上签了字，医生又说："回去以后多休息，虽说装了起搏器可以开车，但你存在基础疾病，如果路况不好，不要上路。"

"行。"

"这两天医院床位不紧，你如果哪里不舒服，可以再观察两天。我的办公室在门诊七楼心外科，左手第一间，有什么问题随时过来咨询。"

"知道了，谢谢大夫。"

刘医生一走，程昶独自在病床上坐了一会儿，随即拿了床头的干净衣服，去洗手间里换下病号服。

他是七天前醒来的。睁眼的一刹那，眼前仍是灼艳的黄昏与浓浓烈火。

他这一生从未害人，即使时空轮转，一时间仍无法从皇城司大火的焚炙中抽离。

心中恨意难以消减，他什么人都不想见，每天除了必要的护理与检查，他都要求一个人待在病房内。

第三十五章 颠倒人间

直到手心触碰到一个温凉的东西,他的心神才慢慢回缓。

那是云浠送给他的铜簪。

上次是平安符,这次是铜簪,程昶不知道这究竟意味着什么,他只记得最后的最后,他在茫茫雾气里看到金色的蝴蝶,蝴蝶温柔振翅,就像上一回他落崖时看到的那样。

程昶努力理顺思绪,决定先出院再说。

段明成有事先回上海了,廖卓这几日都在病房外陪护,今天早上好像有什么事出去了,程昶从洗手间换完衣服出来,看到她的微信:我离开一会儿,尽快回来。

程昶想了一下,回复道:我有点急事要办,先出院了,你忙完就回家吧。然后他把手机揣进兜里,去护士站结账。

接待程昶的是护士长,她把他的费用清单打出来,说:"所用费用都从您的银行卡上扣除了,同样的清单,医院往您手机短信上发了一份,有什么问题打最下面这个电话咨询,出院后记得按时吃药。"

程昶点头道了声谢,问:"我刚进医院那天,有个老和尚来看我,您知道他的联系方式吗?"

"神神道道那个?早走了,什么联系方式都没留。"

"那送我入院的徐警官呢?"

"这个有,他留了姓名和单位地址,我放在办公室了,你等着,我拿给你。"

没一会儿,护士长就把警察的单位和地址给了程昶,以为他是想过去道谢,就说:"您昏迷那会儿,上海的张大夫,就是您中山医院的主治大夫来杭州出差,特地过来看了您,您也可以给她打个电话。"

程昶道:"行。"

台风结束,天气回暖了点,下午风很大,程昶走到停车场,坐在车里给张医生发了条道谢的短信,开车刚走到医院门口,就看到廖卓从马路对面跑来。

她是看到程昶的微信特地赶回来的,隔着车门敲了敲窗,比画着问他去哪儿。

她台风天进山找他,毕竟救了他的命。程昶摁下车窗,如实道:"我去趟派出所。"

廖卓说:"那我陪你一起去吧。"

程昶想了一下:"我之后可能还有点事。"

"我知道,我不会耽误你的,我是真有点事要去派出所一趟。"廖卓道,她似乎有点难以启齿,顿了半晌才说,"是我舅舅的事。"

程昶点头:"行,上车吧。"

廖卓是去找民警咨询她舅舅借高利贷的事,还没到下班时分,杭州的路并不堵,不一会儿到了城西派出所,所里的民警听了廖卓的事,说:"你这个属于民事纠纷,对方没有犯罪行为，你们也没掌握犯罪证据，所以不构成犯罪事实，我们这儿不好立案，一般是主张协商解决，协商不了就找代理律师，也有交给仲裁庭的，总之要看情况。哦对了，有一条规定好像是说，借款超过百分之……百分之多少来着……"

"百分之二十四。"程昶道，"借款年利息超过百分之二十四的部分不受法律保护，百分之二十四到百分之三十六之间协商偿还，超过的不用偿还。"

这是最高法院为防民间借款利息过高出台的法律条文，他是做风控的，多少知道一点。

"对，百分之二十四。"民警点头，"你舅舅要是实在还不上，先把该还的这一部分还了。我们这儿之前遇到过一个案例，我去帮你翻一下。"

"行，谢谢你了，警察同志。"廖卓道。

程昶看她这儿还有好一会儿，先一步回到接待大厅，找一名小民警打听了一下当日进山救他的徐警官的办公室，找到徐警官道了谢，顺便要老和尚的手机号。

徐警官翻出笔录本，把老和尚的电话给了程昶，劝说道："这和尚看上去有点神神道道的，不是什么坏人。那天你出事，他还下山找你来着，你女朋友前脚报警，他后脚电话就打我们这儿来了。冤家宜解不宜结，你别怪他，好好跟他说。"

程昶道："我知道，我就是找他问点事。"

出了派出所大厅，程昶站在大门口，拨通了老和尚的手机，铃响三声，那头接了。

"喂？"

"是我。"程昶道，"我醒了。"

"……"

"啪"的一声，好像是手机落在了地上，过了会儿，又传来窸窸窣窣捡手机的声音。

老和尚哆嗦着把手机捡起来，刚要挂，那头程昶适时道："别挂，我有事要问你。"

"……你问。"

"你又招魂了？"

"……你当时不是昏迷的吗？真的什么都能看见？"

"你先回答我的问题。除了我刚入院那晚，你招过一次，后来又招过吗？"

"没有啊，我哪敢啊！我就那晚招了一次，差点没被吓死。后来我师父说，你这种命数的人，不能随便招魂，好像会影响什么……另一条命轨？而且轻易也招不回来。"

程昶听了这话，若有所思。这么说，他这次之所以能回来，全然因为濒临绝境。

"你还在杭州吗？我们见一面。"

"不见。"老和尚斩钉截铁，"你这个人问题太大了，我这辈子都不想再见到你了。"

"我现在在派出所门口。"

"……"

"那我报案了？"

"……"

"台风天，你把我赶下山，故意伤害？"

"……"

"刚买了你的平安符，我就出车祸，消费欺诈？"

"……"

"半夜在医院的太平间外面招魂，封建迷信？"

"……你不能这样，平安符是你自愿买的，我赶你下山的时候，也不知道你有心脏病会出车祸啊！"

"我知道。"程昶道，"但是我请个律师，把你所有的行为建立一下法律因果关系，还是做得到的。"

"……"

"并且基于你之前见死不救的事实，以及医院后院关于你招魂的监控视频，警察找你过来问话是免不了的。"

"……"

"所以，是你自己过来见我，还是让警察叔叔带你来见我？"

"……"

一个小时后，老和尚拎着编织袋，出现在派出所门口，破口大骂："流氓不可怕，就怕流氓有文化！"

程昶没在意老和尚的话，说道："我的车停在路口，你带我去见一下你师父。"

老和尚头摇得跟拨浪鼓似的："不行不行不行，我师父是隐世高人，他要知道我暴露了他的身份，能骂死我。"

"行。"程昶点头，掉头就往派出所走。

老和尚看他又要去报案，追上几步伸手一拦："哎，行行行，真是怕了你。"

程昶掏出手机，点开导航APP，递到老和尚面前："输地址。"

老和尚皱眉沉思了一会儿，十分为难："我有点忘记我师父住哪儿了，先回想一下啊。"

程昶看着他："我手机里存了徐警官的电话，你输入的地址如果是临时编的，我随时打给他。"

老和尚表情一僵，把手机递给程昶，暴躁地说："你这手机我用不来，你自己输地址，安徽省黄山市张相县梧桐镇六二村希望小学！"

程昶愣了一下："希望小学？"

"我师父大学毕业刚两年，进山支教，不行啊？"

他看程昶面色有异，又不耐烦地解释："我们师门不分年纪大小，全看资质悟性，谁悟性好谁做师尊，你还有什么问题？"

程昶摇头："没有。"他顿了一下，"看出你的资质了。"

他输好地址，验明真实有效，想了一下，给廖卓发了条微信，说自己有事，要先走一步。

两人刚离开派出所，还没走到路口，就见一辆尼桑面包车在路边停下，车上下来一个老妇，一个头发花白的老伯，还有三个精壮大汉。时值仲春，天尚未完全回暖，三个大汉仅穿着紧身短袖，胳膊上有青龙文身。

程昶见那个老妇人有点眼熟，不由得停住脚步。

那妇人哆哆嗦嗦地掏出手机，打了一个电话，没一会儿，廖卓就从派出所出来了。

见了妇人与老伯，她眉头微皱："妈，舅舅，你们怎么找到这儿来了？"

老妇没说话，老伯支吾着道："我……我在你手机里下了个定位APP。"

"姑娘，欠债还钱，天经地义，你别以为到了派出所就能告我们。你舅舅当时借钱，那可是跟我们公司签了法定合同的，白纸黑字，写得清清楚楚。"一名精壮大汉从文件袋里取出一张纸，举到廖卓眼前。

"你以为我们想借钱给你舅舅这种人？无赖一个。那天哥儿个找他还钱，他喝醉酒，还打伤哥一个兄弟，那兄弟现在还在医院住着呢，要不是看你跟你妈可怜，医药费也该你们出，赶紧把钱还了，两清。"

廖卓抿着唇，没开腔。

其中一名大汉看她这模样，吊儿郎当道："忘了跟你说，你舅舅借钱的时候，偷了你妈的房本做抵押，所有的抵押手续、合同手续，都是由我们公司法务经手处理的，条款方面对你们没有一点好处，你要实在不想还钱，那咱们就上法院。别怪我没事先提醒你啊，要上了法院，这事儿可就不是抵押你妈的房子这么简单了，怎么着还要判你舅舅一个故意伤害罪吧？哥兄弟受伤，医院给的证明，哥儿个随身带着呢。"

这话说完，廖卓还没出声，她母亲看她犹豫，竟先一步当街给她跪下了："小卓，救救你舅舅吧！你舅舅一把年纪才放出来，这要又进去了，这辈子咱们就见不着他了啊！"

那名头发花白的老伯也随之跪下，哭着道："是啊小卓，你救救舅舅吧。再说了，之前二十万你不是帮忙还了吗？剩下的你再凑一凑，一定不难吧……"

第三十五章 颠倒人间

廖卓一时间又气又急,简直不知说什么好,想要去扶母亲和舅舅,可他们就是不起。她想要甩手走人,可眼前人毕竟是自己的亲妈。

她左也不是,右也不是,正准备翻出手机,把这个月刚到账的工资转过去,先把眼前的麻烦解决了再说,不远处,程昶忽然喊了她一声。

他朝她点点头,廖卓犹豫了一下,松开母亲的手:"你们等我一下。"

来到程昶跟前,她支吾道:"让你们见笑了,我……"

"我都听到了。"程昶道,"还差三十万是吗?"

他拿出手机,找到廖卓的账号。

老和尚在一旁斜眼觑着,瞧见程昶输进去的数字,眼睛登时瞪得跟铜铃一样。

"转给你了。"程昶将手机一收。

廖卓刚要说话,他又道:"这钱算我借你。你救了我的命,应该的。"他顿了顿,"我再多说一句,这事本质上是个无底洞,不是钱能解决的,根子在你舅舅身上,你要想好该怎么办。"

廖卓抿紧唇,点了点头。她一时无措,翻开手包,拿出笔记本和笔:"我写个欠条给你。"

说着,她在笔记本上用阿拉伯数字和中文同时写上借款数目与日期,附上身份证号,又请老和尚签字做了见证,将欠条的一页撕下来,递给程昶:"我一定尽快还你。"

程昶将欠条收了:"没事,慢慢来。"言罢,就跟老和尚朝路口走去了。

走出一截,老和尚震惊道:"请问你是财神爷转世吗?穷得只剩下钱了?"

程昶张了张口,想要反驳。再一想,自己两世皆游走在生死边缘,命都保不住,好像确实只剩点钱了。

老和尚回头看了一眼,问:"那姑娘其实挺好的,你怎么不喜欢?"

程昶没说话。

老和尚又问:"对了,那个姓云的姑娘呢?她在哪儿?"

程昶一惊:"你怎么知道她?"

"就上回那个平安符,你不是给我看了吗?'云浠'两个字不是个姑娘名?"

程昶双眸微垂,淡淡道:"她不在这里。"

路口停着一辆越野车,程昶摁下车钥匙解了锁,老和尚两眼直放光:"哇塞,顶配大G啊这是!有钱真好!"

见程昶要开驾驶座的门,他连忙上前,关心地道:"你这个心脏病,我这几天上网查了,听说装了起搏器要远离磁场是吧?能不能开车?"

"能开,而且我这个有防磁干扰功能。"

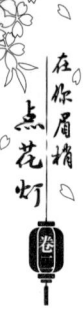

程昶打开车门，老和尚又扑到车座上拦住他："那你的左手呢？之前你入院就是因为起搏器移位，现在左臂不能抬高是吧？"

"你到底想干什么？"

"我来开吧我来开吧，我还没开过这么高级的越野车呢。"

说罢，他拉开编织袋，迅速翻出一张驾驶证递给程昶。

程昶看了眼，想起医生交代他要多休息，就说："行吧。"于是绕去车辆右边，上了副驾驶座。

老和尚系好安全带，四下张望了一会儿，似在找什么，半晌，反应过来："哦，你这个车是自动挡。"

程昶："……"

程昶："你到底会不会开车？"

"会的会的，你不是看过我驾驶证吗？"老和尚又四处看了看，问，"在哪儿插车钥匙？"

程昶："……"

他伸手一指方向盘边的"Start"键："转一下这个。"

老和尚照做，过了会儿又疑惑道："哎，手刹呢？你这车怎么没手刹？"

程昶："……"

程昶："挂 D 挡，直接走。"

车辆终于起行，急转弯一个猛冲，差点撞到路边的大树上。

程昶："……"

程昶："我今天是要交代在这儿了吗？"

老和尚讪讪道："好像是油门踩猛了。"

"你驾驶证是路边办证五块钱一个的那种吗？"程昶说，"下车，我来开。"

老和尚差点闯了大祸，也不敢逞能，灰溜溜地把驾驶座让给程昶了。

越野车绝尘而去，那边廖卓解决完还款，拿回房本和借款合同，也带着母亲走了。

那几个精壮大汉看着驶远的越野车，问廖卓舅舅："喂，廖老伯，刚才那个开大G的是你外甥女的男朋友？"

"好像是吧。"廖老伯道。

他眼下已全然没有欠人钱做小伏低的模样了，想了半天，说："之前听小卓妈妈提过，小卓几年前交过一个挺有钱的男朋友，给她买过不少名牌包，就是身上有点毛病，不知道是不是这个。"

"是有钱啊，随便一出手就是三十万。"

"怎么着？"廖老伯一挑眉，"再讹一票收手？"

几个精壮汉子笑了，骂道："你这人，就爱盯着身边人欺负，讹完你外甥女又讹她男朋友，哥几个迟早把你送局子里去。"

话虽这么说，动作却不含糊，顺手拉开车门上了车，追着程昶的越野车往高速路去了。

从杭州开车到黄山要四个多小时，程昶有病在身，不敢疲劳驾驶，中途从一个出口下了高速，找了个酒店住了一晚，第二天一早又启程，入了张相县县城，靠导航找到了梧桐镇。

六二村的希望小学在山上，所幸山不高，山路也修得很好，老和尚生怕程昶出事了没人给他报销回杭州的路费，还在上山的路上就提醒他："你快查一下这附近的医院，等会儿你要是犯病了，我好送你去抢救。"

程昶看了他一眼："已经查了，不过没用，心内心外这种科，地方小医院的医疗水平和大医院差别太大。我这种情况，起码得去三甲医院才能治。"

老和尚感慨："你看这老天爷怎么就这么公平呢？就说你吧，有钱有文化，长得还特别帅，怎么刚好就得了这么惨一个病呢？"

老远就听到孩子们的嬉闹声，一所学校呈现在眼前。

说是学校也不尽然，其实就是一个破旧的两层小楼，外加一个小操场。

学生们正聚在操场上体育课，由一个白白胖胖戴着眼镜的年轻男人领着小跑，老和尚定睛望了望，顺手一指，说："看到没，那个跑得浑身肉颤的胖子就是我师父。"

程昶："……"

说好的世外高人呢？

老和尚又道："我师父这人喝水都胖，最讨厌帅哥，刚才我给他发短信，没把你的具体情况跟他说。你在这儿等会儿，我先去安抚一下他的情绪。"

那边胖子也看到老和尚了，他跟学生们打了个招呼，一边走过来一边问："怎么就你来了？我徒孙呢？"

"豆子守庙呢。"

胖子大怒："这年头人贩子多，你怎么把他一个人留在庙里？"

"怕什么！那深山老庙，鸟不生蛋的地方，平时连个鬼影都没有，就算有人来买符，他不拐人就不错了，谁能拐走他？"老和尚劝道，"这不撞上赶着要救人的事儿了吗？"

胖子问："要救的人在哪儿呢？我先见一见。"

"不急不急。"老和尚连忙拦住他。

然而已经晚了，胖子已经看到程昶了，他顿住脚步，从下往上看——

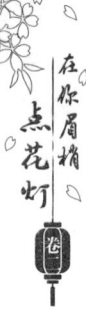

这身材……

这个头……

目光落在程昶脸上，他又扶了扶眼镜。

这也太帅了吧！

胖子愤愤道："这种人为什么可以活在世上？"他指着程昶问老和尚，"你让我救的人就是他？"他转身往学校走，"对不起，我不想救了。"

老和尚追上去劝道："师父，你要想啊，他是有先天心脏病的，住院像回家，吃药像吃饭，隔三岔五就要上一次手术台，医院就是他另外一个家。"

胖子一愣："这么惨？"

老和尚问："平衡点了没有？"

胖子点头："平衡点了。"

"就是，人都差点死好几回了。"

胖子一听这话，愣了愣，脸上满不正经的表情一下收了，问："他就是之前你遇到的那个天煞孤星，双轨之命的人？"

老和尚道："对啊。"

胖子沉默半晌，远远看了程昶一眼，回到操场上让学生解散了，然后走回来，朝程昶伸出手："你好，程先生，我姓贺，叫贺月南，你的事我听我徒弟说起过，你叫我一声小贺就行。"

程昶伸出手和他握了一下，称呼道："贺老师。"

刚到中午，希望小学的学生都回到教室吃午饭了，贺月南把程昶请到办公室，对老和尚道："我早上买好菜了，后面有个厨房，你去做点菜，做清淡点。"

老和尚不以为意："去山下的饭馆打包三份盒饭不就行了？"

贺月南一指程昶："人有心脏病呢。"

老和尚一走，贺月南给程昶倒了杯水，说："这学校一共就两个班，两个支教老师，另外一个老师这个礼拜回家了，人不在，校长就是村主任，一般也不在，程先生随便坐。"

程昶接过水："谢谢。"

贺月南虽然只有二十五岁，这会儿认真起来，看上去倒是很老成。

他在程昶的对面坐下，说："如果我所料不错，程先生应该是每逢濒死之际，会在两个世界交替穿梭，但具体情况我不太了解，程先生如果不介意，能否简单与我说一说？"

程昶点头："我第一次去到那边，是一个月前的一次心脏骤停……"

他把几次穿越的过程说了一遍，又沉默一下，道："我听和尚说，你们师门好像知道我这种命数，我不知道以后该怎么办，所以过来请教贺老师。"

"师门谈不上。"贺月南道，"我们其实与大多普通人一样，信天道，信因果缘法，只是先祖曾留下几卷概不外传的孤本，世世代代保留下来，资质高和悟性高的就能多参破一点玄机。

"像程先生这种情况，百年都不一定能遇上一个。据孤本上记载，一共也只有三例，其中有没有遗漏说不准，但确实是很罕见了。"

"从前那三个人也和我一样，能通过媒介去往另外一个时空吗？"

"媒介？"贺月南一愣，"程先生是指上回的平安符和这回的铜簪？"

他摇了摇头："你能往返于两个时空，与这些物件没有关系。依我浅见，这些物件之所以会伴你往来，应该是你的意念所致。它们是你内心深处最珍贵的东西。"

程昶"嗯"了一声。

贺月南看他面色冷峻，不由道："不知是不是我看错了，程先生这次回来，心中有恨？"

程昶垂眸不言。他也不知道内心深处一直翻涌的情绪称不称得上是恨。

他上一次落崖归来尚还懵懂，可这一次却是真真切切被人逼入火海而亡。他从未害人，为何竟要被追杀至斯？

"依照孤本上的记载，程先生初到异世，应当是缺情少欲的，这是天道对你的保护，怕你与异世牵扯太深。我不知程先生究竟经历了什么，以至于心中恨意难消。

"生在此间，爱恨都是寻常，但善恶往往只在一念之间。施主命途多舛，然行经三世都能秉持善念，是受佛祖庇佑的人，切莫被恨欲乱了心智。"贺月南劝道。

"至于你说的蝴蝶异象，"贺月南接着道，"这个孤本上提过。所谓庄周梦蝶，蝶梦庄周，人生在世，不过一场大梦。你的两世，就如水上飞鸟，映入水里，就成了游鱼，但鱼出水而死，鸟入水而亡，鱼鸟终不能共存。你毕竟是此世中人，如果决定活在此世，那边对你而言，终会成一场梦罢了。"

程昶愣了愣："一场梦？"

贺月南道："是。你既回来了，佛祖慈悲，不会让你饱受离恨之苦，日子久了，那边慢慢就会淡忘了。"

程昶垂头看着手里握着的铜簪，不知是不是错觉，这枚铜簪仿佛忽然经受了千年风霜，变得十分老旧。

"可是，"程昶道，"我在那边还有很牵挂的人。"

"这枚铜簪的主人？"贺月南问。

"如果当真有未尽之缘、未尽之事，那么一切冥冥之中自有安排。不过有一点，我不得不提醒程先生。虽然你是有双轨之命的人，但这命路不是耗不尽的，两条命，最终只能二者择其一。据孤本上记载，你此前三人，有两人去过他世一次后，留在此间一直到身死。另一人回来过两次便离开了，当时是战乱年间，孤本上记载得不详尽，许是去了他世，再也没有出现。程先生眼下已是第二次回来，所以你要想好。"

程昶道："也就是说，我这次如果回去了，就再也无法回来了是吗？就是死，也是死在那边了？"

贺月南颔首："哪怕有佛祖庇佑，命有定数，也不能无休止耗损。程先生这次回来之时，可有咳血、剧痛之症状？"

程昶点头。

"这就是了。且我观程先生之状，心中有恨，此次哪怕回去，恐也会迷失心智，陷入两难之境。还望程先生一定要秉持初心，切不能堕入魔域。"

程昶一时没有作声。

他还以为皇城司火起时，他之所以经历剧痛以致咳血，是因为现代的身体有了感应，原来竟是自己这双轨的命数要耗尽了。

"不过我说的也并非绝对，大千世界，一切无常皆为有常，便如你此刻心中难以消解的恨，你在他世遇到的困局，都逃不开一个因果缘法。切记种善因，得善果，种恶因，得恶果。你若起先种下了善因，待你回去后，也许转机就在身边也说不定。"

程昶问："那如果我想回去，现在该怎么做？等下一次濒死吗？"

"这个不好说。"贺月南道，"反正做点善事总没错，比如念点经、诵点佛什么的。对了，听说你学历不错，懂英文吗？"

程昶点头："我硕士在国外读的。"

"什么水平？有什么证书没有？"

程昶想了想："大学就考了个六级，但我 SAT 满分，GMAT800 分。"他又问，"怎么了？用英文念经菩萨比较容易听见？"

"哦，倒不是因为这个。"贺月南扶了一下眼镜，"我刚不是说了吗，另外一个支教老师这个礼拜回家了，你刚好来了，要不顺便帮学生上一下英语课？现在的小学英语实在太难了。"

第三十六章 祸途难料

老和尚做好了午饭，叫贺月南和程昶去后面的厨房吃。

他想着程昶有心脏病，压根没怎么放盐，一顿饭吃下来，觉得没滋没味。

程昶倒是不挑，他每回做完心脏手术，没滋没味的饭菜吃得多了去了。

贺月南想着下午第一节就是英语课，匆匆扒了两口饭，便给程昶找来教材，提议道："你要不要先备下课？现在的小学英语特别难，已经开始学时态了，你看看。"他翻开课本，"我大学考完四级就把英语还给老师了，不备课看这课本就跟看天书似的。"

他又看了下表，"啧"了一声："我们这里下午两点半上课，还有十分钟就要进教室了，这样，你要是时间不够，我让学生晚点上课，我们这儿上课时间挺自由的。"

程昶接过英语书，随便翻了几页，发现其实就是过去进行时，生词也挺常用的，于是道："不用。我去倒杯水，准点上课。"说完把碗放进水槽里，往办公室的方向去了。

贺月南："……"

老和尚正挽袖子准备洗碗，贺月南走过去说："我觉得我好像被羞辱了。"

老和尚说："他的存在对你来说就是一种全方位的羞辱。算了，想想他有心脏病。"

贺月南咬着牙："好，算了。"

他洗了手，去了小操场，把两个班的学生聚集在一起，领着他们去了二楼的大教室，神情激昂地说："同学们，今天贺老师为你们请了新的英语老师——"

有人举手："就是上午来找贺老师的那个大帅哥吗？"

"刚刚在操场就看到了呢！"

"特别好看，像明星。"

"不对，比明星还帅！"

贺月南："……"

他脸上的笑容渐渐消失，忍了忍，深深吸了一口气，重新咧开嘴，一脸灿烂地道："那么，让我们欢迎新来的程老师——"

程昶从教室外进来，走到了讲台上："同学们好。"

下头回应的先是一声惊艳的"哇——"，然后才是争先恐后的"老师好——"

程昶笑了笑："我姓程，你们叫我程老师或者 Mr.Cheng 就行了。"转身在黑板上写下自己的姓。

程昶上大学时在中小学里做过代课老师，后来去国外上学，几乎每节 tutorial 都要做课题报告，讲起东西来井井有条。

贺月南原本还站在教室最末，想着如果程昶有问题，他可以随时帮忙，哪知道越听程昶上课，越受打击，最后垂头丧气地离开教室，找老和尚去了。

转了一圈，四处不见老和尚的身影，直到闻到油烟味，绕去厨房一看，才发现老和尚居然重新生了灶火。

"干吗呢？"贺月南问。

老和尚把刚揉好的生面饼扔进烧热的油锅里："看你这儿有面粉，烙几个饼。"他朝不远处的教学楼努努嘴，"谁知道心脏病能吃多少盐呢，我就没敢放，一顿饭没吃几口。"

贺月南蹲在一边："那你也给我烙一个，我快饿死了。"

"你也吃不惯这么清淡的？"

"那倒不是。"贺月南丧气道，"太帅了！吃饭的时候他就坐我对面，我没忍住看了几眼，差点没心梗，吃不下。"

老和尚烙好饼，递给贺月南一个，然后与他蹲一排一起吃饼："不光帅，还有钱，开的车是顶配大 G，你知道大 G 吗？"

"我知道，特别 Man 那个车。"

"对，就我报案的那个警察叔叔，他后来说，还好人家开的是大 G，从山坡上滑下去没出大事，换了别的一般的车，可能早报废了，说不定人也救不回来。"

两个人对看一眼，齐齐叹一声。

过了会儿，贺月南道："下回咱帮人，尽量别找这么帅的。"

"帅不帅不重要,关键不能这么有钱。"

"还是要适当照顾一下自己的感受对吧?"

"是啊。"

"精神创伤太大了。"

"简直难受。"

一节课四十分钟,程昶很快上完,之后就是大课间活动时间。他出来没看到老和尚跟贺月南,就回办公室倒了杯水,坐在外头的椅子上看学生们玩。

有几个八九岁的小姑娘朝他身后招招手,喊道:"溪溪,过来玩!"

程昶听到这个名字,愣了一下,回身看去,只见一个小女孩拿着本书,正站在楼梯口怯生生地望着他。

刚上课的时候,他就注意到这个小女孩了,个子小小的,目光十分清澈,听课听得非常认真,点她起来回答问题,英文发音居然出乎意料的标准。

目光与程昶对上,她鼓足勇气走上前来,怯生生地问:"程老师,您也教语文吗?"

山区师资力量薄弱,一个支教老师往往什么科目都得教。

程昶问:"怎么了?"

"我能不能问您一个问题?"

她把手里的书递到程昶面前:"这首唐诗我读不懂。"

程昶看了一眼,是辛弃疾的《青玉案·元夕》,他温声道:"这首不是唐诗,是宋词。"

女孩年纪小,误以为所有的诗与词都是唐诗。

小女孩认真地看着他,虽然似懂非懂,还是点了点头:"记住了,是宋词。"

她的眼睛干净明亮,程昶看着,问:"我听她们喊你溪溪,是哪个溪?"

"溪水的溪。"

程昶"嗯"了一声,从溪溪手里接过书,来回翻了几页,居然连个注释都没有。再一看封面,是二十世纪九十年代出的宋词集,很旧了,估计是在旧书市场淘来的,或者谁不要了捐的。

他问:"哪一句不懂?"

"都不懂。"溪溪仍有点怯,"就是看题目旁边有个五角星,觉得很漂亮,所以想问问老师。"

"五角星可能是因为这首词是辛弃疾的代表作之一。"程昶道,"青玉案是词牌名,元夕……"他顿了顿,"正月十五,古代称作上元节,现在叫元宵节。"

"就是要吃汤圆的节日。"

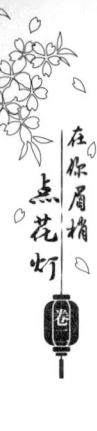

程昶点头:"这首词很出名,词前面一部分讲的是上元节的见闻,初春之夜,焰火燃放,作者在这个佳节,邂逅了一个姑娘……最后一句,他在人群中寻找了她千回百回,遍寻不着,后来蓦然回首,发现她却站在灯火最零落的地方。"

程昶的情绪本来内敛,然而他说这话的时候,眉宇间似乎不期然染上了一丝清冷,仿佛换上素衣,长发挽髻,就成了古画里的清贵公子。

溪溪看着他,不由神往,问:"程老师,上元节的花灯是不是很好看?"

程昶微一愣,过了会儿,沉静地笑了一下,点头道:"对,好看,跟词里说的一模一样。我见过,很喜欢。"

他心里有些浮沉不定的心绪,但他没有耽于此,片刻,又道:"我刚才的解释,只是这首词最表面上的意思,后来著名的学者王国维在《人间词话》里把古往今来成大事者的一生分成三个境界,其中最后一个境界,就是这一句'众里寻他千百度,蓦然回首,那人却在灯火阑珊处'。所谓的'那人',或许不是指他人,指的是自己,指不同的境地。"

他看溪溪一脸懵懂,笑着道:"中华文化博大精深,你以后就懂了。"他把书递还给她,"喜欢读书?"

"喜欢。"她问,"我要是还有问题,以后也可以来问程老师吗?"

"能。"程昶道,"课间休息,去玩会儿,注意劳逸结合。"

"好。"溪溪点点头,把书放回教室里仔细收好,去玩去了。

程昶默坐了一会儿,似想到什么,翻出手机。

贺月南不知什么时候吃完饼过来了,站在一旁问:"刚才路溪来问你宋词了吧?"

程昶"嗯"了声:"你知道?"

"这里读书的小孩家境都不好,那个路溪,特别可怜,她爸爸早年工地出事,人没了,奶奶又得了重病,家里没钱,妈妈只好去广州打工,一年都不一定能回来一趟。小姑娘平时跟奶奶两个人在家,小小年纪就要学着照顾重病的奶奶,所以平时最爱读书,说想读好书了挣大钱,带着奶奶去广州治病,跟她妈妈住在一起。那本宋词,就是去年她妈妈回家给她的礼物,她读不懂天天读呢。"

程昶说:"她想她妈妈,孩子成长过程中父母的角色谁也替代不了。"

"上回来了一批捐赠物资,她运气好,抽中一个复读机,宝贝得跟什么似的,天天带身边,跟着练英文。"

"难怪刚才上课点她回答问题,她发音挺标准的。"程昶道,"对了,你手机号多少?"

贺月南一听这话,一脸戒备:"你想干什么?"

"我在网上订了些书,过几天送过来。"程昶道,"给他们弄个图书角,以后

第三十六章 祸连祸料

好歹能读点有注解的诗词集。"

贺月南愣了愣，老实把手机号报了。

程昶存好电话号码，把手机揣进兜里，说："行了，过几天快递来了打你电话。"

贺月南看着他，过了会儿，说："我忽然有点理解菩萨为什么会保佑你了。"

程昶一挑眉。

"穷则独善其身，达则兼济天下，程老师有人文主义关怀。"

贺月南看了下表，该上下午最后一堂课了，这个礼拜另外一个支教老师不在，两个班通常是一起上课，他于是招呼了学生，带他们去了二楼的教室。

程昶默坐了一会儿，正准备回办公室，兜里的手机忽然连续震了好几下。

程昶以为是订的书出了问题，拿出来一看，是廖卓发来的语音微信。

她之前已经发过好几条，还打过一个电话，但因为程昶正在跟贺月南说话，便没有接听。

程昶点开最新的一条一听，廖卓的语气非常迫切："算了，来不及了，你把地址给我，我告诉警察，你赶紧走！"

程昶直觉不对劲，回拨过去，迅速说了地址。

廖卓似乎在一个很嘈杂的地方，她把地址跟身边的人说了，急切地问："你下山了吗？"

程昶道："还没有，怎么了？"

"是我舅舅。我被他骗了，他根本没借高利贷，是伙同那几个人一起诈骗，这事我也才知道。早上他把电话打我妈这儿，问你的情况，我觉得他很可能要去找你，就报了警，但警察只查到他们在黄山市。等着，我让边上的警官跟你说。"

一名警察拿过电话："喂，程先生，我是张相县刑警支队的队长。你那边情况怎么样？"

程昶问："你们还有多久到？"

"半个小时之内。"

程昶看了下表，现在四点半了，半个小时以内就是五点左右。

他道："我没事，主要这里还有一群孩子。"

"最好让孩子们提前下课，您和学校的老师们也离开，我们这儿已经启动了定位……"

警察话还没说完，学校门口已出现了几个手臂有青龙文身的大汉。

"来不及了。"程昶道。

他想了想，又迅速道："我尽量拖时间，期间我会把手机设置成静音，开免提，你们那边录个音。"

"行。"

老和尚看到大汉，走过去像是问了句什么，那几个人随手就把他一搡。

他们四下一望，瞧见程昶，朝他走过来。

程昶已经把手机收进内兜了，他走过去，只听当中一个穿着黑T恤，看着像老大的道："你就是廖老伯外甥女的男朋友？"

程昶不置可否："怎么了？"

"廖老伯前几天打伤了哥一个兄弟，今早死了。你怎么说？出点丧葬费？"

程昶想到要拖时间，于是问："怎么死的？"

"得病死的，好像是什么，哦，伤口感染。"

"你们之前不是说医院开过受伤证明吗？给我看看。"

黑T恤有点不耐烦，皱眉"啧"了一声，看了身后穿花衬衫的男人一眼，花衬衫打开公文包，递过一张验伤单。

廖老伯跟这几个人明明就是一伙的，这份验伤单只说明了伤势情况，并不算重，八成是这群恶徒在哪里斗殴所致。

程昶说："他这个伤不至于死。"

"伤口感染。"

"伤口感染后续不是该找医院吗？如果是破伤风，也可能是送医不及时，你们再查一查，看看死因到底是什么。"

"死因是什么重要吗？哥几个只知道，哥兄弟被廖老伯打伤了，然后死了，就这么简单。"

"这里面涉及一个责任分配问题。"程昶说，"你们要赔偿金，我们不是不给，问题这个钱该由哪几方出，出多少，出过以后，后续事宜该怎么办，精神损失费、抚恤金诸如此类的，都得有个说法。"

黑T恤呆了一下，差点没被程昶绕晕。他烦躁道："少废话，让你给多少就给多少！"

他忽然反应过来，眼中顿露凶狠之色："怎么着？你小子想拖时间，找机会报警？"他几步上前，伸手就想给程昶一个教训。

老和尚见状，连忙扑上来拦住，说："别推别推，他有心脏病，起搏器刚移过位，不能摔跤，摔跤会出人命的！"

黑T恤听了这话，与身后几人对视一眼，慢慢收回手。

他上下打量程昶一眼，笑了："你有心脏病啊，那就是没多久可以活了。那还抓着这么多钱不放干什么？生不带来死不带去的。"

这时，二楼的教室里忽然传来琅琅的读书声——

第三十六章 祸连难料

"……质朴之中包含的期待,把我小小的心融化了,以至不知黄昏的到来。落日的余晖染红窗棂,院里那一墙的爬山虎,绿得沉郁,如同一片浓浓的湖水……"

黑T恤顺势朝教学楼一望,片刻,他眼中闪过一丝刁诈之色:"你们这儿有学生上课?"

程昶眉头一皱。

"走,看看去。"黑T恤一招手,带着身后几人就往二楼走去。

老和尚连忙上前阻拦:"孩子们还小,你们有什么事,等他们下课了再——"

"起开!"花衬衫不耐烦,顺手就把老和尚推倒在地。

几人上了二楼,一脚踹开教室的门,站在门口招呼:"小朋友们,你们好呀——"

教室里的小学生们都愣住了。

贺月南问:"你们是什么人?"

几个彪形大汉压根没理他,黑T恤走到第一排第一桌,抽出学生手里的书一看:"哦,小朋友们正在上语文课呀!"他笑着道,"小朋友们别怕,叔叔是好人,是过来做好事的。"

他转身看向跟来教室门口的程昶,朝他抬了抬下巴:"怎么说?捐点?你看这些小孩子多可怜呀,反正你有钱,随便花点给他们买点好吃好穿的,怎么样?"

程昶沉默不言。

这时,班里一个穿着灰布衣的小男孩忽然站起来说:"他们不是好人,他们是骗钱的坏蛋——"

花衬衫一听这话,三步并作两步走过去,揪着小男孩的衣领把他拎起来,冷森森地道:"你刚说什么?你再说一次?"

小男孩被吓住,双唇抖了抖,"哇"的一声哭起来。

贺月南走过去拦住:"有什么别冲着孩子——"

然而话未说完,花衬衫松开小男孩,转身对着贺月南就是一拳。

他出手极重,贺月南当面仰倒,一连撞开好几张课桌,鼻腔顿时涌出鲜血,爬了半晌才爬起来。

他抹了一把鼻腔淌出的血,吃力地道:"孩子们,快跑……"

学生们反应过来,当下就要从后门逃,然而另一名彪形大汉反应灵敏,先一步过去拦住门,咧开嘴露出冷笑:"叔叔是好人,都不准跑。"

与此同时,贺月南又挨了一拳。

黑T恤吊儿郎当地在一张课桌上坐下,盯着聚在角落里的学生问:"老师是不是坏?是不是成天逼你们做作业?叔叔让老师给你们捐钱好不好?你们程老师多的是钱,有他捐钱给你们,你们以后就不用读书啦。"

221

然而学生们听了他这话，哭得更厉害。方才还抑制住的啜泣渐渐变成号啕大哭，哭声此起彼伏，听得人心头焦躁。

教室的黑板上挂着一个圆钟，程昶看了一眼，快五点了。刚才的警官说，他们半个小时之内就能到，刑警支队的人应该快来了。

程昶沉默了一下，眼见着拖不下去，他从兜里取出手机，挂断了和刑警队长连着的电话，走上前问："你们想要多少？"

黑T恤诧异地一挑眉，顷刻笑了："就是嘛，早这么爽快，不就什么事都没了？一口价，三百万。"

程昶说："我没这么多现金。"

"明白明白，你们这种有钱人，钱都放银行、股市里理财呢。这样，你有多少先转过来，余下的算你欠着，你写个欠条，我们不收你利息。"

程昶知道如果把钱的数目报低了，这伙人肯定会迁怒于班里的孩子，这群人穷凶极恶，不知道能干出什么事，于是实话说道："我现在能给你转一百七十万。"

"行。"

"每张银行卡手机转账上限是五十万，超过五十万要去电脑上操作，这里没电脑。"程昶想了想，说，"你把收款卡号给我，我先转你五十万，其余的，你答应我一个要求，我再转给你们。"

"你说。"

"把孩子们放了。"

黑T恤笑了："放了他们，谁知道你还转不转钱，反正你有心脏病，迟早都是一个死。"

程昶淡淡道："那行，你既然知道我不怕死，那我们就在这儿耗着。这学校又不是没人知道，等会儿天晚了，家长们来接孩子，发现情况不对，报了警，吃亏的也不是我。"

黑T恤听了这话，不由朝窗外一看。

今天不知怎么了，明明不晴不阴的天，到了黄昏竟分外晴朗，仿佛敛藏了一天的光都汇聚在此刻盛放，将大地笼罩在一片金黄中。

黑T恤看着这金黄色的天空，不知怎的，心里居然有点惧。

他与另外几个大汉对视一眼，掏出一张卡，扔在课桌上："赶紧转钱。"

程昶用手机扫了扫眼前的卡，转了五十万过去："好了。"

黑T恤随即冲着花衬衫一点头，他们一行六人，分了一人守教室后门，两人守走廊，两人守楼梯口。

花衬衫对着孩子们一偏头，说："快走。"

第三十六章 祸连难料

谁知这群孩子们竟讲义气，一时间看看贺月南，又看看程昶，没一个先走。

老和尚劝道："快走吧，你们老师跟这些……叔叔谈点事，谈好了，就去找你们。"

他环视一周，找出之前勇气十足的灰布衣小男孩，说："你先来，你领着同学们走。"

小男孩愣愣地看着老和尚，咬唇点了点头，站出来，慢慢朝教室门口走去。

有了他打头，学生们一个接着一个，纷纷离开教室。

从程昶的方向看过去，之前找他请教宋词的叫溪溪的小女孩走在最后面。

她似乎非常害怕，抱紧怀里的布包，整个人都在发抖。

这里的学生家境都很贫困，溪溪怀里的布包，一看就是用穿旧了的衣服做成的布书包，很小，只能放得下几本书。可此刻，她的布书包里竟装得满满当当的。

程昶下意识觉得不对，刚想开口说话，转移一下几名大汉的注意力，就在这时，心上猛地一跳，一阵剧痛袭来，令他整个人都恍惚了一下。

他伸手捂住胸口，慢慢等剧痛褪去。待缓过来时，发现溪溪已经走到教室外的走廊上了。

这几个恶徒平时干多了见不得人的勾当，非常警觉，花衬衫的目光落到溪溪怀里的布包上，待她从他面前路过，若无其事地伸出脚。

溪溪的注意力本就不集中，被一个成年人这么故意一绊，当下往前栽倒。布包从她怀里脱落，里头的几本书与一个复读机一并摔出来。

复读机是开着的，上面一个红色按钮一闪一闪。

程昶见状，立刻上前，迅速将溪溪扶起，低声在她耳边说了句："快走。"

花衬衫愣了愣，捡起地上的复读机一看，只见闪烁着的红色按钮下写着"录音"两个字，当即大骂："去你妈的，这小丫头片子竟敢录我们的音！"

他三两步上前，抓住溪溪的后衣领把她拎起来。

贺月南见状急道："你干什么！那就是个小孩子——"

老和尚也道："复读机给你们，给你们，你们把录音消了行不行——"

程昶离溪溪最近，赶在花衬衣拎起她的同时，上前几步一把把她拉回来。

就在这时，底下守楼梯间的大汉忽然道："老大，不好了，不知道谁报了警，警察好像——"

他话未说完，只听一声"不许动"，似乎已被人制服。

花衬衫大骂一句脏话，他左右一看，班里的孩子只剩一个溪溪，几步上前，想从程昶怀里抢回溪溪做人质。

这些人穷凶极恶，被他们抓去做人质，只怕凶多吉少。

程昶护住溪溪，就是不放。

警察上楼的声音已传来，贺月南与老和尚扑上前想帮程昶，却被黑T恤一把拦住。

程昶到底有心脏病，拼体力不是花衬衫的对手，他抱着溪溪到了楼梯口，想把她交给上楼来的刑警。

花衬衫见状不对，眼中顿时闪过一丝凶狠之色，伸手将溪溪一推，迅速往走廊的另一头撤去。

溪溪往前跌倒，眼见着就要顺着楼梯滚下去，程昶一时间来不及反应，伸手拉她，重心失衡的一瞬间，只来得及把她护入怀中，一起顺着楼梯滚了下去。

这座教学楼很旧，楼梯又窄又陡。剧烈的颠簸间，心上传来一阵又一阵剧烈的疼痛。

他的起搏器刚出过问题，是经不起这样重摔的。

他痛极了，痛得仿佛五脏六腑都灼烧起来。恍惚间，他仿佛又看到了那日皇城司里肆虐的烈火。

他大口大口地吸着气，却似乎堕于深水，每呼吸一次，只能加剧窒息之感。这份窒息感从他的心脉蔓延而出，渐渐延伸至四肢，像一双大手攫住他的魂，要将他拽入深渊。

"程昶——"

"程老师——"

耳畔传来嘈杂的喊声，有的已带了哭腔。

他仔细去听，自最细微杳渺处，忽然听到一声轻唤："三公子，你在哪儿？"

是她在找他。

程昶合上眼前，最后看了一眼怀里护着的人。

小姑娘安好无恙，却忧虑极了，淌着泪望着他，一句又一句地说着他已听不清的话。

她的眼干净明亮，就像她。

黄昏的斜阳刹那间射出夺目之辉。

程昶闭上眼，沉入最深的混沌中……

第三十七章 菩萨降世

雨水时节一到，秦淮成日浸在一片烟雨里，屋外廊下湿漉漉的，人在外间站久了，即便撑着伞，衣裳上也要潮一片。

这日早晨，云浠到枢密院点完卯，取了佩剑，往公堂外走。

守在公堂门口的武卫问："将军外出办差？"

云浠道："我要离京几日，旁的部衙若有大人找我，告诉他们我会尽快赶回来。"

武卫恭敬道："能劳动云将军的差事必然是要务，旁的大人知您外出，不敢催的。"又说，"小的记住了，倘来了要函，小的也一并放在您案头。"

云浠点了下头，在廊下撑开伞，吩咐差役去牵马。

这已是昭元十年的初春了。

去年秋，云浠自岭南凯旋，及至冬日，临安附近闹盗贼，官府抓了一月，连贼人一片衣角都没摸着，云浠带了十余名亲信过去，仅七日就把一伙贼人人赃并获。

短短一年之间，云浠连立两桩大功，昭元帝龙颜大悦，今年一开春，非但将她擢为四品明威将军，念及她一年奔波在外，劳苦功高，还亲自为她在枢密院广西房安排了一份闲差。

所谓枢密院广西房，除了掌广西一带的边防，在金陵主要做的是招军、捕盗等差事。

抓捕一般的小贼小盗，通常由京兆府包揽，要劳动云浠的广西房，非得出现江洋大盗不可。

因此云浠上任后，每日点个卯就能走人，时不时去西山营练练兵，等同于白拿一份俸禄。

然而今年二月初，兵部库房忽然失窃，丢了一张塞北的布防图。

偷盗偷到皇宫里，昭元帝勃然大怒，命兵部、京兆府、枢密院广西房以及刑部共同缉拿盗贼，并将兵部司库人员通通革职问罪，兵部库部李主事随后也引咎致仕。

李主事的故居在与金陵相邻的扬州府，他致仕后，携家眷回了扬州。谁知没过几日，李主事忽然在家中自缢而亡，临死前留下一封尚未写完的血书，说自己与兵部的司库人员都是冤枉的。

得知李主事身死，刑部及广西房皆认为兵部失窃案另有隐情。

云浠此番离京，便是要去扬州查问此事。

小雨淅淅沥沥，远望过去，反倒像雾，差役为云浠牵了马，顺带为她带了件蓑衣。云浠见雨势不大，没要蓑衣，刚要上马，身后忽然有人唤了句："云将军留步——"

是刑部的齐主事。

齐主事急急忙忙赶来，气喘吁吁地道："下官把李主事府上的大致情形，以及他为官期间的经历整理成文书为将军送来。将军此去扬州，也好心中有数。"

云浠一愣："这么快就整理好了？"又道，"主事大人有心了。"

齐主事笑道："不是下官有心，是陵王殿下。昨晚刑部议事，陵王殿下得知云将军要去扬州，特地嘱咐下官为将军整理这样一份文书。下官知道将军办事雷厉风行，紧赶慢赶，生怕来晚了，愧对陵王殿下的托付。"

他左一个陵王，右一个陵王，言语中的奉承之意很明显。

这也无怪。郓王失势后，昭元帝的身子一日不如一日，不得不将一半政事交给陵王打理。

陵王从前在差事上一直不怎么出色，偶尔有些小差池，端的是无功无过。谁承想自他从昭元帝手中接理了政务，一桩比一桩办得有魄力，叫群臣惊叹不已。

如今的陵王再不是从前那个不受宠的皇子，他政绩出众，朝中更有罗复尤、裴铭等几个股肱大臣支持，俨然就是储君的不二人选。

云浠听齐主事提起陵王，没说什么，再道一声谢，扬鞭打马而去。

侯府的光景比之以往已大好了，赵五近日跟着白叔学管家，府门口雇了几个小厮。

云浠一到侯府，把马交给小厮，绕去方芙兰院中，隔着窗唤了声："阿嫂！"

她这几日不是在枢密院就是在西山营，方芙兰见了她，颇为意外，柔声问："怎么这时候回来了？"

云浠推门而入，将剑解下放在桌上："我要去扬州一趟，回来与阿嫂说一声。"

第三十七章 菩萨降世

"扬州？"

"嗯。是朝廷的差事，那边出了人命，我得去看看。"

她语焉不详，方芙兰也没多问，提壶斟了盏茶递到云浠手边，反身去妆奁前，从抽匣里取出一张红帖，笑道："前日宗正寺少卿托媒媪把他家五公子的庚帖送了过来，我找人帮你们合了合，是难得的好姻缘。"

云浠看到她手上的红帖，愣了愣，垂眸道："阿嫂，帮我辞了吧。"

方芙兰愣了一下，随即轻声唤了句："阿汀。上回太傅大人找媒媪与你和他家小公子说亲，我已帮你辞了。这回这个宗正寺少卿家的五公子，我托人打听过了，人品很好，人也很上进，这些年苦读，房里连个侍妾都不曾养过。去年春闱，他还与望安一起金榜题名，眼下已入了翰林，你……左右在朝廷当差，见过人后，若不喜欢，再辞不迟。"

云浠看着手中杯盏，过了会儿，低声道："阿嫂，我早已说了，我谁都不想嫁，这些人，我见与不见，结果都是一样的。"

方芙兰看她这副模样，眸中覆上一层忧伤，轻声叹道："阿汀，一年了，皇城司那场大火过后，上万禁军将绥宫与金陵城里里外外都找过了，再也没有人见过三公子。"

云浠没接腔。

方芙兰又道："阿汀，阿嫂知你心中难过，可你总不能把你的一辈子耽搁在这儿，总该是要往前走的。你已是四品明威将军，若能成个家，让日子更和美些，不好吗？"

在大绥，从军的女子亲事艰难，然而云浠却是个例外。

若换作一年前，谁也想不到云浠竟能做到今天这个地步。

立功封衔不提，她把每一桩差事都办得妥当漂亮，在军中有军威，更得昭元帝与陵王殿下的赏识，以至于她外出办差，陛下与殿下都会挂怀。

沙场的历练，在她干净的眸光里掺了几分飒爽，本来明媚的眉眼染上几许沉静，竟然美得生机勃勃。她就像含苞了许多年的扶桑花，饱经岁月的风霜，一夕之间忽然绽放。

是以她虽是女将军，开春后，来忠勇侯府提亲的可称得上是络绎不绝。

方芙兰温声再劝："阿汀，琮亲王府也已办过白事了。"

"那又怎么样？"云浠道，"他只是失踪，只是暂时不见了，我会去找他，我还有很多地方没有找过。"她笑道，"就说这次去扬州府，本来我还不想接这差事呢，后来一想，扬州府我都没去过，说不定三公子在那儿呢。所以我要过去看一看。"

方芙兰看着她，叹了口气，随即点了点头，柔声道："那好，那你就去看一看。"

看过了，也许就能慢慢淡忘了。

这时，外头有小厮来报："将军，宁远将军和田校尉过来了。"

云浠听了这话，应了声，对方芙兰道："阿嫂，小郡王和田泗来了，我出去看看。"

云浠一到正堂，田泗亟亟走上来："阿汀，你……你要去扬州？我陪你去。"

云浠道："我去扬州有急差要办，不知何时能回来。这几日望安在刑部忙得不可开交，你留在金陵照顾他。"

田泗摇头："不……不行。阿久不在，没人……没人保护你。"

先前阿久不知为着什么事，忽然来跟云浠告假，眼下七八日过去，她连个影儿都没有。

云浠此番去扬州，查的是朝廷大事，身边没个亲信可用，确实不方便。

田泗看云浠犹豫，又说："这……这也是，望安的意思。"

云浠想了想，随即点头："那行，那你跟着我。"

她又看向立在一旁的程烨："小郡王有事？"

"倒是没有。"程烨笑着说，"前几日兵部库房失窃，陛下嘱我也盯着此事，今早我去西山营，正好碰见田校尉，见他急着来侯府，我的马快，便送他过来，也顺道跟云将军打打听听捕盗的事。"

云浠歉然道："那真是不巧，我眼下得赶去扬州，来不及与小郡王详说。这样，等我从扬州回来，一定把所得的线索告知小郡王。"

程烨道："不必。我今早已跟朝廷请了假，与云将军一起去扬州。"

云浠一愣："小郡王也去扬州？那禁军的防卫调配得过来吗？"

程烨笑道："禁军还有归德将军与卫大人辖着，我走几日没关系。"

一年前皇城司走水后，昭元帝重整了禁军，将殿前司、皇城司的一部分兵马抽调出来，与程烨在京房的兵马合并，称为翊卫司。

自此，殿前司、皇城司、翊卫司三支禁军互相挟制。

而程烨虽仍领着五品宁远将军的衔，眼下已是昭元帝身边的亲信，加上程昶失踪后，年轻一辈中暂无亲王，程烨是南安郡王府的世子，堪称当朝第一新贵。

云浠点头："好，既然小郡王已把一切安排妥当，那我们便一起去扬州。"

她再一拱手："小郡王且稍等，我取了行囊就来。"

云浠的行囊很少，不过两身换洗衣衫。她疾步回到房中，顺手拎了行囊，然后自柜橱最底层取出一个竹画筒，仔细往身后背了，随即招呼了田泗与程烨，三人一起起行。

金陵距扬州不过百里路，三人纵马而往，半路匆匆以粥饼果腹，三个时辰就到了。

云浠的广西房只管捕盗，查案主要还是由刑部负责。

说来巧，去年春闱过后，田泽金榜题名，一举中了榜眼，他本来和同科进士们一并入了翰林，照规矩还该到地方上试守几年，然他资质出众，得了刑部尚书刘常赏识，刘常于是去求昭元帝，把田泽收来刑部，给了个六品推官的职务。

此前兵部库房失窃，刑部主查此案的人中就有田泽。昨夜李主事自缢的消息传到金陵，田泽连夜派了手底下一名姓崔的吏目来扬州查问案情，眼下云浠到了扬州，也是这名崔吏目来接。

"明威将军、宁远将军、田校尉。"崔吏目在城门口见了云浠，带着人上前拜道。

云浠点了点头。

她下了马，左右一看，问："怎么不见扬州府的刘府尹？"

崔吏目眼中闪过一丝复杂之色，说："刘府尹过会儿就到。"

倒是崔吏目身后跟着的小吏按捺不住脾气，跟云浠告状："刘府尹？刘府尹已在府衙里哭了一下午，眼下哭得走不动道，要被人搀着来。"

云浠听了这话，先是一愣，倒也不意外。

昨夜李主事自缢的消息传来金陵，各部衙定了由云浠来扬州后，有官员为讨好她，专门跟她说了几句扬州刘府尹的闲话。

说此人姓刘名勤，本事虽过得去，最爱哭惨，但凡遇着事，无论大小好坏，先哭一通再说，总觉得只要哭了，就能引来旁人怜悯，旁人一旦怜悯他了，他就能少担几分责。

云浠甫一听刘勤这个名字，总觉得耳熟得很，一时却想不起来是谁，这会儿远远瞧见两名衙差扶着一位干瘦、长一双鱼泡眼的大人过来，她才恍然大悟。

这不就是当初她去东海渔村寻到三公子后，与她一同护送三公子回京的那位刘府尹吗？

原来一年多没见，这位府尹大人竟迁任至扬州了。

云浠虽没记着刘府尹，刘府尹倒是时时刻刻都记着云浠。他之所以能离开东海，迁到扬州这个富庶之地上任，全赖当初与云浠一起护送程昶回京，说是沾了云浠的光也不为过。

且他这个人有点好钻营，朝廷里但凡有什么风吹草动他都知道，云浠年余时间从七品校尉升至四品明威将军这事，自然逃不过他的耳朵。

刘府尹由衙差扶着走近了，对云浠深深一揖："下官见过云将军。"

云浠一点头："刘大人，久违了。"

刘府尹叹道："是啊，下官记得上回与将军共事，正是在护送三公子回京的路上，说起来，将军就是在下官的辖地找到了三公子，而今辗转年余，没想到殿下他又……唉……"他说着说着就哽咽起来，从袖囊里取出一块布帕，开始抹眼泪，"也不知殿下他到底在哪儿……"

云浠听他提及程昶，心中一时悲伤，可他这就落泪，未免太过假惺惺。是以她道："旁的事容后再说，刘大人先把昨夜李主事自缢的详情仔细说来吧。"

刘府尹拿着手帕揩干泪，对云浠三人做了个"请"的姿势，引着他们一面往府衙走，一面说道："将军说得是。李主事是昨日傍晚时分没的，就死在他家后院的柴房，眼下只查明了他不是自缢，系被人勒死。"

云浠问："可是查到了勒痕？"

"是。"刘府尹点头，"若是自缢，勒痕只该在前颈，可李主事脖子一圈都有紫痕，是以应该是被人勒死。"

程烨问："确定就是勒死？有没有可能是被人下毒？"

刘府尹摇头："不大像，李主事面部紫绀，眼球突出，舌头伸长，确有勒死之状，不过为防万一，下官已请仵作前来验尸身了。"

"也就是说，眼下除了知道李主事是被人害的，其他什么都没查出来？"程烨问。

刘府尹一听这话，嘴角一瘪，凄然道："到底是当朝大员的尸身，请仵作来验，总该要安抚一下家眷的。小郡王有所不知，下官自昨夜起就守在府衙内，一夜未睡，细细查证，才查到如今这么多，下官……"他说着就要从袖囊里取手帕。

程烨忙道："刘大人莫要误会，我就是随口一问，并没有责怪你的意思。"

刘府尹点了点头，将取出来的布帕收回袖囊，接着道："再就是李主事留下的血书，除了说兵部布防图失窃有隐情，旁的什么都没说，倒是有一个人有点可疑。"

"谁？"

"这个人叫冯屯，早年就是个送菜的，也就这一年吧，这人不知怎么回事，忽然发迹了，做什么成什么，眼下已开了丝绸铺子。他这人老实，给各府送菜那会儿，跟各府的管家、老爷交情都不错，与李主事也相熟。昨日他听闻李主事致仕回扬州了，还到李府来拜见过，当时李主事还好好的，结果他走后不久，李主事就出事了。"

"有没有可能这个冯屯就是凶手？"

"不像。"刘府尹摇头，"他没有作案动机，而且昨日他离开李府时，李主事尚在正房里，是后来去了柴房才被杀害的。"

几人说话间，已经到了府衙外，刘府尹道："下官已命人去传了这个冯屯，眼下他就在公堂内候着，云将军有什么疑处，可问问他，说不定能从他口中知悉一点盗匪的线索。"

云浠点点头："有劳府尹。"遂进得公堂，在上首坐下。她问堂中一个生得方脸阔鼻、体型富态的人道："你就是冯屯？"

冯屯点点头，他不知云浠的官职，只得行礼称道："拜见大人。"

云浠问："你昨日为何要去李主事府上？"

第三十七章 菩萨降世

冯屯道："是这样，从前草民的日子十分艰难，多亏李主事给小人指了一条生路。后来李主事去了金陵当大官，小人一直记着他的恩情。小人发迹后开了间丝绸铺子，听闻李主事致仕回了扬州，便挑了两匹丝绸送去李府答谢。"

他模样老实，说话也实在，让人听着信服。

从他的言语中可以听出，他如今的家境应当十分殷实，然他只穿着一般的丝缎长衫，倒是半点不张扬。

云浠又问："你是怎么发迹的？"

冯屯一听这话，有些为难，半晌才道："拜了拜菩萨。"

云浠一愣："拜了拜菩萨？"

"草民不敢欺瞒大人，当真就是拜了拜菩萨，也不知怎的，做什么成什么。"冯屯又补了一句，"小人信佛。"

云浠点点头，随后又打听当日他在李府的见闻。

她不主查案，只管缉拿盗匪，见从冯屯口中问不出什么，便令他回家了。

冯屯离开府衙后，步子愈来愈快，绕过一条巷弄，简直要跑起来。所幸他的宅子不远，很快到了门口，举手拍开门。

来应门的是冯屯的小儿，名曰冯果，见他爹这副仓皇样，问："爹，您跟京里来的大人说实话了吗？"

"没有。"冯屯摇头，"我哪敢！那么大的事，万一说了咱们遭殃怎么办？"

冯果点头称"是"，又建议："爹，要不咱们去请菩萨指点指点吧。"

冯屯一听这话，忙问："菩萨今日睁过眼吗？"

"早上睁过眼。"冯果道，"这已是菩萨连着第三日睁眼了，想必就要醒了。"

冯屯点头道："好，我看看去。"

却说一年前，冯屯去扬州城郊一个贵人府上送菜，路上遇见雷雨，一板车的蒿菜被淋坏不说，人还摔伤了。当时他正焦急，忽在道旁发现一个昏迷之人，一张脸长得跟天人似的，奈何无论怎么唤都唤不醒。

冯屯本不想管，独自走了一段，耐不住良心谴责，又掉回头，把此人抬上板车，带着他一并去城郊的府上致歉。

也正是自此，冯屯开始转运。

他送的一车蒿菜被雨淋坏了，本该赔人银子，哪知到了城郊贵人府上，府里的下人却称他家老爷吃了蒿菜浑身起疹子，幸亏冯屯送晚了，老爷才保住一命，非但没让冯屯赔，还给了他十两赏钱。

冯屯拿着这十两赏钱，不知怎的脑中灵光一现，开始做起了生意。

起初就是贩卖菜蔬，随后便倒卖酒水，最后竟开了间丝绸铺子，总之无论做什么都能一本万利。

虽然冯屯为人实在，做生意讲究诚信，但他直觉自己之所以能够发迹，与当初从路边捡回来的那个人有脱不开的关系。

且此人长了一张惊若天人的脸，不是菩萨现世又该作何解释？

冯屯发迹后，给自己置了宅子，打头一桩事，就是把菩萨请进后院第一间正房里睡着，日日对着菩萨焚香叩拜不提，每一旬还要挑一日沐浴更衣，带着一家老小跪在菩萨跟前诵四个时辰经文。

菩萨自然也没亏待他。自从冯屯开了绸缎庄，生意一日红火过一日，到如今已是供不应求，准备在城西开分铺了。

冯屯走到正院，对着池水理了理衣冠，确定仪容整洁后，才走上前，推开正房房门。

一跨进门槛，他吓了一跳——那个本该在卧榻上躺着的菩萨不知何时醒了，已坐起来了。

正值黄昏，房里只一盏淡淡的烛火，菩萨的目光有点茫然，眉眼却似有水墨浸染，只一身素衣坐在那儿，整个人如覆上月华，清冷生辉。

冯屯连忙迎上前去："菩萨大人，您醒了？"

程昶是一天前就有了意识，睁过几回眼，奈何浑身上下一点力气也无。今天终于坐了起来，见眼前是陌生的屋，陌生的人，不由得问："这是……哪儿？"

"此处是鄙人的家宅。"冯屯道。

见程昶仍茫然，他似想到什么，退后一步，抬手合袖，恭恭敬敬地行了个大礼："回菩萨大人的话，鄙人姓冯，名屯，扬州人，眼下正值凡间大绥朝昭元十年，此处乃凡间扬州府丹高巷冯宅。"

程昶点了点头。这么看，他已回到大绥了。

冯屯见程昶沉默不言，切切地望着他，恳求道："求菩萨大人点化小人。"

程昶怔了怔："点化什么？"

话一出口，他忽然意识到不对劲，目光一扫，瞧见卧榻前摆着一张供奉台，上头非但供奉着新鲜的瓜果，居然还焚着香。

这……这是不是误会了什么？

程昶问："你刚刚称呼我什么？"

"菩萨大人。"冯屯恭敬地道，"菩萨大人，您不要瞒着小人了，小人早已知道，您是天上的菩萨。"

程昶："我不是。"

冯屯："您是。"

第三十七章 菩萨降世

程昶："我真不是。"

冯屯："您真的是。"

程昶："我……"

他看着冯屯，一时间不知道该怎么与他解释。

这时，冯屯忽然恍然大悟道："哦，小人知道了，您不是菩萨。"

程昶"嗯"了一声，掀了被衾，准备下地。

"阁下既然不是菩萨，"冯屯迎上前，小心翼翼且毕恭毕敬地问，"那请问阁下是哪路神仙？"

程昶："……"

程昶发觉解释不通，懒得再费口舌。

他下了地，整了整衣衫，发现自己穿着一袭白衣。白衣是由素白云锦制成，色泽如月如云，饶是程昶当了一年的小王爷，见了这等布料，也不由得一愣。

冯屯躬身跟在一旁，满是歉意："菩萨大人，小人家里是开绸缎庄的，您若不喜欢这身衣裳，尽可以换一身。小人实在是愚钝，不知天上的仙人都穿什么，从前虽也听闻天衣无缝，但小人这是凡衣，难免会用到针线缝制，真是罪过。"

程昶："……"

算了，说不通，不说了。

他问："你刚才说，眼下已是昭元十年？"

"是，眼下正值昭元十年的二月初。小人是去年二月捡到菩萨大人的，想必菩萨大人当时正闭目养神。但凡间的时间总过得很快，弹指一挥间，人世沧海桑田，菩萨大人闭眼睁眼不过一瞬，春夏秋冬就过去了。"

程昶："……"

照这么说，距皇城司的那场大火，已经过去一年了。

扬州去金陵不远，他如果想回京，雇辆马车，一日就能到，只是……眼下金陵究竟是个什么情形，他尚且不知。若他所料不错，郓王失势，昭元帝圣躬违和，朝堂之上应该已轮到陵王掌大权了。

他本就是陵王的眼中钉，如果堂而皇之地抛头露面，被陵王的人发现，只怕还没走到金陵就该暴尸荒野。

程昶不敢莽撞行事，遂问道："如今京里是个什么情形，你知道吗？"

"说来惭愧，小人尚未去过金陵，不甚了解。"

程昶又问："忠勇侯府，你听说过吗？"

"什么侯府？"冯屯诚惶诚恐道，"那可是天底下顶尊贵的府邸，在人间，只有勋贵门阀才能住的。"

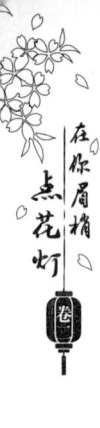

程昶在心中一叹，他连忠勇侯府都没听说过，看来更不会知道云浠了。

冯屯见程昶沉默，想了想问："菩萨大人，您可是想要打听朝廷的近况？"

程昶看他一副了然的样子，问："你有办法帮我打听？"

"没有。"冯屯道，"但您是菩萨，只要掐指一算，天下大事必了若指掌。"说完，他殷切地盯着程昶，一副很想长见识的模样。

程昶："……"

算了，就这么着吧。

程昶看着冯屯，解释道："我眼下困在肉身凡胎里，法力有限，没法算。"

"哦。"冯屯顿悟，"是了，仙人行走凡间，不能用仙躯，一定要先化形。是了是了，菩萨大人说得是，小人险些把此事忘了。"

他又忆起方才求菩萨点化，难怪菩萨不知道该点化什么，原来是化身凡躯，失了法力。一念及此，他不由得问："菩萨大人眼下既是凡躯，大梦方醒，可是饿了？"

不等程昶答，他顷刻出门，唤来一名家丁，叮嘱了几句，又进得屋来，恭敬道："小人已吩咐下人们去备饭菜了。"

言罢，冯屯亲自为程昶打了水，侍奉他洗漱，随即把他请到膳堂，指着膳桌道："菩萨大人请用。"

程昶看了眼，满桌绿色菜蔬。

好在他吃东西不挑，只图个清静，冯屯屏退了下人，这顿饭倒也用得自在。

用完晚膳，程昶回到房里，冯屯这才将一家老小请进屋，一一跟他拜见过，然后掩上门，只留下小儿子冯果在屋里，一齐向程昶一揖，说有事求程昶点化。

程昶虽不是什么菩萨，但这家人毕竟供养了他一年，出出主意也行，便道："你说吧。"

冯屯道："是这样，小人从前受兵部李主事恩惠，与他交好，昨日听闻他还乡，便带上两匹绸缎前去拜访。小人见到李主事时，他还好好的，结果小人一走，李主事就在自家柴房里被人勒死了。小人眼下不知道该怎么办了。"

程昶说："这听着没你什么事啊。"

"是，的确与小人不相干。"冯屯道，"但小人去拜访李主事时，李主事与小人说，他之所以致仕，乃是因为兵部丢失了一张塞北的布防图，且这张布防图有点问题。"

"什么问题？"

"李主事没详说，他只说他早觉察出布防图有异，被大盗偷走后，他便引咎辞官了。

"当时李主事不过与小人闲话，他不多提，小人便没多问。后来小人离开，想着去跟后房管事的打声招呼，便顺着后门又回了李府。哦，小人早年是给李府送菜的，因此后门这一条道小人很熟。

"碰巧后房管事的当时不在，小人本来准备离开，听到柴房那边传来李主事的声音，于是走近了些。小人听到有个人问李主事'是不是知道了当年塞北布防图的事'，又问他'是不是监守自盗''塞北布防图究竟在哪儿'。李主事没答，只顾着求饶。小人本想进去帮李主事，结果顺着柴房的窗子看了一眼，就见一个蒙着面的人已快把李主事勒没气了。"

程昶问："这些习武之人听觉极灵敏，你在柴房外，他没发现你？"

"李主事此前一直在挣扎，期间似乎打翻了什么东西，这黑衣人是以没觉察到小人。后来小人离开时，邻巷有孩童玩闹，声音很大，刚好把小人的脚步声遮掩过去。

"因此说起来，都是菩萨您保佑小人，小人才没被那蒙面人灭口。"

程昶："……"

"但这事吧，小人后来想了想，怎么说都是一条人命，何况李主事还是小人的故旧，因此小人才来向菩萨您请示该怎么做。"

程昶"嗯"了声，细想了想，道："兵部布防图失窃，那就是皇宫失窃，这该是大案，上头眼下正在查吧？"

"是的。"冯屯道，"京里非但在查，还派了大官来扬州，询问李主事的死因。"

程昶一愣："京里来人了？来的是什么人？"

"这个……"冯屯有些为难，之前刘府尹把他传去衙门，只说有将军来问他话，但究竟是什么将军，他却不知。

倒是冯屯的小儿子冯果长了心眼，说道："回菩萨大人的话，小人已去打听过了，从金陵来扬州的这位正是当朝四品明威将军。"

程昶"嗯"了声。他对朝中武将不熟，只记得卫玠是四品忠武将军，云浠是五品定远将军。

冯果又道："听说明威将军只是来问问捕盗事宜，过几日朝廷还要再派人来。菩萨大人，眼下小人等该怎么办呀？"

程昶明白冯氏父子的顾虑，皇宫失窃已是惊天要案，从李主事临死前的话里可以得知，被盗的布防图本身也有问题，而边疆布防乃国之大事。这里头的水浑得很，贸贸然搅到里头，只怕是要把命都赔进去。

且如果杀害李主事的蒙面人是窃贼的同伙倒还好说，李主事掌兵部库部，他或许是知道了窃贼的线索，于是被灭口。但杀李主事的那人，到末了却在打听布防图的下落，仿佛生怕这布防图遗失似的，这就十分蹊跷了。

线索太少，程昶一时也没想明白，沉吟一番，对冯屯与冯果道："这事你们先不要对任何人说。"

二人立即应:"是。"

程昶又问:"你们有没有什么机会,带我去见一见扬州的府尹,或是从京里来的大人。只能我见到他们,他们见不到我。"

"这……"冯屯和冯果对视一眼,片刻,冯果脑中灵光乍现,"回菩萨大人,有的。咱们扬州有个传统,每年开春的惊蛰之日,府尹大人要带着大小官员去山上祭山神,菩萨大人若想看一眼府尹大人或京里来的大官,只需混在随行的百姓中即可。"

两日后便是惊蛰,日子很近了。

程昶想了想,点头道:"好,待惊蛰当日,你们带我去见那扬州府尹一面。"

花开两朵,各表一枝。

却说这日云浠问完冯屯的话,仔细研究了李主事最后留下的血书。

血书未写完,可见是仓皇之间写成的,除了喊冤,还说那张塞北的布防图经年都不曾动过,不该遗失。

忠勇云氏一门镇守塞北数十载,既然这张布防图数年不曾动过,那就是她爹云舒广还在塞北时用的布防图了?

云浠一时困惑,想寻个兵部的人来问问,奈何眼下她身在扬州,无人能解答她心中疑虑。

她暂将疑虑压下,见暮色将合,回到下处,褪下官服,换了一身寻常衣衫。

这是一身水绿色的裙衫,样式十分简单,然而由她穿着,仿佛自汹涌竹海里开出一枝明媚花,以至于她甫一从屋里出来,前来寻她的程烨险些看呆了。

云浠先一步跟程烨行礼:"小郡王。"

程烨道:"云将军,刘府尹在府衙明镜堂里备了饭菜,请我们前去用晡食。"

云浠将背在身后的竹画筒拢了拢,歉然道:"还请小郡王帮我跟刘府尹赔个罪,我有要事在身,就不过去了。"

"你要出去?那你的晚膳怎么办?"程烨问,"你要办什么要事?我陪你去吧。"

云浠摇头道:"我去办私事,就不劳烦小郡王了。"她又笑道,"晚膳简单,在路边买两个热包子就成。"

程烨还待要问,倒是从外院过来的田泗见她要出门,叮嘱了句:"阿汀,你早点……早点回来。"

云浠点头道:"好。"随即匆匆离去了。

刘府尹好歹一番心意,程烨与田泗不能辜负,两人一起往明镜堂去。

程烨心中有个揣测,到了明镜堂门口,问田泗道:"云浠这是去哪儿?"

田泗道:"她……她去找,三公子。"

此言一出,程烨还没说什么,等在明镜堂里的刘府尹忽地一愣:"三公子不是早没了吗？听说琮亲王府都已办过白事了。"

"对。"田泗点头，"但阿汀她说，三公子只……只是失踪了，一定还在这世上。去年冬天，她从岭南回……回来，就一直在找他，无论去哪里，都带着三……三公子的画像，就是她……她背后那个竹画筒。她花银子，专门请最好的画师画的，比当初皇榜上的，还像……像三公子哩。"

刘府尹咋舌："这……本官只知道云将军与三公子交情好，没承想居然好到了这个地步。"

程烨沉默了一下道："云浠本来就是一个重情重义的人，三公子曾帮老忠勇侯翻案，想必她一定感怀在心。"

"对。"田泗道，"阿汀她，一直都是个重情重义的人。忠勇侯府的……的人，都重情重义。"

第三十八章 监守自盗

用完晚膳，刘府尹把程烨与田泗引到下处，歉然道："朝廷的急函上未曾说小郡王也要来扬州，下官因此只为田校尉准备了住处。刚才下官已命下人去收拾主院的厢房了，小郡王暂且等一等，待厢房收拾好，下官就引您过去。"

程烨道："刘大人不必麻烦，我与田校尉住一间就行。"

他是行伍之人，不拘小节，何况他与田泽是至交，与田泗自然也是常来往。当年田氏兄弟进京，路上与他结识，那时日子清苦，几人还天为盖、地为席，凑在一处风餐露宿过一些时日。

田泗平日里照顾田泽照顾惯了，眼下程烨与他一屋，他也闲不住，收拾好卧榻，铺好被衾，又去屋外打水。

做完这一切，天已黑尽了，然而田泗并不歇下，时不时出屋张望。

程烨知道他是在等云浠，踌躇了半晌，说道："田大哥，我……有个事想问你。"

田泗道："你问。"

"你是不是，也喜欢……云浠？"

田泗一听这话，吓了一跳："你你你，别别别……别瞎说！我和她，就……就是……就是朋友。"

程烨见他这副魂不守舍的模样，有些不信："可我觉得，你对她不像是对朋友这么简单。"

田泗这个人实在，但也称不上是老好人，他小心且谨慎，平时最不愿管旁人闲事，唯独云浠是个例外。若说这些年除了田泽外，田泗还掏心掏肺地对谁好，便只云浠一人了。

一年前，云浠出征岭南，田泗竟没留在金陵陪着田泽科考，反倒随行去保护云浠的安危了。而今绥宫失窃，田泽在刑部忙得不可开交，田泗不在家中照顾他，却又跟来扬州保护云浠了。这样牵肠挂肚，仅仅只是朋友？

田泗看程烨一副将信将疑的样子，解释道："我……我就是，把阿汀，当成我的亲妹妹。"

"真的。"他说，"忠勇侯府……忠勇侯府对我和望安，有恩。

"阿汀她的父亲、兄长，都没了，她是个……是个很好的姑娘。我和望安觉得，忠勇侯府在……在我们最困难的时候，帮了我们，所以我们一……一定要回报。这些年下来，就跟一家人，一样了。"

田泗说着，从程烨刚才的话语里辨出一丝玄机，不由得问："你为什么问，也喜欢她？难道你……你喜欢，阿汀？"

程烨略一沉默，点头道："对，我喜欢她。其实我此前只是听说过她，一直没见过，后来有回她来南安王府，只一眼，我心里就有她这个人了。"

田泗愣道："我……我怎么，一直，没瞧出来。"

程烨道："不怪田大哥你瞧不出来，这一年来我差事繁多，一直东奔西走，都没怎么在她跟前露过脸。"他笑了笑，"说起来不怕你笑话，我第一回见她，还是在京房的七品统领，那时南安王府什么光景你也知道，我怕自己配不上她，一直压着没与她提。"

忠勇侯府从前好歹威名赫赫，南安王府则不然，南安王是被降过等，又召回天子脚下管束着的皇室旁支，做小伏低太久了，无权无势，连有的权宦之家都不把他们放在眼里。

"这一年来我南征北战，立下许多功劳，不说全是为了她，私心里也是想配得起她的。但她眼下的职衔仍在我之上。"

她是四品明威将军，他是五品宁远将军。不过职衔其实并不重要，他领着昭元帝身边的翊卫司，已是风光无限。

田泗听完程烨这一番话，了然道："难怪你，一直不娶妻。"

"那你准……准备怎么办？"他问，"阿汀这个人，面上不说，其实，很有自己的主意。眼下许……许多人去侯府提亲，她都辞了。不是在外找，三公子，就是，躲去西山营。"

"我知道。"程烨点头，"我都听说了。所以我想等回金陵了，找个日子，问问她的意思。"

"也……也好。"田泗道，"自从……自从三公子走了后，阿汀她……一直很

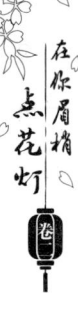

难过，有人愿待她——一辈子好，以后，我和望安走了，也能放心。"

"走？"程烨一愣，"田大哥与望安不打算留在金陵？"

田泗一时沉默，半晌，点头道："对，不——留在金陵。我和望安，想在金陵办桩事，办好了，我们就要走了。"

程烨十分诧异，他与田泽交情深厚，这些话怎么田泽从来没与他提过？

他还待再问，忽听对院院门一声轻响，田泗蓦地站起身，走去院中，问："阿汀，你回……回来了？"

夜很沉，很暗，云浠的声音隔着茫茫的夜色传来："回来了。"

"怎……怎么样？"

那头一时没答。

春夜深沉，从田泗这里望过去，云浠只有一个朦胧的身影。她慢慢拢紧了怀里的画，沉默地摇了摇头。

田泗安慰她道："没……没事儿，阿汀。"

云浠"嗯"了声，说："对，没事儿，反正我们还要在扬州待两日。过两日惊蛰，扬州要祭山神，那天人多，我再去问问。"言罢，她没再多说，掩上院门，回了自己屋中。

云浠没有马上歇下，她在屋中静坐了一会儿，点亮烛火，将画卷在桌上展开，从行囊里取出一支鼠尾刷，把画中人眉眼上沾上的几粒尘埃清扫了，然后再把画卷起来，收回竹筒里，又把髻上的玉簪取下来，收进软匣。

这枚玉簪她很珍惜，只有出去找他的时候才戴。就连她这一身水绿色裙衫，也是为了配这支玉簪，专门挑的衣料请绣娘制的。她此前还从未给自己挑过衣料呢。

云浠洗漱完，在床榻上躺下，一时却没有睡着。

她心中难过，又觉得不该气馁，天下这么大，穷尽一生，一定能找到。

他一定在世间某处好好活着，云浠这么想着，一时间困意来袭，合上眼，慢慢就睡了过去。

自程昶失踪，她就一直睡得很轻，眼下住在扬州府衙，更有些认生，这一睡似乎也没睡太久，再睁眼时，天刚蒙蒙亮，前院公堂处隐隐传来哭声。

云浠一愣，简单洗漱完，拿了剑就赶去公堂。

公堂里灯火通明，刘府尹坐在正当中，正拿着手帕揩眼泪："我这一夜压根就没怎么睡踏实，噩梦一个接着一个。想着李主事系被人所害，干脆过来翻一翻卷宗，早日把那凶手绳之以法也好啊。谁承想……谁承想出了这种事！"

田泗与程烨也已到了公堂，一看云浠过来了，与她解释："方才府衙的库房失窃，李主事临终留下的血书被盗了。"

第三十八章 监守自盗

云浠愕然:"李主事一案的卷宗与血书不是由十余个功夫高强的衙差看守着吗?这样也能被盗?"

"哪里是被盗?"刘府尹刚揩完的眼泪又滚落下来,"那贼人分明就是来抢。也不知是怎么练的身手,十余人打不过他一个,拿了血书就溜了。到时朝廷问起来,我可怎么交代?这是诚心要我的命啊!"

云浠问一旁的师爷:"已派人去追了吗?"

"回将军的话,派了。"师爷道,"是王捕头亲自带着人去追的,这事就发生在半个时辰前,方才小郡王已下令全城搜捕了。"

云浠点了点头,想到皇宫失窃案,那窃贼身手也是极好,正待问问细节,看看两案有没有关联,忽见一个衙差从外头进来,朝她拜道:"云将军,外头有一人称是您的手下,要求见您。"

"我的手下?"云浠一愣。

她在扬州有什么手下?还没等她想明白,只见一个高挑的蓝衫身影阔步走进公堂,月牙眼一弯,一副俏生生的模样:"阿汀!"

云浠愣道:"阿久?你怎么到扬州来了?"

她此前与她告假,七八日不见人影,怎么忽然在扬州出现了?

"你还说呢!"阿久大大咧咧地在一旁的椅凳上一坐,提起手边的茶壶,对着壶嘴牛饮几口,抬袖把嘴一揩,"我昨天晚上回西山营找你,一问才知道你一个人来扬州办差了。没我的保护,你怎么办差?我就连夜赶过来了,给你做个帮手嘛。"

云浠点了点头。她见一旁的刘府尹正捧着手帕,愣愣地看着阿久,于是介绍道:"刘大人,这是我身边的护卫,秦久。"又说,"阿久,这位是扬州府尹刘大人。"

刘府尹握着手帕,揖了揖:"秦护卫。"

阿久一点头:"刘大人。"

这时,去追窃贼的王捕头也回到衙门了。

天已大亮,王捕头与一众衙差累得满头汗,朝刘府尹一拱手,赔罪道:"请大人治罪,属下等无能,没追到那窃贼。"

"没追到?"刘府尹一呆。

追了半个来时辰,居然没追到?

"回大人的话,那窃贼太过狡诈,带着属下等兜圈子,等把属下等绕晕了,就一溜烟跑没影了。"王捕头道,"属下等最后见到他,正是在衙门附近的化兰巷,属下等已把这一带找遍了,就是没找着。"

刘府尹一听这话,想了想,问阿久:"秦护卫过来府衙的路上,可曾见过什么可疑的人没有?"

手里的茶壶似乎已被喝空了，阿久正揭了茶壶盖去看，听到刘府尹的问话，一愣："啊？可疑的人？没有啊，就见到几个赶早送菜送酒的，是你们要找的人吗？"

刘府尹闻言，脸色一白，颓然跌坐在椅凳上："完了完了，这下全完了。"

"李主事的死还没查出个丁卯，他临终留下的血书就丢了，过几日朝廷问下来，我该怎么交差？"他拿起手帕开始抹泪，"我几日没睡，茶不思，饭不想，尽心尽责地查案，倒了这等血霉，当真天要亡我。罢了，明日惊蛰祭山神，便算是我最后一桩政绩，等带着老百姓拜祭完山神，我顺便找个结实的树脖子吊上去，把自己也祭给神仙罢……"

一旁的师爷听他这么说，安慰道："那窃贼功夫再厉害，终归只一人，我们只要在城中仔细搜捕，想必他是逃不出扬州的。大人不必太过烦忧，事情未必没有转圜的余地。"

"怎么转圜？你告诉我怎么转圜？"刘府尹哭得一把鼻涕一把泪，"好端端的，先是李主事死在我的辖地，眼下又来个窃贼把血书偷了。除非像上回一样，天上掉下来一个三公子，砸在我跟前，让我将功补过，否则我这条老命怕是要冤死在这儿了……"

云浠看刘府尹一哭起来就没个完，便问一旁的崔吏目："李主事缢亡案的供状整理好了吗？"

"回将军的话，已整理好了。"崔吏目道。

他是田泽的手下，知道他家大人与云将军交情好，问道："将军可是打算准备缉匪文书？下官可以代劳。"

所谓缉匪文书，其实就是把捕盗的相关事宜整理成文章，报给朝廷，通常都是由武将来写。但武将大都疏于文墨，崔吏目因此才有代劳一说。

云浠道："不必，你只管把供状拿给我，我刚好整理一下线索。"

"是。"

不一会儿，下头有官员来向刘府尹请示明日祭山神的事，刘府尹哭哭啼啼地说了，云浠在一旁听了一会儿，觉得没自己什么事，对阿久道："你跟我来。"便往府衙的后院去了。

云浠是女子，在府衙住一个单独的院落。她一路上一声不吭，只管往院子里走，待入了院中，才交代道："把门掩上。"

阿久"哦"了一声，顺手掩上门，刚回过身，只见云浠一掌袭来，直取她的面门。

阿久来不及反应，闪身就要避，哪知云浠这一招只是虚招，她先她一步撤掌，探手就去取她的腰囊。

阿久躲闪不及，只护住腰囊的绳结，被云浠从里面摸出一把小巧的木匕首。

第三十八章 监守自盗

"还我！"阿久见状，急道。

云浠也没料到阿久的腰囊里竟放着这么一个玩意儿，顺手往怀里一揣，又去探她的袖囊。

阿久生怕云浠一个不小心弄坏自己的匕首，也不想跟她打了，露出背后空门，在一旁的水缸上借力，顺势跃上屋顶。

云浠本来就不想伤她，见她露出空门，生生把劈出去的一掌收了回来，但也不能就这么放走她，于是脚尖在水缸上一点，也跟上屋顶。

"等等！"阿久忙退后数步，"你有什么话好好说啊！"

云浠朝她伸出手："交出来。"

阿久愣道："啊？什么？交什么？"

"你说交什么？"云浠深吸一口气，"李主事的血书。"

"你是不是弄错了？"阿久怔了半晌，"什么血书？我不知道啊。"

云浠道："王捕头和他手下衙差的功夫怎么样，我心里有数；扬州城里，能一气打倒他们十余人的人有几个，我心里也有数。若是寻常窃贼，有这么好的身手，早该在偷取血书后的第一时间溜走，否则等小郡王带着兵卫全城搜捕，她怕是插翅也难逃。可是，早上她窃取血书后，为什么不急着逃，还要带着王捕头与他手下衙差在衙门附近兜圈子呢？

"因为她对扬州不熟，若跑远了，反倒不知该往哪儿走。既然这个窃贼从没跑远过，那么一直到王捕头回到衙门，她应该是一直在衙门附近的，可她为什么却消失了？

"因为她用了障眼法。她躲到一个没人的地方，脱下早上行窃时穿的黑衣，露出里头的一身校尉服，然后大摇大摆走到府门口，称是我的手下。她知道，刘府尹得知她是我的人，一定不会怀疑她。"

云浠看着阿久："还要我说得更明白些吗？"

她历经年余沙场风霜，已比从前沉着伶俐太多。

阿久被她这一番有理有据的话说得哑口无言，想辩解，竟不知从何辩解起。

半晌，她长长一叹，蹲下身道："你别在我身上找了，血书我已交给别人了。"

"给谁了？"云浠问。

她又劝道："阿久，这次皇宫失窃是大案，李主事殒亡前留下的血书是这案子的重大线索。你本就是军中人，若被人得知你监守自盗，事情非同小可。"

"我知道。"阿久偏头看向一边，"哎，你别管了，要出事，我肯定不会连累你的。"

云浠一时无言，她哪里是怕阿久牵连自己？

"你是不是把血书给你那两个朋友了？"云浠问。

阿久一愣："你怎么知道？"

她怎么知道？阿久成日里除了跟着她，便只跟那两个没露脸的朋友打过交道。

云浠没多解释，又问："兵部库房失窃，也与你那两个朋友有关吗？"

阿久道："没有没有，与他无关。"她解释道，"我那个朋友就是跟李主事有点关系，所以想看看这血书，等看过了，我叫他早日还给你。"

云浠问："当真没有关系？"

"真没有。"阿久道，"你想啊，要去兵部库房偷东西，肯定得对皇宫很熟悉对吧？我不是早就跟你说了吗，我那朋友是塞北长大的，绥宫大门往哪儿开他还要辨上一辨呢，怎么可能进里头去偷东西？"

这话倒是不假。绥宫守备森严，想从里头窃取一张布防图，非得是对宫禁非常熟悉的人才能做到。莫要说是阿久塞北长大的朋友，就算换了是她或者朝中任何一个将军，也不可能在绥宫里来去自如。

因此布防图失窃至今，刑部还是在重点排查当夜值勤的禁卫，觉得是他们监守自盗。

但云浠仍没完全相信阿久，只是问："你何时把血书交给我？"

"就这几天吧，总要等我那朋友先看过再说。"阿久道，"哎，你先把我的匕首还我。"

云浠一听这话，摸出方才夺来的木匕首："这个？"

"对。"阿久连忙点头。

云浠看了一眼，匕首很旧很小，不知为何，她居然觉得有点眼熟。

还没待她细看，阿久上前一把把匕首夺回，放入自己的腰囊，仔细收着了。

云浠倒也没太在意，阿久这个人轴得很，一旦有了自己的主意，七八头牛都拽不回，她偷血书的真相未必就如先前所说那般，因此她一定要想个办法，查出事情的真相。

好在李主事这封血书已有不少人看过，刑部的崔吏目甚至能默出血书的内容，她拖个几日，待拿到血书，再呈交给朝廷也罢。

想到这里，她抛下一句："明日随我回金陵。"便进书房里写缉匪文书去了。

至下午，崔吏目把整理好的供状送了过来，云浠比对着供状上的线索，把写好的草本改了改，铺开一张奏疏来誊录。

崔吏目在一旁看着，道："将军做事细致。"

云浠笑了笑："到底是要呈到御前的东西，我不擅文墨，只好多费些工夫。"说着，她想起一事，问，"刘大人怎么样了？"

第三十八章 监守自盗

崔吏目道："还在公堂里哭呢。"

"还在哭？"云浠颇为诧异，"早上不是已哭过了吗？"

"是。但血书失窃，终归是要上报朝廷的。早上衙门的吏目快马加鞭往金陵传了信，下午上头就回了信。"

"怎么说？"

"什么也没说，只说明日一早钦差就到扬州，且这位钦差正是御史台的中丞大人。"

云浠愕然："柴屏？"

"是。"崔吏目道，"因此刘大人才慌了神，这会儿又哭上了。"

云浠对柴屏一直有种说不出的感受，像是一种本能的厌恶。

其实她没怎么与柴屏打过交道，只听人说程昶失踪时，柴屏曾带着人去皇城司找他。

"那阵子三公子身子一直不好，此前还昏过去一回。三公子去皇城司那日，柴大人好像有什么事也去皇城司了。多亏柴大人过去了，才及时发现皇城司走水。

"柴大人带着人去救三公子，手下好些人都折在了大火里，可惜仍没能把三公子救出来，事后柴大人还自责呢。

"对了，柴大人右臂上有一块伤疤，听说是当时为救三公子被大火燎的，至今没能痊愈，逢着阴雨天还时不时痛痒。"

云浠回到金陵后，有人如是跟她说道。

照理她该信任柴屏、感念柴屏的，可不知为何，她总觉得事有蹊跷，想要查，却不知从何查起。她回来得太晚，连昔日烧得焦黑的皇城司值房都已被拆除，工部派了工匠重建新舍，她想去看看他最后消失的地方，却已无从看起。

"其实刘大人慌神，下官也可以理解。柴大人这一年来非但高升御史中丞，更得陵王殿下赏识。今次李主事缢亡这事，本来刑部是打算派田大人过来的，眼下血书一丢，柴大人竟要亲自过问，可见是陵王殿下得知此事后动了怒。"崔吏目说道。

云浠"嗯"了一声。她不想多提柴屏，顿了顿，问："明日祭山神的事，刘大人已办妥了吗？"

"办妥了。"崔吏目道，"今年可巧，惊蛰恰逢二月十二，花朝节，明日扬州城多的是出来踏青的人呢。"

云浠愣了愣："花朝节？"

程昶失踪后，她一直过得浑浑噩噩，除了找他，平日里连日子都不数，原来时间过得这么快，转眼已是第二年的花朝节了。

"哦，刘大人听闻将军明日就要回金陵，让我过来问问您几时走。"

"还没定。"云浠道,"怎么了?"

"是这样,因为明日惊蛰撞上花朝节,城中必定人多,扬州城中又现盗匪,城门守卫十分森严,出入城定然会排长队,因此刘大人想问将军您怎么走,他好提前为您打点。"

云浠道:"你告诉刘大人不必麻烦,明日只有我与阿久两人离开,届时我们自有安排。"

夜里,京里传了信,说柴屏明日卯初就到。

刘府尹忐忑了一夜,挨着枕头刚迷糊了一会儿,外头就有人叫道:"大人,京里来的柴大人要到了。"

刘府尹急急忙忙赶到公堂,想到柴屏如今位高权重,一时也不敢哭了,正襟危坐地候了半晌,就听到府衙外马车的停车之声。

刘府尹迎出府衙,对着来人躬身大拜:"下官恭迎柴大人。"又连声赔罪,"下官大意,不慎遗失了李主事临终留下的血书,请大人降罪。"

柴屏笑了笑道:"刘大人不必自责,李主事缢亡案与兵部布防图失窃息息相关,而今血书被盗,极有可能是同一伙贼人所为。那贼人连皇宫都敢闯,遑论扬州府衙?想必刘大人纵是布下天罗地网,也是防不胜防的。"

他说起话来轻声细语,刘府尹一颗心本已提到了嗓子眼,听完柴屏这一番话,又落回到肚子里去了。

"但血书被盗不是小事,本官来扬州前,陵王殿下曾叮嘱,一定要抓到偷血书的贼人。"柴屏说着往一旁一让,指着身后一名身着朱色公服、粗眉细眼的人介绍道,"这位是曹校尉,眼下正在枢密院巡查司任掌事。本官这回来扬州,陵王殿下亲点了曹校尉与两百兵卫随行,到时一旦出现贼人的踪迹,还望刘大人命衙差们配合曹校尉行事。"

刘府尹道:"这个自然。"

几人说着,刚要去公堂后的库房查寻线索,就见云浠带着阿久过来了。

云浠今日起得很早,打算尽快把差办完,然后趁着惊蛰祭山神,去长珲山一带打听程昶的下落。

她瞧见柴屏,点头道:"柴大人。"

柴屏的目光落到云浠身后背着的竹画筒上,略微一顿,笑道:"明威将军辛苦,这么早就出去办差。"

他二人相交泛泛,当下也不多寒暄,各忙各的去了。

刘府尹把柴屏引到存放证物的库房,指着最里边的一排博物架说道:"李主事

第三十八章 监守自盗

的血书就存放在此处。当时那个贼人来时，里外足有十余人看守，那贼人先是劈晕了最外边的衙役，闯到里间，拿了血书就逃。"

"听刘大人这么说，那窃贼并不是偷，而是明抢？"

"曹校尉说得正是，就是明抢，但他功夫厉害，十几个衙差都拿他没辙。"

柴屏问："这贼人什么模样？"

跟在刘府尹身边的王捕头道："他罩着黑衣，蒙着脸，看不大清，只记得是中等个头，有些纤瘦，身手十分敏捷。"

柴屏问王捕头："当时就是你带人去追的？"

"是。"

柴屏看了曹校尉一眼："你去试试王捕头的身手。"

库房外的院落十分窄小，两人顷刻间过了七八招。之后，曹校尉收手，来到柴屏身边拱手一拜："回大人的话，王捕头的功夫不弱，那窃贼既能一气应付王捕头与十余名衙差，他的身手应该远在下官之上。"

柴屏皱眉："这么厉害？"

他朝周遭一看，问："那窃贼盗了血书后，往哪里跑了？"

"回大人的话，那窃贼并不与小人等多纠缠，盗了血书就翻墙跑了。"

王捕头说着，引柴屏一行人等从院落的小角门而出，来到临巷的一个水塘子边："他见属下等穷追不舍，就领着小人等在这附近兜圈子，等把小人绕晕了，他就消失了。"

"消失了？"

"是。那窃贼最后就出现在这水塘子附近，小人等非但搜寻了邻近几处街巷，还在各个街口都设了禁障，甚至派人下水找过，就是不见这窃贼的踪迹。"

柴屏听了王捕头的话，一时间若有所思。

听王捕头这么说，他们的搜捕安排并没有出差错。那窃贼哪怕功夫再高，也该逃不出这衙门附近的街巷才是，可他为什么却消失了呢？

片刻，柴屏忽道："不对。"

他问王捕头："你确定这窃贼盗了血书后，并没有与你等多纠缠，而是直接翻墙溜走了？"

"确定。"王捕头点头。

刘府尹见柴屏一副恍然的样子，小心翼翼地问："柴大人可是瞧出了什么线索？"

柴屏倒也不瞒着他："从这窃贼的行径来看，他本事高、胆子大，目的只为了盗李主事临终前留下的血书，所以他闯库房闯得干脆，盗了血书后立刻就逃。既然

如此，他为何要带着你等在这附近兜半个时辰圈子，早些出城不好吗？那只有一个原因，他对此地不熟。"

刘府尹咋舌道："倘若这窃贼对此地不熟，那他就更不可能消失了。他兜了这么久圈子，体力想必早已不支，最后为何竟不见踪影了？"

柴屏蹙眉深思："这一点本官也未想通。"

他又问王捕头："你确定这窃贼消失后，你再没见过形迹可疑之人吗？"

"确定。"

刘府尹也说："当天早上，除了几个常在衙门附近送菜送酒的，王捕头他们确实没见过任何可疑之人，这一点下官跟从金陵来的秦护卫也确认过。"

柴屏愣了下："为何要问她？"

"回柴大人的话，秦护卫是云将军的贴身护卫，这回云将军来扬州，起先没带着她。当日早上，王捕头带着衙差追那窃贼时，秦护卫刚好来衙门找云将军，下官是以问了问她。"

柴屏听了这话，沉默下来。慢慢地，他眉间的疑云化去，似有几分了然。

"这个秦久身手如何？"

这可把随行众人问着了。阿久在塞北长大，没怎么在金陵住过，在场一众行伍之人，无人与她交过手。

片刻，还是曹校尉道："回大人的话，在下等虽没跟秦护卫交过手，但对云将军的身手还是略知一二的。凭云将军的本事，应付王捕头与十余名衙差应当不难，秦护卫既然能胜任保护云将军的职责，她的身手不说在云将军之上，也该是与云将军相当的。"

柴屏听了这话，淡淡地"嗯"了一声。

他看着眼前平静无波的水塘子，少顷，吩咐道："王捕头，你带着衙差，继续在府衙附近的巷弄里寻找线索。"

"是。"

"曹校尉，你点几个水性好的兵卫，下水搜寻证据。"

曹校尉不解，请教道："敢问柴大人，属下等该搜什么证据？"

"找一找那窃贼褪下的黑衣。"柴屏悠悠道，"那窃贼没有消失，她只是用了障眼法。"

一时间天已大亮，柴屏查证完，回到衙门里吃了口茶，似是不经意，笑问："对了，刘大人，今早云将军与秦护卫办什么差事去了？"

"听说是去城门口找守城的武卫交代一下缉匪事宜。"

柴屏诧异道："那怎么到这时还不回来？"

刘府尹道："哦，云将军说她还有些私事要办，这会儿应该赶去长珲山一带了。"

柴屏自然知道云浠去长珲山一带做什么，他沉吟片刻，似是才想起什么，笑着道："瞧本官这记性，今日是惊蛰，刘大人该要去长珲山带百姓祭山神的。这么大的事，竟险些叫本官耽搁了。"

刘府尹忙道："不妨事不妨事，祭山神这个不定时，等曹校尉那边搜完证据再过去不迟。"

"不必等他。"柴屏道，"曹校尉能否搜到证据还两说，总不能因为一个不知找不找得到的证据，把刘大人的大事耽误了。"

他说着站起身，笑道："正好本官尚未见过祭山神，随刘大人同去，也好长长见识。"

第三十九章 隔水相逢

冯屯的绸缎庄近日接了笔买卖，要往金陵送百匹云锦。

冯屯成日泡在绸缎庄里，忙得不可开交。程昶从前是做金融风控的，偶尔看冯屯拿着账册百思不得其解，随意指点两句，便能叫冯屯豁然开朗。

惊蛰这日，程昶要随冯氏父子去长珲山，他毕竟是客人，不好让主人等，比平时早起了一些。然而洗漱完，换好衣衫，刚推开门就愣住了。

冯屯与冯果早已恭候在门口。

冯屯道："菩萨大人，今日您要出行，小人特意为您准备了一些凡衣，供您挑选。"

他二人身后站了两排婢女，手上捧着托盘，托盘上尽是白裳。

程昶呆立原地，道："怎么全是白色？"

"哦，因小人听说，天上的仙人常着素衣，所谓仙衣如云，大繁至简，白衣飘飘。"冯屯说道，然后又诚惶诚恐地问，"难道不是白色？那小人这就命绣娘赶制新的衣裳，就是不知菩萨大人喜欢穿什么。"

这些衣裳用料极好，云锦的、浮光锦的、软烟罗的，甚至连龙绡纱都有。

程昶："……不必了，随便穿就行。"

他本想说就穿身上这一身，想到冯屯准备这些白衣颇费工夫，不忍拂了他的好意，想了想，又道："不张扬的就行。"

冯屯称"是"，在这些白衣中仔细拣选一番，挑出一身素白香缎呈给程昶。

程昶接过，从里屋换了出来。

素白香缎衬着倾洒在他周身的春晖，整个人如覆清霜，山河作的眉眼里掺了一丝寒凉，竟比春色还扣人心扉。

冯屯差点没看瞎了眼。

他小心翼翼道："这个……好像有点张扬，要不菩萨大人您换一身？"

程昶点头："行。"

接过冯屯重新给他挑的一身浮光素锦，去里屋换了，片刻出来："这个呢？"

浮光锦如雾如水，穿在程昶身上，周遭春晖尽化云烟，衬着他淡而凉的眸光，仿佛下一刻就要踩上云阶，步上天穹。

冯屯差点没跪下来给他磕头。好半晌，他才缓过心神，为难道："这个……好像也有点扎眼。"

随即重新挑选，拣了最素净的递给程昶。

程昶接连又换了两身，一身是一身的风华，却无一身不是张扬的。

小半个时辰后，程昶穿着最后一身云缎自屋里出来，问："还不行吗？"

云缎如晨间微霞，又似山涧清岚，穿在眼前人身上，人间阆阁也成了世外桃源。

冯屯："……"

程昶："还要换？"

冯屯："……"

这时，冯果道："不换了不换了。"

菩萨大人长成这样，换什么都没用。

冯屯小心翼翼地问："菩萨大人当真一点法力都没有了？"

"怎么了？"

"是这样，"冯屯十分为难，"菩萨大人气度清雅，仙姿玉容，凡间服饰实难遮掩。倘菩萨大人不想张扬，只能自己捏个诀，暂且掩一掩您的姿容了。"

程昶："……"

真是佛道不分家，捏个诀都出来了。

程昶道："我真的一点法力都没有了。"

冯屯一时间一筹莫展，倒是冯果经这一点拨，脑中灵光一现："我知道了，只要菩萨把脸遮起来就好了！"

帷帽只有女子才戴，男人可以撑伞。

冯果说着，就吩咐下人去取了把伞来。

程昶没想到他今日单换衣裳就换了近一个时辰，此去长珲山本就不近，再耽搁下去，今日怕是见不到扬州府尹了。

程昶接过伞，撑开来，说道："走吧。"

随即便朝院门走去。

伞面上半面留白,半面是泼墨山水,伞下公子一袭白衣,就这么不疾不徐地走在石径上,已是一场风光。

冯屯和冯果相顾无言。

程昶走到院门,回过身,看他们还未跟来,问:"不走吗?"

冯屯、冯果道:"……走吧。"

到了长珲山已是辰末,春光正好,山脚下、河堤旁,满是出来过花朝节的人。

程昶下了马车,撑着伞,跟冯屯、冯果往山上走。

路上碰到一个家丁过来禀事,称昨夜府衙下令,今日出城运送货物的商贩只能走水路,眼下东关渡那里排长队,大约要等两个来时辰才能登船。

冯屯问:"为何?"

"不知道,好像是衙门里丢了东西,出城要严查。"

程昶听闻附近的渡口有绸缎庄的船只,问道:"今日铺子上有人要去金陵?"

冯屯道:"回菩萨大人,就是上回您指点过小人的那笔买卖,眼下已做成了,金陵那头急着要货。"

程昶"嗯"了一声。

其实送货的东关渡离长珲山很近,他若早知道绸缎庄有人去金陵,大可以跟船同去,眼下冯屯、冯果为了带他去看祭山神,费了这么大一番周折,倒让他不好多提了。

长珲山其实不高,祭山神的地方就在半山腰的望春亭,程昶早上耽搁了一阵,到了望春亭,只见一名穿着五品公服的大人已带着百姓在祭拜了。

说是祭山神,其实不然。这里的人信奉的是四季神,就如秋节要拜秋神蓐收一样,惊蛰这日祭的其实是春神句芒。

程昶看着那个身着公服的府尹大人,一时间觉得眼熟,待他点完香,唱完颂词,转过身来露出一双鱼泡眼,程昶才蓦然忆起来,这不是当初从东海渔村一路护送他回金陵的刘府尹吗?

当时这府尹想跟云湉抢功劳,还被他撑过,跪在他腿边哭得一把鼻涕一把泪,眼下想想,刘府尹除了抢功劳这事做得不地道,护送自己回京的路上还算尽责。

程昶想着,正准备上前与刘府尹相认,只见人群另一侧,一列兵卫引着一名身着三品公服的大员走来。

那大员生得慈眉善目,正是柴屏。

程昶刹那间愣住,握在伞柄的手倏然收紧,手心里瞬间渗出冷汗。

他并不是怕,而是恨。

第三十九章 隔水相逢

皇城司的滔天烈焰重新浮现眼前,就是这个人,命人锁上了他唯一的生门。

烈焰仿佛自他胸中焚起,程昶一时间难以平静,好在他尚清醒,知道眼下与柴屏交锋,于他没有半点好处,何况周围这些穿着巡查司禁卫服的兵卫一看就是柴屏的人。

程昶默不作声地退了数步,旋即就往山下疾走。

冯屯觉察到动静,忙与冯果跟了上来:"菩萨大人,您不看祭山神了吗?"

程昶只管疾行,并不作声,直到临近山脚了才问:"东关渡是不是在这附近?我想跟船去金陵。"

"倒是在这附近。"冯屯为难道,"就是小人府上去金陵的船是货船,并不是很舒适,菩萨大人想去金陵,小人可安排一只……"

"不必安排。"程昶打断道,"只要快。"

长珲山不远处就是淮水水堤,临近午时,已有不少女子在水堤旁挂花纸、放花灯,沿堤而行三里,就到了东关渡。程昶一路疾走,因步子太快,到了一个拐角,不期然与一身着褐袄的老妇撞了个满怀。

褐袄老妇跌退几步,险些摔倒,程昶连忙将她一扶,说道:"抱歉。"

褐袄老妇"哎"了声,一抬头,只见伞下公子一袭白衣出尘,眉目如同墨画,明明温柔,却凌厉非常。

她张了张口,还没说出话来,只见公子又撑起伞,匆忙往渡口那里去了。

眼下午时将至,东关渡十分繁忙,好在冯屯一早就让家丁来此排着,眼下冯家的货船已装载完货物,准备起行了。

渡口的家丁一看程昶三人行来,愣着问:"老爷,您怎么来了?"

冯屯想着菩萨急去金陵,办的应当是济世救人的大事,不能随便与外人道,遂道:"到底是咱们与金陵那边的第一桩买卖,我不放心,跟去看看。"

家丁连声称"是",在渡口与船头搭了木板,引着冯屯几人上船。

一时起了风,船身轻晃,冯果上了甲板,似有些不舍,朝长珲山那处望了一眼,说:"今日来的怎么是这个钦差呢?"

冯屯应道:"是啊,我也纳闷呢。"

冯果叹道:"那日那个好看的女将军怎么没在呢?我还想着今日来长珲山能多看她一眼呢。"

程昶最后一个上船,一听这话,倏然愣住。

他站在渡口与船头的木板上,问道:"你说什么?"过了会儿又问,"女将军?"

冯屯道:"回菩萨大人的话,就是从金陵来的明威将军。"

微风轻拂,程昶沉默下来。

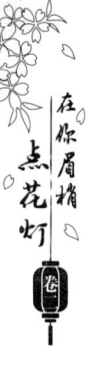

是了，他怎么没想到呢？昭元帝本来就有意把兵权暂交给云浠，她平了岭南之乱，立了大功，早该晋升，不该只是从前的五品宁远将军了。

风扬起程昶的衣衫，木船随之轻漾。

冯屯看程昶站在木板上一动不动，不由得问："菩萨大人，您不上船了吗？"

程昶从来是清醒的，是理智的，他知道自己即便留下来，未必能第一时间见到云浠，极有可能先被柴屏的人发现。

他该立刻走的。可得知她就在这里，在离他这么近的地方，他忽然什么都顾不及考虑了。他转身，逆着渡口熙攘的人群，往来路寻去。冯屯也立即慌着跟了上去。

云浠在城门口交代完差事，待赶来长珲山，已近正午了。

她背着竹画筒沿河而行，一面跟往来行人打听三公子的踪迹，阿久嘴里叼着根草，跟在她身旁，也帮她四处寻问。

忽听近处几声骏马嘶鸣，云浠回头一看，几个巡查司的兵卫正骑着快马往山下赶来，为首一人正是早上见过的曹校尉。

云浠没怎么在意，她知道柴屏在长珲山上，曹校尉是他的人，来寻他也正常。

阿久本也没在意，收回目光时，不经意瞧见曹校尉手里拎着一个布囊，布囊开口处露出一件黑衣。

阿久愣了愣，定睛一看，那件黑衣尚是湿的，显然是刚从水里捞上来不久，正是她盗血书当日裹着石块沉入水塘底的黑衣！

阿久一下子警觉起来，她朝四周望去，山脚下、河堤边，到处皆有巡查司的兵卫。略略一数，大约有两百余人，这还不算刘府尹从衙门带来的衙差。

想必柴屏一早就怀疑她了，带这么多人来布下天罗地网。她纵是功夫再高，在这么多人跟前，也绝对不是对手。

阿久料定待会儿定有一场厮杀，来不及多想，吐出嘴里的枯草："阿汀，我有点儿累，想去歇会儿！"

她偷血书是事实，而且他们早已说好，此事绝不能牵连阿汀。

云浠点头道："好，你去歇着，我尽快去找你。"

阿久道："得嘞！"转身就走了。

云浠看她走得干脆，倒也没多在意，见石桩旁歇着一个老妪，走过去把画卷展开来："这位婶子，请问您见过这画上的人吗？"

老妪一看，愣了下："姑娘，你这画上画的是菩萨吧？长这样的，哪能见过呀？"

云浠黯然道一声谢，把画收起来。谁知一旁有个褐袄老妇听到"菩萨"二字，走过来道："姑娘，能不能给我看看你这画？"

云浠点了点头，重新把画展开来。

画上公子俊美异常，浑不似这凡间人。

"这人……这人我方才见过。"

云浠愣住，她一时间不敢相信："您见过？"

"对，见过。"褐袄老妇看着画，越看越像。

云浠心中霎时一片空白，她找了许久，几乎已不抱希望了。

她怔怔地问："您真的见过？在哪里见过？"

"就在河堤边。"

云浠呆了半刻，待反应过来，顿时就要往河堤疾奔而去。

褐袄老妇追了几步，忙唤："哎，姑娘，你回来！"她气喘吁吁地说，"刚才这公子旁边跟着的两人我认识，是扬州城开绸缎庄的冯掌柜和他的小儿子，他们好像要去……哦，好像要去东关渡。"

云浠点头道："多谢。"转身往渡口疾奔而去。

程昶沿水而寻，步子愈来愈快，看到堤边有衙差驻守，也顾不上会否暴露行踪，上前就问："看到明威将军了吗？"

衙差看到他，呆了半响才摇头道："没看到。"

程昶随即又往山脚下寻去。

云浠疾奔到渡口，寻到水边的一个船工，亟亟打听："船家，请问冯家的船是哪一个？"

船工往不远处一只货船一指："那个。"

云浠点头："多谢！"

程昶赶到山脚下，问驻守在此处的衙差："你们今早见过明威将军吗？"

两名衙差对视一眼，均道："没见过。"

程昶正欲往山上寻，身后忽有一名捕头模样的人过来拱手道："公子在寻明威将军？"

云浠追着冯家的货船沿堤而奔，大喊一声："三公子！"

船上的冯果早已看到她了，然而听她唤"三公子"，只是不解。

云浠一咬牙，趁着船并未走远，三两步登上一旁的石桥，从石桥上一跃而下，在近处的一只乌篷船上借力，随即跃上货船，问冯果："三公子呢？"

程昶问捕头："你见过她？她在哪儿？"

"她像是在急着找什么人，在下过来时，看到她往渡口那里去了，在追冯家的船。"

冯果道："将军找的是菩萨大人？菩萨大人方才听到明威将军您到了扬州，匆忙下船了。"

程昶沿河而寻，向着船行的地方奔去。

　　"下船了？"云浠一愣，当下跃上船舷，作势要跳。

　　冯果连忙把她拉住："将军，当心啊，此处水深。"

　　程昶看到已行远的船只，愣了愣，作势就要追，跟在身后的冯屯连忙拽住他："菩萨大人使不得，使不得，再往前就是河水了，这里水深得很。您眼下是凡躯，掉下去是要染病的。"

　　程昶收回脚，放眼望去。

　　他怅怅地看着已走远的船，只觉这船行远一寸，心里就凉一分。

　　就在这时，河里的船忽然慢慢地掉了个头。

　　船头站着一个身姿纤纤的姑娘，一身天青色衣裙在春光下潋滟生辉，他看不清她的脸，却辨出了她眉眼间的明媚。

　　云浠也看到程昶了。

　　水堤旁的公子一身淡白，青丝如缎，用一根缎带松松束起，他站在一株高大的樱树下，望着她。

　　而樱树上的花开得正热闹。

　　她张了张口，想唤他，却不敢出声，觉得像梦一样。

　　冯果已吩咐艄公泊岸了，船离岸还有数丈，可她已等不及了。

　　她想把这个梦抓住，握在手中。

　　她四下一看，忽见一个敞开的木箱里搁着锦缎，顺手取了一匹，跟冯果道："借我一用！"

　　随即把锦缎一展，云浠握住一头，往岸边的樱树上抛去，锦缎在樱树上几番缠绕，她回手一扯，见已缠紧，将手中这头递给冯果，叮嘱道："拿稳了！"然后她在船舷上稍一借力，便跃上了这段浮光锦。

　　周围喧嚣不已，似乎有官兵在追捕盗匪，又或者是柴屏派人在找他。程昶分明听见了，却全不在意，他定定地朝湖心望去。

　　他的姑娘，身姿轻盈如凌空飞鸟，踏着流转的浮光锦，一如淌过山水，越遍红尘，朝他奔来。

　　河上还有行船，船要泊岸，先要朝外掉头，浮光锦绷紧到极致，可惜不够长，从冯果手里脱出。

　　水岸已近在眼前，云浠刚欲跃下，忽然脚下一空。她的身体骤然失衡，只来得及稳住身形，便朝树下等着她的人扑去……

　　樱枝在浮光锦的拉拽下往下倾压，柔瓣纷纷落下。

　　云浠跌入程昶的怀中，仰头看向他。

第三十九章 隔水相逢

他还是与从前一般模样，长睫下有湖光山色，一双深眸清醒又寒凉。

云浠张了张口，却一句话都说不出来。她还以为再也见不到他了。

程昶也注视着她，片刻，笑了："这才刚见上就投怀送抱了？"

云浠一听这话，想到大庭广众之下，她闹出这样的动静是不大好，稍退了半步，解释道："我不是……我只是，我就是以为……"

她有些语无伦次，满腹相思到了嘴边无可尽诉，到末了，连自己都不知道要说什么了："我去了很多地方，也问过许多人，他们都说从未见过三公子，可我不信，我……"

"我知道。"程昶道。

"三公子知道？"

程昶"嗯"了声。

他看着她，抬手拂去她发间的一枚樱瓣，轻声道："因为我也很想你。"

远处忽然传来拼杀之声，间或有人喊："在那边！"

云浠与程昶同时朝喧嚣处望去，只见扬州府的王捕头正拨开人群，朝他二人走来。

"云将军，方才柴大人下令，命巡查司的兵卫追捕秦护卫，刘大人让小人过来给您传个信。"

"阿久？"云浠一怔。

"是。早上柴大人查偷取血书的窃贼，找着了证据，疑是秦护卫所为。刘大人刚才也已派人去跟田校尉、小郡王传信了。刘大人怕闹出事，让小人先来与将军您说一声，请您赶紧过去看看。"

云浠听了这话，反应过来。难怪方才阿久忽然要去歇息，想必她是发现自己窃取血书的行径暴露，为了不连累她，故意避开。

可是，李主事的缢亡案与兵部布防图失窃息息相关，眼下阿久盗了李主事临终前留下的血书，就怕柴屏疑她与皇宫失窃案也有牵连。

云浠忙道："三公子，阿久出事了，我得过去看看。"

程昶听这王捕头提及血书，已然猜到发生了什么。他心神稍缓，照这看，柴屏之所以大动干戈，并不是因为发现了他的踪迹，而是在命人捉拿偷血书的阿久。

冯家的船泊岸了，冯屯和冯果领着一众家丁过来，看了看云浠，又看了看程昶，唯恐泄露天机，不敢喊"菩萨"，只称一声："公子。"

程昶问云浠："你手下有多少人？"

云浠道："我来扬州来得急，只带了田泗一人，小郡王的翊卫司倒是跟来了不少人，待会儿他与田泗过来，想必会带着翊卫司的禁卫一起。"

程昶"嗯"了一声。

柴屏这个人面慈心狠，眼下山上全是巡查司的人，他见到自己，难保不会赶尽杀绝。

他们此刻人少，他这样露面，非但帮不了云浠，说不定还会牵连她，不如在这里暂候，左右渡口一带行人如织，又有官差驻守，柴屏不敢在此处动手。

程昶没与云浠解释太多，只道："阿久如果落到柴屏手上，凶多吉少，你先过去拖一阵，我在这里等田泗，稍候便到。"

云浠点了点头，在渡口借了匹马，打马往山上赶去。

长珲山上先前还游人如织，眼下已经肃清。

阿久被四名巡查司的兵卫押跪在望春亭外，她的嘴角、右臂、后腰，全都淌着血，是方才拼杀时受的伤。

可这些人要从她口中挖出线索？休想。

刘府尹跟在柴屏身边，吭都不敢吭一声。明威将军和御史中丞，他一个也得罪不起。他只盼着这两伙人要斗也不要在他的地盘上斗，否则上头一旦问起责来，乌纱帽落地都是轻的。

柴屏看着阿久咬紧牙的倔强模样，倒也没说什么。这样的人，他见得多了。旁的没有，就是一身骨气，想从她嘴里挖东西，逼问是逼问不出来的。

柴屏是以言简意赅地吩咐："备车，押送回京。"

"是。"曹校尉应了，命人五花大绑地把阿久捆起来，推搡着她就往山下走去。

走到半路上，只见云浠疾步上来，抬手在众人跟前一拦，冷冷地问："柴大人可否给个解释，为何要动我的人？"

柴屏不言，曹校尉朝云浠一拱手："将军有所不知，今早柴大人查盗取血书的窃贼，在衙门外的水塘子里找到证据，正是那窃贼当日所穿的黑衣。"

"一件衣裳而已，这就是大人抓捕我护卫的理由？"

柴屏道："一件黑衣是不能证明什么，但这件黑衣的右腕上有一处刀伤，正是血书失窃当日，王捕头追捕那窃贼时所划伤的。本官方才在秦护卫的右腕上也发现了一样的伤口，打算把她带回金陵审讯。怎么，将军对此有何不解吗？"

云浠道："阿久是行伍之人，身上有伤很正常，柴大人如何证明阿久右腕的伤痕就是血书失窃当日留下的？方才柴大人命人追捕阿久，这群不长眼的东西不也在她身上添了不少新伤吗？"

柴屏知道云浠的目的是拖住他，笑了笑，径自绕开她，往山下走去。

云浠再一拦，盯着柴屏道："李主事临终前留下的血书是在扬州府衙失窃的，要管也该由扬州府来管，再不济还有刑部、大理寺，柴大人是奉陵王之命过来帮忙

第三十九章 隔水相逢

的，又不是奉的圣命，什么时候御史台也能命巡查司拿人了？"

柴屏听了这话，笑道："明威将军有所不知，本官离开金陵前，圣上已下令三司接管皇宫失窃案了。本官虽是奉陵王之命前来，身为御史台之人，过问一下此案总不为过。据本官所知，秦护卫早在七八日前便跟将军告假，此后一直不见踪迹。七八日前，不正是兵部布防图丢失的日子吗？

"其实本官也不信秦护卫盗了血书，但这一切真是太巧了，不得已只有将她带回金陵审一审。反倒是明威将军这么一而再、再而三地包庇她，恐怕是监守自盗，贼喊捉贼，与兵部布防图失窃也有关吧？"

"柴屏！"这时，阿久厉声道，"你要抓就抓，要审就审，我早已说了，无论是血书还是布防图，皆与我无关！你陷害我就算了，休想牵连将军！"

山下押送犯人的囚车已备好，柴屏懒得理这二人，厉声道："带走！"

云浠想起此前程昶说，阿久一旦落到柴屏手里将会凶多吉少，一时间退无可退，一咬牙，径自拔剑，飞身而上，将押解着阿久的两名兵卫逼退。

曹校尉见此情形，迅速拽着阿久避开，同时命巡查司兵卫挡住云浠。

一时拼斗声四起，刘府尹一看这阵仗，眼一闭，心一凉，心道：完了。

柴屏双眼微一眯，他虽不知云浠究竟在拖什么，却也知道这么下去不是办法。

他理了理袖口，从袖囊里取出一把匕首，顺势架到阿久的脖子旁，淡淡喊了声："云将军。"

刃光如水，已然挨在了阿久的脖颈，差一点就要刺入肌肤。

云浠见状，瞬间收了手，怒道："柴屏！阿久是朝廷有封衔的护卫，你这是要做什么！"

"没什么。"柴屏一笑，"本官不过想提醒将军，将军若是再这么阻挠下去，刀剑无眼，伤到您的护卫就不好了。"

"柴屏。"

正在这时，山下传来冷冷一声喝。

柴屏微一愣，觉得这个声音分外熟悉，清冷，干净，有力，却不知为何，他甫一听到，心中蓦地一凉。他朝山下看去，山道上有一人正缓步朝他行来。

一袭白衣明明似九天滴仙，可他周身萦绕着的戾气，又将他化作阴司无常。

明明还清朗的天，霎时就起了风，天边云层翻卷，周遭也暗了些许。

柴屏愣住了，背心冷汗如雨，难以相信自己的双眼。

云浠趁机上前，一剑挑开柴屏的匕首，带着阿久连退数步，然而曹校尉尚还清醒，见状一咬牙，又拔剑架在阿久的脖子上。

"柴大人这是要不分青红皂白就杀人吗？"程昶冷冷地说。

"杀人"二字落入柴屏的耳中,惊得他一激灵。

"三……三公子?"

程昶盯着他,忽地一笑,淡淡道:"也是,这种事,柴大人也不是第一回做了。"

他的笑冷冷的,眸子深处缭绕着森然雾气,温柔的眉眼浴火而生,更添三分霜雪冷厉。

柴屏心中大震,他是亲眼看着程昶被锁在一片火海里的,为何竟会出现在这里?他一时骇得说不出话。

柴屏说不出话,一旁的刘府尹也惊诧得说不出话。他揉了揉鱼泡眼,扶了扶险些惊落在地的下巴,做梦一般地问:"殿下,您怎么在这儿?"

三公子已失踪一年,禁军非但将金陵翻了几遍,甚至在邻近几个州府也寻过,为何竟从不见他踪迹?

程昶尚未答,一旁的柴屏率先反应过来。是了,三公子失踪已久,琮亲王府连白事都办过了,他还活在这世上的消息几乎无人知道,眼下陵王殿下大权在握,不日就是储君,绝不能在此时出差错。若让程昶活着回到金陵,朝堂上必将再掀波澜,趁着今日将他解决了,才能永绝后患。

柴屏一念及此,眼中闪过一抹狠色,正要吩咐巡查司的人动手,山下忽有一名衙差来报:"刘大人,小郡王听闻长珲山这里出了事,带着翊卫司的人上山来了。"

只见一列身着锁子甲的禁卫阔步行来,走到近前,程烨率先朝程昶拜道:"殿下。"

他刚到山下就听人说琮亲王府的王世子在山上出现了,他虽震惊,转念想想,却也觉得寻常。云浠找了三公子这么久,皇天不负有心人,上回在东海渔村不也是一样吗?

程烨问:"殿下如何竟会在扬州?"

"本王当初被奸人所害,为避难来了扬州。"程昶目光移向柴屏,淡淡道,"至于柴大人方才说,秦护卫此前向云将军告假,消失了七八日,疑是去绥宫窃布防图了。不瞒柴大人,这七八日,云将军正是将秦护卫派来扬州保护本王了。"他说到这里,声色忽然一寒,"还不放人!"

这一声厉喝,听得众人皆是一骇,巡查司的众兵卫看了看柴屏,又看了看程昶,只得将兵器都扔在了地上。

第四十章 先发制人

云浠见曹校尉放下了架在阿久脖子上的剑，连忙上前为她松了绑。

程烨拱手请示程昶："殿下既安好，可要立刻启程回京？"

程昶问："小郡王眼下有多少人在扬州？"

"不多，只有翊卫司禁卫共五十六人。"

程昶点了下头，又问刘府尹："扬州府衙现有多少官差？"

刘府尹道："回殿下，下官府衙上共有官差三百余人。"

"殿下想要用兵？"刘府尹问，"扬州府附近有驻军，那里还有数千兵卫。"

程昶略作沉吟。柴屏来扬州，共带了两百巡查司兵卫，而今程烨手上有五十多人，刘府尹手上还有三百余人，够了。

他移目看向柴屏，悠悠道："本王有一桩事，想要劳烦小郡王和刘府尹。"

"殿下只管吩咐。"

"去年二月十六，本王在皇城司被歹人追杀至内外衙通道尽头的柴房，放火试图烧死本王！这位歹人，正是今御史中丞柴屏，本王命你等，立刻将此人捉拿归案！"

此言一出，四下俱惊。

放火烧死王世子，这是何等惊天大事！刘府尹吓了一跳，往后躲了躲，安静得像只鹌鹑。

程烨问："殿下此言当真？"

然而不等程昶答，他心中已有打算，随即朝后看了一眼，身后两名禁卫会意，走上前对柴屏一拱手："柴大人，得罪了。"

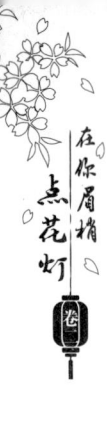

曹校尉在柴屏跟前一拦,问道:"王世子殿下是不是记岔了?去年皇城司走水,殿下您被困在柴房,是柴大人带人去救的您。当时柴大人手下死了不少人,自己的手臂上也受了伤,到如今还不曾痊愈。"

"是吗?"程昶冷声问。

"殿下若不信,尽可以看看柴大人的伤臂。"说着就要请柴屏挽袖子自证。

柴屏摇了摇头,一面挽袖子,一面叹道:"其实殿下不记得也无妨,只要殿下平安无恙,下官当初的牺牲便是值得的,清者自清了。"

只见他手臂上一大片皮肉狰狞翻卷,有的地方早已愈合,有的地方尚还红肿见血,令人见之心惊。

然而程昶看了这伤,丝毫不为所动,冷冷地说:"你这伤,难道不是把我锁在柴房后,怕有人见了铜锁,疑是你害我,取锁时被火燎到的吗?"他说着,走近一步,俯去柴屏耳侧,低笑一声,"怎么?原来当日跟着柴大人的人都死了?看来竟是那烈火承我遗志,为我报仇了?"

他的声音落入柴屏耳里,激得他心中泛起阵阵寒意。他不由得跌退一步,惊恐地看着程昶。

什么叫……遗志?柴屏彻底被骇住了,一时间竟想起方才乍见他时,他一袭白衣,好似自阴间而来的无常。

程昶懒得再理柴屏,看向周遭踌躇的禁卫,声音蓦地一沉:"本王是琮亲王府的世子,仁宗皇帝嫡亲血脉!御史中丞如何?三品钦差如何?谁敢对本王动手,罪同谋逆!"

"还不拿人?!"

"是!"翊卫司禁卫不再犹豫,上前反剪住柴屏的双手,径自将他捆押起来。

时已午过,程昶略作思量,单看柴屏这狐假虎威的架势,就能知道陵王眼下在朝中势力如何,扬州城中未必没有陵王的眼线。他若是这么回京,一旦遇上陵王的埋伏,哪怕有程烨带着翊卫司的人保护,也未必敌得过。

程昶对程烨道:"劳烦小郡王派人快马与绥宫传个信,就说我人在扬州,请他们明日派人来接。"

程烨道:"是。"

程昶又对刘府尹道:"山下绸缎庄的冯氏父子这一年来照顾我的起居,是我的恩人,还望刘大人先将他二人请回冯宅,明日一早再来见我。记得沿途派兵保护。"

"是,是。"刘府尹连声应道,"这个自然。"

阿久身上的伤不轻,程昶交代完一应事务,没再耽搁,与云浠一行人回了扬州府衙。

第四十章 先发制人

柴屏毕竟是御史中丞，回到衙门后，刘府尹不敢将他关押入大牢，收拾出一个单独的院落，命官差严加看守。

程昶得知此事，并没多在意。时候尚早，他有的是办法让柴屏血债血偿。

有了上回东海的经验，刘府尹知道三公子并不怎么待见自己，在他跟前小心侍奉了一会儿，为不讨嫌，寻了个借口溜了。

程昶累了一日，养了一会儿神，见日已西斜，便去云浠的院子寻她。到了院门口，守院的侍卫却说："禀殿下，将军去偏院照顾秦护卫了。"

程昶"嗯"了声，顺着侍卫指的路，又往偏院走去。

阿久身上的几处刀伤虽不算深，奈何失血太多，眼下擦洗完，她整个人早已虚脱，强撑着最后一丝精神等医婆熬药。

云浠顺手拿了阿久换下的衣服去院中洗。她其实不怎么会干粗活，当年忠勇侯府虽苦，但府中为她浣衣的人总是有的。

程昶刚到，就看到她在院中晾衣裳。他本来要径自上前招呼云浠的，然而目光掠过她背身一处，脚步蓦地顿住。

她衣裳的右肩下，撕了一道三四寸长的口子，露出一截如缎的雪肤。雪肤尽头还有一点红痕，隔远了瞧不清，但想来应该是一道血口子。

大约是她在长珲山时与人拼斗中受的伤，很轻，她因此不曾察觉。

一束霞光倾洒而下，这一点血痕衬着雪肤，居然有些触目惊心。

程昶愣了愣，觉得自己这么看似乎不大好，便移开眼去。

云浠晾完衣裳，借着斜阳，发现映在院门前的长影："三公子？"

程昶"嗯"了一声："你忙完了吗？"

云浠朝阿久的屋子看了一眼，屋里很安静，想来医婆喂阿久吃完药就该睡下了，于是点头道："已忙好了。"

程昶又"嗯"了一声："有金疮药吗？"

"有。"云浠三两步走到屋中，取出一瓶递给程昶，担心地问，"三公子可是受伤了？"

程昶没答这话，只道："跟我过来。"顺手推开一旁一间耳房的门。

这间耳房很小，大约是给医婆住的，只有一桌，一凳，一张窄小的竹榻。

程昶掩上门，沉默了片刻，说："你衣裳后面开了道口子。"

云浠听了这话，先是一愣，随即耳根子一红，背身贴着屋门而立，垂眸抿着唇，不知当如何是好。

她这一日先是与三公子重逢，尔后又急着救阿久，连受伤都不曾察觉，更莫提衣裳开了个口子，那她回衙门的这一路……

程昶瞧出了她的心思，说："衣裳破的口子不大，回衙门的路上还看不清，可能是因为你刚才浣衣，才将这道口子扯大了。"他又说，"过来。"

云浠愣了愣："做什么？"

程昶在竹榻上坐下："我给你上药。"

云浠稍稍一怔，耳根子比先前更红了，她垂着眸摇头："不必了，我一会儿另找人为我上药就好。"

"找谁？"程昶语气淡淡的，"阿久受伤了，医婆要照顾她，这衙门除她二人都是男人，你打算便宜谁？过来。"

云浠只好背朝着程昶，也在竹榻上坐下。

此刻静下来，右肩的隐痛终于传来，她沉默片刻，将襟口微微松开，露出小半边肩头。程昶这才发现，云浠其实天生肤白，或许因为常年栉风沐雨，单看脸还看不出，身上被衣裳裹着的地方简直跟雪一样白。

她的肩也生得很好看，轻薄而柔美，乌发如墨缎披散下来，霜肌雪肤就在这其间若隐若现。传说中的美人香肩，大概就是这个样子吧。

程昶没说什么，抬手撩起她的发，拂去她身前。指尖顺着她的后颈划过，云浠的脸一下就烧烫起来，脑中嗡嗡作响，以至于他为她上药，每抹一下，就如寒针轻刻，有点疼，但好像又能雕出花来。

"好了。"片刻后，程昶道。

云浠"嗯"了声，说了句："多谢三公子。"回转身来，想将衣裳穿好。

程昶将她一拦，移开眼："药还没干。"

两人就这么面对面坐着，谁也没看谁。

二月的天，纵然早已回暖，到了黄昏时分，也难免寒凉。门虽掩好了，可高窗还开了一道缝，凉风就顺着这道缝灌进屋中。

程昶四下一看，见竹榻上还搁着一条干净的薄衾，顺手拿过来，俯身为她披上。

云浠眸光微抬，落在他的下颔。他的下颔很好看，棱角分明。

她顺着往上看，他的嘴角也好看，微微一抿，不羁又深情。

再往上，就撞上他的目光，他正垂眸看她。

他的目光清冷，里头却盛放着无限柔情，云浠觉得自己要淹没在这目光之中了。

她肩上的雪肤已被薄衾遮掩，然而比这雪肤更干净的是她的眼，更潋滟的是她的唇。

这个黄昏太静了，四目相对，心跳如擂鼓一般。云浠甚至分不清这是他的心跳，还是她的心跳。

她伸手扣紧竹榻，看着他慢慢靠近。

第四十章 先发制人

看着他的鼻梁擦过自己的鼻尖，看着他慢慢合眼。

黄昏与暮风在这窄小的房里落地生根，将要长出如海一般的深情韵致。

然而就在这时，屋外忽然传来叩门声。

刘府尹且喜且小心地在屋外唤道："殿下？殿下？"

唇齿只差毫厘，她的清新，他的温热，已然交缠在一起。

程昶略一顿，本不欲理会，将要倾身上前，刘府尹又叩门："三公子，您在里头吗？"

程昶张开眼，看着云浠，半晌，不动声色地稍离了些许，揭开云浠身上的薄衾，帮她把肩上的衣衫拢好，然后走到屋前，把门拉开。

刘府尹就候在屋外，见门一开，刚欲上前，只见程昶眉眼冷峻，看了他半晌，吐出一个字："说。"

刘府尹本能地缩了一下，一头雾水地想：这是怎么了？又招三公子嫌了？

他道："哦，是这样，绸缎庄的冯氏父子听闻殿下明日一早要回京，帮您收了几包行囊。眼下这二人就在前面公堂候着，不知殿下可要传他们一见？"

"几包行囊？"程昶一愣。

他在冯家有什么行囊？转念一想，旋即明白过来，大约是冯屯、冯果命绣娘为他制的那些白衣裳吧。

程昶一点头："传他们过来吧。"

云浠已听程昶提起，冯氏父子就是李主事缢亡案的证人，眼下得知他二人到了，想了想，将薄衾覆在身后，也跟着程昶一并去了正院。

冯屯和冯果拜见过程昶，解释道："本来殿下派人传话，命我二人明早再过来，但小人等唯恐耽搁了殿下的行程，是以自作主张，赶在今日天黑前过来与殿下道别，还望殿下莫怪。"

他二人得知了程昶的身份后，并不意外。菩萨托生，本来就该有一个合乎常理的身份。

程昶道："无妨，我是想着你们今日奔波了一整天，所以才让你们回府歇息，其实什么时候见都是一样的。"

冯屯、冯果感激道："殿下体恤小人。"

言语间，冯屯觑了云浠一眼。

先前在东关渡水岸，菩萨大人与这好看的女将军究竟什么关系，他二人瞧得一清二楚。眼下他们既然过来了，总不能单给菩萨捎衣裳，不给将军捎衣裳。何况看这将军貌美如花的模样，指不定是个女菩萨托生呢？

于是冯屯对云浠道："禀将军大人，小人家中是开绸缎庄的，先前在长珲山，小人远远见将军与人拼斗一场，衣裳想必早已该换。小人不才，家中旁的没有，只衣裳最多，小人过来时，也为将军送来一身以供换洗。"一顿，唯恐云浠拒绝，又道，"将军千万莫要嫌弃，小人铺子上的衣裳若能得将军青眼，乃小人等的福气。"

云浠听了这话，本想说不必，还未开口，程昶却已替她应下："那就多谢冯掌柜了。"又唤，"刘大人。"

"下官在。"

"你把我这一年来的吃穿用度，包括云将军的衣裳一并记个账，回头去琮亲王府的账房支取了付给冯掌柜。"

刘府尹连忙称"是"。

一时又说起李主事的缢亡案。

冯屯、冯果眼下得知了程昶的身份，自然将李主事缢亡的真相道来，说杀李主事的人并不是盗取布防图的人，且此人在李主事临死前，一直追问布防图的下落，仿佛生怕那布防图遗失了似的。

云浠听了这话，心中疑窦丛生。难不成那张布防图上有什么不可告人的秘密？否则杀害李主事的凶手何必追问布防图的下落？

不多时，冯宅的家丁把云浠的衣裳也送过来了。一身浅鹅黄绫罗裙裳，外罩轻薄绡纱，样式虽不繁复，比云浠以往穿的却要精致许多。最为别致的是襟口处连着根细带，上头缝着一朵棣棠花。

云浠身上这身衣服的后背处本就破了，见冯宅的人将衣裳送来，道了声谢，径自拿去一旁的厢房换上。

她做事利落，换衣也很快，不一会儿回来，纤纤身姿裹在一身浅黄的裙裳里，外面的绡纱如雾也如云。而那朵棣棠花就在她脖间的雪肤上绽开，明艳夺目。

程昶一眼望过去，怔了一下。

是时冯屯已把供状写好，呈上来道："殿下您看看，还有什么需要改动的地方没有？"

程昶接过状子看了看，确定无误了，交给一旁的刘府尹："找人抄录两份，一份你留着，余下两份送到金陵。"

刘府尹应道："是。"

他这个人有点好钻营，京里什么人当官，什么人得势，心里一清二楚。想到程昶明早即将回金陵，不由忆起上回在东海的事。

上回三公子回京，铺排已然很大，这回相当于死而复生，铺排必该更大才是，是以问道："殿下明日回京，陛下、琮亲王殿下、陵王殿下，想必都会到城门相迎，扬州这里只有区区数十翊卫司禁卫护送，未免寒碜，殿下您看是不是要从附近的驻军再调两千兵卫？殿下如果觉得妥当，下官这就派人去驻地打声招呼，顺道再让人给京里您的发小捎个口信。"

"我的发小？"程昶一愣，"谁？"

刘府尹道："就是原礼部郎中，周洪光家的五哥儿周才英。"又补充道，"殿下有所不知，这位周家五哥儿去年升了鸿胪寺少卿，掌迎宾事宜。"

程昶怔住了："周才英还活着？"

刘府尹没听明白，这是什么意思？不活着难道死了吗？

"活着啊，活得好好的。"

当初陵王正是利用周才英把程昶骗去皇城司放的火，他其实知道，周才英未必就是存了心要害他，不过是柴屏如何吩咐，他如何做罢了。但之后程昶葬身火海，他必然能回过味来。

陵王与柴屏的手段都十分狠毒，周才英勘破他们的龌龊事，他们为何不杀了他灭口？这个念头一起，程昶蓦地明白过来。

因为周才英见过程旭——

"有回太皇太后带我们上寺里，殿下您说要溜出去猎兔子，跑远了，还受了伤，好在撞见了那孩童，他帮您包扎了伤口，还背着您回来。后来再去明隐寺，您说您要报恩，就偷偷带着我与凌儿妹妹去找那孩童。"

"那时候年纪小，小人和凌儿妹妹也就随您去见过那母子两回，凌儿妹妹后来也将这事忘了。"

他"失忆"了，余凌当时年纪太小，周才英或许是唯一一个记得程旭样貌的人。

而陵王登大宝前，最后一个该除掉的人就是程旭。

周才英不便杀，陵王还要留着他认人呢。

思及此，程昶心中了然，他问："我在扬州的消息，你已派人传去金陵了吗？"

刘府尹道："回殿下，下官一刻也不敢耽搁，一回到府衙，就派人去传信了。"

坏了！程昶一下站起身。

周才英是证明自己为人所害最有利的证人，只要他肯招供，不说扳倒陵王，起码能让柴屏血债血偿。

眼下陵王得知他活着，一定会派人追杀周才英。早知如此，他该让人将消息压着的。

程昶问："田泗呢？"

"田校尉在公堂里与小郡王一处呢。"刘府尹立刻又说，"下官这就去传他。"

冯屯、冯果见程昶似有要事，识趣地退下了。

不一会儿，田泗便过来了。程昶吩咐道："你立刻去皇城司找卫玠，让他带着皇城司的人，以金陵窃贼出没为由，在周府一带巡视，务必保住周家一家的安危。"

"是。"

程昶又问云浠："周府的具体位置，你可知道？"

云浠点头："知道。"

程昶被害之前，就是与周才英一起，去年云浠从岭南回来，第一时间就去周府找过周才英。

"离周府最近的城门是哪个？"

"城东。"

"好。"程昶点头，"我们走。"

周才英这个人其实不蠢，当时他一察觉到皇城司内外衙的通道有埋伏，立刻就逃了。眼下程昶活着的消息传回金陵，他知道自己深陷危境，必然会往城外逃。

云浠虽不知道程昶具体要做什么，但也猜到他是想保住周才英这个证人，她并不多问，只跟着他往府衙后门走。

刘府尹跟在一旁，献计道："殿下，您与将军独自回京，未免有些危险，不如告知小郡王一声，由他带着兵马一起？"

程昶略一顿。

程烨为人正直，若是寻常琐事，找他帮忙未必不可。但他和陵王之间积怨已深，早已到了你死我活的地步，里头水太深，旁人未必愿意搅和进来。眼下这里，他能够信任的只有云浠和田泗。是以虽然有危险，他必须一搏。

刘府尹见程昶不语，又问："殿下回金陵前，还有什么吩咐？"

程昶看他一眼："管牢你的嘴，今晚不许向任何人透露我的行踪。"

"是。"

府衙后门的快马已备好，程昶和云浠翻身上马，疾速往金陵赶去。

自己在扬州的消息，想必最迟子时也该传到金陵了，陵王出手快，恐怕早已派出了杀手围堵周才英。

程昶思及此，不由得自责。他真是太大意了，万没想到周才英竟然在陵王手下拾得一命，他该多问一句的。

夜风渐劲，一路御风疾行，到了金陵东郊的驿站附近，风里忽然传来淡淡的血腥味。

程昶与云浠同时勒停了马，借着月光四下看去，只见驿站道旁横陈着不少身着黑衣的尸体。

两人心中疑窦乍起，正欲下马探看，就在这时，驿站的驿房后忽然传来"吭当"一声，似是有什么东西被碰落了。

第四十章 先发制人

云浠当下步子一折，便朝驿房那里走去。

驿房后出现一人，他见云浠走来，稍退了两步，瞬间转身，没命似的奔逃。

可他逃得再快，哪里快得过身轻如燕的云浠？云浠几步跃上驿房房顶，飞身而下，落到那人身前的同时，取下腰间的剑，将剑柄抵在了他的喉咙前："谁？"

这人吓得肝胆俱裂，双腿一软，蹲下身抱住头："别……别杀我！别杀我！"

程昶听这声音觉得耳熟，他走过来，擦亮一根火折子，正是周才英。

周才英也觉察出眼前这二人并非先前要取他性命的黑衣杀手，从手臂中抬起脸，怯怯一看，顿时瞪大眼："明……明婴？"

他刚被追杀过，眼下怕得厉害，见到程昶虽然震惊，也顾不上问他为何竟活着，只蹲在地上瑟瑟发抖。

程昶的目光掠过四周横陈的尸体："你做的？"

"不是。"

云浠借着火折子的光，就近看了一眼，对程昶道："三公子，这些黑衣人都是被一刀毙命，手法十分利落，他半点功夫没有，绝不可能是他所为。"

"方才……方才这些人要杀我，"周才英吃力地解释道，"有个人出来……救了我。"

"谁？"

"不知道。"周才英道，"天太黑了，他罩着黑斗篷，遮着脸，我看不清。"

"就一人？"云浠愣道。

陵王手下的杀手，功夫绝对不低。只一个人，非但能手法利落地解决掉这么多杀手，还能护住一点功夫都没有的周才英，这是何等本事？

"对，就一个。"周才英道，"这人方才还在这里，应该刚离开不久。"

"我还以为……还以为他不管我了，眼下想想，可能是听到你们的马蹄声了吧。"

还能听蹄辨音？

云浠怔住了。莫说在金陵，便是在整个大绥，有这样本事的人也不超过十人。

难道是卫玠？不，不可能是他。倘是卫玠的话，看见他们来了，何必离开？

可是这金陵城里，还有谁会闲来无事救周才英一命？

程昶问："这个人除了罩着一身黑斗篷，还有什么别的特点没有？"

周才英细想了片刻，道："有，有！他跟人打斗时只用左手，右边的袖管子，好像……好像是空的。"

第四十一章 当年月明

一个空了的袖管子？

云浠听了这话，不知怎的脑中隐隐闪过一个念头，可还未等她仔细思量这念头究竟是什么，又被一种不可能的荒谬之感压了下去。

周才英见云浠失神，一咬牙，爬起身要逃。

没等他走出两步，程昶冷冷地道："你眼下还跑得了吗？"

周才英回过头，他心中的惊骇并未平息，看了看程昶，又看了看周遭的尸体。

程昶又道："你以为陵王手下的杀手只有这么几个？这些人不过是他派出来试探你有多少帮手的。他想动你，其实根本不用费力杀你。"

"你……你什么意思？"

此时已是丑时，夜黑得伸手不见五指，火折子迎风轻扬，在程昶的手心里明明灭灭。

"你是可以逃，可以出城，但你想过你的家人吗？你的父亲母亲，你的几房兄弟？"

"我父亲好歹是司天监少监，周府一家都是太皇太后近亲，他杀我便罢了，如何会对周家的人动手？"

"那又怎么样？"程昶朝周才英走近一步，"我是什么人，琮亲王府何等地位，他不照样下得去手？"

离得近了，周才英从程昶的眉眼间辨出几分冷意，他本以为这样的冷意是因春寒所致，仔细看去，实则不然。

第四十一章 当年月明

皇城司的滔滔火海未焚其身，却在他心中燃起难以熄灭的烈焰，在这深夜里，他仿佛自阴司而来，连手间的一簇光也成了黄泉之火，明灭之间生杀予夺。

周才英跌坐在地，又急又怕道："哪……哪怕陵王想杀我，可我到底在他手下苟活了一年，换作你，你就能保住我吗？你只怕比陵王更想要我的命！"

程昶在周才英身前蹲下，看入他的眼："这一点你说对了，我是不大愿意保你，但是，"他一顿，忽地淡淡一笑，"如果我想让你死，却比陵王更容易。"

"死"字入耳，听得周才英心头一凉，也听得一旁的云浠心头一凉。她借着火光看向程昶，他的眉目清冷如昔，却不知为何与以往有些不一样了。

周才英怔道："你这话什么意思？"

"当日在皇城司内外衙通道活下来的人只有三个，除了我，就是你与柴屏。因此事实究竟如何，全凭我说了算。我知道你现在想跑，不想帮我指认柴屏，你既然要为虎作伥，那你就是柴屏的同党。待会儿天一亮，我到了陛下跟前，只需说是你害的我，任你逃到天涯海角，禁军都会将你追回来。"

"你……你……你不能如此！"周才英心中惶恐，"你是知道的，我没有要害你的意思，我也根本不知道他们会在皇城司放火！"

"那又怎么样？谋害亲王世子的罪名由你背了，这个结果，柴屏、陵王甚至陛下都是极乐见的。到了这个地步，你活着，除了对我还有一点用处，对任何人都是百害而无一利。而且你要明白的是，我想让柴屏偿命，除了让你为皇城司的大火做证，还有许多种办法，但你想要活命，只能靠我。"

周才英听程昶说完，战战兢兢地咽了口唾沫。如果可以，他恨不能立刻就逃到天涯海角，但他也知道，三公子说能要了自己的命，他做得到。毕竟皇城司那把害他的火，自己也有份。

"当初让我利用宛嫔的事，把你诱去皇城司的人是柴屏，我自始至终从未与陵王殿下打过交道。所以，即使我出面帮你做证，让柴屏落狱容易，但你想借此扳倒陵王，是不可能的。"

"这个就不劳你费心了。"程昶见周才英言辞间已有所松动，站起身说道。

天刚亮，城门口的亲卫分成两列，一字排开，朝中大臣簇拥着昭元帝的御辇等在城门外，陵王与琮亲王就站在前列。

昨日程昶在扬州的消息一传到金陵，昭元帝立刻命令宣稚带着两千殿前司禁卫去接，眼下卯正已过，遥遥见得一列兵卫从远处行来。

宣稚驱马到近前，跪地拱手："禀陛下，末将失职，未能从扬州迎回王世子殿下。"

御辇中的人久坐不语，反是陵王闻言一愣，问："未能迎回明婴？归德将军此言何意？"他这日身着绀青大袖公服，腰束革带，虽素雅了些，却难掩高贵之气。

宣稚道："末将昨夜带人抵达扬州，王世子殿下已与明威将军先行回到金陵了。扬州府尹刘勤刘大人称，王世子殿下临行前交代，他当日在皇城司实为柴大人所迫害，让末将等把柴大人押解回京。"

此言一出，四下俱惊。柴屏为人素来十分和善，竟会是迫害三公子的凶手？

众人的目光这才从长长的护卫队掠过，落到后方一辆囚车上。

陵王闻言道："有这样的事？扬州府尹何在？"

刘府尹越众而出："下官在。"

"明婴指认柴大人时，可还说过什么？"

"回殿下，王世子殿下只说当日是柴大人带人把他追杀至皇城司的柴房，那把火也是柴大人命人放的。至于柴大人手臂上的燎伤，是因为大人命人给柴房上了锁，后怕人发现铜锁怀疑上他，取锁时，烈火冲出柴房所致。"

"既如此，此案涉及当朝王世子、朝中大臣，非同小可，当立刻令三司一同彻查，一定要找齐证人、证物才可定罪。既不能让明婴平白遭此大劫，却也不能冤枉了当朝大臣，父皇以为如何？"陵王言罢，对着御辇拱手请示。

"殿下不必费心，证人本王已经找来了。"

昭元帝还未答，只听人群后方传来冷冷的一个声音。

众人闻言望去，左面的侍卫朝两旁分开，让出一条狭道，程昶带着周才英，正自狭道里行来，他的身后跟着的正是云浠与数名皇城司禁卫。

昨夜皇城司武卫统领接到卫玠密令，在城东接到了程昶，为防陵王追杀，自城外绕行，今早才赶到正南门。

程昶到得御前，先与昭元帝拜道："陛下。"

昭元帝的声音自御辇里悠悠传来："昶儿平身。"

程昶的目光又落在御辇一旁的琮亲王与王妃身上。时隔一年，琮亲王的鬓发已花白一片，王妃本是美貌，而今却已不复昔日风姿，一见到他便扑簌簌地落下泪来。

相处年余，饶是半路父母，到底也生了感情，程昶见他二人这般模样，心中酸涩，不由得上前一步，唤道："父亲、母亲。"

这声"父亲"入耳，琮亲王的眼眶也红了，他很克制，拍了拍程昶的手，说："你平安就好。"

程昶本想好生安抚一下他的父亲母亲，但许多话自可留到回府中再叙，眼下毕竟在御前，他还有更重要的事要做。

程昶朝昭元帝的御辇一拜，说道："禀陛下，一年前侄儿被贼人追杀，为鸿胪

第四十一章 当年月明

寺少卿周才英亲眼所见，那贼人以为侄儿已死，是以疏忽大意，留下了这么一个证人。侄儿担心那贼人对周大人下手，昨晚与云将军连夜回到金陵，救下周大人，现周大人已亲书血状一张，足以证实侄儿当初正是为御史中丞柴屏所害！"

周才英战战兢兢地跪在地上，奉上一封血书。

守在御辇旁边的吴弬将血书接过，呈入辇中。

周才英道："禀陛下，当……当日，明婴，不，王世子殿下之所以会去皇城司，正是柴大人借用失踪的五殿下一事，把王世子殿下诱去的……"

昭元帝圣躬违和，众臣皆知，以至于这个老皇帝想在临终前与失散多年的儿子见上一面的心愿，也成了朝中众人心照不宣的秘密。

周才英当着这么多人的面提及五殿下程旭，周遭人等只是眼观鼻、鼻观心，并不怎么吃惊。

昭元帝一面听周才英说，一面拿眼扫过血状，待他说完，才唤道："大理寺卿。"

"臣在。"

"这张血状暂由你收着，昶儿被人追杀至火海的真相，朕限你十日内，务必查个水落石出。"

"是。"

昭元帝略一沉吟，又唤道："明威。"

云浠越众拱手道："末将在。"

"你此番寻得昶儿，又立奇功，但你刚升任四品将军不久，晋封就免了，赏纹银千两，赐金印紫绶。"

云浠拱手："是，多谢陛下恩典。"

昭元帝道："今日昶儿平安归来，朕心大悦，特赐众爱卿一日休沐。"又对程昶道，"昶儿，你父亲母亲这一年心忧你的安危，思你思得辛苦，你今日且回王府陪一陪他二人，待明日再进宫来见过朕与你太皇祖母。"

"是。"

说完这话，昭元帝似是乏了，随即一摆手，先行一步由殿前司的禁卫引着回宫去了。

自郓王倒台，大理寺卿计伦一直不受器重，眼下昭元帝虽交了一桩要务给他，但计伦知道这桩要务其实是一份苦差事。不提柴屏御史中丞的身份，他本就为陵王殿下所器重，处罚得重了，得罪陵王；可若处罚得轻了，又得罪三公子。

计伦两头为难，看陵王与程昶欲离开，揣好昭元帝交给他的血书，上前一步唤道："陵王殿下、王世子殿下留步。

"下官方才粗略地把周大人写的血书看了一遍，发现上头并未写明柴大人加害

王世子殿下的原因，是以想向殿下请教，您从前可与柴大人有什么过节没有？"

程昶言简意赅地答道："没有。"

陵王道："说到这个，本王也觉得蹊跷。据本王所知，柴屏与明婴之间并无任何纠葛，当初忠勇侯的案子，御史台那边还是你二人一起查的，期间合作良好。明婴遇害当日，恰逢忠勇侯的案子审结不久，柴屏去皇城司，似乎也是为这案子去的，如何会加害明婴？明婴你细想想，会否你当时只顾奔逃避难，会错了柴大人的意？"

计伦听了这话，深以为然。倘若一切只是误会，那他就好交差了。

可还不等大理寺卿出声，程昶就冷冷道："殿下这话何意？本王险些葬身火海，如此切肤之痛，还冤了他柴屏不成？"

"本王不是这个意思。"

"那殿下是什么意思？"程昶道，"本王是不知道柴屏杀我的动机为何，本王若早知道，早防着他不是更好？又或者说，柴大人与本王之间确无过节，他的所作所为，说不定是受人指使。"

程昶这话意有所指，陵王不是听不出。周围还有许多臣子尚未离开，闻得此言，尽皆退后一步，躬身而下。

唯余当中两人沉默对峙。

片刻，陵王一笑，淡淡道："明婴这话多虑了。不过，倘若柴屏当真是受人指使，胆敢加害本王的堂弟，本王必将第一个为你处置此人。"

"那么就请堂兄好好记得这话。"程昶看着陵王，忽地也一笑，"本王这个人，其实不大愿意与旁人纠葛太深，但他人害到我头上，必不可能就这么轻易过去。倘若堂兄找到幕后'贵人'，还请一定告诉明婴。本王有仇报仇，有怨报怨，他加在本王身上之苦，本王必当十倍奉还！"言罢，再不多言，一拂袖，径自走向自己的马车。

琮亲王的马车已经起行了，今日来迎程昶的小厮正是孙海平与张大虎。

两人昨夜得知程昶竟活着，已然一把鼻涕一把泪地哭过一场，方才随在人群后面看到他们家小王爷，激动也激动完了，眼下迎上来，心境已平静不少。

孙海平把程昶扶上马车，张大虎跟在后头，四下探头望了望，问："小王爷，云将军呢？"

云浠此前去扬州是为了缉捕盗匪，眼下虽跟着他回来了，可盗匪的线索半点也无，这会儿自然赶去了枢密院。

程昶道："她还有事。"

张大虎不无遗憾道："云将军今日真好看，小的还当她这回救了小王爷，王爷要将她请来王府好生答谢呢，小的就可以多瞧两眼了。"

第四十一章 当年月明

程昶一夜未睡,正闭目养神,闻言,略略睁开眼,扫了张大虎一眼,眼神冷冷的。孙海平恨不能脱了袜子去堵他的嘴。

张大虎似也觉察出他家小王爷神色有异,不由得解释道:"又不是小的一个人觉得云将军好看。嘿,小王爷,您是没瞧见,方才左太傅家的小公子瞧见云将军,两眼都直了。不过他品貌不行,云将军瞧不上他,上回他去忠勇侯府提亲,云将军的嫂嫂不应,给辞了。"

程昶听了这话,一怔,刚合上的眼又睁开:"提亲?"

"是啊,小王爷,您是不知道,您这一年不在,忠勇侯府的门槛都快被人踏破了。"张大虎道,"太傅家的那个就不提了,上回还有一个剑走偏锋,直接去跟云将军说,被云将军当面拒绝了。将军为了躲这事,听说从岭南回来后,几乎都不住侯府,成日往军营躲哩!"

程昶"嗯"了一声,继续闭目养神。

他双眼虽闭着,眉峰却渐渐蹙起,唤道:"孙海平。"

这一声冷森森的,听得孙海平一激灵:"在,在。"

不等程昶吩咐,他立刻就道:"小王爷,小的昨夜已把这一年来到忠勇侯府提亲的十余人的身份查好了,待会儿一回府,小的立刻呈给小王爷。"

程昶眉峰稍平,又"嗯"了一声。

云浠办完差,回到忠勇侯府已近傍晚。

她径自去了自己的小院,褪下白日里穿的鹅黄裙裳,嘱鸣翠拿了身公服来。

正换衣,只闻外头有人叩门,方芙兰推门而入:"阿汀?"

云浠愣了愣:"阿嫂?您今日不是该去药铺看病吗?"

方芙兰将端来的点心搁在桌上,笑道:"薛大夫今日家中有事,让我明日再去。"见她正换衣服,又问,"你这个时辰换衣是要做什么?要去西山营?"

云浠"嗯"了声。

方芙兰看着她,半晌道:"阿汀,我听说……三公子回京了?"

"对,回京了。"云浠抿唇一笑,"所以我想快些把差事办好,改日三公子那边若有差遣,我好帮他。"

方芙兰柔声道:"你自岭南回来后,便没在家中住过几日,不是在西山营待着,便是外出寻三公子。眼下三公子找着了,你好歹在家中吃过晚膳再走。"

"不吃了,若再耽搁,等到了西山营,该是明日早上了。"云浠将腰封束好,拿上剑,"我去后院看一眼白叔就走。"

春日湿气重,白叔这几日腿疾复发,没怎么做活儿,好在府内管家事宜大半由

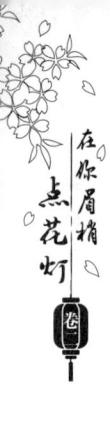

赵五接手。白叔歇在屋中，乐得清闲，云浠与他说了几句话，随即与白苓一起出得屋来。

二人走到后院一处廊下，白苓四下看了看，见周遭无人，从荷包里取出一张纸递给云浠："大小姐，这是近日少夫人去药铺的日子与时辰。"

云浠"嗯"了一声，接过来细看了一遍。

这是她自岭南回来后，吩咐白苓做的。

忠勇侯府的内应，只能在方芙兰、赵五与白苓之间，云浠回来得太晚了，拼命追查，只排除了白苓一人的嫌疑。

她公务缠身，兼之又要找程昶，分身乏术，于是以让赵五接替管家事宜为由，让白叔盯着赵五，又以担心方芙兰为由，让白苓暗中记下方芙兰每回去药铺的时间。

白苓道："少夫人近日去药铺去得不勤，有两回都是薛大夫到府上来为她看诊，薛大夫说少夫人这病多是忧思所致，大概因为大小姐自岭南回来后，总不在家中。其实大小姐只要常回府，少夫人的病想必就能好了。"

云浠暗暗将纸上几个日子记下，随即将纸一折，收入袖囊，笑道："我知道，等忙过这一阵，我就常回府来陪阿嫂。"言罢，唤来一个小厮去牵马，从后院出了府。

天边浓云密布，黄昏时分，霞光还未来得及覆上云端，便被一片暝色吞没，云浠见夜雨将至，催马来到府门口的一条巷外。

巷子里已有忠勇侯旧部的亲卫在此等候了，云浠略微回想了一下方芙兰去药铺的日子，吩咐道："你去查一下，正月十六，正月二十九，二月初四，这些日子可曾发生过什么大事。"

亲卫领命，趁着夜雨落下前，打马往绥宫的方向去了。

是夜时分，积蓄了一天的雨终于落下，雨水淅淅沥沥的，终夜不止，到了隔日清晨才隐隐有休歇之意。鸣翠撑着伞，扶着方芙兰上了马车，与她一路到了秦淮河岸的和春堂。

方芙兰下了马车，取出一锭银子递给鸣翠："阿汀那身新制的水绿衣衫破了，你去绫罗庄帮我买最好的丝线，我回府后为她补上。"

鸣翠道："好，那奴婢买完丝线就回来陪少夫人。"

方芙兰柔柔一笑："不必了，绫罗庄离这里远，你一来一回不方便，买好丝线便先行回府吧，左右薛大夫为我行完针，府上的小厮会来接的。"

鸣翠想了想，点头应下，随即接过银子，往绫罗庄去了。

到了药铺里间，薛大夫推开暗门，将方芙兰引往连通着的小院。

这会儿雨水已经歇止，可天边仍是灰蒙蒙的，风有些凉，陵王一身淡青曳撒，早已等在亭边。

第四十一章 当年月明

亭中的小炉上温着酒，他手持酒盏，并不饮，遥遥看到方芙兰，一笑："来了。"

方芙兰略欠了欠身："殿下。"然后随他一起走进亭中，迟疑片刻，说道，"我听说，三公子……回来了？"

陵王握着酒盏的手略一顿："是。本王这个堂弟实在命大，上回落崖，昏迷了两月，回来后跟个没事人似的；这回分明被锁在火海里，竟又被他捡回一命。"陵王悠悠道，"云浠可曾与你提过，明婴是如何生还的？"

"不曾。"方芙兰黯然道，"阿汀从岭南回来以后，凡事都不与我多提，也常不在府中住，不知是对我起了疑，还是只为了躲亲事。"

"罢了，她既不愿说，你也不必打听，左右明婴活着已是事实，他知道是我害他，日后必将与我势不两立。"他想起日前柴屏命人传信，称是秦久偷了李主事临终前留下的血书，又问，"秦久这个人，你知道多少？"

"阿久？"方芙兰愣了愣，"不多。只知她长在塞北，原来是云洛的护卫，去年她到金陵，与我说他们秦家世代效忠云氏一门，那年……云洛牺牲，她与她父亲不愿跟着裴阐，便带着一些忠勇旧部退到了塞北吉山阜，在那里住了三年。"

方芙兰说到这里，不由得问："殿下怀疑阿久？"

陵王道："那张塞北布防图丢得蹊跷，兵部那个李主事恐怕知道不少内情，没想到……"

没想到他派人去扬州杀李主事灭口，不防李主事临终竟留下一封血书。

这封血书既然被秦久所盗，那是不是说，兵部库房失窃也与这个秦久有关？

陵王一念及此，却没与方芙兰多提，忠勇侯府对方芙兰有恩，那张布防图为何会失窃，又为何人所盗，何必累她伤神？

他是以道："没有，我只是想着失窃的那张布防图既然是昔日忠勇侯所用的塞北布防图，这个秦久或许知道些线索。"

二人说着话，一名武卫上来禀道："殿下，日前殿下命人去寻的那方古砚台已被送来金陵了。"

"果真？"陵王问，"那砚台现在何处？"

"砚台由渠县县令亲自送到，眼下他就候在院门外，属下这就去将砚台取来。"

不多时，武卫小心翼翼地捧着一个锦盒过来，锦盒内正是一方古朴拙雅的玉砚。

据传前朝襄阳皇后曾是远近闻名的才女，襄阳帝还是皇子时，为了求娶她，命人在东海寻得一块稀世美玉，打凿成砚赠予她。后来前朝动乱，这方绝世玉砚也不幸遗失。所幸功夫不负有心人，陵王派人找了数年，总算寻得珍宝。

陵王看着方芙兰，见她的眼睛自玉砚上掠过，吩咐道："帮本王把这方玉砚锁入明琅斋。"

277

武卫愣了愣："殿下费心寻得这方玉砚，不是为了给皇贵妃娘娘祝寿的？"

陵王府的明琅斋里放了不少宝物，可每一样只要锁入其中，便不再取出。

"本王什么时候说过要将这玉砚送给她了？"陵王微露不悦，"她喜欢玉器，随便找一尊送去便罢。"

武卫连忙应道："属下失言。"

方芙兰道："后日是皇贵妃娘娘的大寿，连陛下都要为她亲自祝寿，你好歹该上些心。"

"上些心？"陵王淡淡道，"这些年来她可曾对我上心？"

他站起身，走到亭边，道："当年我母亲身死，父皇命人将她的姓名从彤册上抹去，我思念母亲，不过是趁夜里给她烧些纸钱，那个女人为讨父皇欢心，非但命人搜查我的屋舍，取走母亲留给我的所有物件，还将我禁足半月，生生错过母亲的头七。

"明哲保身，见死不救，她如此为人，就不要怪如今母子亲情疏离。"

方芙兰听后，重重地叹了一口气，不期然冷风入肺，引得她连咳数声。

武卫立刻去药铺请了大夫过来，外间风劲，几人一并回了屋中，薛大夫为方芙兰把完脉，扶她去卧榻上坐下，为她覆上被衾："少夫人身子弱，这几日受了点春寒，是以有些咳嗽。奴婢这就为少夫人煎药，少夫人吃过后，只要小憩一两个时辰就好。"

方芙兰道："你把药方给我，我回府再歇。"

薛大夫没应，迟疑着去看陵王。

陵王道："你这一趟回府，难免又要受寒，仔细小疾折腾成大病，不如先在这里养一养，等夜里再回府。"

方芙兰道："阿汀有身衣裳破了，我让鸣翠去买了丝线，想赶在今日为她补好，趁着气候适宜，她还能穿两日。殿下有所不知，那身衣裳她最是喜欢。"

陵王道："这种事让府里的下人做不就行了。"

方芙兰笑了笑："阿汀的衣裳都是我为她缝补的。"

"那就晚些时候再做。"陵王道，"你不是说她昨晚赶去了西山营？想必没个两日不会回来。她常不在府中，你一人回去也是冷清。"顿了顿，又柔声道，"今日我陪你。"

不一会儿，薛大夫熬好了药端来，陵王接过："我来。"

他自药汤里舀了一勺，吹凉了，送去方芙兰唇边。

方芙兰想着眼下昭元帝圣躬违和，朝中大事多由陵王坐镇，不由得道："殿下不必陪我，不如先回宫中将政务料理了。"

陵王没理会这话，只道："你把身子养好，对我而言，比什么都重要。"

第四十一章 当年月明

他又舀了一勺药汤，看着方芙兰，笑了一下："日子还长，山河万里，锦绣风光，我总能带你看遍。"

——"有朝一日，山河万里，锦绣风光，我定要带你看遍。"

方芙兰听了这话，微一抬眸，对上陵王的目光，一双多情目淡淡含笑。

依稀记得数年以前，他好像也说过同样的话。

她没有应声，垂下眸，安静地将药吃完。

药汤的后劲很大，方芙兰吃过，一股倦意涌上头来，陵王帮她掖好被衾，守了她一阵，见她已睡熟，才轻手轻脚地出了门。

雨又开始下了，伴着隐隐雷声，顺着屋檐飘飘洒洒。

陵王记得，初遇方芙兰，也是这样的雨天。

那时恰逢清明前夕，他奉诏去慈元宫面见皇后。

他虽为皇子，却是出了名的被昭元帝厌弃，起先养在皇贵妃膝下的时候还好些，等大了住进单独的宫所，晨昏定省一应免去，十天半个月都难得与皇贵妃见上一面，更别提皇后了。

路上耽搁了一阵，他疾步而行，走到宫楼的岔口，不期然与一名女子撞个满怀。

女子怀中抱着数卷经文，被这么一撞，经文全都落在地上，被雨水一浇，墨渍一下便晕开了。

陵王愣了愣，看了一眼地上的经文，又看向眼前人。

眼前的女子一身海棠红绫罗裙裳，一双桃花美目顾盼生辉，眸光与他对上，也怔了一下，似乎不知如何称呼他才好。

反倒是跟在她身后的小太监先一步反应过来，忙不迭道："都怨奴婢不长眼，没为方大小姐开好路，可惜了小姐连着几宿抄好的经文。"

原来是方府的小姐，他有所耳闻。金陵第一美人，满腹诗书，德才兼备。

陵王沉默了一下，道："抱歉。"随即撩袍蹲下身，与她一起捡地上的经文。

那年的方府何等风光，不提方远山如何受昭元帝青睐，方芙兰名冠金陵，又为皇后所喜，日后即便不是太子妃，也该是四王妃，而三殿下出了名的不受宠，论地位，连个旁支出生的郡王都不如。宫里的奴才最是狗眼看人低，小太监为讨好方芙兰，忙道："三殿下有所不知，这些经文都是方小姐专门为皇后娘娘抄的，眼下弄脏了，三殿下待会儿到了慈元宫，可要仔细着与皇后娘娘解释。"

陵王听了这话，手间动作一顿。

然而方芙兰却道："不关三殿下的事。"

她将经文收好，朝陵王一欠身："是臣女不小心撞到了三殿下，待会儿到了皇后娘娘跟前，臣女自会向娘娘赔罪。"

陵王道："可你的经文怎么办？"

方芙兰笑了笑："左右离清明还有几日，这些经文并不是今日就要用，臣女回府后再抄一遍就好。"

言罢，又向他欠了欠身，退去一旁。

陵王愣了一下，半晌才反应过来，他是皇子，她是臣女，便是同去皇后宫中，也该由他先行。

于是他朝她一点头，往慈元宫走去。

雨水漫漫洒落宫楼，一尺开外的廊檐下已积了水。

陵王一面往前走，一面往前看去，一抹海棠红的身影映在水里，犹如夏初一枝清荷，雨水落在其上，在海棠红上泛起圈圈涟漪。

他的心里也泛起涟漪。

……

方芙兰惯来睡觉轻，这日隐有惊雷，不过小半个时辰便已醒来，见天色不早，再吃过一道药，便回忠勇侯府了。

她既走了，陵王也不多留，武卫为他备好马车，一路往绥宫行去。

阔身宝顶的马车驶过朱雀大街，到了绥宫前，早就等在宫门外的巡查司曹校尉迎上前来拜道："殿下，陛下上午议事议到一半身子不适，回寝宫歇下了，未看完的奏折送去了殿下户部的值房，殿下眼下是要去户部吗？"

陵王"嗯"了一声。

曹校尉于是跟着他一并入了宫门，见四下皆是亲信，这才又道："早上廷议一过，工部的裴大人、枢密院的罗大人便来户部等着殿下了。"

陵王淡淡问道："他们有什么事吗？"

"想必是得知三公子生还，有些急了。"曹校尉压低声音道，"早上三公子一到宫中，御史台那群人见风使舵，凡有要务都向他请示。三公子本来就是三司的人，兼之琮亲王从中斡旋，刑部与大理寺也要看他几分薄面，单这一上午，已审过柴大人两回，听说还动了刑。虽说刑不上大夫，没下狠手，如此已是坏了规矩了。好在柴大人在三司的根基深，仔细安排，还是见得上的，殿下可要与柴大人见一面？"

陵王想了想，没答话，只道："本王听说，兵部李主事这事，你没做干净？"

"是。"曹校尉道，"属下派去的杀手逼问李主事布防图下落时，不知何故，竟被一个冯姓商人听去一耳朵。属下本想再派人去将这冯姓商人灭口，但他先一步递交了证词，眼下这证词被三公子、云将军、扬州府尹各持一份，今天早上三公子

第四十一章 当年月明

又命人抄录一份送去了刑部，再灭口已无意义。此事是属下失职，请殿下治罪。"

陵王沉吟一番，道："你去安排，三日后，本王要见到柴屏。"

"是。"

陵王脚步微顿："还有一事。"

"殿下请吩咐。"

"秦久。"陵王道，"是她偷了李主事临终前留下的血书？"

"似乎是的。"曹校尉道，"属下跟着柴大人去扬州时，在扬州府衙附近的水塘子里找到了一身黑衣，极有可能是她当日偷盗血书时所穿。不过三公子后来说，秦护卫一早被云将军派去扬州保护他，没有工夫作案，因此也不知盗取血书的究竟是不是秦护卫。"

陵王冷笑一声："不可能，明婴做的是伪证。"

"殿下何以得知？"

"倘若云浠早知道他在扬州，早亲自过去了，如何会等到柴屏出现？"

"照殿下这么说，那血书确是秦护卫偷的无疑。"曹校尉思忖道，又拱手，"属下手上有证据，敢问殿下，可要立刻下令缉捕秦护卫？"

"不必。"陵王悠悠道，"本王听闻，秦家世代效忠云氏一门，忠心得很。这个秦久只跟过两个人：一个云浠，一个云洛。若不是受人指使，她一个护卫，哪来这么大胆量盗取朝廷命官的遗物？"

"殿下的意思是，秦护卫之所以会偷血书，是受云将军指使？"

"不是云浠。"陵王道，他思虑一番，蓦地一笑，"看来是本王疏忽了，当初从塞北回来的那些忠勇旧部，恐怕不简单。去查一下，去年从塞北回来的究竟都是些什么人，再派个人跟着秦久，看她除了云浠外，平日都跟什么人接触。"

"是。"

"记得找功夫最好的，等查到确切线索，再引蛇出洞不迟。"

"属下领命。"

第四十二章　无风飞絮

这日廷议过后，刑部的小吏来报，说日前偷取布防图的窃贼有了线索。

田泽闻得此言，疾步往宫外赶，刚走到六部衙司外，只听身后一人唤道："田兄留步！"

田泽回头一看，来人是太傅府的小公子，姓褚名陶，生得一双大小眼，眼下在礼部铸印局当值。

田泽拱手一揖："不知褚大人何事指教？"

"指教不敢当。"褚陶道，伸手做了个"请"的姿势，与他一起往宫门走，"在下听说了日前兵部库房的失窃案，刑部这里是由田兄负责？"

田泽道："也不尽然，在下负责的只是问案查案，如何审断，还是要上禀尚书大人。"

"去年田兄高中榜眼，在下便觉得田兄前途不可限量，果然不出一年，田兄已堪大任。"褚陶赞叹道，顿了顿，试探着问，"在下听闻，田兄府上与忠勇侯府十分交好？"

"是。"田泽点头，"家兄这些年一直在明威将军手下当差，是以两府之间常有来往。"

"原来是这样。"褚陶似是明白了，随即俯身对田泽一揖，"在下有一事，还请田兄务必帮忙。"

田泽连忙回了个揖："褚大人请讲。"

"在下有一枚玉簪，想赠给忠勇侯府的大小姐。"褚陶说着，从大袖里取出一个扁长的锦盒,"不知田兄待会儿可否陪在下一起送?"

田泽看着褚陶手里的锦盒,愣了一下,忽然忆起田泗说过,这位太傅府的小公子日前好像去忠勇侯府提过亲,后来亲事没成,是云溪托方芙兰辞了。

他为难道:"这……毕竟是褚大人的私事,在下不好插手,褚大人不如自行相赠?"

"不行。"褚陶道,"田兄有所不知,云大小姐她……"

"望安!"

褚陶话未说完,便被一名等在宫门口、身着淡青公服的人打断。

此人是宗正寺少卿家的五公子,姓梁名正青,气度文雅,与田泽是同榜进士,时任翰林编修。

他似已等了很久,见到田泽,长舒一口气:"望安,我有桩事要托你。"

"正青只管说来。"

梁正青有些为难,当着旁人,这事本不好多提,可转念一想,他行得正,坐得端,自己的心意如此,也没什么不可告人的,于是道:"是这样,你也知道眼下我家中正为我与忠勇侯府的大小姐议亲,我……是当真心仪她,想要将自己珍爱的一本棋谱送给她。但她从扬州回来后,就去西山营了,我听人说她今日回来,一早便来宫门等着,你能不能……陪我将这棋谱相赠?"

田泽扫了梁正青手里的棋谱一眼,竟然是岷山居士的孤本。梁正青爱棋成痴,肯将这本棋谱赠给云溪,可见对她是真心实意的。

但是,云溪的心里究竟装着谁,旁人不知道,田泽却是一清二楚。他刚想开口拒绝,只听不远处传来马蹄声。

云溪老远就瞧见了田泽,带着两名亲卫打马至近前,唤了声"望安"。

她翻身下马,将马交给宫门口的武卫,笑着道:"巧了,我正说去找你,这就与你撞上了。"

"将军找我?"

"对。田泗近日可有给你去信?"

扬州的差事尚需收尾,田泗随云溪回到金陵后,不日又去了扬州。

"来信了,家兄说差事已办好,三日后会与小郡王、秦护卫一起回京。家兄也给将军去了一封信,将军没收到吗?"

"没有,可能送去枢密院了,我回头看看去。"言罢,就欲往宫中走。

褚陶与梁正青见着情形,一时情急,一左一右地拽了拽田泽的袖子。

田泽不得已,只好又唤一声:"将军留步。"

他指着左手的一人:"这位是太傅府的小公子,名唤褚陶,眼下在礼部铸印局

当职。"

云浠点头："褚大人。"

田泽又指着右手边的人："这位是宗正寺少卿家的五公子，名唤梁正青，眼下正在翰林院任编修。"

云浠道："梁大人。"

这几月来，究竟有谁去忠勇侯府提过亲，云浠根本没往心里去。听田泽介绍这二人，以为他们找她是有公务要办，招呼过后，便在原地等着他二人把差事说来。

梁正青先一步上前，奉上一本棋谱："这本棋谱是在下偶然得到的，视如珍宝，愿赠给小姐，不知小姐改日可有闲暇与在下游湖听曲，对弈一局？"

云浠愣了愣，看了看棋谱，又看了眼梁正青，还未来得及开口，褚陶不甘示弱，将一方锦盒捧至她跟前，打开来："上回媒媪往侯府送在下的庚帖，小姐可能没注意，看漏了，是以才遣人送回。在下近日寻得玉簪一枚，觉得颇衬小姐，小姐若喜欢，在下愿请小姐往秦淮水上一叙。近日临安的云锦班进京了，在下愿包下一只画舫，请小姐去船中听戏。"

云浠听他二人说完，总算明白过来他们意欲何为，回绝道："不必了，我……"

话未说完，身侧忽然伸出一只修长的手，拿过梁正青手中的棋谱翻了翻，递还给他，淡淡道："阿汀不下棋。"

梁正青怔了下，见来人竟是三公子，拜道："王世子殿下。"

程昶"嗯"了声，又拿起褚陶锦盒里的玉簪看了眼，放回去，道："这支玉簪成色不行。"

褚陶颇不会观人脸色，他只当三公子与云浠相熟，说玉簪"成色不行"，是在为自己出主意，立刻道："殿下有所不知，这支玉簪只是小礼罢了，下官恐小姐不收，是以不敢送得太贵重，改日到了画舫上，下官还有更好的——。"

"更好的本王已送过了。"程昶打断道，"所以你就不必费心了。"

褚、梁二人听了，岂能不知他言中之意，一时也不敢再纠缠，匆匆离去。田泽本就要赶往宫外办差，耽搁这许久，已有些晚了，与程昶拜见过，也一并辞去。

这会儿午时将近，绥宫门口往来官员不多，十分清静。

程昶显见得是从宫外来的，孙海平与张大虎就候在不远处。

云浠问："我记得三公子近几日都休沐，今日来宫里，是陛下召见吗？"

"我？"程昶往宫墙上一倚，悠然道，"我跟那两人一样，知道你今日从西山营回来，是来这儿等你的。"

他这日一身云色长衫，腰间系了一条月白衔环丝绦，单这么站着，就如一抹玉色入了画，明明很清雅，或许是眼底含着笑，又风流至极。

第四十二章 无风飞絮

"听说我这一年不在,有不少人上门跟你提亲?"

云浠犹豫了一下,应道:"是。但我一个也没答应,都托阿嫂帮我辞了。"

"怎么辞的?"

云浠想了想,道:"说我无心婚嫁,然后找个理由应付过去。"

"你这么个辞法,怎么辞得过来?"程昶道,"想个一劳永逸的办法吧。"

"一劳永逸的办法?"

程昶淡淡"嗯"了声,说:"手给我。"

云浠伸出手。

她的手一看就是习武人的手,指腹与虎口都有很厚的茧,但很好看,手指纤长,手背的肌肤与她脖颈处的一样白。

程昶从袖囊里取出一枚指环,握住她的手,轻轻套在她的手指上。

"我们那儿呢,有个规矩,订婚结婚都要送戒指,大概是个一生一世、只此一人的意思。"

指环很好看,却是云浠从未见过的式样。环身是用银铸的,上头有个精致的戒托,里头镶着一枚泛着月白冷光、半透明的石头。

"这是……月长石?"云浠道。

程昶"嗯"了声,笑着道:"本来想找人做一枚钻戒给你的,但你们这儿钻石太稀有,王府的库房里倒是有两枚,都不太好,还让人切废了,我已经命人去找了,等找到好的,我就送你。"

云浠问:"钻石是什么?"

"你们这儿好像叫金刚石,也有人称夜明珠。"

"那个我知道。"云浠道,"三公子不必费心去找,如果这是三公子家乡的规矩,便是用王府库房里的也可。"

"不行。"程昶道,"我第一回送钻戒给姑娘,没有十克拉,怎么拿得出手?"

他又问她:"今天有空吗?"

云浠道:"我要去兵部一趟,待会儿还要去跟陛下复命,可能要等申时过后才得闲。"

她这头说着话,那头掌笔内侍官吴崶已带着一名小太监往这里来了,大约是奉了昭元帝的旨,过来请云浠的。

"明威将军,陛下得知您今日从西山营归来,传您去文德殿议事。"

云浠点了一下头:"好,我这就随你们过去。"随即发现自己的手还被程昶牵着,指间的月长石华光熠熠,她的耳根子渐渐红了。

程昶松开她的手,笑道:"去吧,我正好要去一趟皇城司,要是赶得及,待会儿过来接你。"

程昶目送云浠走远，掉头便往皇城司而去。

皇城司在绥宫西侧，从正门这里过去有条夹道。

程昶步入夹道中，问跟上来的孙海平："临安的云锦班是什么？"

方才程昶与太傅府那位小公子说话，孙海平与张大虎就候在不远处，听了个八九不离十："回小王爷的话，就是临安府一个很出名的戏班子，近日来了金陵，在秦淮河上搭戏台子唱戏，听说一座难求。"

"那游湖听曲，也是听他们唱曲？"

"这个不是，桐子巷的岳明坊有个伶人，唱得一手淮扬戏。听说近日谱了新曲，要在秦淮河上献唱，宗正寺少卿家的五公子说的游湖听曲，应该是听那伶人唱曲。"

孙海平说着，看了一眼程昶的脸色，立刻献计："小王爷，您是何等身份？岂是方才那两个低贱东西能相比的？您要是想听曲，咱们有只画舫，把岳明坊的伶人叫上来唱即可；您要是想看戏，咱们在城东不是有个庄子吗，只管让云锦班来庄子里搭台子就行。"

程昶听了这话，顿住脚步，画舫的事他知道："我还有个庄子？"

"不止呢，小王爷，您名下有好几处庄子。但城东的那个大一点，新一点，是您两年多前置的，您连这都忘了？"

程昶无言，想起有一回他约云浠商量贵人的事，孙海平出主意把她约去文殊菩萨庙里，差点让她名声受损。早知有个庄子，约去庄子里不好吗？

程昶问："你之前怎么不提？"

孙海平听出他家小王爷语气中的责备之意，觉得委屈。

那庄子是小王爷修来藏美人的，那会儿小王爷刚落水不久，他哪知道他家小王爷落水后性情大变，能对云家的小姐有那意思啊？

孙海平不敢顶撞程昶，拐弯抹角地解释："小王爷，您忘啦？那会儿您被秦淮的芊芊姑娘迷得五迷三道的，说想修个庄子，把她藏起来，城东的庄子就是为这事置的。但您有点怕脏，修庄子时请了个医婆，说日后凡有美人进庄，务必让医婆给她们验过身子。结果这庄子刚修好，医婆回头就把这事捅给了王爷，加上您夜会芊芊姑娘，满金陵城地撒酒疯，王爷气得差点背过气去，将您毒打一顿，关在府中。小的们当时也跟着您受了一顿板子，后来哪敢再跟您提庄子的事？"

程昶："……"

敢情这庄子原来不是庄子，是个没来得及放人的后宫。

二人说话间，已快到皇城司了。

孙海平看了一眼他家小王爷的脸色，殷切地说："小王爷，您近日刚回金陵，

286

第四十二章 无风飞絮

正是将养身子的时候，小的这几日已命人把您名下几处庄子都收拾好了，您要想过去，随时都行。"

程昶意外地看了他一眼："钥匙你也随身带着？"

"带着哩。"

"行。"程昶点头，往皇城司里走去。

卫玠一早就知道程昶要来，已在值房里等了他半日，一见到他，问："你怎么才来，那老狐狸派人给你使绊子了？"

"没有，刚才有点私事。"

卫玠点了点头："算老狐狸还有点良知，知道是他家老三害的你，没怎么为难你。"

程昶问："你已知道是陵王做的了？"

"这有什么难知道的？"卫玠抱着臂，往椅背上一靠，"皇城司起火那日，你最后让我查的就是陵王和方家的关系。你出事当日，我就觉得柴屏不对劲，这个人从来不来我皇城司，怎么刚巧那日来了？"

他左右一看，候在两侧的武卫会意，退出值房，把门掩上。

卫玠又凑近一些，压低声音问："我听人说，柴屏受刑了？是你命人下的手？"

程昶没否认，"嗯"了一声。

卫玠愣了愣。大绥立朝之初就有"刑不上大夫"的规矩，柴屏堂堂御史中丞，便是犯下再大的罪过，当斩便斩，但照规矩，不能受刑。昨天有人和他说琮亲王府的小王爷下令对柴屏动了私刑，他还不信，觉得程昶不是这样的人，没想到竟是真的。

卫玠抬头细看了程昶一眼，离得近了，才发现他的眉宇间隐有一丝冷峻之色。

他与程昶相识不算久，却也清楚他是个少情寡欲的脾气，眼前这副肃杀模样，竟是他从未见过的。

卫玠问："那日在皇城司，你究竟是怎么活下来的？"

然而程昶听了这话，只是沉默。

卫玠于是道："行，你不愿说，我不问就是了。"他想了想，劝道，"柴屏这个人既然肯听命于陵王杀你，想必是陵王多年亲信，你就是命人动刑，不能说的他照样不会说，还不如让人把刑给停了，省得老狐狸那里不高兴。"

"我知道。"程昶淡淡道，"我从未想过要从柴屏嘴里审出什么。"

卫玠又愣了下，直觉程昶有些不对劲，他张了张口，想要再劝，可转念一想，被追杀的人不是他，被锁在一片火海里的人也不是他，既然事情不是发生在自己身上，又何必劝人行善？

"行吧，那我帮你查下柴屏的底，看看他为什么要效忠陵王。"

"不必了，这事我已交给宿台去查了。"程昶道，"你要是得闲，帮我去查一

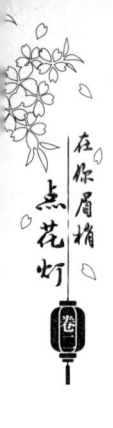

下当年忠勇侯的案子。"

"忠勇侯的案子？"卫玠一愣，忠勇侯的案子不是早已结了吗？还是程昶亲自结的。他又问："你怀疑忠勇侯的死和陵王也有关系？"

程昶一时没答。

他之前查到忠勇侯之所以御敌而亡，是因为郓王挪用了发去塞北的兵粮。可陵王是个有本事的人，那阵子陵王执掌户部，郓王挪用兵粮的事，凭他的才干，只要一查账册即知。他既知道，为何不立刻把这事捅到昭元帝跟前，却任由郓王投毒去害故太子？当时故太子的身子已经撑不住了，他若挑个适当的时机，把账册的事告知昭元帝，非但算是救了故太子一命，还能得昭元帝青睐。但他没有这么做。这是不是说明，陵王也有把柄握在故太子手中？他任由郓王投毒，是不是因为他也盼着故太子能立刻死？

程昶想到故太子在最后的人生时光里，曾一直命人追查忠勇侯的死因，直到临终前的一刻还说自己对不起忠勇侯，还有要事想禀给昭元帝。

据明隐寺的两个证人说，故太子临终时已原谅了郓王，那么他至死都未能说出口的要事，会不会与郓王无关，而是……与陵王有关？

程昶道："我说不上来。总之你先查一查，要是有线索了，就与我说一声。"

"行。"卫玠点头，忽地想起一事，"说起这个，你记不记得你那会儿一直让我查方家？"

程昶"嗯"了一声。

"方远山被斩后，方家的人逃的逃、散的散，最后只留了方家小姐，就是云家那个小丫头的嫂子。刑部想着左右一个女子罢了，只派了两名衙差去府上拿人，结果这两名衙差当夜就暴毙了，七窍流血死的。"

程昶问："是方芙兰做的？"

"对，就是她。"卫玠道，"这事没传开，是因为有人帮忙善后了。当时你让我查陵王，不查不知道，一查还真就是他。那时他根基不稳，善后没弄干净，留了点蛛丝马迹。"

"这个方芙兰，原来一早就跟老狐狸家的老三认识，关系好像还挺不一般。"卫玠皱眉道，又叹了口气，"可怜了云洛喽。"

程昶沉吟半晌，问："这事你跟云浠提过吗？"

"云家那个小丫头？没有。年前她刚回金陵，以为你没了，别提多伤心了，这事要让她知道了，她可怎么活？不过她挺机灵，回金陵后的第二日就来找我，问你之前有没有让我帮忙追查忠勇侯府的什么人。我知道她是在找府上的内应，一概说没有。我跟云洛交情不错，这几年派人暗中照应云家这小丫头，方氏对她倒是贴心

第四十二章 无风飞絮

贴肺地好。怎么，你打算把这事告诉她？"

程昶道："先不说。"

"你怕她伤心？但她迟早会知道的。"卫玠道，"我看这小丫头也不像个弱不禁风的人，当初忠勇侯府蒙冤，云洛走了，她多难啊，不也撑过来了？别怪我没提醒你啊，这小丫头可能已经怀疑上她嫂子了，年前从金陵回来后，她就没怎么回侯府住过。你当她真的是躲亲事？她心里只有你，才不在乎有谁跟她提了亲。我看她八成是不知道该怎么面对她嫂子，又担心是自己冤枉了至亲，所以成日往西山营躲。有家归不得，也是可怜。"

程昶听了这话，有些意外："她不常回侯府住？"

"对啊，你不知道？"卫玠正欲跟程昶细说，外头武卫来报："殿下、大人，明威将军过来了。"

"你看，说她，她就来了。"卫玠道，"让她进来。"

武卫一拱手："禀大人，明威将军称是来寻殿下的，听闻殿下与大人正议事，就说不打扰，她等着就好，眼下将军正等在外衙的回廊下。"

程昶看了眼天色，才刚到未时，早前云浠分明说要等申末才得闲的。

她难得主动找他，可能是有要事。

程昶道："我去见她，改日再过来。"

午后的风淡淡的，云浠一袭朱衣佩剑，在廊下来回徘徊，程昶唤了声："阿汀。"走得近了，柔声问，"找我有事？"

云浠点了一下头，她神色有些复杂："有桩事，想问一问三公子。"

"你说。"

云浠仍是踌躇，看向周围的武卫。

程昶会意，朝后看了一眼，武卫随即退得远远的了。

"我想问，"云浠抿着唇，低头抚着指间的月长石戒指，"三公子你……方才，是不是跟我求亲了？"

程昶愣了下，顷刻笑了："不然呢？你以为我在做什么？"

"我……"

之前程昶为她戴戒指时，她压根就没反应过来。直到跟昭元帝禀完事，离开文德殿，被殿外的风一吹，她才蓦然惊觉。

三公子之前说的是，在他的家乡，定亲结亲是要送戒指的。那他之前为她戴上戒指，就是要跟她求亲的意思？云浠一下就乱了。

本来今日下头的吏目说，日前偷塞北布防图的窃贼有了线索，她该要去查的，可她的心一刻也无法定下来，非要过来向他问个明白才行。

云浠一时想起她方才让他把王府里废了的金刚石做成戒指送给她就行,这不是觍着脸让人上门娶她吗?

程昶在廊椅上坐下,看着她的颊边渐渐染上飞霞:"怎么,忠勇侯府的大小姐这是才回过味来?"他又道,"我求亲是求得草率了点,但我就是想先与你订下来。至于提亲的规矩,还是按你们这里来的,三书六聘,我一样都不会少了你,就是要先等等,不能操之过急。"

云浠知道为什么不能操之过急。昭元帝一直不愿让三公子娶她,他眼下才回到金陵,这样大的事,总要先计划周详了。

"所以云大小姐回过味来后,究竟愿不愿意答应我的求亲呢?"程昶问。

这日春光很淡,廊下本有些暗,他坐着的地方,却刚好浸在一片日晖里。

一张脸一点瑕疵也无,春光落在如水的眸子里,泛起点点星光。

他微扬着嘴角,温柔又潇洒。

云浠道:"我愿意。"然后又说,"那我这就去准备嫁妆。"

"准备什么嫁妆?"程昶又笑了,"你把你自己准备好给我就行了。"

这话一出口,他忽然意识到有歧义,稍顿了顿,淡淡扫了云浠一眼。

她什么也没听出来,仍在一本正经地道:"嫁妆还是要有的,三公子从不曾亏待我,我也绝不会亏待了三公子。"

程昶看她这副认真的样子,忽然想起之前卫玠说,她回金陵后就没怎么回府住过,"有家归不得,也是可怜"。

程昶问:"一会儿还有事吗?"

"我让人帮我去衙门里请了假,眼下没有了。不过要是晚上刑部那里查到了窃贼的消息,我还是要带人去缉匪的。"

程昶随即站起身,往回廊外走去:"你跟我来,我带你去一个地方。"

程昶的庄子在金陵东北方向,傍山而建,驱车过去要些时候。

云浠临行前跟身边的亲卫打了招呼,嘱他们非要事不得来寻。

庄子有个雅名,叫望山居,程昶也是第一回来,一路由庄上的掌事引着入内。

"小王爷是难得才来一回,所以只有正院的几间厢房收拾了出来。除正院外,东西南北还有几个园子,眼下庄上的下人不多,都住在后头的罩房里。"

几个园子各有特色,亭台楼榭,草木掩映,假山奇石,因这庄子是临山建的,南面还有个楼阁修在了山腰。

林掌事引着程昶与云浠过去,边走边道:"那会儿刚建这园子时,小王爷您最喜欢这山腰上的楼阁,跟您王府的居所取了同一个名,也叫扶风斋。您还留了好大

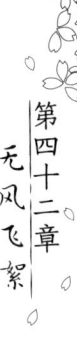

一片空地，说要挖一个湖，建一座水上楼台。"

扶风斋外，飞瀑顺着山势而下，阻绝前路。

云浠还在纳闷，前方已无路可走，所谓的空地在哪里？哪知前方引路的林掌事，带他们步入瀑后的一条小径——原来是依山修了栈道，栈道尽头就是空地。

这里景致极好，空山苍翠，蔚然生秀，涛涛飞瀑之声伴着鸟鸣，闹中取静，仿佛世外之地。

林掌事道："后来王爷得知小王爷您修庄子的事，动了怒，建水上楼台的事就搁置了。今日小王爷既来了，您看这楼台还要再建吗？"

程昶听了这话，问正四下张望的云浠："楼台还建吗？"

云浠愣了下，道："这是三公子的庄子，此事自然是由三公子做主。"

程昶又问："你喜欢这里吗？"

"喜欢。"云浠一笑，"这里风光好。"

程昶点了下头，对林掌事道："不建楼台了，弄个演武场吧。"

林掌事应道："那小的明早就请工匠来勘测，等画好草图，送去王府给小王爷过目。"

程昶"嗯"了声，又由他引着，沿着栈道往山下的小亭走。

云浠追上几步："三公子要建演武场？"她又道，"我会练兵，三公子要是想多养些武卫，我可以帮三公子。"

她到底是当朝四品将军，眼下官中什么局势，她心中一清二楚——程昶和陵王表面风平浪静，私底下早已水火不容。

程昶看她一眼："不用，王府自有地方养武卫。演武场是给你建的。"

云浠没听明白，在原地愣了一会儿，又追上几步："给我建的？"

两人走到山脚的小亭里，林掌事称要去取酥点，先一步退下了，程昶答非所问："你今日还要回西山营吗？"

云浠看了眼天色，摇了摇头："太晚了，赶不及过去，今晚回侯府。"

程昶提起亭中的茶壶，倒了盏水递给她，然后看了亭外候着的孙海平一眼。

孙海平会意，立刻取出庄子的铜匙放在石桌上，然后拽着张大虎退得远远的去了。

程昶把铜匙推到云浠跟前："这庄子给你。钥匙你先拿着，地契我今日没带，改日让人过到你名下。"

云浠怔了半晌："这怎么行？"

她不是刻板的人，既许了他终身，平日里受他些环钗玉饰无妨，可这所望山居非万两白银不能建成，她怎么受得起？

云浠道:"这是三公子的庄子,我不能要。"

程昶早料到她会这么说,在亭边的廊椅上坐下:"我有没有与你说过我家乡的事?

"在我们那儿,要娶一个姑娘,如果经济上负担得起,给她买车买房还是挺常见的。"

云浠愕然,她从未听过这样的风俗:"三公子的家乡究竟在哪里?"

程昶道:"让我想想该怎么说。"他望着不远处的飞瀑,半晌,斟酌着道,"我和你,其实不是一个时空的人。

"你们这儿的文明程度,和我们那边一千年前的宋朝差不多,但我们的历史上没有绥。地理方面倒是有很多相似的地方,可能是在文明的进程中,某个历史节点走了岔路,才发展出这么一个朝代吧。"

云浠似懂非懂地听了半晌,问:"三公子的意思是,你是一千年以后的人?"

"对,你要这么理解也行。"程昶道,"两年前,我第一次来这里,就是在秦淮落水后醒来。真正的那个三公子早在落水后就已经没了。我和他姓名一样,样貌也一样,但我不是他。"

云浠怔怔地看着程昶。斜阳余晖洒在他的身上,他的神色淡淡的,很平静。

从前那个三公子她知道,胡作非为,飞扬跋扈,绝不是眼前这个人的样子。

云浠觉得自己听了这些匪夷所思的话,该是惊诧的,该是难以接受的,可她没有,或许因为见识过太多他的与众不同,早已想过无数次他的来处,她竟意外坦然地接受他的所有,半晌,还试图解释:"我与从前的三公子其实并不相熟,我自始至终只对三公子一人……"她抿了抿唇,后面的话实在难以说出口。

"我知道。"程昶一笑,"我早就看出来了。"

他又说:"所以在我们那儿,要是遇上喜欢的姑娘,一般先追一追。等追到手了,就谈个恋爱。如果合适,就谈婚论嫁。如果不合适,就分开,然后换一个试试。"

云浠问:"什么是谈恋爱?"

程昶看着她,暮色已至,霞光笼着她的朱衣,将她衬得异常明丽,明明是有些艳的,可一双眸子却格外干净。

这么好的姑娘。

程昶心中一动,说:"过来。"

随即牵过她的手,让她坐到自己身边。

他一手搭在廊椅上,似要将她环住,然后看入她的眼,慢慢俯身。

他能感觉到她的紧张,她的呼吸变得急促,蜷在他手心的手动了动,似乎想要屈起手指,却勉力张开。

他在心里笑了笑，待离得很近了，能够感受到彼此的气息，忽又稍离寸许，看着她的眼，一本正经地解释："像我们这样，就是谈恋爱。"

云浠撞上他的目光，有些无措地别开脸。过了会儿，她问："三公子在家乡的时候，是不是谈过恋爱？"

"对，谈过。"

"有……谈婚论嫁的吗？"

"没有。"程昶垂眸道，"我没法跟人在一起。"

"为什么？"

"我有先天性心脏病，一出生心脏就有问题。我心律不齐，心血管阻塞，很小就装了起搏器，十七岁做过搭桥，前阵子还换过一次三腔起搏器。"

云浠听程昶说着，虽然不全明白，却也知道是心上的病症。

可是，如果一出生心上就带了病，又怎么可能平安地活下来？

"你是不是想问我为什么能活着长大？"程昶道，"在我们那里，医学发达，虽说不能医活死人，但这种病症还是能救的。心血管阻塞，就从别的血脉连一条路进来，让血液流通。心律不齐，就放一个机器进去，它会让心脏规律跳动。"

他牵过云浠的手，抚上自己的胸口："就在这里，先把这里剖开，再把心脏最外头一层皮剖开，在皮下植入机器。"

掌心下的胸膛坚实温热，云浠无法想象倘若把这里剖开，再把心也剖开，是何等痛楚。

她看着程昶，忧心地问："疼吗？"

"术中不会，有麻药，但术后还是很疼的。"他顿了顿，又笑了一下，"不过我习惯了，我父母也是这样的病，我出生后不久，他们就去世了。"

他们未雨绸缪，给他留下了很多钱和一些产业，把他交给中心医院的老院长收养。

可惜他十三四岁的时候，老院长也意外离世了。那时程昶的委托律师问他，是否要找别的收养家庭。

那时他很沮丧，觉得命里克亲克友，跟人在一起，说不定会害了别人。

"当时我有个很可笑的想法，觉得如果要依靠机器，心脏才能健康跳动，那么自己究竟算不算是一个完整的人？"

所以也因为这个，或许想要证明自己，他一直很努力，不敢懈怠一丝一毫。

"后来毕了业，参加工作，本来想着在财团做几年，学到经验了，出来自己创业，等有一天自己身体真的不行了，就把财产捐给社会，捐给需要的人，没想到还没把一切安排好，我就来了这里。"

云浠问:"那三公子此前落崖,还有在皇城司被人追杀,究竟是去了哪里?回了家乡吗?"

然而程昶听了这一问,眉心微微一蹙,片刻,不着痕迹地展开,却没回答她的问题。

云浠见他似乎有些难开口,便也不再问了。

程昶看她一眼,笑了笑:"刚才说到哪儿了?"

"三公子说,从没与任何人谈婚论嫁。"

"对,没有。"程昶看着云浠,眼中泛起微澜,"你是第一个,也是唯一一个,我想娶的人。

"所以我把这庄子给你,也并不是为了什么。我就是希望,能让我喜欢的人不再受一点苦。"

云浠也望着程昶,辨出他目中微澜,她垂眸浅笑了一下:"好,这里离西山营近,我以后如果赶不及回侯府,就到这里来。"她忙又说,"但地契真的不必过给我。"

程昶没应这话,他看了眼天色,已很晚了,随即站起身:"走吧。"

云浠点点头,跟着他起身,刚要往亭外走,不防又被他拉回。

"阿汀。"他淡淡道,语气里带着丝笑意,"要不然先把刚才没谈完的恋爱续上?"

云浠愣了下,还没反应过来,只见他已俯身靠近。

猎猎山风来袭,吹得她朱衣翻飞,她穿得单薄,似乎有些冷,连长睫都在轻轻发颤。

他于是伸手环住她,将她揽入怀中。

第四十三章 提刀斩恨

齿间的清甜像点点化开的春雪，甘美得让人心旷神怡。

他将她揽得更紧，想要带着她寸寸深入。

于是她仿佛误入人间仙境，分花拂柳，一步一探寻。

她从未有过这样的感受，心中莫名有些慌乱，又目眩神迷，仿佛无所依傍，只好伸手扶在他的肩上，不知不觉间竟发出一声低吟。

两人本就难解难分，这声低吟伴着风，灌入程昶的心肺，他揽在她腰身的手渐渐收紧，烈火顺着经络迅速蔓延至他的全身，心底仿佛有什么念头要压不住了一般。

却不是爱念。

这是自他回来后，一种难以遏制的仇恨，昔日皇城司的大火似乎落了一簇在他的心海，渐渐焚燃，而眼下放下自持，星星之火霎时燎原，变作恨意昭昭的蓬勃烈焰，他盼着能消解，却不能消解。

遥遥的飞瀑之水仿佛溅落在身遭，飘飘洒洒落了满地，程昶脑中一片混乱，心知这念头不好，不得当。

早在二十一世纪时，贺月南就提醒过他——

"程先生初到异世，应当是缺情少欲的，这是天道对你的保护，我不知程先生究竟经历了什么，以至于心中恨意丛生。"

"生在此间，爱恨都是寻常，但善恶往往只在一念之间。施主命运多舛，然行经三世都能秉持善念，是受佛祖庇佑的人，切莫被恨意乱了心智。"

程昶蓦地松开云浠，转身快步朝飞瀑的方向走去。云浠怔了片刻，追在他身后

唤："三公子？"可他恍若未闻。

暮霭沉沉，天地一片苍茫，飞泻而下的瀑布激起阵阵水雾，程昶有些视物不清，恍惚间感觉到寒凉刺骨，却又觉得这寒凉很好。

"小王爷，小王爷？"耳边传来孙海平的声音。

衣裳已湿了一半，彻骨的寒意让他渐渐冷静下来，程昶道："说。"

"小王爷，宿台过来了。"

宿台是他身边最得力的武卫，办的都是要务，他这时候过来，一定是有不得耽误的事。

程昶看向云浠，她追着他来到飞瀑边，单薄的朱衣已经微湿，连鬓发上也沾着水，他吩咐跟过来的一名丫鬟："带阿汀去更衣。"

"是。"丫鬟应了，上前与云浠福了福，"小姐请跟奴婢来。"

程昶看着云浠走远，走回亭中，提起石桌上的凉茶斟了一盏，问宿台："什么事？"

"禀殿下，今日下午中书省那边忽然出了一道咨文，令陵王殿下明日一早去大理寺的狱中审问柴大人。"

程昶"嗒"的一声将茶盏搁在桌上："你们是怎么办事的？"

话语冷硬，方一出口，程昶自己便先愣了愣。

宿台立刻跪在地上："请殿下治罪。"

"算了，没事。"程昶伸手揉了揉眉心，端起手里的凉茶，一饮而尽。

一股清凉入腑，他放缓语气："陵王不是三司的人，他要去见柴屏，即使中书省那边出了咨文，也要经三司同意，三司这里有谁被陵王买通了吗？"

"买通倒是没有，柴大人本来就是御史台的人，他在三司根基深，御史台、刑部、大理寺都有不少他的亲信。眼下他虽下狱，但他上头毕竟有陵王，所以三司里骑墙的不少。今日中书送来咨文，只说要派一个人去审柴大人，没言明是谁，大理寺的计大人装作什么都不知道，闭着眼就签了。"

"签了过后，又连忙让人来知会我？左右离陵王去审柴屏还有一夜，他且留着这一夜让我与陵王斗去，自己撇得一干二净？打的倒是好算盘。"

宿台道："也不能说计大人就做错了。柴大人毕竟是当朝三品大员，谋害亲王世子的案子又是大案，中书省那边必然过问的。陵王眼下是中书省的人，是以只要中书问，他就有理由去牢中。三司这边推个一回两回尚可，总不能一直拦着，那到底是个大权在握的皇储，日子久了，非但不好看，外头也会对殿下您有微词。"

这一年以来，郓王失势，昭元帝圣躬违和，独留陵王在朝野横行，那些从前暗中臣服他的，譬如工部裴铭、枢密院罗复尤，全都浮了上来。

朝中有人见风使舵，凡有大事起码是向着他的。

眼下程昶手上虽也有权，但他是旁支，在没切实抓住陵王的把柄前，不宜与他撕破脸。

宿台见程昶面色微寒，又说："柴大人对陵王忠心不二，想来不在牢中住上一阵子，是不会透露半点口风的。计大人今日放了陵王来也好，日后中书那边再想干涉，三司就可以一句'来过无益'为由推拒了。"

程昶道："所以，三司敢放陵王去见柴屏，是因为他们觉得我并不会杀柴屏？"

"难道殿下想杀柴大人？"宿台听出程昶言语中的冷意，一愣，"可是，柴大人跟随陵王已久，必然知道陵王诸多秘密，殿下若想扳倒陵王，从柴大人口中问出陵王把柄，这是最快的法子。"

"他会说吗？他根本就不会说。"程昶又问，"我让你去查柴屏为什么会效忠陵王，你查到了吗？"

"已经查到了。"宿台道，"这个其实称不上是什么秘密。就是柴大人初入仕那会儿，家中的长兄犯了案，牵连他、他父亲，还有家中几个兄弟一并下了狱，被关了几年。那几年里，他们一家子为了出狱，互相指认，闹得惶惶不可终日。但柴家除了柴大人有功名，其余全是白衣，所以都受了刑，慢慢地撑不住，一个接一个地病死了，当时柴大人和他们关在一处，又气又恨，十分伤心，险些疯了。后来是陵王救了他，帮他平反，让他重新考功名，还帮他把一家子都好生下了葬。所以柴大人心甘情愿地跟着陵王，倒不是陵王握着他什么把柄，全因为有这份恩情在。"

程昶若有所思地点了点头："我知道了。"

他沉吟一番，吩咐道："对了，忠勇侯府的秦久快回金陵了，你派个功夫好的人跟着她。"

"秦护卫？"

程昶"嗯"了声，道："扬州李主事临终前留下的血书是她偷的，之前兵部库房失窃很可能跟她有关，这案子不简单。"

"这……"宿台愣道，"秦护卫可是云将军的亲信，殿下派人盯着秦护卫，可要与云将军相商？"

"不必。"程昶微一思忖，想起当初柴屏曾命巡查司的人缉捕秦久，柴屏是为陵王办事，照这么看，眼下秦久逃脱一劫，陵王未必不会也派人盯着她。

"你只管让人跟着秦久就好，不要伤了她，顺便看看还有没有人也暗中跟着她。"

"是。"宿台领完命，随即退下了。

程昶默坐了须臾，抬起手，重新揉了揉眉心。他很累，浑身上下有股说不出的疲乏，虽然之前难以遏制的心火已平息，但仍旧免不了烦忧。

他闭上眼，养了一会儿神，半晌，听得有脚步声靠近。

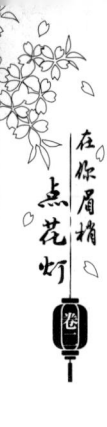

庄子上的丫鬟朝他一拜:"殿下,小姐过来了。"

程昶睁开眼,只见云浠正一脸忧心地望着他。

她新换的一袭月白襦裙如夜晚盛开的昙花,很好看,以至于他竟有些不敢靠近。

程昶问:"这么晚了,你怎么还没回?"

云浠慢慢走过来:"我担心三公子。"

程昶看着她,柔声道:"我没什么,你不要担心。"然后他站起身,"走吧,我送你回府。"

云浠从他的神色中辨出浓重的疲意,道:"不必了,三公子歇着就好,我去跟林掌事借匹马。"

程昶看她一眼,笑了:"我今日求的亲都白求了吗?要让你自己借马回府?"

他看着她,温柔地道:"走吧。"

云浠跟在程昶身边,往庄子外走,离得近了,她能感觉到他始终意难平。

他近日一直这样,从扬州回到金陵后,心中那些反复纠缠的恨意,就像压不住了似的,时时在他心里浮起来。

她想起他说自己不是这里的人。这也难怪了,原本不是这俗世中人,原本无仇无怨与人无争,却再三被人暗算,便是九天佛陀也难免心中业火丛生吧。

到了马车边,程昶回过身来牵云浠的手。

比之先前的灼烫,他的手已凉了下来,指间甚至有些清寒,但依旧很有力。

他把她拉上马车,随即倚在车壁上闭目而坐。

倦意在此刻尽显,与他周身尚未消退的清寒融在一起,乍一眼看上去,竟然有些乖戾之气。

车身很宽敞,角落的香炉里焚着龙脑香。他一贯很清醒冷静,这样的醒神之物,他以往是从来不用的。

程昶似在思索着什么,一路上一言不发,及至到了侯府,马车停住,他才睁开眼,笑道:"今日拦住了别人要送你的玉簪,改日我命人做一支新的给你。"

云浠愣了半晌,才想起来他指的是太傅府小公子要送她的那支,忙道:"我上回去岭南前,三公子已送过我玉簪了,不必再送。"

程昶又笑了笑:"簪子罢了,不嫌多。"

他目送云浠入了侯府,回到马车上,脸上的笑意便渐渐消失了。

马车辘辘行驶起来,程昶唤道:"宿台。"

坐在车前的宿台应了一声,掀帘入了车内:"殿下有何吩咐?"

"当年柴屏下狱,他家中几个兄弟一个接一个地死在他身边,他又急又恨,险些疯了?"

"是，不止柴大人的兄弟，还有柴大人的老父。"宿台道，"当时柴大人考科举中了状元，颇受朝廷看重，柴大人乡里的长兄便利用他的名声行骗敛财，闹出了好几条人命。这事本与柴大人没有干系，可惜他木秀于林，遭同僚嫉妒，事情一闹开，朝中就有人煽风点火，说柴大人的长兄是受他指使，后来民怨四起，朝廷只好把柴家一家男丁一并关入大理寺的大牢。

"当时大理寺的牢中闹了时疫，柴家的男丁一个接一个染了病，他们原本是一家人，奈何自私自利，相互指责，最后都有些疯魔，全怨怪在柴大人一人身上，说若不是他考取功名，一家人也不会这样。柴大人的二哥受不住病痛和酷刑，有一次还在囚服里藏了草绳，想把柴大人勒死立功，若不是被赶来的狱卒发现，柴大人想必已命丧黄泉。

"其实柴大人的清白，大理寺的人都知道，这案子之所以不好办，全因为有了民怨。因此到了最后，这案子竟成了烫手的山芋，谁也不愿管，大有任凭柴家人死在牢里的意思。也是柴大人运气好，那时恰逢陵王初学政事，大理寺那帮人见陵王不受宠，便将这案子扔给他。没想到陵王非但接了，且办得漂亮，为柴大人平了反不说，还平息了民怨。

"圣上也是奇怪，见陵王有本事，非但没高兴，还把他调离了大理寺，此后半年不曾召见过他。

"柴大人初出牢狱那会儿还有些疯癫，毕竟家中父兄刚惨死在身边，最小的弟弟才十五岁，他心智受创。及至后来，他重新入了仕，才渐渐恢复如常，不过……"

"不过什么？"

宿台犹豫了一下，说道："不过依属下眼下查得的线索来看，柴大人似乎并没有从重创里走出来。"

程昶淡淡道："本王也这么想。"

"殿下明鉴。柴大人初入仕时，确实是个实实在在的好人，后来他历经一劫，重新入仕，手上很快便沾了血。这些年他跟着陵王，帮陵王做了不少脏事，手上人命不计其数，颇有些以杀止伤的意思。就说当年方府被发落，在方府暴毙的两个衙差，就是柴大人帮方氏善后的。他受命于陵王，灭了不少人的口。"

程昶问："这事做得这么不干净，后来怎么没闹开？"

"时局所致吧。那时候朝中大事一桩接着一桩，皇后身殒，太子病重，塞北战乱，忠勇侯出征，所以此事就被遮掩过去了。"

程昶"嗯"了一声，半晌，他撩开车帘，朝外望去，悠悠地问："柴屏的那几个兄弟大概是个什么形貌，还查得到吗？"

"查得到。"宿台道，"他们既是大理寺的囚犯，那边应该还存着他们每个人

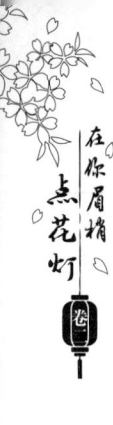

的画像。"

夜很深了，天空中挂着一轮毛月亮。程昶望着月："你去知会大理寺的人一声，让他们不必对柴屏用刑了，然后找刑部的人出面，帮本王办一桩事。"

"是，殿下尽管吩咐。"

天明时分，一辆马车在大理寺府衙门口停下。

守在门外的吏目迎上来，对着车上下来的人躬身拜道："殿下。"

陵王问："计伦呢？"

计伦是大理寺卿的名讳。

吏目道："回殿下，计大人有要事，天不亮就去文德殿外等候面圣了。"

要事？怕不是因为三司被程昶捏得死死的，这位大理寺卿慑于三公子的威严，不知该怎么迎接不速之客，所以才以有要事为借口，躲去文德殿的吧。

陵王心知肚明，面上倒也没说什么，由吏目引着，到了大理寺的牢里。

柴屏的囚室在甬道最里间，外头有两名狱卒把守，他们见陵王到了，对他一拜便退下了。

囚室里点着一盏昏暗的油灯，柴屏知道陵王要来，天没亮就等着了。

他身上穿着旧囚袄，上来拜道："殿下。"

陵王伸手将他一扶："不必多礼。"见他袄上满是血污，不由得问，"他们又对你用刑了？"

"殿下不必担心，不过是顿鞭刑，昨日夜里便停刑了。"柴屏又说，"属下如何不重要，反倒是殿下，这一年殿下虽掌权，到底尚未入主东宫，陛下那里始终都是有意封五殿下为储君的。眼下三公子归来，陛下为防着您独大，多少会用他来平衡朝中局势，为日后五殿下继位做铺垫。属下相信这些麻烦殿下自然都应付得来，只塞北布防图遗失一案，这个事关殿下声誉，稍不注意，怕是会将您连根拔起，殿下您可千万不能掉以轻心。"

他被关在囚牢里多日，难得见到陵王，是以一开口，便直接说出了心中所思虑的事。

陵王听他字字句句都在为自己图谋，明白他的苦心，说道："我知道，我早已派人去跟着秦久了。"

柴屏听他已有安排，略松了一口气，又说："秦久不过一名护卫，她会偷李主事的血书，想来是受人指使。这个人如果不是忠勇侯府的孤女，那就是当初从塞北回来的人。属下这些日子在囚牢里仔细盘算过这事，发现了一点疑处。"

"什么疑处？"

第四十三章 提刀斩恨

"殿下可还记得，去年属下派人追查五殿下的下落，曾遇到过两个人，也在找五殿下？"

去年程昶"毙命"于皇城司大火后，柴屏从周才英口中得知，当年与五皇子程旭一起失踪的还有一个小太监。

后来他辗转打听，终于在当年明隐寺一名僧人手中得到小太监儿时的画像，以此为线索追查，发现这个小太监极有可能在数年前与程旭一起回到了金陵。

他派人在金陵城及周边找寻小太监与程旭的下落，发现竟有两个神秘人在同步追查。

"属下本以为那两人是卫玠的人，而今一想，觉得不对，若是皇城司的人在找五殿下，何必遮遮掩掩？可是除了卫玠的人，还有谁会急着找五殿下？只能是当年塞北草原上知道真相的那群人。说不定当年有遗漏，这群人没死干净。

"眼下秦久偷了血书，属下在想，指使秦久的人或许正是那两个也在找五殿下的人。他们既然是从塞北来的，也许正是混迹于从塞北归来的忠勇侯旧部当中。之前兵部库房的塞北布防图失窃，应该也是他们做的。"

"这一点本王已想过了。"陵王道，"但此人能在皇宫行窃，必然对宫禁极其熟悉才是，从塞北回来的那些人中，便是云洛、云舒广都做不到这一点。"

"是……"

柴屏听陵王这么说，不由得沉吟起来。

陵王见他还在为自己图谋，说道："罢了，此事你不必多虑，暂且在牢中等上些时日，待朝局稍定，本王自会为你脱罪。"

"殿下不必急。"柴屏道，"三公子只想从属下口中问出殿下您的把柄，不会真的下杀手。而今殿下在朝中拥护者众多，已不缺属下一个，属下只管等着殿下登极的一日到来即可。"

陵王听他这么说，叹一声："拥护者虽多，毕竟你我才是一起一路走来的。"

柴屏道："正因为一路走来，属下才不希望殿下这最后几步走得不稳。三公子的本事太大，绝非等闲之辈，他不是只有找到五殿下这一条路可走，后宫里还有个六殿下呢。"

柴屏这话虽说得含糊，但陵王听得明白。

六皇子虽年仅六岁，却是皇脉正统。程昶若以旁支的身份与陵王争储自然不可能，但他可以扶六皇子上位，等六皇子做了皇帝，再以摄政王的身份把持朝政，随后党同伐异，肃清朝野，取而代之。

陵王没接腔，看柴屏一边说着话，一边又抚上右臂，不由得问："你臂上的烧伤还没好？"

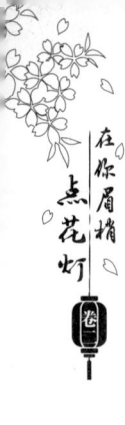

"是……"柴屏道。

说起来也奇，一年了，他右臂的伤口结痂、溃烂、流血，再重新结痂，如此反复，仿佛那日从皇城司柴房里喷出来的火是来自阴司的业火，要折磨得他日夜不得安生似的。

提起右臂上的伤，柴屏目光里闪过一丝惊恐之色，但他很快就把这股惧意压住，对陵王拱手道："牢狱阴湿之地，殿下不便多留，殿下正务在身，当以大局为重才是。"

陵王一点头："好，那本王改日再来。"

离开大理寺的牢狱，辰时已过。这日没有廷议，各部衙的官员都在自己的署内办差，陵王由先前的吏目引着，一路往大理寺衙司外走，还没走到门口，就听到远处的偏门有一人在呵斥："老实点！磨磨蹭蹭的干什么！都跟上！"

陵王遥遥看一眼，只见那头有五六个身着囚服、披头散发的囚犯。他们戴着颈枷，以铁链前后锁了，正由一名狱卒引着往大理寺的囚牢里走，其中最小的一个十余岁。

陵王问："这几个是什么人？"

一旁的吏目道："回殿下的话，这几人是刑部今早送来大理寺的死囚，说是他们身上的案子有问题，要请大理寺复核。"

复核案子，把卷宗送来大理寺不就行了，为何要把囚犯一起送来？

陵王正欲问，那头巡查司的曹校尉就找过来了。他似有要事，还在远处就对着陵王遥遥一拜。

陵王微一颔首，与他一起走到无人处，问："何事？"

"禀殿下，今日一早，三公子亲自下了一道咨文，把裴大人传去问话了。"

"裴铭？"

"是。"

"什么理由传的？"

"说是怀疑裴大人曾暗中派人追杀他。"

曹源这么一提，陵王就想起来了。

这大概是前年的事。当时适逢裴府老太君的寿辰，程昶与琼亲王前去祝寿，后来在裴府的水榭遇刺。

"派人追杀三公子的虽是郓王，毕竟是殿下您借刀杀人，三公子眼下回过味来，知道裴大人是您的人，审他恐怕是为了敲山震虎。"

陵王淡淡道："事情已过去这么久，案子也早已结了，明婴再怎么追查，至多为老四添一条罪状罢了，裴铭他在怕什么。"

"殿下您也知道三公子这个人，行事从不按常理出牌。今日他下咨文前，原本

第四十三章 提刀斩恨

是在文德殿与几位尚书一起面圣的,结果禀事禀到一半,他忽然问裴大人,当初他在裴府水榭遇刺,裴大人知不知情,有没有参与。

"这些话是当着陛下的面问的,这么含沙射影、夹枪带棒的,裴大人怎么受得住?当下跪地直呼清白。三公子却说'你既这么清白,那本王查查总无妨吧',回头一道咨文就拟上了。"

陵王蹙眉:"他究竟想要做什么?"

"属下不知,裴大人也被三公子这一通折腾闹糊涂了。大人在御史台回完话,立刻就去了王府别院等殿下。殿下眼下可是要去别院?"

陵王见完柴屏,也无甚要务在身,点头道:"去别院。"

到了宫门口,他没有立刻上马车,而是与曹源一起走了一段,待四下无人了才问:"日前本王让你派人跟着秦久,此事你办了吗?"

"回殿下,属下已派人去了。"曹源道,"不过秦久近日受伤,没甚动静,属下等怕打草惊蛇,便没有轻举妄动。"

陵王颔首:"那等她回金陵再说吧。"

他吩咐了些其他琐事,见天色不早,随即上了马车。

马车穿过熙来攘往的街道,绝尘而去。片刻后,一个身着褐衣、头罩斗笠的人从一条背巷后绕出。

他望着马车的方向,在街头停了停,然后走向左旁第一间药铺,从怀里取出一张药方:"掌柜的,抓药。"

药铺的掌柜接过药方一看,见上头都写着些三七、花蕊石之类止血化瘀的药材,不由抬头看了来客一眼。

这人斗笠罩得很低,上半身都裹在宽大的罩衫里,看不清模样。但见他拿药方是用左手,想来是右臂有伤。

掌柜随即从柜子里取出一个巴掌大的小瓶,说道:"这位客官,您要是手上有伤,可以用小店新制的红花膏,专治外伤,保管几日就好。"

褐衣人扫了小瓶一眼,说了句:"多谢。"随即搁下一粒碎银,拿过药材包与小瓶,很快离开。

他一路往西而行,脚步看似稳健,实则走得极快,到了一间废弃的宅子前,左右一看,见四下无人,这才推门而入。

宅子正屋的竹榻上躺着一人,他身着玄衣,眼上罩着白绫,听见外间有动静,撑着起身道:"云洛,你回来了?"

云洛"嗯"了声,将药瓶递给玄衣人:"你自己上药。"然后在桌上摊开一块宽大的粗布,收起行囊,"我们得赶紧走。"

玄衣人一愣："不等阿久了？"

"等不了了。"云洛道，"陵王派人盯上了她，可能是她偷血书露了马脚。"

他目力极好，又会读唇语，先前陵王与曹源说话，他站在远处看着，把这关键的几句分辨了出来。

玄衣人知道云洛有这通天的本事，若非如此，当年招远叛变，他也不能提前觉出蹊跷，自乱象中保得一命。

"那阿久可会有危险？"

"不会。陵王打的是顺藤摸瓜的主意，轻易不会动她，再说她还有阿汀那丫头护着呢。"

玄衣人一点头："陵王既派人跟着阿久，大约猜出是你我盗的塞北布防图了。"

"猜出你我的身份倒不至于，但以后我们行事恐怕就更加困难了。"云洛道。

他看玄衣人一眼，只见他正把衣衫解开，为胸膛上一道狰狞的伤口涂抹伤药。

伤是新伤，是当时去兵部库房盗布防图留下的，眼下十余日过去，还有些许红肿尚未消退。

"我给阿久用暗语留书一封，等她回到金陵，自会想法子摆脱暗卫来见你我。"

云洛说完，捡起一枚石子，在正屋角落的柱子下刻了两行字，与玄衣人一起出了废宅，很快消失在暗巷中。

【《在你眉梢点花灯》卷二 完】

在你眉梢点花灯（卷二）

作者
沉筱之

选题策划
知音动漫图书·时代坊

封面插图
阿陌　田螺

封面＆内文设计
方茜

策划编辑
程英

执行编辑
晴雨

出版社
中国致公出版社

总出品
湖北知音动漫有限公司

制作出品
知音动漫图书·时代坊

平台支持
蜡漫客　　小说绘

图书在版编目（CIP）数据

在你眉梢点花灯.卷二/沉筱之著.— 北京：中国致公出版社，2021

ISBN 978-7-5145-1596-1

Ⅰ.①在… Ⅱ.①沉… Ⅲ.①长篇小说-中国-当代 Ⅳ.①I247.5

中国版本图书馆 CIP 数据核字(2021)第 025039 号

在你眉梢点花灯.卷二/沉筱之 著

出　　版	中国致公出版社
	（北京市朝阳区八里庄西里 100 号住邦 2000 大厦 1 号楼西区 21 层）
出　　品	知音动漫图书·时代坊
	（武汉市东湖路 179 号）
发　　行	中国致公出版社（010-66121708）
作品企划	知音动漫图书·时代坊
责任编辑	程　英
责任校对	邓新蓉
装帧设计	方　茜
印　　刷	长沙鸿发印务实业有限公司
版　　次	2021 年 9 月第 1 版
印　　次	2021 年 9 月第 1 次印刷
开　　本	787mm×1092mm　1/16
印　　张	19.5
字　　数	370 千字
书　　号	ISBN 978-7-5145-1596-1
定　　价	46.80 元

（版权所有，盗版必究，举报电话：027-68890818）
（如发现印装质量问题，请寄本公司调换，电话：027-68890818）